An Cló
Gias

Air fhoillseachadh ann an Canada:
An Clò Glas
West Montrose, Ontario
fios@ancloglas.com

Cruthan-clò air an cur gu feum: *Órchló GC* le Gaelchló, *Schotis Text* le Huy!Fonts, *Gadelica* le Séamas Ó Brógáin, *Garamond* le Monotype.

Is i ìomhaigh a' chòmhdaich "Spring" le William McTaggart, agus tha i air a cleachdadh le cead bho National Galleries Scotland.

Tha na bannan-tiotail air an toirt bho *Pixabay* fon cheadachas *Pixabay License*. Rinneadh le AnnaliseArt iad.

ISBN: 978-1-7773288-1-8
Tiotal: Cailin Sgiathanach

Cailin Sgiaṫanaċ

no

Faoḋalaċ na h-Abaiḋ

le

Seumas MacLeòid

An Leth-taobh

Bha searmonaiche toirteil foghlamaichte ag ràdh uaireigin nach robh ionad sa chruthachadh cho fìor-shamhlachail air fàsach ris a' chùbaid.

"Siud an t-àite tha an-còmhnaidh tartmhor," ars esan. "Agus is gann a gheibh thu d' anail a tharraing nuair a chluinneas tu cuideigin a' glaodhaich binn do chrochaidh."

Tha na breugan searbh. Chan eil an fhìrinn a bheag air dheireadh. Agus ma thug mise breith mhearachdach leis a' bhrèig no leis an fhìrinn, chan eil leisgeul air mo shon: chan eil mi ga iarraidh! A theagamh gum biodh e na b' fheàrr dhomhsa mo pheacannan aideachadh na gun rachadh smal air an fhìrinn. Tha mi a' creidsinn seo do bhrìgh agus gum bi an fhìrinn seasmhach air mo neo-ar-thaing.

Mo thruaighe! Ar leamsa gu bheil stèidh mo sgeòil air tuiteam a-cheana, agus neach-eigin a' gairm "an tula-bhreugaire" fo chomhair Abaid Chille Chuimein. Cha robh iomradh air an aitreabh ri linn mo sheanchais. Theich an t-seann drochaid chloiche cuideachd. Am bheil clach is aol ag atharrachadh rùin is cleachdaidhean sluaigh? Cò dhiubh as motha, an altair no an ìobairt? Dh'fhaodte gun do choisich Gleann an Tairbh cuideachd a chum na Linne. A theagamh gu bheil leud is àirde air Eaglais Chille Mhoire nach robh an eanchainn an fhir a thog i. Gidheadh tha seann làrach dlùth air a' Bhaile Ùr ri cois na Linne, a labhradh às leth mo sgeòil nan rachadh ìmpidh a chur oirre!

Chan eil fiù is taing agam dom luchd-cuideachaidh, eadhon don dithis Ghàidheal còire a theasairg mi moch agus anmoch à iomadh cunnart. Chan eil taing na dhìol thuarastal dligheach airson nan daoine uaisle seo. Am bheil àirneis an t-saoghail agus òr a thèid am mùthadh nan duais threibhdhirich dhaibh? Freagraidh mise a' cheist seo ma nochdas neach dhomh gu bheil na flaitheis ri an cosnadh le òr is airgead!

S. M. L.

Mo Ċùl-ᴄᴀɪᴄ

"Leigibh leis: nì e balach math fhathast." Nach minig a chuala mi na facail sin, agus a rinn mi dealbh dhìot ag achanaich às leth na tìodhlaic mhì-fhoiseil bha paisgte aig ceàrnan dhuirche an dòlais? Cha do dheasaich thusa ach gràdh airson aimhreit na creathlach. An nì sin a bha na phrìomh adhbhar air d' ìomhaigh a chòmhdach le preasan a' bhàis, cha robh agadsa air a shon ach teas-ghràdh a luchd-aich fradharc do chinn.

An robh mise a' dol a dhìochuimhneachadh gràdh cho cùbhraidh? An robh mi a' dol a chur mì-mheas air aidmheil cho dùrachdach? Ach ciod a bha mi comasach air a dhèanamh? Ciod a b' àill leat mi a dhèanamh leis na buill anfhann a chaidh a thiomnadh gam ionnsaigh?

Chan eil èirig agamsa ach a bhith a' meòrachadh a latha agus a dh'oidhche sa chànain bhlasta, mhilis, a ghleusadh do bhilean, agus anns an d' fhuaradh d' aideachadh-gràidh. Dh'fhaodte gum bi an saoghal a' trod 's ag iomchoir airson èirig cho beag maise is loinne. Ach carson a bhithinn-sa an aramach ri saoghal geur-thuigseach, agus do ghuth ag inntrinn mo chluasan 's ag ràdh, "Tha tlachd do sgeòil an deagh dhùrachd. Coma leat dhiubh!"

Seumas MacLeòid
Earrach, 1923.

Clàr-innsiḋ

An Sgìre Loch Abar

Caibideil

1

Air àrd-fheasgar bòidheach samhraidh seachad air ceud bliadhna air ais, bha fear agus bean a' coiseachd tro sgìre Loch Abar an siorramachd Inbhir Nis.

Bha iad ag imeachd ceum rathaid a gheibhtear gus an latha an-diugh eadar Loch Lagain agus Loch Nis, suas seachad bealach mòr Coire a' Gheàrraidh. Thionndaidh iad gu Gleann an Tairbh, gu uisgeachan na linne, agus choisich iad seachad air seann togail de dhrochaid cloiche; agus an tiota bha iad nan seasamh fo chomhair Abaid Chille Chuimein.

Bha gàrradh air a thogail gu snasail le clach is aol mòr-thimcheall an taighe; agus geata iarrainn mu dhusan troigh de àirde a' seasamh gu daingeann sa mheadhan.

Choisich am fireannach le susbainn chum a' gheata agus tharraing e fàisniche* na h-aitreibh le tapachd.

Am beagan ùine bha a' chachaileith umha a' tionndadh gu slaodach air na cruinn stàilinn, agus boireannach a' smèideadh le làimh air an dithis a bh' air an taobh a-mach.

Bha a ceann crom; agus bha i còmhdaichte le dubh. Bha brat-falaich ma ceann, agus a h-aghaidh a' nochdadh air èiginn tro iomaill.

Chaidh an dithis a bha a-muigh air aghaidh agus an ceann mionaid bha Dòmhnall Ros agus a bhean air an steòrnadh gu doras cumhang a bh' aig taobh a tuath an taighe.

Chaidh iad suas staidhre, gu seòmar beag ceithir-cheàrnach.

Tharraing i an doras a chum na h-ursainn. An ceann tiota bha nì-eigin de ghluasad aig còmhla an t-seòmair; agus nuair a sheall

---

* Fàisinnis—nì uaigneach. Fàisniche—nì a chuirear gluasad annad.

Mòr Ros bha ìomhaigh bheag ma coinneamh. Bha balach beag mu aois chòig bliadhna, le falt bàn a' tuiteam gu a dhà chluais, ag amharc oirre.

Bha a ghualann an taic ris an ursainn. Bha aghaidh aoibheil, toil-ichte.

"Coisich dom ionnsaigh," thubhairt Dòmhnall Ros, le àbhachdas. Innis dhomhsa d' ainm."

"Seumas an t-ainm a th' ormsa; ach bithidh Mòrag ag ràdh nach faigh mi ainm no sloinneadh gus am fàs mi mòr; agus tha i an-còmhnaidh ag ràdh nach eil ainm idir orm."

"Mòrag!" thubhairt Dòmhnall Ros, le iongantas. "Cò i Mòrag?"

Sheas an duineachan beag le misnich agus sheall e gu aodann an duine a bha a' labhairt ris.

"Bithidh Mòrag fada gun chadal, agus bithidh i fada gun dùsgadh sa mhadainn," thubhairt e, le ionracas. "Agus bithidh i rànail ma thèid uisge fuar air a craiceann. Bithidh i a' sabaid 's a' gleadhraich, agus a' dèanamh fuaim le casan nuair a bhiodh còir aice air cois-eachd mar seo."

Dhruid e a bheul agus choisich e gu ciùin, socrach, gu oisinn an t-seòmair.

Rinn Dòmhnall Ros agus a bhean gàire.

Thàinig am boireannach ciùin, tostach air a h-ais a-rithist. Bha triùir nìghneagan beaga maille rithe.

Choisich i a-mach air ball agus dhruid i an doras. Ruith am balach beag gu aon de na caileagan.

"Seo agaibh Mòrag," ghlaodh e, le faiteachas. "Tha mise còig mìosan nas òige na Mòrag."

"Cò a thug barantas dhut?" fhreagair Mòr Ros.

"Tha fios agam," fhreagair an duine beag. "Tha na h-ainmeanan againn agus an aois againn far am bi sinn a' cadal; ach chan eil Mòrag a' creidsinn nan ainmeanan."

Bha Mòrag agus an dithis eile a' sealltainn gu fiata a dh'ionnsaigh an ùrlair. Bha buinn de leathar le crios de chraiceann ma casan.

"Tha gaol agad air Seumas?" thubhairt am boireannach.

"Chan eil," fhreagair Mòrag, le misnich a chuir iongantas oirre. "Tha gaol agam air Anna."

"Am bheil Mòrag na nighinn mhath?" Bha Mòrag balbh.

"Chan eil thu creidsinn an ainm do phàrantan a th' anns an t-seòmar-altraim? Am falbh thu maille riumsa an tràth seo?

"Gun tighinn air ais tuilleadh?" fhreagair Mòrag, 's a dà shùil bheaga, a' tionndadh na ceann.

"Bheir mi air ais thu gu Cille Chuimein an ùine nach bi fada."

Sheall Mòrag air Seumas, agus air an triùir nigheanan 's ghrad thionndaidh i a chum an dithis a bha fa comhair. Bha ciùineas san t-seòmar.

"Tha Mòrag a' dol a chur teine ris a' gheata iarrainn."

B' e Seumas a labhair na facail; agus a dh'aindeoin ionracais nam briathran, agus ionracais an duine bhig a labhair iad, thug iad trom-smaoin gu inntinn Dhòmhnaill Rois.

Bha Mòrag ga choimhead, le iongantas.

"Cha deachaidh mise a-riamh seachad air a' gheata iarrainn," thubhairt i le ciùineas.

"Bristidh sinne an geata," fhreagair am fireannach.

Chrom an nighean bheag a h-aghaidh da ionnsaigh agus labhair i beagan fhacal a thug gàire air aghaidh.

Bha a bhean a' riarachadh nithean milis air a' mhuinntir bhig. Thionndaidh i gu a fear-pòsta agus bhruidhinn i ris.

"Thubhairt caraid rium bho chionn treis gun robh clann òg agus Cill Dhè co-ionnan."

"Ciod e an seagh?"

"Tha ionracas a' gabhail còmhnaidh annta uile san t-seagh a tha an ùir neo-eisimeileach a thaobh nan cnàmhan a ta i a' còmhdachadh."

"Tha iad ionraic, neo-lochdach," fhreagair Dòmhnall Ros, "gidheadh nach feum sinne taghadh is roghainn a dhèanamh?"

Bha ìomhaigh an duine a' giùlan nì-eigin de imcheist.

"Rinn mi sin a-cheana," thubhairt am boireannach. "Tha Mòrag air leth glic do bhean a latha."

Bha an duine samhach, suidhichte. B' e riaghladh freastail da thaobh gun tigeadh e chum na mionaid, agus na h-uarach sam feumadh e roghainn is taghadh a dhèanamh.

Bha àireamh mhòr air ceann teaghlaich a fhuair dèisinn is bristeadh-cridhe leis an tochradh a dh'òrdaich Dia dhaibh; ach nach bu mhòr an t-sochair is a' bheannachd nach robh làmh aca sa chrannchur a thuit orra?

Thog am fireannach suas aghaidh agus labhair e briathran a bha a' co-fhreagairt ri aogas aodainn.

"Ma dh'fhaodte gu bheil Mòrag tuilleadh is glic airson na thàinig de a làithean."

Bha na facail air an labhairt an riochd nach robh a' tagradh freag-raidh.

Mu fhichead mionaid na dhèidh seo bha an geata iarrainn a' snìos-ail air na lùdagain a-rithist, agus choisich an duine agus a bhean, le cailin bheag aca air làimh, a-mach seachad an gàrradh cloiche bha a' cuairteachadh Manachainn Cille Chuimein. Choisich iad air an rathad a bha a' treòrachadh gu Omhaich agus Gleann Garaidh.

An Ceann Fichead Bliadna

Caibideil

II

"A chum uair agus àm mo bhàis!"

Bha na facail air an labhairt gun cheilg, agus faodar a ràdh le fìrinn, oir bha a' cheist air a cur mu nì sònraichte, agus an neach a chuir i ag iarraidh freagraidh, ceart agus treibhdhireach. Bha am feasgar air teachd, agus neòil dhorcha mòr-thimcheall aghaidh nan speur. Bha Mòrag Ros a' labhairt nam briathran aig ceann na coille mun cuairt air ceud slat bho thaigh a h-athar, an sgìre Dhiùirinis, san Eilean Sgiathanach.

Bha am fear a bha a' labhairt rithe air fàinne a shìneadh da h-ionnsaigh. Sheas i na bu dlùithe air fasgadh craoibhe, agus sheall i suas gu aghaidh an òganaich a bha a' labhairt rithe. Chuir i am fàinne gu faicilleach air aon de a meuraibh.

"Glèidhidh mi seo mar chuimhneachan."

"Ormsa?"

"Air mo ghealladh," fhreagair an nighean.

Bha Alastair Caimbeul na thost car tiota. Bha na briathran air an labhairt an dòigh iongantaich.

"Slàn leat," thubhairt Mòrag.

Chrom an t-òganach aghaidh, chuir e a làmh chlì mu a timcheall agus phòg e a bilean.

"Ma dh'fhaodte," thubhairt an gille, le fiamh-ghàire, "gum bi am fàinne aig cuideigin eile mum faic mise thu."

Dh'fhoghlaim e freagradh da bhriathran na dà shùil.

"Tha thu deònach am bann a ghiùlan?"

"Tha mi ro-thoileach," fhreagair a' chailin.

"Bidh mìltean de chuan eadarainn. Cò aige a tha brath nach dèan am bàs fhèin ar sgaradh bho chèile?"

"Ar dlùthachadh ri chèile," fhreagair am boireannach le misnich.

"Tha do bhriathran cudromach, a Mhòrag: tha iad milis nam chluasan, agus thug iad dhomh misneach ùr."

Dhealaich iad, agus choisich Mòrag Ros gu taigh a h-athar, agus Alastair Caimbeul gu eachlaidh is astar air nach robh e a-riamh roimhe.

Choisich e le cabhaig a dh'ionnsaigh an t-Sruthain gu taigh piuthar athar—an aon phiuthar-athar a bh' aige anns an eilean.

Bha i na h-aonar san taigh. Bha dithis den teaghlach aig fois san ionad-adhlacaidh, agus aon bhràthair air thaigheadas an dùthaich chèin.

"Alastair, Alastair, am bheil thu falbh gu cinnteach?"

"Tha gu cinnteach," fhreagair Alastair, le ciùineas.

Shuidh piuthar athar an cathair. Ghuil i. Sheall i da ionnsaigh tro a deòir.

"Bha misneach agam; agus cha do chreid mi gum biodh gaol Mòraig cho suarach nad shealladh."

"Faodaidh sinn a bhith dlùth do nì, gidheadh a bhith fada bhuaithe," fhreagair Alastair.

"Le beairteas bhiodh e cruaidh orm a cosnadh: le bochdainn chan eil stàth mo shùil a bhith rithe. Chuir a h-athair fios dom ionnsaigh an-diugh fhèin gum b' e mo chuid seòladh leis a' Bhàta 'Hector,' agus gun dèanadh e fhèin dleastanas athar ri Màiri is Eilidh."

"An do chreid thu na briathran?"

"Tha mi creidsinn mura gabh mi comhairle nach glèidh mi mo bheatha an Diùirinis."

"Bha esan deònach gnìomh athar a dhèanamh rid pheathraich-ean," fhreagair piuthar athar le seòrsa tearrachd; "an d' èist thu ris?"

"Chuir an teachdaireachd tàmailt orm," fhreagair Alastair;—"ach feumaidh mi foighidinn a chleachdadh, agus èisteachd ris na fac-ail. Chan eil ceithir uairean fichead o bha mi a' còmhradh ri Sgalaig Rasaigh. Tha luchd-cinnidh Rasaigh a' bòideachadh mo sgiùrsadh às an eilean. Ged nach eil comas aca sin a dèanamh, rùnaich mi falbh lem dheòin, oir cha tog Dòmhnall Ros aon mheur a chum còmhnaidh a dhèanamh leam an dòigh sam bith."

Dh'èirich Beitidh Chaimbeul na seasamh agus sheall i le iongan-tas air mac a bràthar. Bha a dà shùil tioram, agus a dà ghruaidh ruadh-chailceach.

"Am bheil an gaol air d' fhàgail gun tuigse? Rasaigh, dearg-nàmh-aid Dhòmhnaill Rois, a' glaodhaich mort air Alastair Caimbeul? B' e thusa ceap-tuislidh an Rosaich, agus an t-aon neach beò a bha comasach air Dòmhnall Ros fhàgail aimbeairteach. Roghnaich Mòrag—mur do atharraich i o chionn dà latha—do ghaol-sa, agus bochdainn aimsireil, thairis air luchd-fuinn is beairteis. Agus ciod tuilleadh a dh'iarradh e?" chaidh Beitidh air adhart, le neart a bha a' cur iongantas air Alastair. "Nach robh e dìorrasach a chum an Rosach fhaicinn fo na casan; agus ma tha an sgeul fìor, nach d' aidich Rasaigh gum biodh esan riaraichte nam pòsadh gineil an Rosaich duine le làmhan loma?"

"Bha e tagradh airson sin sna h-amannan a dh'fhalbh," fhreagair Alastair; "agus bha e ag aslachadh air an son gu ùine ghoirid. Tha e air sheòl eile an-diugh; tha iad cho rèidh ri dà cheann eich."

"Cha chreid mi lideadh den t-seanchas," fhreagair Beitidh. "Cha chreid, cha chreid. Cha robh nì fo nèamh nan speur, a dh'easbhaidh Gràis, a bheireadh air Rasaigh rèite a dhèanamh ri Dòmhnall Ros. Is fhada on chuala mi mun bhladhmaire sgalaig sin; na toir gèill da. Cha robh osan ma chalpa no seacaid ma dhruim an latha a chunnacas e 'n toll na pacaid* agus aghaidh air Eilean Rasaigh. Chan eil ann ach cruth-chùileach† cruinn, dearg a tha cur an teicheadh air a' chloinn; agus tha fuadh‡ fada, dubh, còmhla ris a-nis a thionndaidheas am beagan daondachd a th' air a shiubhal a-mach às an t-saoghal."

"Chuir mi a' cheist ri Mòraig," fhreagair Alastair; "agus cha deachaidh i às àicheadh. Dh'aidich i cuideachd gun d' fhuair i cuireadh o Rasaigh a chum gun rachadh i maille ri pàrantan dh'ionnsaigh an eilein agus, do bhrìgh sin, tha mi creidsinn gu bheil rèite eatorra."

An dèidh èisteachd ris na briathran le cùram, dh'fhàs Beitidh stòlda.

Bha i cho cinnteach nach innseadh Mòrag Ros breug agus bha i a' faicinn sgearb de ghile na gealaich air feadh an t-seòmair bhig a bha ma timcheall. Shuidh i, gu tùrsach.

"Tha adhbhar air choreigin airson sin," thubhairt i a' togail a cinn le braise.

"Tha 'n t-adhbhar an ainbhios dhomhsa a phiuthar-athar."

"Agus do Mhòraig?"

"Do Mhòraig mar an ceudna," fhreagair Alastair, le guth air ath-thoinneamh le smal.

---

* Bàta-aiseig.

† Cruth a' chùil—nì a chuirear eagal ort!

‡ Cailean MacIlleMhaoil

Shìn e a làmh da h-ionnsaigh. Bha iad balbh le chèile. Bha an ciùineas a bh' eatorra a' filleadh ri aonaranachd an taighe—aonaranachd bha cosail ri sgàile a' bhàis. Bha e cruaidh a bhith a' dealachadh ri Mòraig; ach bha nì-eigin de dhòchas aige gun tachradh iad uair no uaireigin; ach bha e a' creidsinn cinnteach nach faiceadh e piuthar athar tuilleadh. Bha an aois air teachd. Bha i seachad air trì fichead bliadhna; agus a h-uile là dhiubh sin air na cnàmhan sgrothte fhàgail sgorach. Bha a h-àite fad o dhaoine is o chàirdean; agus ged a rinn e oidhirp iomadh uair air a h-imrich a thogail agus a steòrnadh a chum tàmh a ghabhail maille ri pheathraichean, dh'fhairtlich air Beitidh a charachadh.

Bha e ag amharc oirre le nì-eigin de mhisnich; agus a' feuchainn ri susbainn cridhe is inntinn a lorg gu labhairt.

Labhair Beitidh an toiseach; agus a rèir coltais bha i den cheart bharail a thaobh na beatha a bha an làthair.

"Chan fhaic mise thusa san fheòil tuilleadh Alastair. Tha mi tagradh riut—tha aon iarrtas agam; tha mi 'g iarraidh ort seilbh a ghabhail air na nithean th' air an ainmeachadh orm."

Bha Alastair gun diog. Choisich i gu ciste bha an taobh an taighe, agus ghrad sheas i fa chomhair le ceanglachan beag. "Tha trì cheud punnd Sasannach an siud," thubhairt i; "gabh às mo làimh e."

"Chan urrainn mi. Tha mi eu-comasach." Bha aghaidh Alastair air sparran an taighe. "Tha mi mothachail air do ghràdh, agus do choibhneas. Tha mi cinnteach gu bheil do thabhartas glan, cùbhraidh, amhail do ghràdh; ach an nì sin nach do sholair mi air a shon cha làimhsich mi."

"Cò tha dol ga làimhseachadh mura làimhsich thusa e?" Ghuil i.

"Tha e duilich leamsa d' fhàgail: cha bhiodh mo dhuilgheadas cho mòr nam biodh do thaigh air a dhùnadh a-suas, agus nam bithinn cinnteach buileach gun robh do thaic air Eilidh; ach tha mi a' tagradh riut a-nis imrich a dhèanamh gu Earrabost, agus bithidh e dhomhsa mar neamhnaid a thèid fada seachad air luach do thabhartais."

Thog Beitidh suas a sùilean gu fraighean an taighe.

"Chan fhàg mise na seann chabair fhad 's as beò mi," thubhairt i le cneadan. Shuidh i air stòl. Bha i na tost ùine bheag.

"Alastair, deònaich dhomh na nithean air am bheil mi an seilbh a thiomnadh dhad ionnsaigh a chum agus gum faigh mi saorsa na mo shean aois."

"Chan eil fios no cinnte cò às am bheil an t-airgead a' tighinn no cò an neach a tha ga chur air adhart," fhreagair Alastair; "agus do bhrìgh sin, ciamar a ghabhas mise seilbh air?"

"Cò a chuimhnicheadh ormsa ach bràthair d' athar? Tha fios aig an t-sluagh uile gun robh e iongantach; agus cò aige a tha brath nach fhaigh mise am barantas a chuir mi air a thòir 's thusa mìltean de chuan air teicheadh bhuam."

"Às eugmhais urrais tèarainte chan eil mi deònach an t-airgead a ghabhail; beannachd leat!" thubhairt Alastair le nì-eigin de thapachd.

"Bithidh mo smuaintean ortsa an-còmhnaidh agus bithidh dòchas agam fios fhaotainn o Eilidh gun do chuir sibh cùl ri Eàrlais."

Choisich Alastair a-mach às an taigh an dòigh air choreigin. Ghabh e ceum de rathad suas tro Fheòrlaig is Bhatain. Bha e cinnteach gun robh e a' dèanamh oidhirp air a dhachaigh a lorg, ach cha robh urras idir aige gun ruigeadh e an àm iomchaidh. Bha e a' dèanamh dealbh de phiuthar athar na suidhe a' coimhead na cagailt, agus a' mhòine air crìonadh gu dreach a' bhàis.

Am bheil am bàs cho an-iochdmhor agus a tha daoine a' smaointeachadh? Nam biodh i aig fois air gualainn a' chnuic, bha Alastair Caimbeul air a bhith cho saor ris an fhuaran a bha a' ruith sìos seachad gu Ceann Sàl Ròdhag. Chaidh na smuain sin tro inntinn. Bha e a' faotainn ùrachaidh neirt an solas na gealaich; anns an àileadh ghlan, fhallain a bha ag èirigh suas o iomall na mara. Ràinig e Earrabost. Bha luchd-eòlais is càirdean air cruinneachadh a chum an taighe.

Bha trì amannan den bhliadhna nach biodh beatha no subhachas am measg nan Gàidheal—latha traisg; àm seòlaidh soithich fhògarraich, agus latha adhlacaidh.

Bha a' chiad nì na adhbhar eagail, oir bha na Ministearan a' teagasg peanais cuirp airson pheacannan follaiseach; agus bha iad riaraichte cho fhad 's a bhiodh an sluagh ri moch-èirigh maille ri bhith a' giùlan goile falamh. Is mòr do dhiadhachd oir tha gruaim air d' aghaidh, 's cha do dheasaich thu biadh!

An dara nì. Bha càirdean is luchd-eòlais air an trusadh air falbh le làmhachas-làidir nan uachdaran a roghnaich tuathanaich bheairt-each thairis air croitearan. Cha robh smid air a labhairt mu aimhleas nan uachdaran.

Nì mò a rinneadh oidhirp air an t-sluagh a stiùireadh a chum ceannsachadh a chur air a' pheacadh uabhasach bha seo. Chan eil sluagh air aghaidh na talmhainn, geal, dubh, donn, no buidhe, a dh'fhuiling uiread air tàille creud (seòrsa de chreideamh) ris na Gàidheil. Reic iad na bhuilich Dia orra de dhuinealas air a thàille.

Chaidh an teaghlaichean a chreachadh: am mic agus an nigheanan a chur a-suas air altair Ceann-Feadhna is Rìgh a thachradh a bhith ag iarraidh cuideachadh a chum creud malcte fhìreanachadh; agus ciod a bha oilthigh* nan Gàidheal a' dèanamh am measg na falaisg a dh'fhadaidh an diabhal air feadh na Gàidhealtachd? Bha aon dhiubh an Stèin; agus a rèir coslais bha a' mhòine gann. "A mhuinntir Stèin," thubhairt e, on chùbaid; "tha an connadh gann ach tha gu leòr an ifrinn!" Cha robh iongantas idir ma-tà, ged a bhiodh an sluagh agus na ministearan air an aon fhacal.† Cha robh ann ach duilleach a thàinig an cois a' pheacaidh, agus dh'fheumadh iad strìochdadh da. Làmh an Tighearna anns a h-uile nì! Ùmhlachd! Ùmhlachd! Agus a dh'ain-deoin nam facal caithreamach cha robh dusan duine an Albainn a' creidsinn gum b' e gineil tràilleil bh' air feadh na Gàidhealtachd.

An treas nì. Bha na teachdairean‡ an dèidh brìgh an fhacail "Tìodhlacadh" atharrachadh gu "Bàs;" agus mar sin cha robh buaidh an cuirp nan Gàidheal—aig cho fallain ionraic agus a dh'fheudadh na buill sin a bhith—comasach air aoibh no gean a ghiùlan.

Shuidh Alastair timcheall air bòrd bidhe còmhla ris na càirdean; agus an dèidh sin phaisg e gu cabhagach beagan ghoireasan a rùnaich e thoirt leis; agus cha do rinn e dìochuimhne air ìomhaigh bràthair athar. Bha Dòmhnall Caimbeul air an tochradh seo a chur bhuaithe beagan an dèidh a dhachaigh a dhèanamh an dùthaich chèin; agus gu ciùin, suidhichte, na chridhe bha Alastair agus misneach aige gun tachradh e air uaireigin.

Dhealaich e ri pheathraichean gu dubhach, agus choisich e fhèin agus ceathrar eile a rùnaich a dhol na chuideachd, tro Bhracadal, am

---

* Tha mi am beachd gun aontaich thu leam a h-uile ministear bha anns a' Ghàidhealtachd (oilthighean) a ghairm nan aon. Cha robh dòigh no seòl aig an t-sluagh eòlas tìmeil no spioradail a lorg ach tromparan, agus tha seo fìor a dh'ionnsaigh an latha an-diugh an ceann air taobh an iar na Ghàidhealtachd. Chaill an sluagh am buaidh-shaoghalta ag èisteachd ri òraid na cùbaid. Bha feartan an cinn air an treòrachadh gu eagal is teagamh; agus fhuair e leithid de bhuaidh air pàrantan agus gun abradh iad le saorsa, "Nach coma dhut ma gheibh thu an greim a dh'ithear thu?"

† Tha e math gu leòr leamsa! Tha sinn a' creidsinn gun d' fhuaradh daoine air clàr-imeachd eaglais cho deas duineil dùthcharach agus a fear am brògan; ach ged a bhiodh neach eudmhor a thaobh nì àraidh ciod e am feum a th' ann gun eòlas? Bha an t-abstol Peadar air am bàr fhaotainn mar lùbach agus tha sinn mothachail gun do choirinn meud a Dhiadhachd beatha do chorp a bha marbh. Chan eil sinn a' gabhail gnothaich ri creideamh no ministear. Tha sinn a' labhairt mu thimcheall na Faoineis a bha na h-aobhar mòr air clann nan Gàidheal—agus mo chiad shinnsear—a chreachadh.

‡ Fear-teagaisg.

Baile Meadhanach, Loch a' Chnuic Ruaidh gu Beinn na Cloiche, agus an Lòn Dubh gu Port an Rìgh. Ràinig iad agus a' ghrian ag èirigh san àird an ear. Bha an "Hector" aig acair beagan shlatan o chladach na Sgoirebreice.

Choisich iad chum na laimhrig. Bha dlùth air ceud fògarrach deiseil gu triall leis an t-soitheach. Bha iad air tional às gach ceàrn. Seann daoine agus mnathan a thàinig air astar fada, bha iad nan suidhe, agus b' e truimead na h-obrach a bh' acasan a-nis, gul is cneadan. Bha gillean tapaidh ann an treun an neirt. Bha muinntir òg eile nam measg, ach bha iadsan mì-fhreagarrach airson na slighe. Cha robh anntasan ach crioplaich: bha iad leònta is bacach. Cha robh feum orra! A dh'aindeoin an t-seallaidh bhrònaich a bh' ann, bha a' ghrian bheannaichte neo-eisimeileach. Bha i air na dubh-neòil a tholladh agus a' beathachadh chreutairean anfhann le a h-àilleachd.

Bha bàta beag ag aiseag nan daoine a chum an t-soithich. Bha Alastair a' gabhail beannachd leis na càirdean oir bha a' chuid mhòr den t-sluagh air bòrd san luing. An uair a thog e aghaidh mhothaich e do Sgalaig Rasaigh a' coiseachd da ionnsaigh. Thug Alastair ceum na chòmhdhail. Bha an duine còmhdaichte mar a bha a' chuid mhòr den t-sluagh a bh' air an laimhrig, le deise Ghàidhealaich. Ged a bha Sgalag Rasaigh air a riochdachadh amhail mar chàch, bha e fhèin agus càch a' creidsinn, ma bha èideadh Gàidhealach mar chomharradh air deagh Ghàidheal, nach robh aon cho Gàidhealach ris-san.

Ma bha cron air an deise is e cho beag 's na bha ann dhith. Bha an t-seacaid de chlò ruadh-ghlas amhail crotal eutrom—ma dh'fhaodte dath crotail; uaine, is dubh, eadar "chur" is dhlùth; ach 's e na sreathan buidhe mu òirleach de leud a bh' air feadh an aodaich a dh'fhàg iomadh àm Mac Grùslaich duilich air a shon fhèin, agus airson clòimh nan caorach. Bha am fiadhladh de chadadh dorcha, agus sreathan ballach mu leud boise air am figheadh amhail cnàimh sgadain, a' seasamh air an innich dubh-ghorm a chaidh a dheilbh airson dlùth. Bha osan den aon dath suas mu a chalpannan. Bha e beagan is dà fhichead bliadhna de aois. Bha e goirid, cnagach, agus cho dìreach ri bior tuairnear. Bha còmhdach-cinn de bhroc ròineagach air chum-adh cuaiche na suidhe gu fiata air fhalt. Bha falt donn-dhearg amhail rùsg de chlòimh, a' tuiteam gu dhà chluais mòr-thimcheall amhaich, bha feusag de an aon dreach dùmhail, tiugh, timcheall ma dhà chluais agus i a' tuiteam na ròineagan fada sìos gu uchd. Bha dà pheilear dhorcha gun fhois air gach taobh de shròin.

"Cho tràth air a' mhadainn?" thubhairt Alastair, a' sìneadh a làimhe.

"Is tràth a dh'èireas am fear nach caidil," fhreagair Mac Grùslaich, a' tarraing a chòig meuran sìos tro fheusaig, seachad air a smig.

"Na bi a' smuaineachadh gur tusa an t-aon Chaimbeulach a th' air an allaban; bha cnàmhan na bìrlinn agam air sàl* saillte agus a' ghrian gun mhothachadh."†

"Cnàmhan na bìrlinn?" fhreagair Alastair, le iongantas.

Bha Mac Grùslaich a' seòladh a làimhe a dh'ionnsaigh na tràghad.

"Tha i an siud gun amharas," chaidh an duine beag, dìreach, air aghaidh; "agus 's e mo mhòr-bharail gur e bradag‡ ainm a bu fhreag-arraiche dhi na bìrlinn."

Bha an t-eathar air a togail caol le fiodh daraich. Bha sè tobht-achan air an riaghladh air a feadh. Bha i mun cuairt air fichead troigh am fad, le cinn chuachach amhail bogha-fìdhle. Bhiodh mu ochd troighean deug am fliuch-bhòrd a droma.

"Ciod e do ghnothach cho tràth; chan ann gun fhios carson a ta thusa an seo?"

"Tha thu labhairt na fìrinne," thubhairt Mac Grùslaich. "Chunnt-ainn air mo chòig meuran na chaidh fhògradh à Rasaigh o chionn dheich bliadhna."

Chuir e ceann a làmhan air a chruachainn.

"Tha mi airson mo sgeul a dhèanamh goirid; tha 'leth-shùil' a' falbh nad chuideachd."

Rinn e casad, agus bha aodann a' sgrùdadh Alastair.

"Mar fhògarrach?"

"Chan ann mar fhògarrach," fhreagair Mac Grùslaich; "ach ciod e an t-adhbhar àraid chan urrainn mise innseadh. Tha fios agam gu bheil e air a shònrachadh a chum do leantainn, agus tha mi den bharail gum b' e seo co-dhùnadh na coinneimh a bh' eadar MacIll-Eathain, Rasaigh, agus an Rosach."

"Tha nì-eigin dìomhair mu thimcheall MhicIllEathain," fhreagair Alastair. "Bha e bochd na chrannchur gu ùine glè ghoirid air ais, ach an-diugh tha mi cluinntinn gu bheil airgead cho pailt ris an fhaoch-aig air an tràigh."

"Bha uiread aig Eanraig Mac Grùslaich a bhliadhna na taca seo, agus b' e sin uiread 's na bh' aig radan eaglais; ach thàinig sgeul leis a'

---

* Air muir.

† A' ġrian na cèir.

‡ Braide—mèirle.

ghaoith deas thugam gun do chaochail athair, agus gun do shealbh-aich e a chuid."

"Tha thu a' creidsinn san sgeul?"

"Tha mi a' creidsinn nach biodh Rasaigh cho dìleas do Dhòmhnall Ros mura faigheadh e imlich nan corragan."

"Chan eil Rasaigh an taing airgid," fhreagair Alastair.

Rinn Mac Grùslaich an ath chasad.

"Tha clachan sleamhainn aig dorsan nan taighean mòra cho cinnteach ri taighean beaga."

Am measg ùpraid na laimhrig chuala Alastair cuideigin a' glaodhaich air ainm. Thàinig duine dèanadach, air a chòmhdach le èideadh iasgair, da ionnsaigh le cabhaig, agus shìn e a làmh.

"Cha do chaidil mo shùil oir bha mi a' smuaineachadh gun cluinninn do cheum air talamh Sgeitheaboist."

"Mòran taing," fhreagair Alastair; "is fheàrr leam d' fhaicinn air an laimhrig na bliadhna dem shaoghal. Tilg an ceanglachan ud don bhàta bheag."

Thionndaidh e ri Mac Grùslaich.

"Chan eil ach aon nì a bheir Mòrag Ros dhomhsa mar bhean, agus 's e sin treibhdhireas a cridhe fhèin. Cha chuir mi smal air a h-ainm ged a phòsadh i Eanraig, oir tha mi a' falbh air astar ma dh'fhaodte a dhruideas mi o a sealladh gu sìorraidh."

Tha na ficheadan deònach gràdh is carthantas a nochdadh, agus uiread eile deònach cagair-gràidh a ghairm na cluasan.

"Beannachd leat a charaid!" thubhairt Mac Grùslaich a' coinn-eachadh na làimhe a bha Alastair a' sìneadh da ionnsaigh. "Tha an seanfhacal ag ràdh, 'Is feàrr caraid sa chùirt na crùn san sporan.' Creid thusa mise, bithidh aon charaid agad an Eilean Rasaigh, Eanraig Mac Grùslaich Caimbeul."

Choisich Alastair a dh'ionnsaigh an eathair bhig. Dh'fhàg e Ùisdean Sgeitheaboist air a' charraig, agus dubh-bhròn air aghaidh.

"Mòran taing dhutsa," thubhairt Alastair, a' càradh a' cheang-lachain den eathar.

"Bithidh mise a' tagradh, agus bithidh deagh dhòchas agam gun coinnich sinn fhathast."

Cha do labhair Ùisdean dùrd. Bha deòir a' sileadh sìos air a dhà ghruaidh. Cha robh iongantas idir ged a bhiodh Alastair Caimbeul duilich a' fàgail duine cho blàth-chridheach ri Ùisdean. Fhuaradh iad air an aon phòr, ach bha barrachd is freumh de chàirdeas eadar an dithis. Bha an càirdeas fad às, ach bha fios aig Alastair gun robh cuisle Ùisdein cho nuadh-bheòthanta ris na meanglain a bu dlùithe dha. Nochd Ùisdean e fhèin na dhuine suairce, coibhneil, am measg na carraid a dh'fhàg am bàs san fhàrdaich bhig a bh' ann an Earrabost. Nam biodh e mothachail air an-diugh, tha sinn cinnteach gun creideadh e gun robh a dhuais aige.

Am beagan ùine bha am bàta deiseil gu seòladh. Chaidh geimhlich is acair a tharraing air bòrd le làmhan lùthmhor, agus cainbe a chrochadh ri crann. Sheòl i a-mach às an acarsaid le gaoith on àirde deas, agus sgairt-phàitich* a bha ga h-iomain amhail mar àrc, gu Sgeir an Eòrna. Bha a' ghaoth teth, cruaidh, a' cur spionnaidh an crè, agus gath geal grianach, a' cur nì-eigin de neart an cuisle. Cha robh gnùis às eugmhais smal, no gruaidh tioram. Bha Alastair dlùth air ailm an t-soithich a' sealltainn air an laimhrig, agus an uair a chuir e aghaidh gu bòrd na luinge bha seirbhiseach Rasaigh, Cathal GilleNaomh, ag amharc da ionnsaigh.

Sheòl an "Hector" air a' chiad là den earrach.

---

* Tiorpanaċ.

Bàrrlaċ Cuain

Caibideil

III

Bha an dithis dhaoine ag amharc an aghaidhean a chèile car tiota, agus ghrad thionndaidh Cathal aodann gu ceann eile na luinge. Bhiodh Cathal mu mheadhan-latha de aois. Bha aon de shùilean a chinn gun fhradharc. Bha e àrd, tana, le aodann fada, caol: na cnàmhan còmhdaichte le craiceann dorcha às eugmhais a bheag de fheòil.

Bha a chraiceann air fhalach le deise de chlò le iomadh seòrsa dath. Bha ceàrnagan beaga de dhonn a' nochdadh le susbainn air dlùth de chothlamadh ruadh-ghlas. Bha fàinne air a lùdaig, agus brògan de leathar làidir ma chasan.

Bha Alastair air cluinntinn mu Chathal, agus air fhaicinn, ach cha b' fhiosrach leis a-riamh a bhith cho faisg dha. Bha Cathal a' caitheadh a làithean an uaigneas is bailbheachd. Bha e air a dhuais-eachadh le Rasaigh,[*] ach cha robh neach air druim an eilein a b' urrainn a ràdh ciod a bha e a' dèanamh airson an tuarastail a bha e a' faotainn. An Rasaigh bha iad eòlach air mar "an sgalag uasal;" ach, an àitean eile, bha e air a shamhlachadh ri facail Mhic Grùslaich. Anns an Eilean Sgiathanach cha robh e uasal no ìosal; bha e na "ghille-baile," agus air tobhtaidh na bìrlinn cha bhiodh Mac Grùslaich a' faicinn ach "an gille-coise."

Bha tostachd Chathail buan, sìorraidh; ach bha i so-bhrosnachail don duine thiugh, ruadh, a bhiodh a' toirt da an aiseig an uair ainn-eamh a nochdadh e aghaidh an Rasaigh. Bha iongantas gu leòr air

---

Alastair ciod a thug Cathal air thaisteil cho fada. Bha e cinnteach nach robh e air a cho-èigneachadh gu falbh às an eilean; ach a rèir coslais cha do smuainich e mòran de sheanchas Mhic Grùslaich, oir thionndaidh e bhuaithe agus dh'amhairc e timcheall air.

Bha dà cheud anam anns an t-soitheach. Bha mu cheud dhiubh sin air tional às an Eilean Sgiathanach. Bha an "Hector" air ceud eile a thional eadar a' Chòigeach agus Caol Loch Aillse. Bha i a' trusadh timcheall nan àitean sin gun bheag atharrachaidh seach soitheach marsantachd. Cha robh neach sam bith air a cho-èigneachadh, le gunna is luaidhe, gu falbh; ach bha suidheachadh na dùthcha cho ao-dòchasach air iomadh dòigh agus nach robh nì fo chomhair an t-sluaigh ach gluasad gu àitean eile. An uair a bheir sinn fa-near gun robh an sgiobair agus luchd-seòlaidh nam bàtaichean air an duais-eachadh airson na h-uile creutair a rachadh gu bòrd, chì sinn gun robh dleastanas dà-fhillte acasan. Bha iadsan a' faotainn "na h-uiread às a' cheann," ma tha e iomchaidh na briathran sin a chleachdadh. A rèir coslais, cha robh iad dearmadach a thaobh an dleastanais airson sluagh a thional 's a thrusadh, agus bha iad, mar an ceudna, eudmhor a chum a bhith an deagh àm. Bha an "Hector" a' gluasad anabarrach tràth; oir, a rèir cleachdaidh nan Gàidheal, cha robh an geamhradh air crìochnachadh agus a bùird dhosrach a' seòladh nan tonn.

Cha robh bean no nighean gun bhrèid de chataidh; agus a theagamh tha fios againn uile gun robh an Sasannach fada roimhe seo air cothrom is ceud cothrom a thoirt do shluagh na Gàidhealtachd a thaobh na deise bu ghnàthach dhaibh a chaitheadh. Cha robh aslachan gun chomharradh air choreigin co-cheangailte ris an t-seann trusgan sin. Bha mòran de sheann daoine is de mhnathan am measg na cuideachd. Cha do mheas Gàidheal a-riamh a dhachaigh ach far am biodh an teaghlach.

Bha an òigridh ann, mar an ceudna, agus naoidheanan a bha a' sealltainn aig amannan air na bha timcheall orra agus a' grad-thill-eadh a chum na cìche—a h-uile seòrsa ach a-mhàin na bacaich agus na ciorramaich. Bha iadsan gu bhith air an deagh chòmhdach agus gu bhith air an deagh bheathachadh le Lagh nam Bochd. Chaidh an lagh seo a thogail fo chomhair ar sinnsir mar lagh aig an robh a stèidh air Ceartas is Fìreantachd, ach cha robh ann ach beirm a chum an t-sluaigh a mhealladh. Rinn e an nì sin a chaidh a shònrachadh dha: mheall e an sluagh, agus fhuaradh innleachd, do bhrìgh sin, an creachadair a chur air altair nan "Crìostaidhean." Ach ciod an t-ainm a chaidh a shònrachadh dha nuair a chaidh sùilean an t-sluaigh fhosgladh, agus a chunnacas an làmh cho spìocach 's a' bhlonaig cho blian 's cho tur? "Gun glèidheadh Dia mi o thaigh tèarmainn," bha seann duine còir ag ràdh; "ach mura glèidh bithidh mi tagradh gun dìon E mi o Bhòrd nam Bochd." Bha e furasta gu leòr na bacaich a ghiùlan air falbh. Ciod am feum a bha annta?

Am beagan ùine bha am bàta a' seòladh seachad Rubha nam Bràithrean. Bha a trì chruinn àrda luchdaichte le cainbe, agus a h-uile brèid le bruaich le fleadh na h-àirde deas. Bha teas na grèine agus a' ghaoth fhionnar fhallain bho chladach Rònaigh a' fògradh gruaim. Bha an sluagh còmhraideach. Bha iad a' cainnt 's a' conaltradh ri aon a chèile.

Bha Alastair ag èisteachd le cùram ris na seanchasan a thuit air a chluasan, agus bha e mothachail gun robh duineachan beag, tana, air leth bho chàch, agus cneadan air a' caoineadh. Cha do ghabh e mòr-iongantas—cha b' fhiosrach leis aon air bòrd nach robh ris a' chèird—ach bha nì-eigin timcheall a' chruth bhig a bha e faicinn a thlàthaich a chridhe agus ghrad choisich e da ionnsaigh agus labhair e ris.

"Cha chaomh leam," arsa Alastair, "fireannach fhaicinn deurshùileach; feumaidh sinn leisgeul nam boireannach a ghabhail."

Thog an duine aghaidh agus fhreagair e le braise:

"Boireannaich! Na ainmich nam fhianais iad," thubhairt e. "Tha am facal na dhomblas dhomhsa."

Sheas Alastair ceum air ais. Bha e a' creidsinn nuair a bhios duine an càs gur feàrr cead a choise a thoirt da. Rinn e ceum gu deireadh na luinge, ach thùirling guth an duine air a chluasan le caise.

"Nach ann troimpese a chaidh m' fhuil is m' fheòil fhògradh an toiseach? Agus mura biodh a' fulang ach i fhèin bhiodh Ceartas co-cheangailte ri a fulangasan. Ach cha d' fhàs gòisne fuilt tro a ceann nach eil a' fulang còmhla rithe. Chuir i mì-sheasmhachd an cridheachan chlann nan daoine—agus ciod e an obair a th' acasan?"

"Nach eil iad a' riarachadh agus a' bialamas ris an diabhal do an do ghèill i?"

Bha a dha shùil mar èibhleig theine. Leig e a thaic air cliathaich na luinge agus sheall e gu dùrachdach air cladach Stafainn. Cha robh an Alastair Caimbeul ach duine òg, gidheadh cha do thionndaidh e cluas bhodhar a-riamh ri achmhasan. Chaidh fhàgail gun fhear-iùil, no fear-treòrachaidh, agus e a' falbh cas-rùisgte air feadh Earraboist.

Ged a dh'fhoghlaim e bhith dìcheallach a chum a lòn fhèin agus lòn a pheathraichean a chosnadh, cha robh e a' dèanamh ach nì a bha e a' faicinn na chleachdadh aig muinntir eile. Mhothaich e gun robh an Ceilteach loma-làn den ghnè seo. Ach dh'fhoghlaim esan barrachd is seo. Bha e a' creidsinn ma shuidhich Dia na inntinn gum feumadh e a bheatha a chaitheadh le nàdar uaibhreach, neo-eisimeileach, gum feumadh nì-eigin so-làimhsichte a bhith an cùl a chinn agus na chiste mum biodh an dà nì foirfe. Cha robh e idir a' creidsinn san neo-eisimeileachd a rachadh a chadal na trasgaidh, agus ma dh'fhaodte a rachadh gu bàs air cabhsair mun iarradh i dèirce. Bha e a' faicinn loinn air cuid de dhaoine a theagamh, ach bha e an-còmhnaidh a' dèanamh mion-rannsachadh air a' charraig air an d' fhuaradh an loinne, agus a' feuchainn an robh i staoin no domhain.

Bha nì-eigin san dà shùil theinntich a bha a' lasadh ma choinneamh a bha so-bhrosnachail; agus ged a bha e mothachail gun robh a chàil glaiste an coinneamh connsachaidh rùnaich e beagan fhacal a ràdh air sgàth nam ball iongantach a bha tùrsach ri thaobh.

"Tha sinn an làmhan an fhreastail," thubhairt Alastair.

Bha e a' sgrùdadh aodainn, oir bha e cinnteach gun rachadh na facail mar bhior-cruadhach gu chridhe. Cha do labhair e smid.

"Cha robh na Gàidheil lìonmhor gu leòr," leasaich Alastair, le misnich, "a chum cathachadh airson an còirichean."

Bha na cnàmhan beaga so-chriothnachail.

"Tha sinn uile an làmhan an deamhain," thubhairt e, le cabhaig.

"Chuir an t-Èireannach a dhùthaich agus a chànain air altair nan sagart: tha an dùthaich sin a' crìonadh amhail mar shneachda òg a' Chèitein. Thug na Gàidheil seachad an dùthaich fhèin do an co-luchd-dùthcha a roghnaich buinn ruadha nan Sasannach a roghainn air cànain is gineil."

"Ach tha thu 'g ràdh rium gun d' fhuair sinn a' mhì-sheasmhachd air am bheil thu labhairt bho dhualchas. Ma chuir am boireannach tacaid na ceilg tro ar cuirp cionnas a gheibh sinn cuidhte is i?"

"Sabaid rithe gu bàs!"

"Cha d' aidich mi idir gun do dh'fhàg am boireannach an duine gun treòir. Thubhairt mi riut gun do rìoghaich fuil na ceilg 's na mì-sheasmhachd nuas a dh'ionnsaigh an latha 'n-diugh."

Bha ciùineas eatorra. An ceann tiota labhair an duine le tarcais.

"Chan eil do bhriathran-sa a' cur iongantais orm," thubhairt e; "chaidh d' fhoghlam an creideamh aig am bheil a bhunait air tràill-ealachd—aitreabh gun stèidh no mullach agus a ta air a h-ainmeachadh Crois.* Chuir an t-eagal tràilleil cridhe nan Gàidheal air chrith, ionnas nach do rinn iad oidhirp air staid neo-chiontachd a lorg."

Sheas e mu choinneamh Alastair. Bha aghaidh ciùin, suidhichte.

"Nach iongantach leat gum b' e a' mhuinntir a bha teagasg Lagh Dhè a bha nan clèirich agus nan co-sgrìobhaichean eadar ceann-cinnidh agus na Sasannaich?"

"Agus ma rannsaicheas tu cinn-feadhna, ciod a rinn iad? Rachadh iadsan gu bàs airson an sliochd," thubhairt e, le geur-mhagadh. "Ciod nach dèanadh iad airson am fuil agus am feòil! A charaid, fhuair iad-san am fearann agus màl math na chois, agus tha thusa air do thilgeil a-mach mar chlosaich coin. An ainmich thu aon a sheas le duinealas an uair a lìonadh sgìre Eabhair le figheadairean coimheach, agus a bhòidich an luchd-malairt bàs do gach nì ach clòimh nan caorach?"

Rinn e casad agus thàinig aoibh air a ghnùis.

"Sin agad cuid de na nithean a tha gam fhàgail tùrsach an-diugh," thubhairt e le dùrachd. "Tha sinn gun dùthaich gun chànain, agus nam b' urrainn do na cealgairean bhitheamaid gun cheòl."

Ruith e gu càrn de threalaich agus dh'fhosgail e sacan. An ceann tiota bha e na sheasamh le inneal-ciùil nan Gàidheal na làimh. Leig e còta de chlò dheth, thug e sùil dhùrachdach a chum an fhearainn agus am priobadh na sùla bha e còmhdaichte leis an t-seann trusgan Ghàidhealach. Bha e a' geur-amharc air Alastair.

"Ach sin aon nì nach urrainn dhaibh a thoirt bhuainn. Tha mi coma ged a chuirinn mo chèile air ghleus airson cairteal de uair air a sgàth-san a rinn imrich fichead bliadhna na taca seo, air co-ainm na luinge sam bheil thu."

Bha Alastair air earrann mhòr de a shuim a chall ga choimhead. Chuala e na facail a labhair e mu bhràthair athar, ach cha do dhrùidh iad air a thuigse. Cha b' ann an-diugh idir a bha e a' dol a chreidsinn gun do chuir an duine beag, tana orthachd fo a chomhair a dh'fhàg e rè na slighe fo gheasaibh cosail ri nighean an rìgh.

Rinn e casad, agus tharraing e a chòmhdach-cinn air fhiaradh, le dealas boireannaich. Leig e a thaic air a chois chlì, agus sheall e orrasan a bha timcheall air, cosail ri neach a fhuair buaidh air a h-uile uallach a bhuineas don t-saoghal. Chuir e am feadan le earbsa tron fheusaig a bha sìos bho a smig, agus riasail e an aibidil chiùil. Thuit a chas dheas, le faram, gu clàr-uachdar na luinge. Choisich e le ceum mall, màirnealach agus tuireadh a' sèideadh tro chlàraibh

* An creideamh Crìostaidh.

nan dos, cosail ri glaodh na dunach an tuim-adhlaic. Bha ceum a chas co-mhothachail ris a' cheòl a bh' air bàrr nam meur. Bhuail an cianalas eagaich Lag a' Bhleoghainn,* ach ghrad thùirling e gu bòrd an t-soithich. Ruith e gu fiata air feadh an t-sluaigh, agus sheas iad gun bhall nan cuirp ach an dà chluais.

> *Cha till, cha till, cha till MacCruimein,*
> *An cogadh no sìth, cha till e tuilleadh;*
> *Le airgead no nì, cha till MacCruimein.*
> *Cha till e gu bràth gu Là na Cruinne.*

Mo thruaighe, chan eil na facail air an cunglachadh ri aon neach no ri aon àm. Sheas iad, agus seasaidh iad gu daingeann, diong-mhalta, cho fhad agus a mhaireas an talamh, agus a bhios an duine a' triall air uachdar! Tha Cumha MhicCruimein a' dol a dh'ionnsaigh bruaich na h-uaghach, ach chan fhiosrach leinn Gall no Gàidheal a dh'aidicheas gun deachaidh an tom-adhlaic a dhruideadh. Cha robh fògarrach anns an "Hector" nach robh an spearrach an èideadh-bhròin, gidheadh bha nì-eigin sa chrùnluth a bha gan tàladh gu beatha is misneach. Bha am bàta corrach. Bha na stuadhan air bhoil, 's a' tilgeil ultaichean de thoit chopaichte seachad air a gualainn. Thionndaidh an speilg ghleusaichte air sàiltean a bhròg cho ealamh ri còmhlaidh air lùdagan, agus ghrad thuit a chas anns a' cho-sheirm.

> *Cha chluinnear do cheòl san Dùn mu fheasgar,*
> *'S mac-talla nam mùr le mùirn ga fhreagairt;*
> *Gach fleasgach is òigh gun cheòl gun bheadradh,*
> *On thriall thu bhuainn 's nach till thu tuilleadh.*

An ceann tiota bha am bàta seachad air Rubha Uinis. Choisich i le cabhaig Caolas nan sgeirean-maola agus an t-Iasgair. Stad an ceòl. Sheas am fear a bha a' cluich agus sheall i tiota dh'ionnsaigh seann challaid Thuilm a bha suas bho iomall na mara. Bha Alastair ga choimhead, agus mhothaich e gun robh an ìomhaigh bheag phreachanta a' dèanamh gàirdeachais ris an t-seann chaisteal. Cha do shuidhich e fhèin aon smuain air an togail a bha ma choinneamh.

Alastair Caimbeul! Nam biodh fios aige air an ana-mèinn agus an dubh-dhorchadas a dheasaicheadh airson na sgàirnich a bha e a' faicinn, tha sinn cinnteach nach rachadh e seachad cho neo-bhruailleanach.

---

*   Dlùth air Dùn Tuilm.

Thàinig gluasad san duine bh' air cliathaich an t-soithich; agus am priobadh na sùla chualas "Caisteal Shruighlea" a' filleadh ri cainbe is gaoith. Cha robh sùil a bha fliuch roimhe siud nach robh a-nis tioram. Theich bròn, lèireadh, is cianalas. Cha robh iad nam fògarraich na b' fhaide. Cha robh anntasan ach sluagh a bha a' dian-ruith gu talamh nuadh agus nì-eigin bodhar, balbh, air an ailm gan stiùireadh seachad air a h-uile cunnart!

Bha an aois froganta, an òige air am beò-ghlacadh, agus na leanaban air cìoch is cànran a dhìochuimhneachadh. Tiota beag an dèidh seo bha e cho balbh ri clàr-imeachd na luinge. A' mhuinntir a chunnaic e an dèidh làimhe bha iad ga shamhlachadh ri càrn-cuimhne. Siud an duine beag a chuir na pàistean air bhoil ach bha e a-nis tostach.

Bha Alastair Caimbeul a' smuaineachadh gun robh e marbh cuideachd. Phaisg an duine seachad a' phìob, agus choisich e seachad air gun smid a ràdh. Thug Alastair oidhirp gu labhairt, ach bha e à fianais a shùl mun d' rinn e ceum le chois.

Chuimhnich Alastair air na briathran a labhair e mu bhràthair athar an dara turas, agus ged a bha iad a' brùthadh air a thuigse, agus so-bhrosnachail a chum còmhraidh agus tuilleadh eòlais, bha e a' toirt fa-near gun robh an duine air a shuaineadh le ciùineas a sheas mar bhalla daingnichte ma thimcheall. Ach dh'fhoghlaim Alastair air a thaisteil gun robh e mearachdach a' dèanamh samhlaidh don phìobaire; oir ged a rinn e ionnsaidh uair no dhà a dhol na chuideachd cha d' fhuair e gnè de mhisnich a chum an duine beag, meanbh, a tholladh. Cha robh e a' faicinn ach callaid is colg fad na slighe. A theagamh, dh'aidich e aig ceann a thurais nach do rinn e spàirn chruaidh a chum a lorg am measg an troimh-chèile a bh' ann; ach bha e cinnteach nach robh neach air bòrd a bha cho taingeil ris fhèin nan tachradh don chruth a dh'fhògair mulad a bhith far an ruigeadh a shùil air.

Ceithir làithean an dèidh an eilein fhàgail, bha am bàta dlùth air sgìre Bhreatainn san Fhraing. Bha an dùthaich sin a' faotainn a cuid fhèin den bhàrrlach a chreach dùthaich is dachaigh. Ràinig an long baile Bhrest. Sgrìobh Alastair litir a dh'ionnsaigh a pheathar, agus sgrìobh e, mar an ceudna, gu Mòraig Rois. An ceann dà latha bha an "Hector" a' seòladh a-mach às a' bhàgh. Bha a h-aghaidh air dùthaich Ameireaga, agus thòisich i air treabhadh mu thrì mìle de mhìltean-mara luchdaichte le trì cheud anam.

Sìos tro eachdraidh an t-saoghail tha sinn a' leughadh mu thimcheall muinntir a dh'fhalbh às an dùthaich fhèin—cuid dan deòin, agus cuid a theagamh a dh'aindeoin. Ma dh'fhoghlaim sinn nì sam bith mun t-sluagh sin, fhuair sinn eòlas air gràdh a' chreutair don dùthaich anns am faca e a chiad sholas. Tha sinn uile a' làn-chreidsinn nach e an talamh ar n-àite-còmhnaidh. Agus a' beachdachadh air an smuain seo, bhiodh e a' co-fhreagairt dhuinn aid-eachadh gun robh aon àite cho maith ri àite eile. Chan ann mar seo a tha. Nam biodh smuain nam fògarrach ud faicsinneach dhuinn b' e an latha a chaidh an sgaradh bhon dùthaich fhèin cruadal cho mòr 's a thachair orrasan rè am beatha.

Tha a' cheist ag èirigh ri ar n-inntinn, am bheil e gu math a bhith a' fàgail dùthaich ar breith is àraich, agus triall gu dùthaich chèin? Is e sin, am bheil e gu math don neach a ta air fhògradh, agus don dùthaich a ta am fògarrach a' trèigsinn? Tha mòran de cheàrnan anns a' Ghàidhealtachd, agus tha sinn a' creidsinn nach biodh duine beò anntasan. Is math a rinn an sluagh cùl a chur ris na h-àitean sin. Ach ciod e an seòrsa àitean a bh' ann? Glinn fhàsail, neo-thorrach nach robh airidh air suim, no buaidh a chall timcheall orra. Bha Albainn aig an àm seo fo riaghladh reubalach a reic a còir-bhreith. Cha b' ann fo riaghladh Taigh nan Cumantan, mar a tha cuid ag innseadh dhuinn cho minig. Gleusta is mar a bha na Sasannaich, cha robh iad a-riamh cho mì-sheasmhach ri Albannach no Gàidheal, aon uair agus gun rachadh an dithis sin air seachran. Tha sinn seachd seann sgìth a' cluinntinn mun t-Sasannach, agus a' mhallachd a thàinig an cois an Aonaidh sa bhliadhna 1707. Bha an dearbh mhallachd air buaidh fhaotainn oirnne ged a bhiodh a' Phàrlamaid Shasannach anns an aigeann.

Ciod e a bha na Sasannaich eu-comasach air a thoirt bhuainn, agus a chumadh na Gàidheil nan dùthaich fhèin? Ar cànain. Chan eil dùthaich agad gun chànain, agus chan eil cànain agad gun dùthaich. Bha na Sasannaich neo-lochdach. Mheòraich iad san t-suidheadh seo: "Sgrìobhaidh sinn a chum nan daoine borb a th' air feadh nan gleann; chan eil cothrom againn fhèin air laghan a chur fo an comhair; bithidh sinn air ar seòladh leis a' mhuinntir a ta a' riaghladh thairis orra agus ma roghnaicheas iadsan ar cànain, bithidh iad fo ar riaghladh ann am beagan bhliadhnachan." Is fìor a thug iad breith. Chan e a-mhàin gun do roghnaich sinn a' chànain Shasannach, ach chuir na Gàidheil cùl ri an cànain fhèin.

Neach às eugmhais a chànain dhùthchasaich, tha e gun dùthaich, gun dachaigh, gun fhàrdaich. Chan eil ann ach mac-dìolain a ta air iomain a-mach a chum ceithir cheàrnaibh an adhair. Cha robh innleachd am Breatann a chartadh na Gàidheil mar bhàrrlach thar chuan nam biodh iadsan air a bhith seasmhach do an cànain fhèin. Tha do chànain air a toirt dhut mar do chòir-bhreith; thàinig a' chòir-bhreith sin don t-saoghal maille riut, agus ma thrèigeas thu seo, tha do dhùthaich a dhìth ort.

Tha Èirinn na samhladh agus na ball-tàmailt. Bha i na dùthaich a bha mòr farsaing, gidheadh cha robh rian an Èirinn ach an rian Ceilteach. Bha an sluagh cruinn, cothromach, agus do bhrìgh sin, bha e furasta a' chànain dhùthchasach a chumail a-suas. Eadar a' bhliadhna 1854 a dh'ionnsaigh 1906 thriall ceithir muilleanan gu leth a chum dhùthchannan cèin. Tha sin barrachd air na ta a' gabhail còmhnaidh san Eilean an-diugh uile gu lèir, ag àireamh nam prìosan, taighean-tèarmainn, taighean-eiridinn, leòntaich is daoine ciorr-amach.

Tha sinn a' leughadh mu dhaoine tapaidh, sgoinneil—fìor luchd-dùthcha—a fhuair am breith 's an àrach an Èirinn. Bha iad gleusta anns a' chànain Shasannaich, agus fhuair iad air sgàth sin àite aig an taigh agus on taigh. An robh iadsan cho gleusta nan cànain fhèin? Ciod a rinn iad airson an cànain? Rinn iad bòst gu leòr mu laghan eaglais, agus an "t-saorsa" a choisinn iad do Èirinn. Tha Èirinn gun saorsa fhathast agus bithidh gu latha bhràth, oir thrèig an sluagh an cànain agus fhuair na Sasannaich buaidh air an dùthaich. Mas e fìon buaireasach na dibhe a chuir na h-Èireannaich air fògradh, an t-àite as miosa don fhìon! Mas e Eaglais agus aran coisrigte na Ròimh, bithidh sinn a' tagradh a chum agus gun tùirling am mallachd—ascaoin-eaglais—a th' air a thasgadh maille rithe air a ceann fhèin.

Tha aon nì fìor. Thrèig Èirinn a cànain; agus feumaidh sinn aideachadh, mar an ceudna, gun do roghnaich i an altair. Feum- aidh sinn aideachadh cuideachd nach dèan eud airson creideamh dùthaich a theasairginn, oir am bitheantas, tha an creideamh, olc math e, gar tàladh bho na nithean sin a chaidh earbsa rinn mar luchd-àit-eachaidh. Cha bu mhiann leinn a bhith an speur cumhang ann an saoghal farsainn. Bithidh sinn ag altram misnich, eadhon ged a rùnaicheadh sluagh an dùthaich fhèin a thrèigsinn.

Mar Ghàidheil, bithidh dòchas againn nach cùl-sleamhnaich ar gineil, agus gum bi iad seasmhach a thaobh ar cànain, ar ciùil agus ar cleachdaidhean.

Ma dh'fhaodte gum bi beagan ann a nì sin, ach chan eil e an comas dhaibh na cleachdaidhean dùthchasach a chumail a-suas ach ùine gheàrr. Tha iad a' tighinn a-steach fo riaghladh stàitean eile, agus bithidh iad air an slugadh a-suas leis a' mhòr-roinn am beagan bhliadhnachan. Bha ar sinnsir neo-shusbainneach, gun cheann, gun eanchainn, an latha a thriall iad mar fhògarraich.

Chaidh mòran a labhairt agus a sgrìobhadh mu "Fhuadach nan Gàidheal." Tha e furasta do sgrìobhaiche àrd-mholadh a' phobaill a chosnadh. Tha creutair an-còmhnaidh nas sàbhailte a chogais a shaltairt fo na casan agus aomadh leis a' mhòr-chuideachd airson dìomolaidh an uachdarain na aon mheur a thogail an aghaidh a sheirbheisich. Tha sinne a' creidsinn gum biodh e cho furasta giomach a lorg am faochaig no faoileann a bhiodh freagarrach airson a' mhargaidh, ri Gàidheal a thogail no àrach a-mach às a' Ghàidhealtachd. Ach, chan eil sinn idir a' creidsinn gur e uachdarain, no eadhon a bhith dh'easbhaidh Pàrlamaid am baile Dhùn Èideann, a sguab na Gàidheil às a' Ghàidhealtachd.

Ciod a chreach ar dùthaich, ar cànain, agus ar cinneach? Tha cuid nar measg fhèin an-diugh agus ged a bhiodh deich saoghail ann, agus òrdugh aca mìle bliadhna a chaitheadh anns gach aon dhiubh, bhuilicheadh iad an tìm le peann is dubh ag innseadh dhuinn mar a chaidh na Gàidheil a chreachadh. Cha bhiodh e ladarna dhuinne a ràdh gum faodadh neach ceap-tuislidh nan Gàidheal a dhèanamh so-shoilleir le trì facail.

Dh'ainmich sinn a cheana cuid de na nithean a bha so-bhrosnachail a chum an t-sluaigh iomain a-mach às an dùthaich. Cha robh an sin ach adhbhar. Nach mòr an t-eadar-dhealachadh a tha eadar adhbhar agus màthair-adhbhair! Smid cha do labhair sinn mu thimcheall an aimhleis uabhasaich a dh'fhàsaich teallaichean ar n-athraichean. Tha facail sa chànain choimhich tha anabarrach freagarrach a thaobh a' chuspair a ta fo ar comhair. Tha iad a' buntainn ri Albainn gu coitcheann, agus is cinnteach ma tha brìgh annta do Albainn gu bheil brìgh shònraichte annta don Ghàidhealtachd. Is iad seo iad:—

"Emigration is in the main an adult movement; and as it always costs something to rear an individual, whatever may be

the estimate of that cost, or the value of that estimate, emigration to a certain exent involves a national loss. This may be made up to the nation if emigration is small in proportion to her population; but, when it means a relative depletion of the effective age classes—those between 15 and 50—it means a loss of productive power, with a greater burden upon those who remain."

Bha na Sasannaich air fàs beairteach, coma co-dhiù. Cha robh acarsaid no laimhrig air feadh Albainn às aonais luinge-sheòlaidh; agus theagamh bha faraidhean a dhìth orrasan. Ciod e an dealachadh a bh' eadar daoine, seach leathar no clòimh? Seo an nì ma-tà, malairt! A theagamh tha an saoghal air a chumail a-suas le gnothach is malairt; ach, ma tha e fìor nach ann le aran a-mhàin a bheathaichear duine, ciod a their thu, a leughadair, ma chaill sinn ar n-anam? Bha ar n-athraichean mì-sheasmhach romhainn. Am bheil Gàidheil an latha an-diugh mì-sheasmhach? Am bheil iad a' dèanamh an dleastanais a thaobh dùthaich is cànain; no am bheil iad air an tàladh le malairt an t-saoghail, agus dearmadach co-cheangailte ris na nithean sin a bhuineas do chinneach agus do shìol a chaidh a chreachadh le a comachd agus a mì-shuimeachd fhèin? Tha mi a' fàgail na ceiste agad. Tha mi ag iarraidh mathanas, a leughadair: chaidh mi 'thairis air mo sgeul' tro aineolas, agus a theagamh, ladarnas. Tha mi a' dol a dhèanamh oidhirp air mo sgeul a thoirt am follais an dòigh a thaitneas riutsa; agus bithidh deagh mhisneach agam gun glèidh mi fa dheòigh mo cheann bhon chorraich a thug mi orm an tràth seo.

An ceann seachdain an dèidh an Fhraing fhàgail bha an "Hector" a' riasladh ri muir is gaoith. Thàinig a' ghaoth cam agus chaidh gach brèid a theannachadh le cainbe. Bha i a' streup ris an doininn le dìcheall, agus a' seòladh air tuinn bhuaireasach cosail ri spàl figheadair. An ceann ochd làithean fichead lasaich an àird an iar, agus bha de iochd innte na thug cothrom a coise don iùbhraich. Ràinig i fearann Ameireaga beagan làithean an dèidh sin, agus, sheòl i steach gu Bàgh Fhunndaidh, an sgìre Alba Nuaidh. Chaidh acair is geimhlich a chur a-mach mu choinneimh Sable, ceanna-bhaile na mòr-roinne sin.

Bha an Fhraing a' tagradh còrach air Alba Nuaidh suas gu 1621. Thòisich tuasaid is sabaid na dhèidh sin eadar na Frangaich agus Albannach dom b' ainm Mac Alastair. Cha robh na Frangaich comasach air an teicheadh a chur air na h-Albannaich, ach ghabh iad seilbh air an dùthaich an tomhas mòr agus rùnaich iad sluagh is fearann a chosnadh don dùthaich fhèin. Bha neach Richelieu, duine treun, tapaidh, a' tagradh às leth na Frainge, agus mar an ceudna a' tagradh gum biodh an t-àite air ainmeachadh Acadia. Bhuannaich Richelieu, ach bha Albainn air a mhuin a-rithist. Anns a' bhliadhna 1654, chuir Cromwell cabhlach a chum na mòr-roinne, agus chaidh an t-àite aiseag do Albainn. Cha d' fhuair iadsan seilbh ach mu dhusan bliadhna, oir rinn an dara Teàrlach sabaid às leth nam Frangach. Mo thruaighe, cha b' urrainn do Theàrlach min-choirce itheadh agus teine a shèideadh! Cha robh e comasach air Albannaich fhadadh le teine aig an taigh, agus am fàgail gun chagailt an ceàrn eile cuideachd. Anns a' bhliadhna 1713 bha an t-àite air a ghairm Nova Scotia. Bha an t-ainm air a bhith na bu fhreagarraiche le "Nova" a dhubhadh a-mach, oir bha an t-àite cho Albannach ri siorramachd Pheairt.

B' e co-ainm a' bhàta san robh Alastair Caimbeul, an "Hector," a dh'aisig na ciad fhògarraich bho thaobh an Iar na Gàidhealtachd an toiseach. Chaidh ise gu acarsaid Phictou, agus, mo chreach, bha mòran de na Gàidheil chalma, thapaidh a ràinig am fearann eu-comasach air stàth no gnìomh a dhèanamh aig meud an anastachd a dh'fhuiling iad air an taisteal. An dèidh an ama sin thòisich fuadach nan Gàidheal an da-rìreadh. Chaidh seachad air leth muillean Gàidheal gu Nova Scotia agus Brunswick eadar a' chiad "Hector" agus an t-àm a ta fo ar comhair—mu chuairt air fichead bliadhna.

Bha bàtaichean beaga ag aiseag an t-sluaigh a chum na laimhrig; agus cha bu luaithe chaidh Alastair do aon dhiubh na mhothaich e do Chathal GilleNaomh. Mun d' fhuair e uiread agus aon smuain a chaitheadh air Cathal, bha nuallaich nan creach san eathair bhig a bha ri thaobh. Bha an duine beag, iongantach a chunnaic e an toiseach seachad air Eilean Thuilm na sheasamh air crann-tarsaing an eathair, agus a dhà leth-cheann cho dùmhail ri bolla.

Thòisich a' chòisir. Ghlaoidh na creagan air iorghail air ais le neart a chriothnaich na h-uisgeachan. Bha mòran sluaigh cruinn air an laimhrig. Bha Alastair a' faicinn buidhne àraidh air sròn na carraig, ach cha b' urrainn da teicheadh bhon chruth mheanbh a bha dlùth air. Bha a cheann air fhiaradh, agus bha e a' breabadh an tràth-sa 's a-rithist nan sè òirlich a bh' aige den tarsannan le a chois cheàrr. Cha robh robhas air cianalas. Theich dubhachas. Bha srann-ghlaodh nan dos a' ruith gu fiata gu uachdar na tràghad agus feadan a' cur sèist ri theachd. Bha balg-mhàirneal air a brùthadh gu rèis, agus uilt spor-mheurach a cur àgh ri sgal.

Chaidh greann fhaondradh, airtneal is bròn air dìochuimhne. Thachair an t-aon nì aig Caisteal Dhùin Thuilm, ach cha robh anns an t-sluagh ach fògarraich, agus bha am pìobaire a' giùlan sac-aimhleis a' bhròin air an eachlaidh. Ach a-nis! An ceann tiota chualas iolach a' snìomh bho chùirn nan stac. Shèid ioma-ghaoth na bailc* air bàrrluth nan teud, agus thòisich bùirean-bàirich† a' cur brosg‡ ri càil. Bha an sluagh tostach. Bha am pìobaire balbh. Bha esan air ath-thilleadh gu monais, ach bha an sluagh an co-roinn ris an t-seann saoghal.

Cho luath 's a fhuair Alastair gu cladach chum e aghaidh air an neach a dh'fhògair bròn. Bha nì-eigin ga thàladh a chum an duine. Bha e a' labhairt le neònachas—cho fad às—gidheadh bha carthantas eatorra nach b' urrainn da ainmeachadh. Bha e bodhar, balbh fad na slighe, ach bha smuain thais, bhàidheil ag iadhadh mun t-soitheach fhad 's a bha e na chuideachd. Bha nis cìocras air a chum a lorg. Bha e mothachail air falamhachd. Bha Alastair Caimbeul san t-suidheachadh sam bi neach ag ionndrainn sean-aois agus a h-àite falamh mun chagailt.

"Innis dhomh," thubhairt Alastair ri fear a bha am meadhan na carraid, "ainm a' phìobaire?"

"Chan eil neach an làthair nach innis sin dhut," fhreagair an duine, le mì-fhoighidinn; "Iain MacCruimein an Eilein Sgitheanaich; tha na fearaibh a' dol a dh'fhalbh leis beò, slàn gu àite-còmhnaidh."

Agus mar a thubhairt an duine b' fhìor. Chaidh am pìobaire a thogail le làmhan sgoinneil, agus a ghiùlan suas cluais na tràghad, gu àrd-shràid a' bhaile bhig. Thionndaidh Alastair le cabhaig a-rithist chum an duine a dh'innis da na h-uiread, ach cha robh esan ri fhaicinn thall no bhos. Sheas e a' meòrachadh tacan. Iain MacCruimein! Bha e cho eòlach air ainm agus a bha e air ceum a dhèanamh le chois. Cha do gabh e iongantas idir ged a bhiodh e fhèin agus na bha còmhla ris air saoghal nan àmhghar a thrèigsinn agus aon de Iarmaid Chruimein a' cur dos ri gleus.

Thàinig smuain eile an cois an ainm agus an cois nam facal a chuala e o bheul an duine bhig a' fàgail an eilein. Ma bha bràthair athar beò, cha bhiodh e beò gun fhios don duine seo. Thuit sprochd de mhulad air inntinn a' smuaineachadh gum faodadh gun robh amharas fìor, agus gun robh e fhèin cho mì-sheaghail an gnothach

---

* Frasan fionnar a ṫig le ealaṁaċd.

† Glaoḋ aṁail mart a' geumnaiċ.

‡ Plaċaḋ—a' dùrgaḋ a-ruas.

cho cudromach. Cha do dhrùidh aon smuain air inntinn a thaobh a bhràthar-athar, ged a dh'èist e le cùram ris an duine agus esan a' togail a' chiùil.

"Air a sgàth-san a sheòl bho chionn fichead bliadhna air co-ainm a' bhàta seo!"

Bha bràthair athar, mar gum b' eadh, marbh am measg nam beò—smuain a bh' air a dhaingneachadh a thaobh beairteis na tè a bha aonaranach an Eàrlais. Bha e cinnteach gur ann bho bhràthair athar a bha ise a' faotainn airgid an ceann gach bliadhna.

Choisich e air ais a chum na carraige, agus ghabh e cùram den treallaich a ghiùlain e air an t-slighe. Bha misneach aige gum faiceadh e MacCruimein, oir a rèir coslais bha ainm aithnichte don t-sluagh uile. Rùnaich e fuireach sa bhaile tacan. Mo thruaighe, dh'fhoghlaim e an t-eòlas sin an dòigh iongantaich, agus an dòigh ris nach robh dùil aige.

Bha "Scotia" cho blàth, coibhneil ri aon ionad den Ghàidhealtachd. Cha robh Alastair fada air an laimhrig nuair a chaidh seo a dhearbhadh dha. Choisich e maille ri caraid gu àrd-shràid a' bhaile.

Cha robh e uair de thìde san taigh nuair a chuala e cuideigin air stairsnich an taighe a' feòraich ainme. Chaidh e chum an dorais agus ghrad sheas e le oillt-chrith air ìomhaigh. Bha Iain MacCruimein ma choinneamh agus deòir chruinne, thoirteil, a' ruith gu mall air a dhà ghruaidh. Bha aodann seacte, agus na cnàmhan beaga a' brùthadh tron chraiceann.

"Mhothaich mi dhut," thubhairt e le guth fann; "cha do leig mi à sealladh mo shùla thu. Chaochail bràthair d' athar. B' e trian 's na thug don eilean mi thusa fhaicinn, agus, nam biodh sin rèidh rid thoil, do stiùireadh a chum an àite sam bheil thu nis."

Leig Alastair a thaic ri ursainn an dorais. Thuit geilt air aghaidh. Bha theanga ceangailte. Bha am fear eile air tuiteam gu balla an taighe, agus na meuran tana, fada, a bha cho lùthmhor greis roimhe siud a' greimeachadh air èiginn ri nèapaigin. An ceann greise labhair e le nì-eigin de threòir—

"Chuala mi gun robh thu tighinn. Thàinig thu gun iarraidh gun sireadh agus bu mhòr mo thoileachadh-sa an-diugh nam bithinn comasach air thusa agus bràthair d' athar fhaicinn aghaidh ri aghaidh."

Thàinig reachd na mhuineal.

"Cha robh seo an dàn, cha robh, cha robh! Dh'innis e dhomh am feasgar a sheòl mi nach bitheadh a làithean fada anns an t-saoghal seo."

Rasaig

Caibideil

IV

Bha a' ghrian air a cuairt a chur a dh'ionnsaigh na h-àirde an iar an dèidh beatha ùr a thabhairt do na nithean a bh' air an tasgaidh suas aig a' gheamhradh. Bha an sìol air a chur anns an talamh, air bàs fhaotainn, agus air ath-bheòthachadh. Bha na h-eòin a' bruidhinn gun sgur, a' labhairt a-mach nan cànain fhèin gu neo-lochdach, agus a' cur crìoch air an sùgradh le falach-fead air càch a chèile am measg nan craobh.

Bha Mac Grùslaich a' coiseachd tron choille dlùth air Taigh Mòr Rasaigh. Bha cliabh de chonnadh air a dhruim. Thug e sùil air a' chaolas agus mhothaich e don bhìrlinn a' dèanamh cùrsa air an laimhrig le muir a' bàrcadh geal ma toiseach.

"Cnàmhan an dìchill," thubhairt e le fèin-labhairt, "nach diùlt gnìomh sam bith a thig mud choinneamh. Is iomadh oidhche a bhiodh do leithid feumail air an linne, gu h-àraidh nuair a bhitheadh madaidh na Corpaich gam ruagadh, agus 'fear na cròice' gun rian cinn air mo ghualainn."

An ceann tiota bha e a' leigeil dheth a' chlèibh san t-seòmar-dheasachaidh.

"Tha an t-àm agad thu fhèin a sgeadachadh airson na cuirme, Eanraig."

Bha aon de na searbhantan a' labhairt ris le fiamh-ghàire air a h-aghaidh.

"Chan eil Eanraig cho sealbhach, a Dheòiridh, agus gum biodh e air a ghairm gu cuilm; agus, ged a bhiodh, dh'fheumadh e nochdadh leis na seann bhroinneagan."

Bha e a' tiormachadh an fhallais a bh' air aodann le còmhdach a chinn. Thug e ceum beag, goirid a chum na cailin, agus labhair e le tarcais.

"Ged nach gabhadh iad suim de mo chnàmhan-sa nach biodh e iomchaidh dhaibh meas a chur air am breacan fhèin?"

Bha Deòiridh ag obair 's a' còmhradh.

"Is fhada bhon a bha mi 'm beachd feòraich dhìot mun chatadh. Càite an d' fhuair thu e, Eanraig?"

"Càite an d' fhuair mise e? Càite an d' fhuair do luchd-cinnidh e? Ma fhuair thusa d' ainm, a Dheòiridh, airson do mhathadais, tha mi a' creidsinn gun do lorg iad dhomhsa am filleach airson mo dhon-adais."

Shuidh e an cathair, agus shìn Deòiridh soitheach le bainne da ionnsaigh.

"Tha aon iarrtas agam, agus tha mi an dòchas gum faigh mi e."

Bha Mac Grùslaich a' sealltainn air a nighinn, le urram.

"Is iomadh iarrtas a bhios aig do leithid," fhreagair Deòiridh. "Cha bhiodh cùisean gu math, ma dh'fhaodte, nam faigheadh sibh riarachadh sa h-uile nì."

"Chan eil mi a' tagradh a chum mòran fhaotainn air eagal gum bi mi air bheagan. Tha dòchas agam gum faigh mi 'm bàs far an d' fhuaradh an toiseach mi—am measg nam boireannach—agus cha bu mhiste leam do làmh fhèin a bhith dlùth orm.'"

"Eanraig!"

Bha Deòiridh a' sealltainn tro uinneig bhig a bh' anns a' bhalla. Ghrad ruith Mac Grùslaich da h-ionnsaigh.

"A ghràidh, do leannan, MacIllEathain, agus nighean an Rosaich mar gum biodh i coiseachd gu adhlacadh!"

Bha iad ag amharc air a' chàraid gus an deach iad à fianais na sùil. Chuir Mac Grùslaich crìoch air a' bhainne, agus chàirich e an soitheach le braise air clàr-bùird.

"Tha mi a' cluinntinn gu bheil pòsadh gu bhith againn an ùine nach bi fada," thubhairt Deòiridh.

"Na creid facal dheth. Tha pòsadh nighean an Rosaich cho aosta ri guth na cuthaig. Bha i dol a phòsadh an ceann gach seachdain, ach tha eagal orm gur iomadh cuthag a thig 's a dh'fhalbhas mun tachair e. Chan eil samhail agamsa don ghaol a tha eadar gineil an Rosaich agus MacIllEathain ach cliath-theine anns nach eil feum no stàth ach na loisgeas e de thoit gu neòil an adhair."

“Tha thu air do mhealladh,” fhreagair Deòiridh. “Tha mi cinnteach gum bi banais againn ro Latha Bealltainn.”

“Ma dh’fhaodte gu bheil mi air mo mhealladh,” fhreagair Mac Grùslaich, le stòldachd; “ach chan fhada gu uair fhios. Tha Dùghall Gorm* a’ teachd ad ionnsaigh.”

Thàinig Dùghall a-steach le cabhaig, agus sheas e fo chomhair na sgalaige.

“Seo far am faighear thusa agus far am faigh thu am bàs—am measg bhoireannach!”

“Is e sin an dearbh nì a bha mi ag aslachadh; agus cha bhiodh dragh agam ged a b’ e a-màireach an latha bhitheadh roinn mhic is athar san t-saoghal nam faighinn-sa Deòiridh mar mo chuibhreann. Ach feumaidh gu bheil cabhag sa ghnothach; bha cual-chonnaidh agad air mo bhana-charaid.”

“Tha mi sgìth de na h-uile nì a th’ ann,” fhreagair Dùghall. “Tha mi coma ged a bhiodh do bhana-charaid agus a tuinn gu a tobhtachan air aghaidh nan Gamhnaichean.”†

“Cha robh an Sgitheanach riamh air a’ chaochladh. Chan eil cuimhne agad air na beannachdan. Nach iomadh molt bradach a sheòl i tro Chaolas a’ Mhill agus mise ’s tu fhèin acrach.”

Bha Dùghall air suidhe aig bòrd bidhe. Cha robh e a’ cur diù san roileasg luath-bheulach a bh’ air seasamh aig doras an t-seòmair. An ceann tiota chualas fuaim na pìoba o cheann eile an taighe.

Choisich Mac Grùslaich gu meadhan an t-seòmair agus dh’èist e le cùram ris a’ bheuc ghnap-ghuthach bha an co-lorg an tuireadh bha a’ tuiteam air a chluasan.

“Ciod e an aimheal uabhasach th’ aig ceann an tighe?”

“Òran molaidh do mhaighstir,” fhreagair Dùghall Gorm gu neo-chùramach.

“Tha mi anns a’ chiad àite an cuala mi e. Sìneadh làithean do Phàraig, agus buaidh le Ealain; ach tha trom-amharas agam gu bheil Pàraig, Sionnsair, is Ealain air a dhol troimh-chèile.”

“Nam biodh tusa eudmhor mu eachdraidh do mhaighstir, thuigeadh tu an ceòl agus brìgh a’ chiùil,” fhreagair àrd-sheirbheiseach Rasaigh. “Ma bhios duine uasal air a chuireadh a dh’ionnsaigh an taighe, bithidh ‘Cumha’ Rasaigh nach maireann an-còmhnaidh air a chluich.”

---

* Fear-cinnidh do Rasaigh le aghaidh brucach gorm.

† Sgeirean a tha tuath air Rònaig.

"Is mòr am beannachd a th' aig an duine bhochd ma tha do sgeul fìor" fhreagair Mac Grùslaich; "tha am feasgar a' toirt na mo chuimhne donnalaich chon 's a' ghealach na h-àirde."

Choisich e mach às an t-seòmar, le dèisinn.

Bha tighearna an eilein aig taobh a deas an taighe. Bha a bhean agus a theaghlach còmhla ris, agus bha iad a' cur fàilte is furan air Dòmhnall Ros agus a bhean. Bha e mar chleachdadh aig Rasaigh seasamh air an laimhrig a' feitheamh na bìrlinn, nam biodh neach a b' fhiach an t-saothair a' tighinn a choimhead air; agus a theagamh bha e air a dhol an coinneamh an Rosaich mura bitheadh a charaid, Eòghann MacIllEathain, air thaigheadas maille ris. Chaidh esan an coinneamh Dhòmhnaill Rois; agus choisich e chum an taighe maille ri Mòraig Ros.

Bha Eòghann na ghille àrd, dèantanach. Bha aodann ruiteach, cruinn—ìomhaigh a mheasadh neach suidhichte mura biodh nì-eigin de ghluasad san dà shùil a bha ga fàgail corrach. Bha e na dhuine grinn, gasta, agus na neach a bha an-còmhnaidh sgiobalta na dheise agus na cheum. Bha e beagan is fichead bliadhna agus a deich de aois. Choisich a' chuideachd a-steach don taigh.

Bha aitreabh Rasaigh air a togail ceithir-cheàrnach. Bha tùr ochd-shlisneach ag èirigh a-suas aig ceann an ear an taighe. Bha na seòmraichean-caidil air mullach àrd an taighe—mu chuairt air fichead troigh on ùrlar. Bha am fear-cèirde air ceithir uinneagan a stèidheachadh gu h-innleachdach sa bhalla, agus a' chuid àrd dhiubh an taic ri togail a bha a' ruith gu fraigh an taighe. Bha na h-uinneagan air chumadh nach robh eu-coltach ris an litir A.

Shuidh bean Rasaigh, agus dithis de a nigheanan, còmhla ri Mòraig Ros san t-seòmar aoigheachd. Bha iad air cluinntinn mu thimcheall Mòraig, nighean an tuathanaich. Bha bean an taighe mar gum biodh sligean-tomhais fo a comhair, agus i a' togail nan cothrom-aichean aon an dèidh aon. Cha robh gruaim no iomagain air an ìomh-aigh. Bha a craiceann mìn, geal. Bha a falt cho dubh ri còmhdach an fhithich, agus a lìomhachd a' deàrrsadh air a dà ghruaidh. Bha i àrd, cuimir, agus cho dìreach ri bior. Bha i còmhdaichte le èideadh cumanta, gidheadh ealanta, gun atharrachadh seach mar a chaidh innseadh dhi le beul-aithris. An robh a h-uile cuid dhiubh sin a' co-fhreagairt ri cumadh na h-ìomhaigh?

B' e seo na nithean air an robh baintighearna Rasaigh a' meòr-achadh. Bha i riaraichte leis an dealbh a bha ma coinneamh, ach bha nì-eigin de dhalmachd san dà shùil a bha a' fàgail na h-ìomhaigh danarra. Bha i a' sgrùdadh 's a' tolladh gus an tàinig i chum a' cho-dhùnaidh gun robh na bilean sgoileamach agus an smeigeid a' cur thairis le cruas is làineachd a thug misneach dhi a chum a beachd fhèin àrdachadh. Bha nighean an tuathanaich mar a bha còir aice air a bhith, coitcheann, neo-lochdach, cosail ri a pàrantan!

Ged a stèidhich i air a' bhunait seo bha nì-eigin mu thimcheall Mòraig a bha a' tàladh bean an uachdarain. Tha dìomhaireachd air choreigin ag iadhadh mu bhoireannach a bhios an ceangal-pòsaidh. Tha seo fìor gu h-àraidh a thaobh boireannach eile. Cha ghabh e aithris no innseadh ciod a th' ann, ach chan eil an-dearbhadh nach eil e fìor. Nuair a bheir sinn fa-near gun robh cuid is crannchur Mhòraig Ros cho eòlach air bean Rasaigh agus a bha Eòghann MacIllEathain air a sheòmar-caidil, carson a bhitheadh iongantas oirnn ged a bhiodh Mòrag annasach do bhean Rasaigh, agus ged a ghabhadh i tlachd air leth sa chailin a bha air aoigheachd maille rithe?

Bha Mòrag, ma-tà, cho taitneach ri bonnach-boise na bannaig, oir ged a bha bean an taighe na sàr bhean-uasal, bha i cho diùide ri uaisleachd fo bhàrdainn.* Bha an ceathrar bhoireannach nan suidhe le gean air an gnùis, agus a theagamh gun robh am feasgar so-bhros-nachail a chum còmhraidh. B' e seo an oidhche a chuir Uachdaran Rasaigh a thaobh a chum an ìobairt bhliadhnail a chur a-suas air altair Buidheachais. Tha an cleachdadh seo air a dhol bàs am measg nan uachdaran agus an t-sluaigh an-diugh. Tha Latha Taingealachd aig na h-eaglaisean, ach cha robh uachdaran gun a latha taingealachd fhèin aige ri linn Rasaigh. Ach bha barrachd air taing is buidheachas an crochadh air an fheasgar shònraichte seo. Bha Mòrag Ros gu bhith air a toirt seachad an ceangal-pòsaidh do Eòghann MacIllEathain. A theagamh gun robh Mòrag fo chùmhnant pòsaidh, a rèir barail cuid, fada roimhe siud. Agus cha robh aon an Rasaigh a rachadh a mhullach nan deud leis a' chòmhradh seo cho binn ris an uachdaran, agus bhitheadh e iomchaidh dhuinne aideachadh gun deachaidh an clàr-aghaidh a shuidheachadh air bonn 's gun rachadh an ceangal a shnaidhm, 's a thoinneamh, agus gu seachd sònraichte gum biodh e air a dhaingneachadh araon fo chomhair càraid is luchd-dàimh.

Thàinig an oidhche agus thòisich a' chainnt 's a' charraid. Bha Rasaigh a' cur fàilte air na càirdean a bh' air teachd a chum na cuirme an seòmar mòr, farsaing a bha a' co-fhreagairt ris an adhbhar.

---

* Duine a ḋ'ḟeumas a ċaiġ a ċuiḋteaċaḋ—easail.

Bha mòran sluaigh air tional. Cha robh leth-bhreith air a dhèanamh. Bha am bochd 's am beairteach ri guaillibh a chèile, agus iad uile taingeil gun robh uiread de charthantas san t-saoghal. Chan ann a h-uile là a bhios Mòd aig Mac an Tòisich, agus 's ann ainmig a rachadh sgalag gu bòrd a thighearna.

Shuidh an t-uachdaran aig ceann a' bhùird. Bha a bhean air a làimh dheiseil. Bha Dòmhnall Ros agus a bhean air a làimh chlì. Bha Mòrag na suidhe ri taobh a màthar agus bha Eòghann MacIllEathain ma coinneamh. Bha Rasaigh ga choimhead tiota. Bha e a' faicinn a' bhùird a' seasamh eatorra mar bhalla-tarsaing. An robh seo iomchaidh do chàraid a bh' air rèite a dhèanamh a-cheana? Cha robh cuspair mun bhòrd a shamhlaich an clàr-fiodh ri balla-tarsaing ach uachdaran Rasaigh.

"Is gnàthach òraid a bhith air a toirt seachad aig an leithid seo de àm," thubhairt Rasaigh, ag èirigh air a chasan, "ach tha nì ro-chudromach fo ar comhair air an oidhche seo. Tha mi an dòchas gun toir mo luchd-cinnidh agus na càirdean còire a rùnaich tighinn a dh'ionnsaigh mo thaighe mathanas dhomh ma bhios mi dearmadach agus mall a chum labhairt air na nithean sin a bhuineas dhuinn mar luchd-àiteachaidh agus mar ghineil chàirdeil. Tha urram mòr air a chur oirnn air an fheasgar seo: thàinig Dòmhnall Ros, a bhean agus a nighean uasal à Diùirinis an Eilein Sgitheanaich a choimhead oirnn. Chan eil anns an eilean sin ach an dara dachaigh dhuinn uile, ach tha mi ag aideachadh an seo nur fianais nach eil neach san eilean dem motha mo thlachd na Dòmhnall Ros."

Bha ciùineas anns an t-seòmar nach urrainn dhuinn sgrìobhadh ma timcheall oir dh'fhalbh i an cois na tràill-iomraidh. Thog e searrag.

"Is mòr an toileachadh-inntinn a th' agamsa a bhith tràghadh searraig do Uachdaran Dhiùirinis."

Sheas na bha timcheall a' bhùird agus dh'òl iad slàinte Dhòmhnaill Rois leis an dùrachd a bhios air siubhal fear-turais don Ròimh ag itheadh aran coisrigte fo chomhair na h-altrach.

"Tha mi a' guidhe da fhèin, da bhean agus do a mhaighdinn uasail, maoin, beairteas, agus an neamhnaid a thèid os cionn a h-uile cuid dhiubh sin, slàinte cuirp."

Chum Rasaigh air adhart.

"Bithidh sinn a' tagradh a chum 's gum fàillingeadh a nàimhdean agus gun crìon iad amhail mar a' chrìonas sneachda òg a' Chèitein air gualann Chlàmaig, agus nach tèid crìoch air a shealbhachadh gus an tràigh an Dubh-sgeir."

Dh'èirich Dòmhnall Ros agus thug e taing do Rasaigh. Chaidh am biadh itheadh le cridhealas. An dèidh sin thòisich ceòl is dannsa, càirdean agus luchd-cinnidh Rasaigh a' cur na h-aimsir gu deagh bhuil gu deireadh na h-oidhche.

Bha Mac Grùslaich taingeil an uair a thàinig an greadhnachas gu crìch. Thug e uair an uaireadair air ais 's air aghaidh mun taigh, coltach ri fear-freiceadain. Cha robh e fhèin air a bhith am measg na cuideachd, ach bha e eòlach air a h-uile car a chuir a mhaighstir dheth o àrd-fheasgair. Bha nithean a' brùthadh air a thuigse a thaobh Rasaigh a bha a' fàgail a bheòil tostach agus eanchainn a chinn luaisgneach. Cha robh dithis riamh air thaigheadas cho gràdhach da chèile ri Eanraig Mac Grùslaich agus Cailean MacIlleMhaoil; gidheadh bha smuain air inntinn Mhic Grùslaich a bha an cleith air Cailean.

"Glèidh doras do bheòil bhon neach as dlùithe a leanas ri uchd" bha e a' gairm an cluais Chailein an latha roimhe siud.

Bha e air an latha a chaitheadh timcheall Hallaig, agus Rubha nan Leac—dà àite nach robh iomchaidh airson uain òga gun toinisg. Ged a dh'itheadh e an cladach air taobh a deas an eilein an dèidh coiseachd a-mach às an t-seòmar-dheasachaidh cha lorgadh e Cailean. Mhothaich e nach robh aghaidh na bìrlinn còig mionaidean air an laimhrig an dèidh teaghlach an Rosaich aiseag.

Bha e cho eudmhor a thaobh obair na bìrlinn agus gun do choisich e mìle de shlighe gu taigh beag le tughadh de fhraoch. Bha Mac an Rothaich air a choinneamh—duineachan cruinn cnagach le buill a bha luchdaichte an sealladh Mhic Grùslaich le galar na doille. Bha e cinnteach nach fhaiceadh Mac an Rothaich an t-eathar ged a bhiodh i na suidhe air bàrr a shròine, ach bha e cinnteach nach rachadh ràmh a chur am bac air a tobhtaidh an ainbhios da. Bha nì-eigin de charthantas eatorra, oir bhiodh Mac an Rothaich ag obair mun taigh. Ged a bha buaidh am mullach a chinn cho dorcha ri bonn-dubh a choise, bha a fhradharc air aonairt ri a chlaisneachd na leithid de dhòigh ionnas gun robh Mac Grùslaich a' creidsinn nach robh guth-cinn eòin san eilean nach aithnicheadh e air leth.

Thugadh seo dhachaigh air an iomadh dòigh, gu h-àraidh nuair a bhiodh Dùghall Gorm a' trusadh an doill far na laimhrig le ràmh 's gach làimh agus aodann na bìrlinn air Port an Rìgh. Cha robh camas, no sgeir, no creag nach siùbhladh e leis an iùbhraich ged a bhiodh an cuan cho dorcha ri dubhach sùithe.

Ma dh'fhoghlaim Mac Grùslaich nì sam bith o Mhac an Rothaich, a rèir coslais cha do ghabh e mòran luasgain, oir chaith e a' chuid bu mhotha den oidhche na chuideachd. Bha e nis na sheasamh aig oisean taigh a mhaighstir, amhail teine a ta a' cur feum air brodanachadh. Bha e a' creidsinn fada roimhe siud gun robh dìomhaireachd air choreigin sa chàirdeas a dh'èirich eadar a mhaighstir agus Dòmhnall Ros; agus bha e airson tomhas de sholas no de dhearbhadh fhaotainn ma thimcheall. Cha robh e eòlach air an Rosach, ach shamhlaich e neart a chinn ri Frìdeig. Bha Cathal Gille-Naomh cho balbh ri pasg iuchraichean agus bha Rasaigh o chionn ùine mhòir cho beag foighidinn ri piseig air grìosaich.

Lùb e timcheall an taighe, agus thug e fa-near gun robh solas san t-seòmar-gnothaich. Bha e fhèin eòlach air an t-seòmar bheag seo, ach cha robh e riamh air taobh a-staigh na còmhla ach anns an t-suidheachadh a sheasas duine an cùirt-lagha agus am breitheamh fa chomhair. Choisich e gu fiata chum na h-uinneig, agus sheall e tro iomaill an sgàile-shùil. Bha Rasaigh agus Dòmhnall Ros nan suidhe a' còmhradh. Sheall e gu mullach-àrd na h-uinneige, agus mhothaich e nach robh i air a druideadh ris a' cheàrnaig anns an robh i. Ghrad ruith e chum eich-lainn agus chuir e dheth a bhrògan. Tharraing e cuarain mu cheannaibh a chas, agus rug e air fàradh le mòr-earbsa. An ceann tiota bha e a' coiseachd mu shè òirlich de chòmhnard mar chat. Bha am fàradh na laighe air fraigh an taighe. Cha robh gu bhith aige ach am bàs. Rùnaich e am bàs fhaotainn a' streap ri tùir an taighe; agus ag altram an smuain seo bha e air am fàradh a thogail, agus a chàradh air cùl na h-uinneig, le faicill.

Bha an oidhche dubh, dorcha. Cha robh gnè de chòmhnadh air aiteil nan speur do dhuine cruthaichte. Às aonais gun cluinnte fuaim a chas—agus bha Mac an Rothaich mìle a shlighe—cha robh sùil an ceann duine a chitheadh e. Bha e taingeil, mar an ceudna, gun robh gaoth fhuar na h-àirde a tuath a' sèideadh le reachd na dunach am measg nan craobh bha mòr-thimcheall na lùchairt.

Ràinig e. Sheas e os cionn na h-uinneig a bha so-bhrosnachail; agus an ceann tiota bha cholann sìnte ri fraigh an taighe an dòigh a bha a' samhlachadh gun robh cnàmhan a chuirp làn lùdagain. Bha e a' greimeachadh ri stìom de luaidhe le aon làimh, agus bha an tè eile an taic ris an togail. Chrom e aghaidh le braise a thug ràn air alt amhaich, amhail bannan a bhios air meirgeadh. Cha do chuir e diù sa chràdh a chaidh a dh'ionnsaigh a chridhe, oir bha briathran so-bhrosnachail a-cheana ag èirigh gu dhà chluais.

Bha an seòmar am fasgadh an taighe; agus, chan e a-mhàin gun robh e comasach air còmhradh a chluinntinn, ach chitheadh e suidheachadh an dithis dhaoine tron sgàile-shùl air an rèidhlean sìos on uinneig.

"Sinne a fhuair sliochd, chaidh mòran earbsa rinn. Tha sinn freagarrach air an son. Tha dleastanas againn ri choileanadh; agus, do bhrìgh sin, tha còir againn seasamh gu daingeann, agus an stiùireadh a dheòin no dh'aindeoin!"

Dh'aithnich e guth-cinn Rasaigh. Bha e coiseachd air ais 's air adhart.

"À," fhreagair an Rosach. "Tha boireannaich ann a bhios air an seòladh amhail an eich a chum an uisge. Am bheil thu comasach air an riarachadh às eugmhais an aonta? Thèid Mòrag a chum na h-altrach gun amharas, oir tha urram aice do a pàrantan. Thèid i gu clàrimeachd na h-eaglais mar an ìobairt-rèitich. Am bheil thu dèonach pòsadh is adhlacadh a fhrithealadh an aon latha?"

"Tha mi ag aideachadh," fhreagair Rasaigh, "nach do rugadh duine le mnaoi a ta comasach air boireannach a sheòladh thairis air a seòl fhèin. Gidheadh, tha còir aig pàrantan sabaid an aghaidh gaol faoin a threòraicheas an gineil, ma dh'fhaodte, gu sgrios. Tha e gu bitheanta a' tachairt gur ann an dèidh làimhe—an uair a thig creutairean lag, meata, gu gliocas—a thig an gaol faoin gu bhith na ghaol searbh. Am bheil thu dol a dh'àicheadh do dhleastanais a chum gaol, no an nì a thatar ag ainmeachadh 'gaol,' a riarachadh? Tha boireannaich ann nach gabh comhairle ged a bhiodh neach os an cinn le sgiùrsair de sginnich. Earalaich iad a chum an leas agus tha iad cho daingeann ri Bhàlaigh* ri uchd an doininn. Thèid na seachd dunaidh orra ma dh'iarras pàrant rud sam bith air sgàth coibhneis. Feumaidh an ìobairt gu h-uile 's gu h-iomlan a bhith air an son-san, oir tha fèin-spèis is fèinealachd air buadhan an cuirp a mheirgeadh an leithid a dhòigh agus gur gann a dh'aidicheas iad gun d' rugadh iad, no gun robh iad nan cloinn."

Bha Dòmhnall Ros ag èisteachd. Cha robh e aineolach air gleustachd an fhir a bha a' labhairt ris. Bha e toirt fa-near, mar an ceudna, nach robh annta ach dà nàmhaid greis roimhe siud. Thèid pàistean a-mach air a chèile. Chì sinn iad gu tric le caisteal an urra gus an cluinnear èigh nan creach ma thachras do chù mòr, dubh tighinn nan rathad.

---

* Eilean dlùth air Rasaigh.

Bha Dòmhnall Ros cho nàdarra ri feòil is craiceann, ach cha robh e a' creidsinn anns a' charthantas thràilleil. Bha esan, a thuilleadh air an sin, an dàimh do Mhòraig nach robh an duine eile a tuigsinn. Cha b' i nighean Rasaigh a bh' ann. Cha robh innte ach Mòrag Ros!

Shocraich an Rosach inntinn air an smuain seo. Cha robh e a' faicinn, o thùs gu èist, ach malairt. Carson nach ìobradh Rasaigh aon de a nigheanan fhèin? Bha iad nam boireannaich dheas, thapaidh. Dhèanadh iad bean duine-uasail, agus spioladh iad cearc ged a bhiodh an dìle-bhàthte* air teinntein duine bhochd. An grinneas is suairce nàdair, bha iad comharraichte. Cha robh e a' faicinn san smuain ach aon nì a bha mì-fhreagarrach. Aig àm sam bith eile cha bhitheadh uiread agus ainm Mòraig air a bhilean neo-ghlan, ach dh'fheumadh e an domblas a shluigeadh an-diugh. Bha Dòmhnall Ros an cuibhrich a bha ga theannachadh ris an duslach, agus bha e toileach èisteachd ri rud sam bith a nochdadh cobhair.

Chaidh còmhla an dorais fhosgladh le braise a chuir cridhe Mhic Grùslaich air chrith. Shuidh MacIllEathain an cathair. Bha suidheachadh an triùir dhaoine falaichte aig a' cheart àm air an duine a bha gu h-anacrach os cionn na h-uinneig, ach bha e so-shoilleir dhaibh fhèin. Bha MacIllEathain a' snàmh an gràdh, an Rosach an amar nam fiach, agus Rasaigh air a h-uile cruaich de choirce a dhlùth e o chionn deich bliadhna a chriomadh an leithid de dhòigh agus gun robh e air an fheasgar ud cho falamh ri clàr-fuine.

Bha misneach Rasaigh air tuiteam gu buinn a chas, ach rùnaich freastal làmh cuideachaidh. Thàinig ath-mhisneach agus nuadh-bheatha mun cuairt mar a leanas.

Chaidh MacIllEathain a bhreith is àrach ann an Ùig an Eilein Sgitheanaich. Bha athair agus an teaghlach dom buineadh e nan daoine cothromach. Bho làithean òige bha a phàrant air mòran de a làithean a chaitheadh an dùthchannan cèin, oir b' i a chèird an t-arm dearg. Rùnaich e aon de Stàitean Aonaichte Ameireaga mar a dhùthaich chrìochail.

Thàinig e gu Breatann agus fhuair e eòlas air Ùna Dhòmhnallach—màthair MhicIllEathain. Dheònaich iad pòsadh gu cabhagach ann am baile an Òbain. Chaochail MacIllEathain mun do rugadh a mhac. Rinn esan tiomnadh cho fhad 's a bhitheadh a bhean gun phòsadh gum biodh àireamh airgid air a thoirt dhi an ceann gach bliadhna. Rinn e cùmhnant, mar an ceudna, a thaobh mic no nighinn a dh'fhaodadh tighinn às a dhèidh, ach dh'fhàg e rabhadh nach

* Seanḟacal—Cearc ran laṫa ḟliuċ.

rachadh an t-airgead a phàigheadh gus am biodh a ghineil fichead bliadhna agus aon de aois.

Bha an t-airgead ma-tà air a thasgaidh suas. Ràinig MacIllEathain ceithir bliadhna deug. Phòs a mhàthair tàillear à sgìre Fhlòdaigearraidh san Eilean Sgitheanach. Dà bhliadhna an dèidh sin roghnaich MacIllEathain cèird athar. Chuir e cùl ri a mhàthair gu buileach. Bha deòin-bhàidh air leth aige ris an eilean agus, mar an ceudna, ri Eilean Rasaigh, far an robh cuid de chàirdean a' gabhail còmhnaidh. Nuair a ràinig e fearachas, agus fada mun d' fhuair e eòlas air Mòraig Rois, bha carthantas anabarrach eadar e fhèin agus Uachdaran Rasaigh. Bhiodh e gu tric mun chagailt còmhla ris, agus tha sinn a' creidsinn nach biodh nì am falach air an duine chòir sin co-cheangailte ris na suidheachaidhean san robh MacIllEathain a thaobh tiomnadh athar. Chì sinn an dèidh làimhe nach robh airgead an tiomnaidh cho furasta a lorgachadh. Thòisich e ri tagradh airson an airgid—a theagamh le dlighe; agus, ged a bha còir aige air fhaotainn dusan bliadhna roimhe seo, b' ann beagan mhìosan air ais a chaidh mìle punnd Sasannach a thoirt da. Tha e fìor gun robh e a' faotainn beagan an ceann gach bliadhna; ach, ged a bhiodh an t-iomlan a fhuair e san t-suidheachadh seo air ceann bùird, cha bhiodh aige ach tomad bheag.

Bha Mac Grùslaich crom, crotach agus a smig a' socrachadh sa chòs feusaig a bha a' tuiteam amhail rùsg de chlòimh air balla an taighe. Cha tug e fa-near gun robh na ròineagan air cruadhachadh le fuar-dhealt reòthaidh. Rinn e oidhirp air a cheann a thogail, ach, mun d' fhuair e alt a dhroma a chur san t-suidheachadh ghnàthaichte, chuala e faram air còmhla an dorais. Nam biodh e anns an t-seòmar chitheadh e gun robh MacIllEathain a' falbh a-mach balbh, bodhar, agus gun robh Dòmhnall Ros le sprochd-mulaid na chathair. Cha robh e an comas Rasaigh smuain Dhòmhnaill Rois a thuigsinn. Cha robh Rasaigh a' faicinn ach eaglais, is ministeir, is bean, ach cha robh an Rosach a' faicinn nì ach dèirce is gainntir. Ma rùnaich e a nighean a mhalairt, ciod e an taisbeanadh a bha e a' faicinn ma coinneamh?

"Rinn mise mo dhìcheall," thubhairt an Rosach; "tha mi deònach an cùmhnant fon deachaidh sinn a dhìoladh, agus a thoirt gu ceann. Ach, ged a chur mi air chois a h-uile innleachd, tha Mòrag air fairtleachadh orm."

Bha Rasaigh na thost. An ceann tiota thubhairt e:

"Mhothaich mi gu bheil fàinne air a meur."

"Agus air a cridhe," fhreagair an Rosach le braise.

"Bha mòran an crochadh air do bharail an t-seachdain a sheòl an 'Hector,'" thubhairt Rasaigh le beagan caise. "Bha còir agad fhàgail air a' chagailt, agus a smuig a chumail ris an talamh. A bheil thu smuaineachadh nach faigheadh cuilleig bhig a chinn bàs nam biodh e fhèin agus a pheathraichean air bòrd bhochd?"

Bha e na sheasamh aig an uinneig. Bha Mac Grùslaich le a mhac-meanmna a' dèanamh dealbh de chruth tron sgàile-shùil. Ach cha robh an sgalag fada a' meòrachadh air cruth a mhaighstir, oir dh'èir-ich guth cas, gèinneanta da ionnsaigh le braise a dhùbhlanaich a dhà chluais. Bha Rasaigh air tionndadh agus air seasamh mu choinn-eamh an Rosaich.

"Nach iomadh riasladh is anastachd a fhuair cù? Agus ma chaidh neart dùirn is cuirp àicheadh air Cathal GilleNaomh tha fios is cinnt agad nach biodh e comasach air dochann a dhèanamh do chorp a' Chaimbeulaich leis a' chòs anabaich tha suidhichte an clàr a chinn."

Bha Ros balbh. Bha ìomhaigh cho anacrach ri crois-iarna ag osnaich aig meud a teannachaidh. Thog e aghaidh agus dh'fhosgail a bhilean.

"Chan eil mise a' smuaineachadh gun tig e air ais, fada no goirid a bhios e beò; agus, creid thusa mise, chan fhaic mo nighean-sa clàr-imeachd bàta gus an druid am bas a sùil."

"Ach ciod an tairbhe th' anns na nithean sin," fhreagair Rasaigh le piorraidh, "mura creid i do bhriathran—mura creid i gu bheil an Caimbeulach cuidhte is i? Thubhairt thu rium o chionn beagan làithean gum biodh i cho stàideil am fail na muice còmhla ris a' Chaimbeulach ris an tè as urramaiche an lùchairt rìgh. Rachadh an duine gu iomall an domhain, no tèarnadh e chum na gealaich, agus fios aicese gu bheil e beò, tha thu ag ràdh rium nach biodh tairbhe sam bith ann, agus nach rachadh cnàimh de Mhòraig gu làr eaglais maille ri Eòghann MacIllEathain gu latha bhràth. Tha an cùmhnant fon deachaidh sinn le chèile gun choileanadh."

Bha ciùineas eatorra airson greis de ùine—ciùineas a dh'fhàg cridhe Mhic Grùslaich turramach. Bha Rasaigh air ais 's air aghaidh. Labhair e le guth diongmhalta.

"Tha thu creidsinn cho fhad 's a bhios an Caimbeulach beò nach pòs Mòrag?"

"Cinnteach!"

"Agus marbh?"

"Thèid i gu clàr-pòsaidh às eugmhais gaoil."

"MacIllEathain?"

"Seadh."

"Tha thu creidsinn nach teasairg nì fo nèamh nan speur sinn ach—mort?"

Dh'èirich a' ghruich-fuilt a bh' air ceann Mhic Grùslaich le cabhaig a chriothnaich còmhdach a chinn, ach an tiolp bha am mìr aodaich socrach. Tharraing e anail o ìochdar a chuim, agus ghrad shìn e amhach cho fad 's a leigeadh fèith.

"Tha am facal làidir," fhreagair an Rosach, "agus ciod e an stàth a bhith labhairt mu nì nach tachair?"

Bha Mac Grùslaich air cruinneachadh amhail ciomball fraoich.

"Tha sinn fadalach" thubhairt Rasaigh; "tha uiread de shusbainn aig Mac Grùslaich na òrdaig-mhòir agus a th' aig Cathal na chorp air fad."

"Aon Chaimbeulach a dol a mhort fir eile?"

"Chan fhiosrach mise gur Caimbeulach e," fhreagair Rasaigh, "ach 's fhiosrach mi gur è amhlair cho glic agus a rugadh le mnaoi."

Bha Mac Grùslaich ag èisteachd ri briathran a mhaighstir. Thog e a cheann, agus leig e cudrom a chuirp air a dhà ghlùin. Bha a' ghaoth a' cluich ri fheusaig—gaoth fhuar chìreanach a bha a' dol a-steach a dh'ionnsaigh a chnàmh. Dheònaich e teicheadh às an ionad san robh e, ma bha a chasan comasach air a ghiùlan.

"Chuala mi gu leòr, gu leòr!" thubhairt e, gu socrach.

Thàinig fuaim air doras an t-seòmair a chuir sgeun na dhà shùil, agus dh'èist e. Bha cuideigin air coiseachd a-steach don t-seòmar.

"Tha mi ag iarraidh mathanas," thubhairt Rasaigh; "tha an ath ghrian gu bhith air an adhar, agus mo charaid ma dh'fhaodte, gun bhiadh, gun deoch, gun chadal."

"Tha eòlas agam air gach aon dhiubh," fhreagair an duine. "A thaobh bidhe, cha b' e seo a' chiad oidhche dhomh coibhneas do thaighe a mhealtainn."

"Dèan suidhe," thubhairt Rasaigh, le guth coibhneil. "Tha tìm luachmhor, agus mòran dhith a-cheana air a dhol seachad."

Chuala Mac Grùslaich pàipearan gan làimhseachadh, agus guth cruaidh gnothachail ag èirigh air an àileadh. Chuala e guth coigrich.

"Diùirinis," thubhairt am fear a bha a' labhairt. "Tha mi dol a chur cor na sgìre sin fo ur comhair an toiseach; oir, mar a dh'ainmich mi an toiseach na h-oidhche, chan eil i a bheag goirid air suidheachadh an eilein sam bheil mi. Trì mìle punnd Sasannach, agus còig ceud punnd Sasannach de riadh. Mura bi treas cuid na h-àireimh pàighte an taobh seo den Òg-mhìos, agus barantas làidir gum bi an t-iomlan air a phàigheadh ro dheireadh an fhoghair, bithidh na nithean a th' air an ainmeachadh san sgrìobhadh-geallaidh air an reic."

Rinn an coigreach casad.

"Chan ann gun allaban 's gun chosgais a ràinig mise Diùirinis agus, a dh'aindeoin mo dheagh rùin, thionndadh a-mach às an taigh mi trì amannan falamh."

"Cha d' fhuair mi peighinn," leasaich an duine le caise, "a rachadh an coinneamh riadh no calpa."

"Bhithinn-sa anabarrach duilich gum biodh an sgìre sin fàs, no gum faigheadh coigreach seilbh air an aitreabh a th' ann."

Bha an t-àite ciùin tiota, ach ghrad ruith fuaim smàigeil air feadh an t-seòmair.

"Rasaigh, sè mìle punnd Sasannach eadar riadh is calpa."

"Chan eil dòchas sam bith aig mo mhaighstir a thaobh Rasaigh— an cuireadh tu às a leth?"

Bha ciùineas san t-seòmar amhail dùn chlach; agus bha ceòl air an teangaidh a bh' air an spiris cosail ri fead den ghaoith sa chliaththeine.

"Sè mìle!"

Dh'aithnich an sgalag guth a mhaighstir, agus thug e fa-near gun robh e cho fann ri osna cìocharain.

"Tha riadh shè bliadhna anns an iomlan," fhreagair am fear eile. "Tha mi labhairt riutsa mar charaid, agus ag innseadh dhut mura bi dara leth na h-àireimh pàighte air claigeann a' Chèitein gum bi an t-eilean cuidhte 's tu."

Chaidh Mac Grùslaich air ais gu toiseach a' chòmhraidh a thuit air a chluasan. Biadh, is deoch, is cadal, ach bha e nis a' faicinn mallachaidh is beannachaidh aig an aon teangaidh! Cha b' urrainn da a ràdh le fìrinn gun do ràinig aon lideadh cluasan a chinn bh' air a labhairt le braise-nàdair, no facal a ghairmeadh neach mì-mheasail. Gidheadh, bha an guth teinnteach, an-easaraigh a bha e a' cluinntinn cho an-iochdmhor ri teachdaire gun tròcair, am bàs. "Mura gabh thu mo lagh trèig mo rìoghachd." B' e siud brìgh a' chonnsachaidh, co-dhiù mar a bha esan a' tuigsinn.

Bha e na chor-shuidhe; agus, ged a bha facail ag èirigh da ionnsaigh, bha e mothachail gun robh alt a chinn cho beag feum ri bannan às eugmhais nan crann. Reic is sgrìobhadh-geallaidh! Bha e an trom-smuain, agus, a' feuchainn ri susbainn a chinn a chleachdadh air na chuala e. Bha e a' meòrachadh air gusgal an eilein, bochdainn an Rosaich agus airgead MhicIllEathain. Ciod e an gnothach a bh' aig airgead no beairteas, ri geall-sgrìobhaidh? Cia às an tàinig an tula-bhriathradair 's an guth stòlda, gnothachail bha an seòmar a mhaighstir? Uiread 's na bha dubh de ionga, cha do lorg e a' co-sheasamh ris an dà cheist; ach cha robh e idir dall a thaobh suidh-eachaidh an duine aig an robh tighearnas an eilein.

Riasail e air a chasan cosail ri snàmhaiche an amar eighre. Bha fheusag na caisean-reòthta. Cha robh a' ghaoth, a dh'aindeoin a treubhantais, a' cur tulgadh san stob chlòimheach bha a' tuiteam o smig, oir bha na caisreagan eigheach a' cumail ceum air a' cheum ris a' cholainn on d' fhuair iad beatha. Ghreimich e ris an fhàradh, agus chrom e air dhòigh air choreigin chum an ùrlair. Choisich e chum an stàbaill, agus na tarsannain-chasach na làimh. Chàirich e fhad 's a leud air connlaich thioraim. Chaidil e, agus an liath-reòthadh a shùmhlaich air an asgairt de chlòimh a bha truiste air a chalpannan, a' sileadh gu làr an taighe.

Fearsaid is Fuaidreag

Caibideil

V

Bha a' ghrian a' tilgeil sgearb de a solas tro tholl beag a bh' air doras an stàbaill mun do dhùisg Mac Grùslaich. Bha còig eich san taigh maille ris. Dh'èirich e le cabhaig agus chuir e sìol coirce agus ultach feòir am prasaich gach aoin dhiubh agus choisich e le cabhaig dh'ionnsaigh an "taighe mhòir." Bha Dùghall Gorm agus triùir eile air a choinneamh.

"B' e mo bharail gun tigeadh tu," thubhairt Dùghall; "cha dhubh grian 's cha gheal uisge. Daoine gad lorg 's gad mharbh-iarraidh eadar Rubha nan Leac agus an Torran, agus a h-uile amadan is òinseach a' creidsinn gur e feòil nàdarra th' air do chnàmhan."

"Cha robh do chridhe-sa fo luasgan," fhreagair Mac Grùslaich; "ma riaraicheas an Sgiathanach a stamag cuiridh e a mhàthair a chadal na trasgaidh."

Shuidh e air cathair.

"Càite an robh thu fad na h-oidhche, Eanraig?"

Bha ceann Mhic Grùslaich crom fo lamhsaid leis na cuarain a bha ma chasan. Ghrad sheas e agus labhair e ri Deòiridh.

"Càite an robh: nach b' i a' cheist i airson cluasan Eanraig. Tha an t-seasgaich no 'm fraoch cho ion-mhiannaichte le Eanraig ri ite na peucaig."

Bha Deòiridh a' càradh bidhe air a' bhòrd le aoibh is gean air a h-aodann. Bha Dùghall Gorm le a bheul is steòrn làimhe a' càradh nì-eigin an cinn chàich.

"Cha do dh'fhàg iad toll thall no bhos gun rannsachadh," chaidh Deòiridh air adhart; "chaidh iad a dh'ionnsaigh an t-sabhail oir bha a' bhìrlinn air ceann na tràghad, agus ma their mi fhèin an fhìrinn bha mi an imcheist."

"Umph; a' bhìrlinn air ceann na tràghad! Bhiodh i gu minig air aiginn thioram air mo shon-sa, a Dheòiridh, agus faodaidh mi ràdh, lem thoil-sa. Is iomadh oidhche a dh'fhalbh i às m' aonais agus bu tric a bha i air a' Chaillich 's Mac Grùslaich na leabaidh."

"Ciod i do bharail air fear na bainnse?" thubhairt Dùghall Gorm le ealamhachd. "Tha aon oidhche chridheil gu bhith againn an Diùir-inis."

"Tha a dhà no trì gu bhith ann," fhreagair an sgalag, a' suidhe mun bhòrd.

Thàinig Cailean MacIlleMhaoil a-steach don t-seòmar.

"Tha mise a' feitheamh ortsa o mhoch-thràth an-diugh," thubhairt Dùghall ri Cailean. "Thoir leat a' phìob airson cladach an t-Srath. Tha sgòrnan Phàraig tioram an dèidh na h-oidhche an-raoir."

"Tha dòchas agam gum bi esan mar sin!" thubhairt Mac Grùslaich, air leth-fhiaradh gu Dùghall. "Ciod e do ghnothach ri cladach an t-Srath?"

"Na cuir ceist nach urrainn mi a fhreagairt," sgroig Dùghall. "Dèan cabhag: cha b' e seo àm dhut suidhe aig bòrd bidhe. Bi maille riumsa aig sròn na bìrlinn mun ruith còig mionaidean."

An ceann tacain bha Mac Grùslaich agus a charaid, Cailean MacIlleMhaoil, a' coiseachd a chum na laimhrig. Bha Dòmhnall Ros agus a bhean, Rasaigh, Eòghann MacIllEathain, agus an coigreach a bh' anns an t-seòmar-ghnothach tro an oidhche, nan seasamh a' còmhradh. Sheall Mac Grùslaich gu cabhagach air Cailean.

"Chunnaic mise an ìomhaigh ud roimhe seo," thubhairt e le iongantas.

Ghrad dhèarrs fradharc a chinn air bean an Rosaich. Bha e ga coimhead gu dùrachdach le aodann làn iongantais agus thog e rithist aghaidh a dh'ionnsaigh Chailein; ach mun d' fhuair e cothrom a theangadh bha guth Dhùghaill Ghuirm a' tuiteam air a chluasan amhail tàirneanach. Mu uair de ùine na dhèidh seo bha bìrlinn Rasaigh a' treabhadh na fairge sìos caol Loch Aillse. Bha MacIllEathain agus coigreach nan suidhe na meadhan air tarsannan. Sheòl i gu cabhagach seachad Rubha na Caillich, agus bha i air a h-iomain le sruth luath-cheumach suas tro Chaol Rèidh. An ceann tiota bha a sròn a' falcadh nan tonn ghorm-bhileach a bha a' rànaich o chlad-ach Òrasaigh. Ràinig i Rubha na Faochaig, an sgìre Chnòideart, mu

thrì uairean san fheasgar. An ùine gheàrr leum i Rubha na h-Acar-
said, agus bhuail i Malaig. Bha dà nì sònraichte air an cur fo chomh-
air Mhic Grùslaich an latha a thugadh da urram "sgalaig" an taigh
Rasaigh. Bha mar chòrachd air biadh itheadh—an uair ainneamh a
rachadh am biadh a chur ma choinneamh—agus am mìr teangadh
a bha na bheul a bhith air a samhlachadh ris na daoine nach aithn-
ichear gidheadh air am bheil deagh aithne.

"Tha cead do choise agad. Rach an taobh a thogras tu ach na
feòraich ceist."

Bha na nithean seo neo-chàilear do dhuine a fhuair gnè Mhic
Grùslaich oir, o bhuinn a chas gu mullach a chinn, cha robh na chorp
ach ceanglachan farraid. Gidheadh dh'fhoghlaim e a bhith umhail
agus thugadh dhachaigh air a h-uile là a bhuail grian air a cheann gun
robh ciall fillte san dà fhacal "cead coise" nach do dhrùidh a-riamh
air eanchainn. Ach dh'fhoghlaim e an dèidh làimhe gun robh iad
a' ciallachadh a chorp is eanchainn a bhith dubh-bhas agus aig an
aon àm a bhith cosail ri criathar tro an ruitheadh cruaidh-theud air-
son rùin-aithris a mhaighstir. Bha e na sheasamh air an laimhrig a'
bruidhinn ri Cailean.

"Nam biodh mo ghunna fom achlais roghnaichinn calcas is
gainntir mun rachainn air ais còmhla ris na mèirlich."

"Chaidh ìomhaigh bean an Rosaich air dìochuimhne?" fhreagair
Cailean.

"Tha an aghaidh sin, gun teagamh, so-bhrosnachail. Fillte ri nì
sònraichte eile, bhiodh e iomchaidh do Mhac Ghrùslaich aghaidh a
chur gu tuath agus dlùth-leantainn ris a' ghuirmean."

"Tha Dia mar fhianais orm nach e gràdh nan reubalach a bheir
air ais mi. Tha mi 'n dòchas mun tig an ath gheamhradh gum bi sinn
air an astar cheudna."

Bha MacIllEathain agus an duine a bha còmhla ris a' coiseachd
suas seachad orra.

"Cha do mhothaich mi don chladhaire ud gu madainn an-diugh;
an tàinig esan an cuideachd an Rosaich?"

"An cuideachd Dhòmhnaill Rois," fhreagair Cailean. "Chan eil
damh no mart no cearc san eilean nach fhac' e le a shùil. Chaidh
a ghiùlan gu Eilean Rònaigh agus rannsaich e mach a h-uile speir a
th' air uachdar."

"Feasgar an-dè?"

"Anmoch a-raoir," fhreagair Cailean. "Cha d' fhuair mi uiread
mo choise air talamh tioram fad an fheasgair agus b' e Rònaigh a'

chulaidh-bhrosnachaidh—aon de na 'seallaidhean' bòidheach a bha e airson fhaicinn," chaidh Cailean air aghaidh, neo-mhothachail air aogasg an fhir a bha còmhla ris.

Bha an duine beag, dearg ann an trom-smuaintean. Cha robh teagamh aige nach b' e siud an guth suidhichte a bha a' teàrnadh da ionnsaigh gu fraigh an taighe, agus bha e a' gabhail eòlais lìon beag is beag air na chuala e co-cheangailte ri geall-sgrìobhaidhean.

Bha luchd-cinnidh Rasaigh a-cheana san eathar, agus Dùghall Gorm 's a shùil air fiaradh gu "dà mhèirleach-sìthne na Corpaich"— aoireadh a bha cho tric air a bhilean agus a bha gòisne fuilt tro a cheann. Chaidh iad air ais an taobh às an tàinig iad.

Chuir MacIllEathain agus am fear a bha maille ris an oidhche seachad am Mòrar. An làrna-mhàireach chaidh an giùlan air carbad cheithir each a chum a' Ghearastain, Omhanaich is Baile a' Chaolais. Chaidh iad seachad air Loch Lìobhann le bàta beag. Ghabh iad fois oidhche agus sa mhadainn chaidh an giùlan le carbad bheag tro an Apainn dh'ionnsaigh an Òbain. Dhealaich iad.

Tacan an dèidh sin, choisich MacIllEathain gu taigh beag le dà stuaidh agus tughadh de fhraoch, a bha suidhichte air Sràid na Mara. Thug e glag air doras an taighe le uilt nam meur agus an ceann tiota bha cuideigin an sàs an nì-eigin amhail geimheil umha a bh' air cùl na còmhla. Dh'fhosgail a' chòmhla air ball agus bha aghaidh bheag, phreaslach a' fàireachas eadar an doras agus an ursann. Bha MacIll-Eathain aghaidh ri aghaidh ri sheanmhair, gidheadh bha geilt na cainnte air.

"Bu mhiann leam labhairt ribh an uaigneas airson ùine ghoirid," thubhairt e.

"Bu mhiann leat!" fhreagair i le guin na dà shùil. "An do mhiann-aich thu a-riamh ach uaigneas is dorchadas? Am follais bruidhnidh mi riut: an uaigneas is gràinealachd leam d' aghaidh!"

Rinn nì-eigin faram air cùl na còmhla agus nochd aodann na mnatha. Bha a falt na ròineagan liath-dhorcha amhail clòimh dhubh-cheannaich. Bha a craiceann preasach, buidhe agus a dà shùil mar ghràinne fùdair air asgart. Bha iad a' leum 's a' ruith an clàr a cinn.

"Is fiosrach leam gu bheil sibh comasach air mo chuideachadh mas àill leibh."

Rinn am boireannach casad agus dheàrrs fradharc a cinn tro na malaidhean dorcha a bha ma timcheall.

"Dligheach na dìolain gam bheil thu cha teasairg mise thu. Thubhairt mi gu minig riut nach biodh cuid no gnothach agam ri oighreachd Shàtain agus ri struidhear."

"Na falaich thu fhèin od fheòil fhèin," fhreagair MacIllEathain. "Tha seo air àithneadh dhut. Agus 's ann air sgàth gun nochd thu tròc-air a nochdar tròcair dhut."

Bha e ga coimhead le misnich. Thog am boireannach a ceann. Bha na fèithean dubh-ghorm le ana-mèin agus an dà pheilear dhubh a' feuchainn ri sgiolcadh às an ionad. Labhair i le braise a chuir clisg-eadh air an duine a bha ma coinneamh.

"Chan fhàg do mhaighstir meirg air do theangaidh," fhreagair i le tàir. "Agus tha am mìr teangadh a th' agadsa nas mìlse leis na uile bhuadhan do chuirp gu lèir. Ma tha an donas a' talach* air do chuid obrach air talamh, cha ghabh e riarachadh ged a bhiodh na thuit o leasraidh Àdhaimh aige nan caiginn air an t-slabhraidh."

Thug dà fhiacail a bha an doras a beòil snag an coinneamh a chèile agus phaisg i a bilean le èasgaidh.

"Bha thu deònach cuideachadh a dhèanamh leam nuair a bha buinn ruadha de òr air deàrn do làimhe," fhreagair MacIllEathain le tapachd; "an-diugh tha thu gun atharrachadh seach muinntir eile. Tha thu nochdadh coibhneis san tomhas sam faigh thu ionmhas is malairt."

"Nach eil d' inntinn-sa breun le malairt, a gheug neo-thorraich! Rùnaich thu bean a lorg le ionmhas is malairt, ach a ta mise ag ràdh riut an-diugh, mar a thubhairt mi riut fichead uair roimhe seo, nach dèan airgead-malairt na coin a shàsachadh, nì a bhiodh ciallach glic; agus sin fìrinn a chreideadh tu mura b' e an ceann àrcain a tha os cionn do ghualainn."

"Do chuid ionmhais!" chaidh i air adhart; "uiread agus copan de mheòg cha do làimhsich mise air sgàth d' airgid suarach. An uair a chuir thu dìmeas air a' chiad ghinealach agus an tè a rug thu, an robh roinn gu bhith an taigh Shàtain air mo thàille-sa ta dlùth air a' bhàs?"

Tharraing i a h-aghaidh air ais gus an do shocraich a ceann san dòigh ghnàthaichte air a cruth agus dhruid i a' chòmhla le faram. Sheas MacIllEathain far an robh e. Bha e air a chruadhachadh ri nithean den t-seòrsa seo o chionn greise, agus ged a bha na briathran teann, taspanda, bha an fhàilte a chuir a sheanmhair air co-ionnan ri a smuain a' coiseachd a dh'ionnsaigh an taighe. Bha e a' meòrachadh

---

* Mì-riaraiċte.

air cùisean, car tiota. Rùnaich e coiseachd gu bana-charaid—boir-
eannach a chuir e gu dragh uair agus uair roimhe siud.

Ràinig e an taigh. Thachair gun robh bean an taighe ri obair
mun doras. Rug i air làimh air le geanalas agus chaidh iad le chèile
a-steach don taigh.

"Tha mi ag iarraidh mathanas. Tha mi air mo nàrachadh a chionn
a bhith tighinn cho tric."

Thug e Bìoball à pòca a chòta.

"Tha mise deònach nì sam bith a dhèanamh a chum do chuid-
eachadh," fhreagair am boireannach le dùrachd.

"Mòran taing; is cuimhne leat eadhon a chum na mionaid am
feasgar a sgrìobh thu d' ainm air an duilleig?"

"A chum na mionaid," fhreagair i agus a dà shùil a' cur seula air
a bilean; "Disathairne mu chòig uairean san fheasgar. Bha mi ana-
barrach duilich nach do lorg mi urras a thaobh na bliadhna agus
an dearbh mhìos den bhliadhna. Chan eil nì agam ach tuaiream is
beul-aithris. Tha cuimhne agam d' athair a bhith labhairt rium far
am bheil thu nad shuidhe. Leugh e na facail a ta sgrìobhte air an duill-
eig, agus dh'àithn e dhomh na briathran fhianaiseachadh le dubh.
Bha do sheanmhair na sùil-fhianais; agus, a chum cinnte a thoirt
dhut chuir i sìos crois le peann is dubh, a ta mise agus mo phiuthar a'
fianaiseachadh."

Shìn i aon de meuraibh a chum na croise a bha sìos air an duill-
eig. Bha MacIllEathain a' leughadh nam briathran. Bha e air a dhol
thairis orra cho tric agus a bha grian ann an deich bliadhna, gidheadh
bha na facail annasach dha a h-uile àm a laigheadh a shùil orra. Bha
na facail mar a leanas—"Tha mise, Dòmhnall Uilleam MacIllEath-
ain, saighdear, a dh'altraim Ameireaga mar mo dhùthaich chrìoch-
ail, agus Ùna Dhòmhnallach, bean-taighe, à Kensington am Baile
Lunnainn, a' gabhail a chèile, agus a' toirt mhionnan air Bìoball Dhè,
gum bheil sinn a-mach bhuaithe seo nar càraid phòsta, no ann am
briathran sìmplidh, fear is bean."

Bha an duilleag a dh'easbhaidh comharraidh sam bith eile.
Cha robh am mìos, no an latha den mhìos, no eadhon a' bhliadhna
sgrìobhte—uireasbhaidh a dh'fhàg MacIllEathain iomadh latha le
ceann luaineach.

"Thubhairt thu rium a' cheana gun do chuir iad seachad seachd-
ain maille riut?"

"Dh'innis mi sin dhut," fhreagair a' bhean; "bha iad còmhla
riumsa seachd làithean. Thubhairt do mhàthair rium gun robh bàta

a' seòladh à Baile Lèir airson Ameireaga air a' chiad latha den Chèitean, agus b' e sin trì no ceithir a làithean an dèidh mo thaigh-sa fhàgail. Tha mise deònach a dhol gu ionad nam mionnan leis na briathran sin. Tha mo phiuthar a-nis san eug, mar a tha fios agad, agus chan fhiosrach mise gu bheil creutair beò a dhearbhadh na facail ach an dithis a dhiùlt do chuideachadh."

"Tha sin a' nochdadh gun do phòs iad an Disathairne mu dheireadh den earrach?"

"Chan eil an-dearbhadh air a sin. Tha mi cinnteach gu bheil an litir a sheòl d' athair a chum do sheanmhar là no dhà mun do phòs iad na ciste. Cha robh i dèanamh cleith sam bith a thaobh na litreach; ach, ged a ràinig mise i gu minig agus ged a rinn mi a h-uile dìcheall a bha nam chomas, dhiùlt i dealachadh ris an litir."

"Mo sheanmhair!" fhreagair MacIllEathain. "Chan eil truas no iochd sa chreutair sin. Bha mi tiota beag na còmhradh. Uiread agus aoigheachd a taighe cha do nochd i dhomh. Am bheil thu am beachd gu bheil i faighinn naidheachd às an Eilean?"

Thàinig fiamh-ghàire air ìomhaigh a' bhoireannaich.

"Tha mi cinnteach gu bheil—agus 's e trom-amharas a th' agam gu bheil do mhàthair ga cur air dhroch sheòl."

"Tha mise nad chomain," thubhairt MacIllEathain; "tha mi anabarrach duilich dragh a chur ort, ach feumaidh mi aideachadh nach do bhlais mi air gnè de chuideachadh ach na fhuair mi air do stairsnich."

Chuir e am Bìoball do àite tèarainte agus choisich e a-mach às an taigh. Chum e air adhart agus ràinig e àrd-shràid a' bhaile. Cha robh e cinnteach ciod a dhèanadh e. Bha e air tighinn gu ceum dà rathaid; agus cha robh e a' faicinn nì ach dùn de threathlaich air an dara fear agus clàir fhaoin fhalamh air an fhear eile. Rannsaich e thaobh na carbaid a bha a' dol gu deas, agus dh'innseadh dha gun robh i a' falbh gun dàil. Bha e eadar dhà bharail. Aig amannan bhitheadh aghaidh an taobh a thàinig e; ach ghrad bhiodh e air muin na carraid eile a bha ga bhioradh. Bha gnothaichean cudromach eile feumach air amharc orra. Bha iad feumach an cur rèidh nan gabhadh sin dèanamh. Bha e air a chunglachadh ri cairteal de uair gu bhith air no dheth. Bha a dhleastanas so-thuigsinn. An robh e comasach an-diugh air seasamh gu daingeann agus an dleastanas sin a lorg—a choileanadh?

Bha Eòghann MacIllEathain a' creidsinn gun robh fichead slighe a' treòrachadh gu cruaidh-chàs is carraid, agus bha e a' creidsinn gum b' e aon slighe a bha a' treòrachadh a-mach às an dà nì. Ach bha Eòghann air aomadh leis an earrainn sin den t-saoghal a roghnaich-eas an latha math fhad 's gheibh iad e. A' mhuinntir a tha a' dèanamh a leithid de uaill às na làithean matha, chan eil samhladh aca dhaibh ach còrn-ola na banntraich. Bha càil Eòghainn glaiste do mhì-thait-neas, ach mo thruaighe, cò againn nach bi a' tilgeil nan nithean a ta mì-thaitneach gu "latha air choreigin eile"—latha bòidheach, grian-ach anns am bi cùisean mìn, rèidh?

Tha e cho nàdarra don duine teicheadh on chroislich a ta a' brùthadh air eanchainn agus a tha da ceum a dhèanamh le a chòir. Nì h-eadh, tha de ladarnas air cuid a ghairmeas air mhullach nan taighean gun d' fhuair iad saorsa ri linn na coiseachd. Ach ciod a thug saorsa dhaibh? Bha iad air an treòrachadh gu cunglach gun nì a dh'òrdaich Dia fa comhair ach criathar làn tholl. Chaidh an càradh, mar gum b' eadh, an spearrach aimhleathan, agus thùirling mìle guth calg-bhiorach air eanchainn an cinn, agus cuibhrich a bha gan cumail san t-seasamh-buinn a bh' aca a chum meòrachaidh is cnuas-achaidh—is fasgnadh. Ach choisich iad air falbh neo-mhothachail air nì sam bith ach misneach a dh'èirich o thartar an cas.

Tha a' bhrùid baoghalta: tha an duine seòlta. "Ciamar a sgrìobhas mi mu thimcheall peacaidh," arsa am feallsanach, "agus e air fhalach bhuam, gun fèin-fhiosrachadh? Peacaich an toiseach agus an sin sgrìobh—teagaisg!" Bha Eòghann MacIllEathain an dèidh a' chaora a chaidh air seachran a lorg. Bha e air an tochradh a fhuair e air a druim a chothlamadh, a chàrdadh, a shnìomh agus a chàradh air na fuaidnean le dealas a dhà làimhe agus gob na fearsaid. Ach bha e an-diugh na sheasamh air cabhsair ag aideachadh gun robh daor-mhàladh aig a chorp air a h-uile criomag a chuir spàl is beairt ri chèile. Cha do chosg e aon smuain mu thimcheall cor Rasaigh, no bochdainn Dhiùirinis. Chaidh a' ghrian acasan a chur air ais—no air adhart—suas gu deireadh an fhoghair, ach bha a h-uile buaidh tuigse is gliocais a bha na eanchainn a' meòrachadh air a bhochdainn fhèin. Ged a ghèill Eòghann MacIllEathain do ghaol nighean an Rosaich, cha robh e idir aineolach mu ghnothaichean an t-saoghail seo. Cha bu nàire idir da a bhith air a choimeas ri amhlair airson gaol boireann-aich, oir bha na ficheadan agus na mìltean air an toirt a thaobh leis an dearbh ghalar.

Bha an duine an trom-smuain agus a thaic ri balla taighe. Chunnt e dhà, trì, ceithir mìle punnd Sasannach a bha air ainmeachadh a sheilbhich e air tàille nam briathran—mì-chinnteach agus mar a bha iad—a bha sìos an tiomnadh athar, ach bha e an-diugh cho dìblidh ri luch-feòir. Sgaoilte fo a chomhair cha robh e a' faicinn ach dèirce is aimbeairteas a bha a' fàgail fradharc a chinn cosail ri seann duine a chì dusan toll an crò na snàthaide. Bha e an-diugh air a ghairm gu cathair-breitheanais. Cha robh e idir aineolach air an troimhe-chèile a bh' air a choinneamh; ach bha dòchas aige, nam faiceadh e luchd-sgoltaidh-breith is breitheamh aghaidh ri aghaidh, gum faigh-eadh inntinn nì-eigin de fhois.

Thog e a cheann. Rùnaich e aghaidh a chur gu deas agus an ceann tiota bha e na shuidhe sa charbaid a bha a' treòrachadh gu baile Ghlaschu. Chaidh a ghiùlan gun dàil suas gu ruig a' Choingheal, a-nunn Taigh an Uillt agus ceann Loch Obha. Ràinig a' charbaid Taigh an Droma sa Chrìon-làraich àrd-fheasgar. Bha MacIllEathain agus an sluagh a bh' air thaisteil còmhla ris air an stiùireadh gu carbaid eile a bha a' ruith gu Glaschu gun dàil, oir chaidh innseadh dhaibh gum b' e a' Chrìon-làraich ceann-uidhe carbad an Òbain. Bha an t-anmoch ann mun do ràinig MacIllEathain àite-còmhnaidh. Chuir e seachad an oidhche an taigh-òsta air taobh a deas a' bhaile agus anns a' mhadainn choisich e gu Sràid Bhochanain. Chaidh e suas staidhre chloiche, agus an ùine ghoirid bha am fear ris an d' earb e a chùis-ean teachail a' cur fàilte air. Labhair am fear-gnothaich le gàire air aghaidh.

"Cho fhad 's a bhios slat an coill bithidh neart san Sgiathanach."

"Foill," fhreagair MacIllEathain; "fàg na briathran mar a tha iad!"

Chaidh cathair a shònrachadh do MhacIllEathain agus shuidh am fear-gnothaich, Àdhamh MacAoidh, ma choinneamh. Bha Àdhamh mu leth-aois, le aghaidh chruinn shultmhor; agus às eug-mhais an speuclair a bha a' toirt làmh-chuideachaidh da fhradharc, bha uile bhuadhan a chuirp, a rèir coslais, gun mheang.

Leig MacAoidh uilnean an taic ri clàr-sgrìobhaidh a bha eatorra.

"Tha mi anabarrach toilichte d' fhaicinn; agus gu fìrinneach, mar tha cùisean dhad thaobh an-ceartair, bhithinn eu-comasach a dhol air aghaidh mura biodh tu an làthair. Lorg thu am Bìoball?"

"Tha na briathran gun atharrachadh seach mar a dh'ainmich mi," fhreagair MacIllEathain.

Shìn e am Bìoball agus leugh am fear-tagraidh na facail a bha sgrìobhte air an duilleig.

"Tha seo co-shìnte ris na facail a sgrìobh mi gu bràthair d' athar. Cha robh 'n còrr agam. Ma tha thu rùnachadh cùirt-lagha feumaidh sinn a bhith faicilleach. A theagamh tha mi ciallachadh gun robh stèidh mo chòmhraidh air briathran an Leabhair, ach faodaidh mi innseadh dhut gun robh brìgh is susbainn nam briathran a chleachd mi mòran nas diongmhalta. Agus sgrìobh mi, mar an ceudna, co-cheangailte ri litir do sheanmhar."

"Fàg an litir sin bàs," fhreagair MacIllEathain; "na ùraich dhomh i. Cha robh innte ach bristeadh-spioraid on chiad latha a chuala mi ma timcheall."

Chrom e aghaidh agus labhair e le saorsa.

"Ma dh'fhaodte nach eil mise a' tuigsinn suidheachaidh càraid a phòsar an taobh a-mach de eaglais."

"Tha sin so-thuigsinneach," fhreagair am fear-lagha; "tha e cho soilleir ris a' ghrèin agus feumaidh sinne seasamh air aon bhun-ait. Ma chaidh do phàrantan a phòsadh fo chomhair an t-siorraim, càite am bheil an clàr-cuimhne agus na fianaisean? Pòsadh an staid Albainn le mionnan air Bìoball, chan eil samhladh agamsa air a shon ach curracag air linne. Tha cead do choise agad, agus làn-shaorsa. Tha lagh Albainn air do chùl. Ach glèidh nad chuimhne gur e lagh a tha seo a rinn cleachdadh laghail. Ma rùnaicheas càraid pòsadh san dòigh seo, thoir fa-near nach eil cunnart fon ghrèin ann gus an èirich buaireadh ma dh'fhaodte bhuapa fhèin no bho chuideigin eile. Deagh charaid agus deagh chura,* agus cha mheasar an sliochd dìolain. Ach nach lìonmhor, mar a th' againn an àite eile, na h-uilc a tha ormsa an tòir?"

Bha gàire air ìomhaigh an fhir-thagraidh.

"Feumaidh càraid a ta airson gnothach pongail, tèarainte a dhèanamh ro-shaorsa cùirt na h-eaglais fhaotainn. Chaochail d' athair às eugmhais na saorsa sin; agus chan eil ach aon neach, no air a' chuid as motha dithis, beò—do sheanmhair agus do mhàthair—a rachadh gu ionad nam mionnan le urras no taisbeanadh a bhiodh freagarrach agus iomchaidh a chum do shuidheachadh a dhèanamh cinnteach."

Is i do bharail gu bheil na briathran a tha sgrìobhte air an duilleig mì-sheaghail?"

"Gun amharas," fhreagair am fear-tagraidh le tapachd, "tha an duilleag às eugmhais na bliadhna agus an latha den mhìos."

"Tha bràthair d' athar a' cur an aghaidh a h-uile cuid dhiubh sin."

Dh'fhosgail e ionad beag a bha ma choinneamh, agus thog e <u>ceanglachan de</u> litrichean.

* Ditein.

"A theagamh," leasaich am fear-lagha, "mur a biodh d' athair air dùthaich Ameireaga altram fichead bliadhna roimhe siud, bhiodh barantas agad air gach nì air an robh e an seilbh. Rachainn gu lagh le facail an tiomnaidh às eugmhais na litreach, oir cha b' urrainn araon do mhàthair no màthair do mhàthar àicheadh nach tusa an t-oighre agus am mac dligheach. A-nis, a thaobh an ath-phòsaidh, beachdaich air. An aon de a litrichean tha e ag ràdh nach robh Ùna Dhòmhnallach là thar fhichead ann an Albainn. Rannsaicheamaid an nì seo. Is i do bharail gun do dh'fhàg do mhàthair Lunnainn air an ochdamh là deug den mhìos mu dheireadh den earrach. Choinnich i d' athair am baile an Òbain Disathairne—còig làithean na dhèidh sin. Phòs iad. Bha iad seachd làithean san Òban, agus sheòl iad gu Ameireaga air a' chiad là den Chèitean. Cha bhiodh e furasta dhut èirigh fa chomhair breitheimh agus luchd-sgoltaidh-breith leis an seo?"

Bha Eòghann na thost. An ceann tiota thog Àdhamh MacAoidh a ghuth a-rithist.

"Tha lagh Albainn air a' cheann seo cosail ri conachair* a dhiùlt am bàs a-mach agus a-mach, agus 's i cachaileith† a th' ann nach eil rian faighinn seachad oirre. Tha an lagh anabarrach làidir a thaobh na ceiste seo, agus tha e ceart cho soilleir. Air a' char as lugha, tha-tar a' cur mar fhiachaibh air aon de na càraidean trì seachdainean a chaitheadh an taobh a-staigh de chrìch Albainn a chum am pòsadh a bhith air a mheas dligheach. Is i seo, ma-tà, ceist bhràthar d' athar. Tha thu fhèin ag aideachadh nach robh d' athair là air fhichead an Albainn. Am bheil urras agad gun robh do mhàthair trì seachdain-ean an taobh a-staigh de ghàrradh-crìche Albainn an dèidh dhi baile Lunnainn fhàgail agus pòsadh am baile an Òbain?"

Chuir an duine a làmh chum a' chlàir-sgrìobhaidh agus ghrad shìn e litir do MhacIllEathain. Leugh esan na facail a leanas:

Sackville Street, London,
Mar. 12, 1799.

Dear Sir,—I have already given sufficient proof that the legality of my brother's marriage could not be sustained, not even by your own Scottish Law, which demands 21 clear days, residence in Scotland. I have proof that Winifred MacDonald was at Kensington, London, upon April 16, 1767. Your client's contention upon this point is, therefore, mythical. My brother left New York with the Hesta upon February 5, and returned with the same boat, which left

*   Neaċ air leabaiḋ-tinneis ùine ṁòr naċ gèill don ġalar agus naċ faiġ cuiḋte 'r e—gun aṫarraċaḋ.

†   Geata crìche.

Liverpool on May 3, same year. Do you wish me to give proof of the Hesta's arrival at Liverpool? Assuming that a form of marriage was gone through at Oban about the 21st, you have not produced a shred of evidence to justify your client going into a Court of Law on the point. You admit that this Bible business you speak of is undated but that your client will found upon "habit and repute." This is utter nonsense. People may, in Scotland, marry and live together; but if the matter is challenged and properly sieved, your "habit and repute" is of no use. Apart from the evidence which I hold and which I refuse to disclose, do not forget that my brother was domiciled in the State of New York. Irrespective, however, of any family tie which may or may not exist between your client and myself, I am not unconscious of the effort put forth by him to prove a forlorn hope. In consideration of this, I make the following offer, without prejudice, on my own behalf and on behalf of my two brothers. I offer other £3,000 in settlement of any claim upon my late brother's estate. This brings up the total, including all previous remittances, to £8,000, which sum is more than two-third of the whole estate. If your client agrees upon this, kindly put his agreement in form, properly witnessed, and post same to my solicitor, Mr. Canning, 12 Threadneedle Street, London. The formal agreement must be in my solicitor's hands on or before May 6, proximo.

No further correspondence will be gone into in connection with this matter. I do not admit that my brother wrote the supposed "will" upon his death-bed, nor do I admit that he died shortly after arriving in New York.

I am, Sir,
Yours truly,
George G. MacLean.

A. MacKay, Esq., Solicitor,
    Buchanan Street, Glasgow.

Chrìochnaich MacIllEathain an litir agus chuir e an làimh an fhir-thagraidh air ais i.

"Cha robh mi ro-chinnteach gum faicinn thu," thubhairt Àdhamh; "agus sgrìobh mi às do leth. Feumaidh sinn an dara brath a chur air aghaidh, gun mhaille."

"Leugh dhomh briathran an tiomnaidh aon turas eile," fhreagair Eòghann.

Thog am fear-lagha pàipear far a' bhùird agus leugh e na facail a leanas. Bha iad sìos sa chànain choimhich—

In the event of Winifred MacDonald, Oban, Scotland, bearing me a son or daughter after my demise, I instruct my trustees to provide for mother and child in a reasonable way. This "reasonable provision," which I leave to the discretion of my trustees, ceases if Winifred MacDonald agrees to marry. After all my debts are paid, the balance of my estate—which should amount to about

£14,000—will be kept in trust for such issue, until the child reach the age of 21 years. I direct my trustees to continue the "reasonable provision" even in the event of Winifred MacDonald marrying, but only for the child's maintenance.

John MacLean.
Liverpool, April 29, 1779

"Mòran taing!" thubhairt MacIllEathain le deas-ghnàths. "A theagamh nam biodh barantas agam air làmh-sgrìobhaidh m' athar bhiodh e na chùl-taic agus na neart mòr, ach tha mi faicinn conghair eile air an t-slighe," leasaich e.

"Thug thu fa-near neo-shusbainn is laigse nam briathran," ghlaodh am fear-tagraidh. "Cha d' aidich e gun robh e an ceangal-pòs-aidh eadhon. Tha na facail anabarrach slaodach agus mì-chinnt-each."

"Tha mi 'g aideachadh sin," fhreagair MacIllEathain; "agus tha mi toirt fa-near gur iomadh bràthair-athar a bh' air gailleag a ghearradh rim chluais, no dh'fhaodadh a ràdh gun deachaidh a h-uile peighinn an coinneamh nam fiach—oir, amhail na bochdan, tha iadsan a ghnàth maille rinn."

Chuir MacAoidh a chòig meuran a dh'ionnsaigh nan speuclair bha an taic ri shròin, agus thoisich sùilean beaga a chinn ri gluasad le mire.

"Tha mise a' meas gu bheil thu anabarrach sealbhach. Chan fhiosrach mise air duine nàdarra a phàigheadh airgead le facail cho glagach. Ciod i do bharail?"

Bha MacIllEathain ag èisteachd le ro-aire. Bha e a' meòrachadh air trì mìle punnd Sasannach.

"Tha mi làn-riaraichte," thubhairt e; "sgrìobh mo chòrdadh gun dàil."

An ceann ùine bhig bha an coisiche a' sgrìobhadh ainm le peann is dubh. Chaidh am pàipear fhianaiseachadh le clèireach agus cailin òg bha sa phrìomh-sheòmar agus, an dèidh dòrlach de nithean eile a chur an òrdugh, choisich an dithis dhaoine a-mach às an ionad-ghnothaich a chum na sràide. Chum iad meadhan a' bhaile gu Sràid an Dòchais, agus choisich iad gu Sràid Earra-Ghàidheal. Choisich iad gu cabhagach a chum na h-àirde an iar. An ùine gheàrr bha iad fo chomhair ionad-ghnothaich air Sràid an Easbaig, agus duine beag seang, mu leth-cheud bliadhna de aois, le craiceann amhail seiche leathair, agus sròn chrom, bhiorach, a' cur fàilte orra.

Bha an seòmar mu dhusan troigh ceithir-cheàrnach. Bha e fuar, fàs, falamh. Bha ciste de stàilinn mu thrì troighean air gach rathad ann an oisinn, agus còrn-chlàr le leabhraichean, peann is dubh, an taic ri balla bh' air a thogail le cloich is aol, a bha a' dèanamh roinn eadar cùl na h-aitreibh agus an aghaidh. Bha uinneag bheag a' leigeil beagan de sholas air feadh an t-seòmair. Bha MacIllEathain na shuidhe a' meòrachadh air fàilte an duine, agus an cuireadh làidir a thugadh da gu "seòmar-suidhe an taighe." Chuimhnich e, mar an ceudna, air susbainn nam briathran "gun robh dara leth an t-saoghail tur aineolach air bith-beò an leth eile." Bhiodh e araon do-thuigsinn agus do-chreidsinn do mhuinntir aineolach gum biodh duine beag, meanbh le craiceann amhail duileasg, ròineagan de bhun feusaig agus sròn a dhèanadh "aghaidh choimheach,"* a chòmhnaidh ann an ionad a bha na bu choltaiche ri gainntir na àite ionmhais, a' cumail a-suas aitreabhan is àiteachan gnothaich am mòran cheàrnaibh de Albainn. "Is e an duine an t-èideadh ach 's e am biadh am balach," tha an seanfhacal ag ràdh. Tha seo fìor a thaobh an Iùdhaich, ach b' e an t-airgead am balach aigesan.

Tha sinn a' leughadh gu bheil peanais a' feitheamh air na peacannan a ghnìomhaich sinn. Am bheil peanais eu-dealaichte ris na nithean nach do choilean sinn a bha mar chòrachd oirnn a choileanadh? Bha Taigh nan Cumantan cho eudmhor a thaobh "ceartais" agus gun do rùnaich iad an rìgh a chur a dh'ionnsaigh an sgàlain. Bha staid Albainn a' glaodhach mort air na laghannan a bha a' dèanamh thràillean de a luchd-obrach; agus bha i toileach gun do nochd a' Phàrlamaid Shasannaich de shuaicheantas a thug nì-eigin de shaorsa don t-sluagh a bha a' cosnadh a' ghuail à innibh na talmhainn. Ceithir no còig de bhliadhnachan na dhèidh sin bha Eanraig Dundas (Tighearna Melville) air a tharraing fo chomhair a' bhreitheimh. Bha esan a' coimhead thairis air ionmhas cabhlaich Bhreatainn, agus bha e freagarrach airson na mèirle—"Peculation"—a thachair co-cheangailte ris an sin. Gidheadh, ged a bha sinn ann an tomhas, a bheag no a mhòr, eudmhor a thaobh ceartais, bha cumhachd an duine seo thairis air cumhachd an rìgh. Bha ionracas is neo-fhèinealachd, a theagamh, nar cleachdaidhean, ach ciod i an fhìrinn? Cha robh cumhachd fo aiteil nan speur, le barantas, a chuireadh meur air obair an duine seo!

Bha Àbraham air a dhol dhachaigh gu athraichean mun do smuainich sluagh Bhreatainn gun robh a leithid beò. B' ann sa bhliadhna 1854—suas ri trì fichead bliadhna an dèidh an ama mum <u>bheil sinn a' labhairt</u>—a chuir iad suim na sheòrsa. Chaidh ath-

* Uidheam a bhios aig a' chloinn mu Shamhain.

rannsachadh a dhèanamh air cèird na muinntir a bha a' faotainn beòshlainte air riadh airgid-iasaid sa bhliadhna 1900; agus neach sam bith, eadhon a dh'ionnsaigh an latha an-diugh, a tha toileach a dhol do lìon luchd-malairt airgid, bithidh seo air a dhèanamh aithnichte dha gun amharas,—gur e sgàile tana gun seagh a ta a' dèanamh balla eadar Àbraham òg th' air a stèidheachadh an aitreabh rìomhach, còmhdaichte le trusgan de chlò snasail, agus fainne de an fhìor òr air a làimh, agus Àbraham a bha neo-ghlòrach, do-fhaicinn san t-seann thogail air Sràid an Easbaig am baile Ghlaschu, thairis air ceud bliadhna air ais.

Le aon sealladh air aghaidh an Iùdhaich bha MacAoidh làn-chinnteach nach robh nì cho freagarrach ri bualadh ball-dìreach air a' chuspair a bha na adhbhar air an ciùineas neo-fhoiseil a bh' anns an seòmar.

"Bithidh a h-uile duine againn riaraichte am beagan de ùine," thubhairt am fear-tagraidh. "Tha dòchas agam mun tig an ath earrach gum bi an t-airgead air a dhìoladh; agus tha mise a' toirt taing dhut airson an deagh-rùn a nochd thu agus a dhearbhadh dhomh a thaobh mo charaid."

Bha dà shùil an duine bhig cho geur ri sùilean cait. Thug e a-mach nèapaigin às a phòca agus thòisich e air lìomhadh le mì-fhoighidinn na cromaig thana a bha an crochadh ri clàr aodainn.

"Briathran treuna," fhreagair e; "ciamar a dh'amais thu orra?"

Bha e a' coimhead MhicAoidh le mì-chiataibh. Cha robh smid air a labhairt airson greis de ùine. Rinn an t-Iùdhach sìoch-chasad, agus labhair e le teas—

"Chan eil uiread is fuaim sa chiomball tha na ghlag mud chasan. Cha dèanadh beairteas fear d' urrais fuaim air spreadhan staoin. Tha mise fiosrach, a thuilleadh air sin, gu bheil Rasaigh cho aimbeairteach ri a sgalaig."

Thionndaidh e sa chathair. Bha a shnuadh odhar agus solas a chinn burrail.

"Chuir thu litir dom ionnsaigh ag innseadh gun robh Rasaigh na aonar comasach air a h-uile peighinn a dhìoladh; agus bha fios agad gun robh mo cho-obraiche agus m' fhear-cuideachaidh air coiseachd ball-dìreach às a' ghorta a ta air filleadh ris an eilean. Ciod leis am bheil e dol a dhìoladh fhiachan? Ceithir eich cho blian ri brislean na h-acarsaid thioram, agus ceud ceann cruidh a rachadh tro chrò na snàthaid. B' e seo an treibhdhireas a bha e dol a nochdadh. Bha ainmeachas mìle caora agus trì cheud molt air creagan Rònaigh. Ciod a th' agad san eilean an-diugh? Agus ged a bhitheadh a h-uile speir a tha sìos san sgrìobhadh-geallaidh air a thaisbeanadh le onair, is dìlseachd, am bheil Beathan Àbrahaim a' dol a chur mì-mheas air tuaim-adhlaic athraichean air thàille spealtan Gàidhealach? Am bheil mi dol a thòiseachadh ri cnàmhan agus feòil dharaich aiseag le bìrlinn Rasaigh? Tha mise cinnteach gum bi Dòmhnall Ros agus Rasaigh comasach air an airgead a phàigheadh air a' bhliadhna seo; ach, ged a bhiodh mo bharail ceàrr, faodaidh sinn fèill-chruidh a ghairm san Eilean."

Bha na buill bheaga a bha ag èisteachd air chrith. Bha an snuadh air atharrachadh o dhorcha gu lachdann, amhail acainn-smeuraidh.

Mar Ghàidheal, tha thu tur aineolach air cleachdadh nan Gàidheal. Ma tha mise baoghalta no sìmplidh, chan eil taing agad airson a chleith. Tha dìlseachd acasan a tha so-brosnachail a chum gadachd. Tha Rònaigh cho lom ri cabhsair aig mèirlich, gidheadh chan eil neach san Eilean Sgiathanach no an Eilean Rasaigh a chuireadh tairgse air searrach a bhiodh air ainmeachadh air ceann-cinnidh. "Sluigidh iad an càmhal, ach sìolaidh iad a' mheanbh-chuileag." Cha robh briathran a-riamh cho mì-fhreagarrach airson an t-sluaigh mun deachaidh an labhairt, agus cho freagarrach airson Rasaigh! Choisich e gu ceanglachan de phàipearan a bha aig a chlàr-sgrìobhaidh agus ghrad sheas e fo chomhair an fhir-thagraidh.

"Ach eadhon ged a bhiodh fèill ann, cò a ta comasach air molt no mart a mhalairt no a cheannach? Dà mhèirleach-shìthne na Corpaich, agus dusan reubalach a Tròndairnis!"

Thionndaidh geal a dhà shùil air MacIllEathain.

"Is ann air do sgàth-sa agus air bonn-stèidh nam briathran a labhair thu rim cho-obraiche a bh' anns an eilean a rùnaich mi cùisean fhàgail balbh gu deireadh an fhoghair. Ach tha mi ag ràdh riut san ionad seo gum faic thu Rasaigh agus an t-Eilean Sgiathanach san aigeann mun tòisich mise air riasladh ri adhairc mairt airson fiachan a dhìoladh."

Bha MacAoidh ro-eòlach air suidheachadh an Iùdhaich. Cha dèanadh connsachadh ach an tuilleadh buairidh a thogail. Bha e a' toirt fa-near gun robh MacIllEathain an cumhachd an duine seo, amhail mar an rodan a ruitheas gu toll aimhleathan agus cat air a shàil. Aon fhacal no lideadh agus bhiodh MacIllEathain às eugmhais nan trì mìle punnd Sasannach a bha air a ghealltainn le bràthair-athar. Chan eil sinn a' ciallachadh gun robh Eòghann a' dol a làimh-seachadh treas cuid na suim a dh'ainmich sinn—mar a nochdas sinn an dèidh làimhe; ach tha sinn a' ciallachadh gum bitheadh suidh-eachadh MhicIllEathain gun dòchas ma rùnaich e nighean an Ros-aich a phòsadh le airgead mura pòsadh e i le gaol.

Bha Eòghann MacIllEathain air a mhealladh ma bha e a' creids-inn gun robh a' chuibhle bheag seo an cleith air an duine a bha a' tagradh às a leth. Bha MacAoidh tostach agus cha robh iongantas ged a bhiodh, oir b' e am facal "*tacit*" a thug beòshlainte da sheòrsa. Bha luach neo-chrìochnach anns na còig litrichean. A thaobh gleus-tachd,—ged a bha an t-Iùdhach ainmeil, cha robh ann ach cìocharan an coimeas ri Àdhamh MacAoidh. Bha am fear-tagraidh a' spioladh a' gheòidh 's an dithis eile ga choimhead. Anns an t-seann aimsir bha a sheòrsa air an samhlachadh ri uaighean gealaichte. Aig an àm sam bheil sinn a' labhairt, agus a dh'ionnsaigh an latha an-diugh, cha robh samhail dhaibh ach moll agus cudrom fuil nan neo-chiontach gan teasairgeadh on ghaoith. B' ann troimhesan a chaidh stuic Dhiùirinis is Rasaigh ainmeachadh air clàir an sgrìobhadh-geallaidh. Chuir e air sùilean MhicIllEathain gum biodh an dithis, aimbeairteach mar a bha e fiosrach a bha iad, toileach air cobhair no faotainn à glais às eugmhais airgead tioram.

"Leigidh sinn cudrom na cùise air an Iùdhach. Tha d' ainm-sa a theagamh ris a' mhaoin-sgrìobhaidh mar urras; ach carson a chosg-adh e dhut aon pheighinn ruadh? Bheir seo dhachaigh orra gum feum iad a h-uile cùlag tha an càirean am beòil a gheurachadh, agus an cuirp obrachadh. Fear-cinnidh sa Ghàidhealtachd a' dol a leigeil le Iùdhach meanbh, a shèideadh iad far am boise, an cuid stuic is lùchairtean ainmeil!"

Dheasaich esan na facail a chum MacIllEathain a riarachadh. Agus ciod bu chor don Iùdhach? Is minig a thàinig muir air a cho-luchd-dùthcha nach b' urrainn dhaibh a stiùireadh, ach cha togadh Beathan brèid ri crann an latha a dh'fheumadh an t-eathar falm-adair fasgaidh. Ghabh esan a theagamh an sgrìobhadh-geallaidh mar chùmhnant agus mar sgàile. Cha toireadh e ròineag fuilt an coinn-eamh nì sam bith ach nì faicsinneach, so-làimhseachail. Dh'fhaod-adh am fear-tagraidh lasadan a chur ri a chuid sgrìobhaidhean agus dh'fhaodadh Beathan a dhol air a shàil gu ionad-gnothaich agus a ràdh ris, "Pàigh na fiachan le buinn òir an ionmhais-mhalairt."

B' e seo, ma-tà, an suidheachadh san robh araon an t-Iùdhach agus MacAoidh, agus b' e dreuchd shònraichte an fhir-thagraidh na trì mìle punnd Sasannach a chur gu deagh bhuil. Bha an geall-sgrìobhaidh na thacsa mòr da a chum na crìche seo, agus bha e cinnteach gum feumadh an t-Iùdhach meas a chur air fèill-chruidh latha air choreigin ar neo a bhith às aonais na suim a bha e a' tagradh. Bha MacIllEathain ag amharc air ùrlar an t-seòmair agus aghaidh cho dubhach ri duine le dèideadh. Bha e coltach ri fear-turais san fhàsaich uaireigin air an robh acras is tart, agus a dheònaich a h-uile nì air an robh e an seilbh ìobradh airson bìdh is dibhe gus am faca e marcaiche a' ruith da ionnsaigh le naidheachd gun robh a bhean air caochladh. Dh'èist e na bu chùramaiche ri Beathan Àbraham ag innseadh luime an eilein Rònaich na dh'èist e ris an t-seanchas a chuireadh luath no mall e gu bochdainn. Bha e a' toirt fa-near gun robh barrachd eòlais aig an Iùdhach air na h-eileanan agus an sluagh a bh' annta na bha aige fhèin. An robh fios aig an duine seo air an dàimh a bha eadar e fhèin agus Rasaigh, no eadhon eadar e fhèin agus an Rosach?

Thionndaidh MacIllEathain a chum an Iùdhaich agus labhair e le modh, is ciùineas—

"Tha mise taingeil airson do choibhneis; agus bithidh mi ro-thoileach an t-airgead a thug thu seachad air mo shon-sa a phàigheadh."

"Cha dèan taing airgead a phàigheadh," fhreagair an t-Iùdhach le caise.

Shuidh e aig a' chlàr-sgrìobhaidh agus dh'fhosgail e ceanglachan phàipearan.

"Cha do làimhsich mi dara leth an airgid a thug mi seachad, agus seo a' cheist a th' agam dhutsa. Ciod e a ta thu am beachd a dhèanamh? A bheil thu deònach an cùmhnant a bhòidich thu an seòmar taigh Rasaigh o chionn ceithir làithean a dhìoladh?"

Bha an aghaidh bheag lachdann a' sgrùdadh aodainn le aniochd. Bhuail na facail air cluasan MhicAoidh mar gun tuiteadh toirm de chloich-mheallain air a cheann agus e a' coimhead grian an t-samhraidh. Thuit aghaidh don cheathach a bha a' teàrnadh o làr an taighe. Bha samh malcte ag èirigh gu chuinneanaibh. Ar leis gun robh mèinn de fhuarachd fo bhuinn a chas agus meil-ghuth ag inntrinn a dhà chluais 's a' sìoladh amhail burral air aonaich. Dheasaich e fualaid le eanchainn a chinn a chum eucail is creuchdan buaireasach a shlànachadh; ach bha e a-nis mar gum b' eadh air am plàst a phasgadh seachad agus an tinneas air am bàs fhàgail air a làmhan.

Bha MacIllEathain brùchdach dubh. Bha brùnsgal a chnàmhan cho cinnteach 's ged a bhiodh am beithir air am feadh. Bha shùilean corrach agus a' dearg-lasadh le feirg. Chaidh e air ais gu ceann na slighe le a mhac-meanmna agus ghleac e ris a' bhòid—an cùmhnant. Chuimhnich e air na facail a labhair e, ar leis le fealla-dhà far na gualainn, agus chuimhnich e air an dearbh shuidheachadh san robh e. Bha Mòrag Ros fo chomhair a dhà shùil. Bha i anabarrach còmhraiteach faisg air. Chuimhnich e, mar an ceudna, gun robh a h-athair agus Rasaigh an làthair agus, nuair a chaidh ceist chud-romach fheòrach dhith le a pàrant, gun do fhreagair i a' cheist sin an riochd a dh'fhàg an triùir dhaoine cho rèidh ri dà cheann eich. Nach d' fhuair e a h-aonta ged a bha na facail fann, neo-shusbainneach?

Rinn MacIllEathain oidhirp air labhairt ach dhiùlt na briathran tighinn a dh'ionnsaigh a bheòil. Bha an t-Iùdhach fa chomhair aig a' chlàr-sgrìobhaidh, cho balbh ri riochd gràineil. Cha do ghluais e cas no làmh. Bha aghaidh crom, agus bha a dhà shùil a' soillseachadh geal air a chraiceann 's a' filleadh ri dorchadas an t-seòmair. Bha beatha anns na cnàmhan tioram oir bha guin mhì-naomha a' deàrrsadh o fhradharc. B' e sin an t-aon chomharradh air beatha a bhith annta.

Agus MacAoidh! Sheall e chum an duine a rùnaich e mar fhear-treòrachaidh, ach chaog esan a shùilean air cùl a speuclair. Càite an robh an t-ionmhas mòr, an sgrìobhadh-geallaidh a bha a' dol a chur gach nì rèidh? Ma bha airgead MhicIllEathain gu sàmhach, tostach san taigh-thasgaidh a' feitheamh a' chinn-latha san rachadh na h-uile peighinn ruadh a shìneadh don neach aig an robh còir air, carson a bha geilt na cainnte air Àdhamh MacAoidh? Seo an smuain a ruith tro inntinn MhicIllEathain. Bha fios aig an duine seo air gach nì o thoiseach gu deireadh an co-lorg an t-suidheachaidh san robh e a thaobh a mhaoin-sgrìobhaidh, gidheadh bha a bheul dùinte!

Ma dh'fhaodte gun robh e cho math do MhacIllEathain an dearbh shuidheachadh anns an robh e a bhith falaichte bhuaithe. Chaidh aon litir a sheòladh da ionnsaigh ag innseadh gun robh an t-Iùdhach a' tagradh suim airgid, oir bha Rasaigh mall na ghealladh. Ach ciod e an t-suim a bh' ann cha robh fios aige. A theagamh bha a mhac-meanmna air a theagasg. Cha do chuir e a-riamh aon teag-amh na bhochdainn fhèin, gidheadh bha an-iochd na mionaid a bha an làthair air fhàgail baoghalta. A thaobh an fhir-thagraidh, bha an uair aigesan air teachd. Às eugmhais an lagha chan eil dìteadh: às eugmhais dearbhaidh tha an duine iomlan, neo-choireach. Às aonais dearbhaidh cha bhitheadh feum air slige, tomhas no cothrom. Cha bhiodh iad ann airson feum a dhèanamh dhiubh, oir bhiodh ionracas a' rìoghachadh. Bha iodhalan an t-Seann Tiomnaidh de mhaide, òr is airgead, saoithreachail cosgail don t-sluaigh a bha gan altram. Ach bha iodhalan an Tiomnaidh Nuaidh saor—cainnt bhlàth bhrosgalaich air a gleusadh le sodal is briathran-tarsainn.

Bha an seòmar cho balbh ris an uaigh. Bha mort de thoit air feadh an taighe a bha a' tàladh deataich a chuim às a h-ionad. An ceann greis thàinig rudeigin de dhreach beòthail air an dus a bha fuaighte ri buinn a chas. Bha Àdhamh MacAoidh air a bhith a' meòrachadh greis de ùine. Bha a leithid de nì san t-saoghal agus "meall am mealltair!" Bha nì-eigin de mhisnich air ìomhaigh, agus sheall e chum nan clàr chasach a bha gun diog dlùth air a' bhalla-tharsainn.

"Tha thu deònach foighidinn—fuireach gu deireadh an fhoghair?"

"Deònach!" fhreagair am meanbhaidh noigeach* le guth cho caol ri minidh. Dhruid fhiaclan le snag-bhuille air an fhacal ach ghrad shìn e aghaidh gu MacIllEathain, "leis a' chùmhnant a bhith air ìocadh!"

"Tha mise tagradh airson aon mhìos eile," thubhairt am fear-lagha gu dìblidh.

Theich gamhlas MhicIllEathain. Chaidh na facail tro a chluasan mar shàbh an lèigh, oir bha iad a' co-fhreagairt ri a smuain fhèin. Is iomadh nì a dh'fhaodadh tachairt an ochd latha fichead! Greis roimhe siud bha e còmhla ri uachdaran Rasaigh, agus esan air a bhleid, agus thionndaidh a smuain a dh'ionnsaigh an ath dhòrainn le stuic, is maoin-sgrìobhaidh, is teangaidh thlàth, bhreugaich, ag innseadh da nach rachadh cudrom an deilg air a dhruim.

Bha e a' coimhead MhicAoidh, ach ghrad chlisg a chorp agus dh'èist e ris an tannasg làraichte bha ma choinneamh.

"Agus tha mise tagradh airson na h-uarach—na mionaid a ta 'n làthair," agus mum priobadh MacIllEathain a shùil bha an t-seangaich neulaich a bh' aig a' chlàr-sgrìobhaidh a' togail mìr de phàipear gu a smeigeid.

Bha an eargnaich easgaich† na tost agus a làmh fuaighte ris an riasglaich‡ ruadh-bhuidhe san robh beatha air a' chathair. Bha an ciùineas trom dùmhail—ciùineas a bha a' fàsgadh aisne ri feòil agus a bha a' fàgail cridhe anacrach le eallaich nach deachaidh a shòn-

---

*   Àilleagan de ḟioḋ.

†   Cunnart naċ faic sùil—boglaċ.

‡   Talaṁ gun treabaḋ—gun ḟeum.

rachadh da. Thùirling mìle ball gun cheann, gun chasan air eanch-
ainn MhicIllEathain. Bha eanchainn MhicAoidh a dh'easbhaidh aon,
agus e a' riasladh 's a' cath an geadhail* ris an tannasg a bha nam
meadhan.

Tha an saoghal a' cainnt 's a' goileam agus dearmadach a thaobh
nan nithean a bhitheadh a chum a leas. Carson nach sealladh e tiota
a chum an dreuchd san robh Àdhamh MacAoidh? Am bheil duine
cruthaichte a their nach biodh e air a stèidheachadh na bu chinnt-
iche? Bha an saoghal ag imeachd 's ag iomchoir,† agus a' ruith cnàimh
an lagha, ach bha Àdhamh MacAoidh a' moladh an Tighearna airson
droch-nàdar. Bha mnathan Sholaimh cho lìonmhor ris na fionn-
ain-feòir, gidheadh cha d' rugadh do Sholamh ach sliochd na nath-
rach.‡ Thug an rìgh an nimh à ceann na nathrach le aon spìonadh
den turcais, ach dh'fhàg e oighreachd às a dhèidh luchdaichte le gath
nach dèan feum ach an aghaidh cuilg. Rannsaich eanchainn do chinn
ma tha thu am mì-mhisnich: na biodh de ladarnas ort a dh'innseas
do chreutair nach eil cobhair sa chèird seo air do shon-sa!

An ceann greis thog MacAoidh aghaidh agus sheall e le nì-eigin
de dhreach na còrach air an ìomhaigh bha bodhar, balbh fo chomh-
air MhicIllEathain. Nach robh am foghar beannaichte air thoiseach
orra? Nach robh Rasaigh air mionnachadh 's air bòideachadh gum
biodh trì cheud punnd Sasannach pàighte air a' chiad latha den
Chèitean? Agus nach robh mìle punnd Sasannach air a thasgaidh
suas an Taigh-tasgaidh Aonaichte Albainn a bharrachd air na trì
mìle a bha e dol a dh'fhaotainn am beagan làithean le co-chòrdadh
MhicIllEathain?

Seo na nithean air an robh MacAoidh a' meòrachadh. Bha e
cinnteach ma fhuair a' chabhail§ bhùrdanach a bha a' dranndail ma
choinneamh eòlas mu thimcheall nan trì mìle sin nach deachaidh a
thaisbeanadh da air mhodh nàdarra, agus bha misneach aige gum
faodadh e a làmh a shìneadh le cridhealas.

"Ciod e an t-suim a ta thu tagradh?" thubhairt am fear-tagraidh.

"Dà mhìle gu leth punnd Sasannach," fhreagair an guth a labhair.

Bha dà shùil MhicIllEathain cho dìreach ri gath na gealaich air
an ùrlar. Thàinig luasgadh air a chorp. Ar leis gun robh am balla-

---

* Maċair no raon.

† Droċ-rùn. Tà na taiġean-laġa làn leis.

‡ Tà sinn a' creidsinn gum ḃeil daoine treiḃḋireaċ ra ċèird an-diugh, agus ta sin
feumail.

§ Uidheam airson iasg a ġlacaḋ.

tarsaing ag aonairt ris an uinneig bhig bha an taobh eile an taighe. Ghrad laigh a shùil air an ana-mèin dhiabhlaidh a bha dlùth air an uinneig. Thuit neul dorcha air a fhradharc.

Bha MacAoidh a' coimhead an duine a thug a dhreuchd às a làimh car tiota. Dheasaich e smuain dheamhnaidh airson an fhir a bha e a' treòrachadh. Carson a chlisg a chorp? Lide cha robh air a labhairt, ach ghrad mhothaich MacAoidh do ìomhaigh a bha a' tàladh a threòir às a chorp fhèin.

Cha robh fios aig an fhear-thagraidh gun robh an duine a bha tostach fa chomhair air cùmhnant agus ath-chùmhnant a dhèanamh. Cha robh fios aige gun robh Eòghann MacIllEathain san ionad-ìochdraich a' càrnadh feirge air Dòmhnall Ros agus uachdaran Rasaigh. Mo thruaighe, cha d' fhuirich e aig an sin. Bha e air bòideachadh gum biodh nighean an Rosaich aige mar mhnaoi ged a rachadh e chum an sgàlain a chum a' bhòid sin a choileanadh.

Bha Àdhamh MacAoidh air eanchainn a phasgadh seachad. Chriothnaich na buill dhus na spealtan a bha gan cumail nan ionad, oir bha e mothachail air sìorraidheachd de fheirg. Bha e mothachail air cunnart on duine a shaltair an saoghal le neart a chuirp. Bha e feumail do Àdhamh gun robh an fhearg air a riaghladh air cinn muinntir eile. Agus nach robh Àdhamh san t-suidheachadh san robh còir aige air a bhith? Nach b' i a' chèird troimhe-chèile, agus nach buineadh e don dream a ta a' càradh uallaichean air cinn mhuinntir eile?

Bha feòil a chnàmh air chrith, oir mhothaich e do MhacIllEathain ag èirigh air a chasan. Ach ghrad lorg e a mhisneach oir bha an duine a' labhairt ris na creuchdan a bh' aig a' chlàr-sgrìobhaidh.

"Tha mi air mo chuartachadh le sìol na nathrach, ach ma thuiteas mise tuislichidh cuideigin nam lùib."

An ceann ùine ghoirid bha an t-Iùdhach ag àireamh mìle punnd Sasannach aig clàr-gnothaich Àdhaimh MhicAoidh. Chaidh pàipear-urrais a shìneadh da mar an ceudna. Bha Eòghann MacIllEathain na shùil fhianais. Choisich e chum na sràide agus thug e uaireadair gu deàrn a làimhe. An ceann còig mionaidean bha e na sheasamh aig clàr-malairt taighe-thasgaidh agus a dhà shùil a' priobadh air co-shamhail na litreach a sgrìobh bràthair-athar MhicIllEathain dh'ionnsaigh an fhir-thagradh.

"Chreach e mi, rinn e gnothach orm, bha e cho furasta a bhith air na trì mìle a chosnadh ri dhà gu leth. Ach bheir mise air Àdhamh còir gun imlich e bucaill a dhà bhròg mum faicear a' chuthag air luirge craoibhe!"

Chaidh airgead a' phàipeir-urrais a shìneadh da ionnsaigh le cùram. Fichead mionaid na dhèidh seo bha e còmhla ri a cho-obraiche agus ri maoin-sgrìobhaidh Eilean Rasaigh. Bha e air Diùirinis a chur an dara taobh, oir bha fad is leud na h-aitreibh an clàr a chinn mar le iarrainn às an teine. Bha Àdhamh MacAoidh crom, crotach an cathair na ionad-gnothaich. Bha esan cuideachd a' cnuasachadh air sgìre Dhiùirinis agus beairteas Rasaigh, agus bha Eòghann MacIll-Eathain a' coiseachd a' cheart cheum air an tàinig e.

An Ìobairt Rèitich

Caibideil

VI

Air madainn mhoich suas gu toiseach an t-samhraidh bha Mòrag Ros neo-fhoisneach na seòmar-caidil. Bha i air teine fhadadh le cabhaig, ach a dh'aindeoin teas is cneastachd na cagailt bha a h-uile mìr de a colainn fuar. Thog i a' chathair san robh i na suidhe na bu dlùithe air blàthas an teine le dòchas gun teicheadh fuachd a cnàmh. Cha do loc a sùil le fois cadail. Bha a leithid de threathlaich a' cagnadh a cinn 's a tuigse tron oidhche 's gun do dhubh-dh'fhairtlich oirre tàmh fhaotainn. Bha a snuadh cho glas ris a' mhòine bha a' crìonadh ma coinneamh; gidheadh bha nì-eigin faicsinneach mu bhuilt a sùl a bha a' soillseachadh cosail ri aithinn.

Greis roimhe siud bha i na seasamh aig uinneig an t-seòmair. Bha i a' faicinn an adhair cho cruinn ri mulachan càise agus mòirneis theinntich a' deàrrsadh da h-ionnsaigh, ach ghrad shuidh i na cathair neo-mhothachail air àilleachd nan reultan no maise nan speur. Ach bha i nis air ath-thilleadh gu ceann-bhrat nan speur, agus bha i air bòid a bhòideachadh gum freagradh i ceist àraidh a bha a' brùthadh air a h-inntinn mun teicheadh an reult mu dheireadh ro ghnùis na grèine. Bha i a' coimhead na cagailt le mì-fhoighidinn. An ceann tiota sheas i le cabhaig agus choisich i chum na h-uinneig. Thog i am brat-sgàile agus rinn a h-aghaidh, gun taing dhi, gàirdeachas. An creutair nach dèan toileachadh ris a' ghrèin, ciod e air bith suidheachadh sam faod e a bhith, chan eil beatha aige. Tha e marbh.

Bha na reultan air sùmhlachadh do bhruchlaig ghlais, dhuirche, a bha a' sgapadh colg-mhùigeach tron chuibhlich ghil a bh' air seasamh gu dara leth a-mach à dorchadas. Bha dubh-neòil a' greim-eachadh na cuarsgaig shoillsich bha a' teàrnadh dan ionnsaigh

amhail mar a dhealaicheas spìocaire airgid ri òr fichead tastan. Bha i a'
coimhead na grèine a' cur sèisteir ris a' chuibhrich a bha a' feuchainn
ri mùchadh, agus a' slugadh a-suas aon reult a bha fhathast a' soills-
eachadh le dìcheall air bràigh an adhair.

Chaidh i air ais a chum na cathrach le nì-eigin de ghean air a
gruaidh, agus thog i litir a bha dlùth oirre. Leugh i na briathran a bha
falaichte sa chòmhdach gun dàil. Bha i air an t-seanchas a leughadh
cho minig agus gun robh a h-uile lide aice air bàrr a teangadh, ach
bha i eu-comasach air na facail a stèidheachadh air aon bhunait no
tighinn gu co-dhùnadh mun timcheall. Bha i tur aineolach air làmh-
sgrìobhaidh a leannain. Cha b' fhiosrach leatha gun deachaidh peann
air pàipear a-riamh eatorra. Bha an litir a' giùlan dealbhan-postachd
na Frainge, agus bha i gun urra, neo-ainmichte.

Tha litrichean às eugmhais ainm an ùghdair am bitheantas air
an tilgeil don lasair. Tha uaibhreachas air siubhal chreutairean a ta
a' tagradh seo; ach bha Mòrag Ros an dèidh achmhasan fhoghlam on
choinnspeach a lotas an làmh agus a chuirear gu bàs. Bha i taingeil
gun do ghlèidh i an litir, oir bha i cinnteach, eadhon ged a bhiodh i
a-nis san teine, gum biodh a h-inntinn air bheag fois. Bha e a' cur
iongantais oirre cho beag 's a bha na briathran a' cur de luasgan air a
cridhe. Bha i ag aideachadh chan e a-mhàin gum faodadh an fhìrinn
a bhith anns a h-uile lideadh a bha sgrìobhte, ach gun robh i a' toirt
àite, an tomhais air choireigin, don t-seanchas.

Rinn i oidhirp uair agus uair air suidheachadh a cridhe a lorg.
Alastair Caimbeul a' caitheadh na sìorraidheachd agus Mòrag Ros le
rosgaibh tioram!

"Ma tha an naidheachd fìrinneach, cha robh sa ghaol agam ach
sgàile, faileas," ghlaodh i.

Chuimhnich i am feasgar a dhealaich iad ri chèile dlùth air taigh
a h-athar. Chuimhnich i gun do gheall e sgrìobhadh da h-ionnsaigh
on chiad phort-mara gun rachadh an soitheach, agus bha e den
bheachd gun robh am bàta a' dol a sheòladh ball-dìreach gu clad-
ach na Frainge. Fillte ris an smuain sin bha i fhèin air rannsachadh
a dhèanamh a thaobh an t-soithich. Thugadh dhi fios cinnteach gun
deachaidh am bàta, an "Hector," gu acarsaid Bhreist san Fhraing air-
son sluaigh a bha an dùthaich sin a' fògradh gu Ameireaga.

B' e seo na nithean air an robh Mòrag Ros a' meòrachadh air a'
mhadainn shònraichte seo—a' mhadainn a bha i gu bhith air a treòr-
achadh air slighe air an robh i fhèin aineolach ach slighe air an robh

a càirdean mion-eòlach. Bha mìos air a dhol seachad o shìneadh dhi an litir ag innseadh gun d' fhuair Alastair Caimbeul bàs le fiabhras san Fhraing. An dèidh an sgeul fhaotainn, chum i ball-dìreach air a pheathraichean an Earrabost. Bha iadsan air fios fhaotainn mar an ceudna. Bha na briathran facal air an fhacal ach a-mhàin gun robh an litir acasan—ma bha e fìor—air a sgrìobhadh le Alastair agus e an tinneas trom an fhiabhrais. Mar an ceudna, bha fo-sgrìobhadh air an duilleig air a chomharrachadh le caraid "gum biodh Alastair na comain fios a leigeil gu Mòraig Rois an Diùirinis." Bha bàs aig Mòraig ach bha litir chàich a' toirt cunntais ma throm-thinneas. Chuir i an litir gu crann-tarsaing an teine agus sheall i chum na h-uinneig. Bha a' ghrian a' tilgeil corran de gheal air feadh an t-seòmair agus thòisich i air faotainn misnich 's neart ùr an òirdheirceas gnùis na grèine a bha i a' faicinn air aghaidh nan speur. Dh'èist i ri tartar chas a bha teàrnadh na staidhre, agus an ceann tiota, mhothaich i gun robh a màthair aig doras an t-seòmair.

"Bha mi cluinntinn do cheum air feadh an taighe a luaidh, agus bha sinn fo imcheist. Am bheil do shlàinte gu math?"

"Tha gu math a mhàthair, taing dhuibh," fhreagair Mòrag. Sheas i agus choisich i chum na còmhla.

"Bithidh mi san t-seòmar-bidhe gun dàil," leasaich i. Cha do labhair a màthair dùrd.

An dèidh a bhidhe-maidne bha Dòmhnall Ros na sheasamh aig uinneig an t-seòmair-aoigheachd.

Bha e ag amharc tro an ghlainne le ìomhaigh shuidhichte. Bha e na uachdaran air gach nì bha e a' faicinn le fradharc a chinn, gidh-eadh cha robh e riaraichte no sàsaichte. Bha e a' faicinn beatha ùr agus nuadh: an fhaoileag air an iteig, an druid a' piocadh a broillich le a gob, an smeòrach le còisir air meanglan craoibhe, ceann Olas-dail le a chùirn ailbhinnich a' ruith gu sìochail a dh'ionnsaigh a' ch-uain agus na h-uisgeachan a' falach an gnùis na sgoirean. Ged a bha e a' toirt fa-near ionracas nan nithean sin, agus ged a bha e saor an tomhas on charraid bh' air a shàrachadh rè iomadh bliadhna, cha b' urrainn da aideachadh gun robh e an seilbh air fois. Bha e air a riasladh le mòr-mhaoir, luchd-turais is earraidean; agus, ged a bha iad air a sheachnadh agus air cùl a chur ris, bha e a' toirt fa-near gun robh e an-diugh cho seachranach air saorsa agus a bha e a-riamh. Bha earraid an airgid air buille-bhàis fhaotainn ach bha Dòmhnall Ros neo-shunndach! Mo thruaighe, chan eil fois ri fhaotainn air an talamh! An neach a thèid a chadal, chan eil e ach a' lorg na chaill e de neart an latha roimhe sin. An leisgean a ta a' seachnadh na h-obrach tha esan gun fhois, gun tàmh, oir an talamh anns nach cinnich an cruithneachd fàsaidh an dris no an fheanntag.

Shuidh e an cathair, oir mhothaich e do Mhòraig a nighean a' coiseachd a-steach da ionnsaigh. Bha an seòmar soilleir agus a' ghrian a' dealradh na maise air fheadh. Bha aodann na cailin suidhichte neo-bhruailleanach, agus cha b' urrainn do neach a ràdh gun robh uiread agus aon smuain de mhì-rùn air a siubhal. Cha robh teagamh nach robh a h-athair air a bhith a' bruidhinn rithe roimhe siud, oir bha a' chainnt a labhair i co-shìnte ri freagradh ceiste.

"Tha nàire orm aideachadh; chan eil mi comasach air seasamh le aon bharail no le barail idir," thubhairt i.

Shuidh i air cathair agus sheall i dh'ionnsaigh a h-athar le dùrachd.

"Chan fhuiling mi; cha leig Dia dhomh fulang, oir chan eil mi dearmadach a thaobh mo dhleastanais agus chan eil mi labhairt fac-ail le droch-rùn."

Bha a h-athair tiota beag na thàmh. An ceann greis thubhairt e—

"Tha làn-mhathanas agad bhuamsa, a Mhòrag. Bheir daoine dhut mathanas: bheir Dia dhut mathanas. Ma thug thusa seachad bòid no cùmhnant agus aithreachas ort—"

"Cha d' ainmich mise 'aithreachas,'" fhreagair Mòrag le beagan caise. "Thubhairt sibh rium gum feumadh mo ghaol a bhith cruinn, cothrom, agus ìobradh gu sìmplidh air altair pòsaidh. Tha mise a-nis ag innseadh dhuibh nach eil sin nam chomas."

Bha a h-athair balbh. Bha e a' sealltainn air ùrlar an t-seòmair. Ghrad thog e a cheann agus dh'amhairc e air an tè a bha ma choinn-eamh.

"Chan eil a' cheist faoin no suarach a Mhòrag. Tha i toirteil, cud-romach, agus ma dh'fhaodte gum b' fheàrr ceist cho brìoghmhor fhàgail gu àm air choreigin eile."

Na chaitheamh-beatha bha Dòmhnall Ros a' dèanamh earbsa an deagh dhòchas. Bha e air mòran de nithean earbsa ris an àm a bha gu teachd—an t-àm bhitheadh a' ghrian a' deàrrsadh gun uiread 's leud boise de dhorchadas air a gnùis. Bha e cinnteach gun robh Mòrag a' labhairt na fìrinne; gidheadh, bha e taingeil gun do labhair i gu ciùin, faicilleach, agus, ged a bha e fhèin air gualann-cuideachaidh a thabhairt dhi air an t-slighe, gum faodadh e a' cheist a thogail uair-

eigin eile. B' fheàrr làn an dùirn de mhin na tunna sìl 's gun lorg air
brà! Nam biodh fios aig Dòmhnall Ros air smuain Mòraig bha e air a
còmhradh a phasgadh seachad. Chaidh truas is teas-ghràdh a-mach
bhuaithe da ionnsaigh. Bha Mòrag air làithean a h-athar àireamh
dà fhichead 's a sè deug, ach bha i an-diugh ga choimeas ri neach a
bh' air a làithean a chaitheadh. Bha craiceann a chinn na leòis uaine
amhail corcar le sùgh an fhraoich air fheadh, a làmhan tana, sliob-
asta agus a dhà shùil lunndach, leisg.

Bha Mòrag tostach. Bha i mothachail am fuachd is an-iochd
eadar ceithir cheàrnaibh an t-seòmair, gidheadh bha a dà shùil an
iomall nan deur airson an duine a bha ma coinneamh.

"Chan eil ceist agamsa ach aon cheist," thubhairt a h-athair,
le dùrachd. "Tha mi airson gum bi thusa sona agus gum bi an tè as
gràdhaiche leam air aghaidh na talmhainn a' riaghladh mo thaighe,
agus na mo shean aois gum bi do ghuth a' tuiteam air mo chlais-
neachd—sin an nì bu mhiannach leam. Ach tha mi deònach a h-uile
cuid dhiubh sin a chur gu clàr na fèin-ìobairt nan coisneadh e deur
dhutsa no aon mhionaid de mhulad."

Cha robh aon teagamh aig Mòraig nach robh gràdh a h-athar mòr,
farsaing, ach bha nì air choreigin ag iadhadh timcheall an taighe nach
b' urrainn dhi thuigsinn. An robh a h-eanchainn toinnte, fallain? Bha
i feuchainn ri cuid de nithean a thoirt gu stèidh-tuigse agus thòisich
i air mion-rannsachadh nam briathran a bha ùr air a bhilean. Ciod
e an ciall a bha aca? Cha robh i idir a' faicinn gun robh na facail co-
shìnte no a' co-fhreagairt ri thagradh. Fuireach san t-suidheachadh
san robh i, bha deagh fhios aige nach biodh smal air a gnùis no deur
air a sùil; gidheadh, tha e deònach an còrr de a shaoghal a chaitheadh
le fèin-àicheadh air sgàth mo riarachadh! Bha na smuaintean sin an
eanchainn Mòraig. Carson a bha e a' labhairt cho dorcha? An robh
e iomchaidh do phàrant tòimhseachan a chur fo chomhair a ghineil
agus an cuspair sin a' tagradh airson soilleireachd? Chrom i a làmh a
dh'ionnsaigh a chinn. Bha boinne geur, cruinn de uisge air rosg a sùil.

"Chan eil do ghràdh-sa an ainbhios dhomh," thubhairt i. "Pòsta
no gun phòsadh, cha tèid thusa air dìochuimhne orm."

Sheall i na aodann.

"Dh'aidich sibh o chionn greis gun robh cuid de nithean san
t-saoghal nach gabhadh a bhith air an rannsachadh, agus dh'ainm-
ich sibh gràdh pàrant da chloinn 's doilgheas pàrant airson bàs mic
no nighinn. Am bheil pàrantan comasach air smuain dhìomhair
an gineil fhèin a chothromachadh 's a rannsachadh? Am bheil iad

comasach air a' ghaol ma dh'fhaodte th' air a thasgaidh nan cridh-eachan a thuigsinn?

Bha an duine a' faicinn an t-seòmair a' fàs beag, agus am priobadh na sùl mhothaich e gun robh e an cunglaich ioma-chumhaing a bha a' fàgail anail a chuim mar dheatach. Cha robh e a' dèanamh ana-creideas air a gràdh da fhèin. Bha sin foirfe, glan.

Bha Mòrag ga tholladh. Bha an taise 's an diùideachd a bh' air a h-ìomhaigh greis roimhe siud air teicheadh. Bha a sùilean cruinne, donn-dhorcha air stad na ceann, agus bha iad a-nis a' sgrùdadh le an-iochd na smuain dhìomhair a bha falaichte ma coinneamh. Bha an duine na thost. Thàinig clisgeadh air fheòil. Bha e a' cnuasachadh air na facail a labhair i na chluais an Abaid Chille Chuimein: "Èiridh mise tron oidhche agus cuiridh mi an geata iarrainn na theine." Cha do rinn e ach gàire ris na briathran. Bha i fhèin na h-ionracas a' cunntas a bliadhnachan air a còig meuran—aon, dhà, trì, ceithir, còig—agus dh'àithn i da fhèin an sgeul a chumail uaigneach.

Bha an seòmar a' cur thairis le teinn-tostachd mhì-naomha. Bha Dòmhnall Ros air tuiteam cho ìosal san t-saoghal chaillte agus nach tug e fa-near nach robh agus nach bi leth-bhreith a' foiseachadh ann an gràdh foirfe. Bha a nighean airson a ghràdhachadh leis a h-uile feart gràidh a fhuair i o Dhia, gidheadh bha i mothachail air nì-eigin a bha ga bacadh. Cha robh sodal no brosgal na nighinn agus bha i air a meas an-iochdmhor! Bha aon dòigh eile air Mòrag a thoirt gu clàr-aghaidh eaglais—a giùlan a dh'aindeoin. Bha e cinnteach gum biodh i deònach am bàs fhaotainn air a shon agus, mo thruaighe, 's e fios a bhith aige air an sin a dh'fhàg a shnuadh iomadh oidhche glaisneul-ach.

"Nam bithinn comasach air a fuathachadh," theireadh e; "nam biodh i toillteanach air feirg no corraich! Ach cha bu lugha na an diabhal fhèin a dhèanadh dìoghaltas air creutair ionraic agus air creutair a ghràdhaicheadh e gu bàs."

Dh'fhaodadh Alastair Caimbeul a bhith a' breòthadh san Fhraing, no dh'fhaodadh a chorp thuige seo a bhith aig cladach an t-Srath, ach cha robh ann dhasan ach an t-aon nì. Fhreagair Mòrag a' cheist ciùin, socrach. Carson? Air sgàth nan ciabhan geala a bha aois is anastachd a' càradh air a cheann. Gun bharail idir? Is fìor a labhair i; oir tha i làn-chinnteach, agus an t-urram dhasan a threòraicheas i—eadhan <u>gu *àite*</u>[*] baraileach.

[*] Ma bioṡ neaċ a' ṡmuaineaċaḋ air nì àraiḋ ṫa dòċaṡ air ċoireigin gun dèan e an nì ṡin

Ged a bha e mothachail air na smuaintean sin bha e deònach an teine fhadadh agus a dhol air adhart leis a' bheatha thuaireamaich a bha e a' caitheadh; ach mun d' fhuair e cothrom labhairt no ceist Mòraig a fhreagairt bha Mòr Ros san t-seòmar maille riutha. Bha bean an taighe na boireannach mòr, foghainteach. Bha i àrd, cosail ri a h-ighinn. Bha a h-aodann aoibheil, toilichte agus a dà ghruaidh a' cur thairis le fuil. Choisinn i cliù dhi fhèin a bhiodh mì-iomchaidh dhuinne aithris; ach ged a rùnaicheamaid aithris le cagar-cluaise an robh i na h-aonar? Bha i leòmach, pròiseil. Chan e an seòrsa a ta luchdaichte samhail an uighe, ach an seòrsa a ta staoin, falamh agus a th' air a treòrachadh gu foirfeachd leis an fhacal leamh. An dèidh sin, chan eil creutair gun laigse air choreigin. Mura bheil siud air tha seo air; agus nan tachradh do bhean Dhòmhnaill Rois a bhith gruamach, danarra ag èisteachd ri "bean an tuathanaich," bhiodh gàire oirre gu a dà chluais ag èisteachd ri "bean an uachdarain." Bha Mòr bhochd tèarainte gu leòr san t-suidheachadh seo. Thachair dhi tighinn gu saoghal a bheireadh dhi a sàth cho fhad 's a riaghladh cìoch-shlugain air beairt na cainnte. Shuidh i mu choinneamh a fir-pòsta agus ghrad bhruidhinn i.

"Tha do chìobair a' trusadh 's a' cuireadh sluaigh a dh'ionnsaigh na h-ath chuirme—an treas duine deug—agus tha e cho sona ri Mac-Cruimein am measg nam feadan."

"Is math sin," fhreagair fear an taighe; "cha mhiste sinn na càird-ean a bhith dol an lìonmhorachd."

"Tha iad a' fàs lìonmhor a theagamh, ach nach duilich leat a bhith faicinn duine a' filleadh 's a' toinneamh ri bochdainn. Nam biodh na th' anns an taigh ud de ghràisg air an càradh mar bu chòir dhaibh, chan fhaigheadh iad brochan air tàille a thuarastail."

Bha Mòrag ag èisteachd le fiamh-ghàire air a h-aodann.

"Am bitheadh e iomchaidh dhaibh gun phòsadh idir, a mhàthair."

"Tha mòran de nithean iomchaidh, a Mhòrag, ach chan eil na h-uile nì freagarrach. Bhiodh e iomchaidh do chailin pòsadh cho fhad agus nach eil i dol an comhair a cinn, agus le a sùilean fosg-ailte, a-steach do dhèirce 's do bhochdainn. Tha de ladarnas air cuid, a thòisicheas le grèim tioram is bochdainn, an teaghlaichean a chunntas mar bharantas air gaol, ach tha fios is cinnt aca nach eil sìth, gràdh, no sonas, aca nam beatha. Nì mò a bhios iad comasach air sùilean an t-sluaigh a dhalladh mu ghaol 's mu shonas."

"Ma thàinig an dòlam orra gun fhios dhaibh," fhreagair Mòrag, "no ma dh'fhaodte an dèidh làimhe, am biodh greim tur na adhbhar-nàire?"

"Agus carson nach biodh ciall aca 's nach toireadh iad sin fa-near? Tha gach òinseach is amadan a' smuaineachadh gu bheil an gaol faoin a ta 'n clàr an cinn air a dhaingneachadh nan cridheachan. Chan fhiosrach mise air nì eile cho seachranach, cho faoin, cho neo-earbsach. Tha an aimsir air a meas caochlaideach; ach, airson aon chaochladh a thig air an t-sìde, thig dusan air an nì dem bheil cuid de bhoireannaich a' gairm gaol."

Cha robh na facail ach cuidhte is a beul nuair a chualas buille throm, chabhagaich air doras an t-seòmair.

"Tha Màiri Chaimbeul airson Mòrag fhaicinn," thubhairt cailin-frithealaidh, a' nochdadh a cinn le deifir. Choisich Mòrag gu doras an sgàile-thaighe. Bha Màiri air a còmhdach le èideadh dubh. Bha i a' gul. Bha deòir a sùl a' ruith air a craiceann agus a' bualadh le faram air an stairsnich.

"Tha mi airson innseadh dhut gun—gun do chaochail Alastair—cinnteach, agus gu bheil a dhus gu bhith air adhlacadh ri taobh a mhàthar."

Thuit Mòrag gu cathair a bha dlùth oirre. Bha a h-ìomhaigh air tionndadh gu cailc, agus a da shùil mar gum biodh iad air an càradh le beairt fir-cèirde na ceann.

"Am bheil thu creidsinn—cinnteach—gu bheil e fìor?"

Labhair i le neart a chuir iongantas air an nighinn.

"Bha e do-chreidsinn leam roimhe seo," fhreagair Màiri; "cha b' urrainn mi àite a thoirt da. A-nis nach feum mi àite a thoirt da agus a chreidsinn?"

Thuit ceann Mòraig gu cùl na cathrach. Bha i sàmhach agus dreach a' bhàis air a h-aghaidh. Ghrad ruith Màiri da h-ionnsaigh. Bha Dòmhnall Ros na sheasamh aig doras an t-seòmair.

"Dèan cabhag, ruith!"

Choisich a bhean seachad air.

"A Mhàiri, a Mhàiri, ciod e a ta ceàrr?"

"Tha laigse air Mòraig," fhreagair a' chailin agus a h-aghaidh fhèin a-nis a' giùlan imcheist. Ach bha Mòrag a-cheana a' labhairt ri màthair.

"Tha mi gu math, leig leam," thubhairt i gu socrach.

An ceann tiota sheas i air a casan. Labhair bean an taighe—

"An dus gu bhith air adhlacadh; ciod e an t-àm? Innis dhomh do sgeul a Mhàiri, a ghalad."

Bha i ag amharc air an nighinn le aghaidh iomagainich.

Chaidh Màiri thairis air an sgeul agus Dòmhnall Ros ag èisteachd gu cùramach ri a briathran.

"Chuala sinn gun do chaochail Alastair," thubhairt Mòr Ros; "chuala, chuala, agus bha iongantas gu leòr oirnn cho beag 's a chuir an sgeul air Mòraig."

"Cha do chreid mise an naidheachd a mhàthair," fhreagair Mòrag le ciùineas.

"Sgeula bhochd: naidheachd bhrònach," leasaich Dòmhnall Ros; "càite am bheil an dus gu bhith air adhlacadh?"

"Ann an cladh Eàrlais."

"Eàrlais!" fhreagair Mòrag, le iongantas; "am bheil do chuideachd-sa an Eàrlais?"

"Tha dus mo mhàthar ann. Chaochail ise mun àm a bha an troimh-chèile eadar muinntir Bhatain agus sluagh Chille Mhoire. Bha cladh Chille Mhoire a rèir coslais dùmhail is mì-fhreagarrach; agus, do bhrìgh 's nach robh àite-adhlaic freagarrach an sgìre Eàrlais, fhuair m' athair, le deagh-ghean ministear na sgìre, rèilig san t-seann chladh."

"Tha mòr-iongantas oirnn," leasaich a' chailin, "gu bheil Eàrlais gu bhith air fhosgladh an-diugh, oir tha dà cheud bliadhna on chaidh a' chiad tìodhlacadh ann an toiseach. Thagair m' athair gu dùrachdach air leabaidh a bhàis airson gum biodh a dhus air a chàradh ri taobh mo mhàthar. Cha d' fhuair a thagradh a-riamh èisteachd, ged a rinn sinne a h-uile dìcheall bha nar comas."

"Agus ciod e an t-àite san do chàireadh dus d' athar?" thubhairt bean an taighe.

"Tha dus m' athar anns an Dùn.* Cha robh 'n còrr àite ann. A theagamh bha mòran de chàirdean m' athar san Dùn roimhe siud."

Bha ciùineas aig doras an sgàil-thaighe. Bha bean an taighe a' meòrachadh air na facail a bh' aice fhèin airson cluasan Mòraig greis roimhe siud. An do dhrùidh na briathran sin air a craiceann—air a h-aignidhean?

Sheall i oirre air leth-fhiaradh a chum a cothromachadh as ùr. Bha an sgeul sean, ach bha i nis nuadh so-làimhsichte. Choisich i air falbh bodhar, balbh a chum an t-seòmair-uachdraich.

---

* Ċaiḋ claḋ ùr ḟosglaḋ an Eàrlais ṡa ḃliaḋna 1840.

"Tha mise airson a bhith maille ribh aig an adhlacadh," thubhairt Mòrag.

"Leigidh mi fios dhad ionnsaigh," fhreagair Màiri, a' tarraing brat-falaich thairis air a ceann; "tha mi an dòchas gum faic mi thu."

Rinn Mòrag ceum còmhla rithe. Shìn Dòmhnall Ros a làmh a chum na cailin agus choisich e gu sheòmar-uachdrach.

"Tha uiread de ghaol am maide daraich. Rachadh—ise—gu bàs—airson a' Chaimbeulaich!"

Bha Ros ag èisteachd ri aoir a mhnatha.

"Bha mi an-còmhnaidh den bharail nach gabhadh i coisiche, agus am beachd gun robh cuideigin eile na càil thairis air MacIllEathain."

"Tost, na cluinneam lideadh od bhilean! Chan eil thu riaraichte le mo chorp a phiocadh 's a tholladh, ach 's àill leat m' anam a thoinneamh às ionad."

Shuidh an duine le osna thruim air cathair agus, aig an dearbh àm a bha e a' meòrachadh san t-suidheachadh seo, agus Mòrag na seasamh aig ceann an taighe, bha bìrlinn Rasaigh a' seòladh gu Taigh Fheòirlig aig Loch a' Chatha Ruaidh. Bha i air cladach Ghlinn Seilg fhàgail àrd-fheasgar. Sheòl i le dian-theas gu Òrasaigh, Camas na Croise agus Rubha Shlèite, timcheall Rubha na h-Easgainn, suas cladach Mhinginis agus Rubha nan Clach gu Loch Bhracadail. Bha ciste-laighe air a h-ùrlar. Bha an t-anmoch air dubh-neòil a thàladh gu aghaidh nan speur mun do ràinig i an laimhrig ach bha gealach steud-cheumach air a coinneil a bha a' cur nì-eigin de mhaise air an dubh. Beagan an dèidh seo bha an giùlan* ri fhaicinn suas Àird a' Bhaile Mhòir. Choisich e le ceum mall dubhach am frith-rathad a dh'ionnsaigh a' chlaidh, agus uachdar na h-Àirde Neulaich.

Bha mòran sluaigh air cruinneachadh, oir chaidh an naidheachd air feadh na sgìre àrd-fheasgar. Bha iongantas air an t-sluagh a thaobh an tòrraidh a bhith cho anmoch; gidheadh, an uair a smuainich iad air an astar, agus ma dh'fhaodte gun robh an dus abaich airson na talmhainn, bha iad a' creidsinn gun robh an t-adhlacadh òrdail, dòigheil. Bha Beitidh Chaimbeul a' coiseachd 's a' tuireadh am measg chàich. Bha nèapaigin na làimh agus cneadan aice air caoineadh. Bha an uaigh a-cheana air a cladhach, agus am beagan ùine bha corp Alastair Chaimbeil air a chur gu ciùin, socrach do bholg na talmhainn.

Ùine bheag na dhèidh seo bha boireannach a' seasamh na h-aonar mun cuairt is fichead slat o cheann a' chlaidh. Bha gilb is òrd

*   A' ċirte aguſ an ſluaġ a ċa ġa ġiùlan.

aice na làimh, agus spaid fa comhair air an làr. Thog i suas a sùilean agus dh'amhairc i timcheall oirre. Cha robh nì san robh beatha ri fhaicinn leis an t-sùil. Choisich i ceum-rathaid a bha a' dol mòr-thim-cheall, agus sheas i aig beàrn de sheann ghàrradh-cloiche a bha a' cuartachadh an duis. Thog i an spaid da h-ionnsaigh le treòir a thug rudeigin de mhisnich do a cridhe. An ceann tiota bha i am meadhan a' chlaidh. Bha am feur uaine, trom-bhileach, measgte le creamh, feanntag is fodhannan, a' lùbadh a chinn le driùchd na h-oidhche. Bha an starraich a' druideadh mòran de na clachan-uaghach a bha sìnte air an duslach o fhradharc nan sùl.

Chaidh am boireannach air adhart gu oisinn na seann chall-aid. Ghrad chrom i a h-aghaidh a chum nan sgrath a bh' air an ùr-chàireadh agus thòisich i ri obair. Thog i na pluic, aon an dèidh aoin, agus chàirich i iad gu faicilleach ri taobh na h-uaghach. An ceann uair de ùine bha Mòrag Ros ag inntrinn na h-ùrach a bha a' còmhd-achadh Alastair Chaimbeil. Thug i sùil air obair a làmh agus ghrad thug i fa-near gun robh an talamh a' tuiteam air ais a chum an t-sluic a chladhaich i. Ghreimich i ris an spaid le dùrachd, ach a dh'aindeoin a treubhantais bha i eu-comasach air an ùir a chasg.

Sheas i agus leig i taic ri bruaich na h-uaghach. Thàinig laigse is crith-bhuille a dh'ionnsaigh a cridhe. Luchdaich a dà shùil le uisge cruaidh, geur agus thòisich e air tuiteam gu fiata, amhail fuaran air àite rèidh. Ar leatha gun robh cuideigin a' caoidh—a' gul—dlùth oirre; ach cha d' rinn i oidhirp air gluasad, oir bha nì-eigin ag innseadh dhi gun robh buill a cuirp air a dhol troimh-chèile.

Bha gaoth fhuar, aognaidh a' sèideadh on deas. Bha glas-neòil ag èirigh le othail, agus a' druideadh aig amannan na gealaich o fhradh-arc nan sùl. Bha Mòrag ag èisteachd, a' tagradh. Bha cailleach-oidh-che air spiris sheann fhàrdaich a' tuireadh an t-seann t-saoghail, agus gobhlan-gaoithe, air seachran, ri cànran air luirge craoibhe. Thuit am marbhrann le an-iochd air an aon bhuaidh a bha air fhàgail na corp leis an dreuchd a chaidh a shònrachadh da. An ceann tiota mhothaich i do chàrn cloiche. Bha leacan-uaghach ag èirigh ma coinn-eamh amhail craobhan maotha bhiteadh air ùr-phlanntachadh.

Thàinig nì-eigin de mhisnich gu a cridhe le soillse na gealaich, agus rinn i ath-rannsachadh air a h-obair. Chuir i a làmh gu criosan a bha air a beulaibh, agus thog i an t-òrd da h-ionnsaigh. Phioc i an ùir le ladhar an ùird gus an d' ràinig i an dubh a bha a' còmhdachadh na ciste, agus chladhaich i timcheall an leth-chearcaill gus an d' fhuair i àite seasamh.

Dh'èalaidh a làmh a chum na beairt a bha na h-uchd ach ghrad chlisg a feòil. Bha dùmhladas 's dubhar a' brùthadh nam buill spealtach a bha a' dìon a spioraid. Bha a' ghealach air gèilleadh don phillbhrat dhorcha a bha ga piocadh rè na h-oidhche, agus shùmhlaich na reultan gu ceann-bhrat nan speur mar gum biodh iad mothachail air a h-iomairt. Thuit neul tiugh, trom air aghaidh na talmhainn cosail ri brat-mairbh. Thàinig fannachadh air a cridhe, agus bha an fheòil falaichte fo a craiceann air chrith. Bha clàr a h-aodainn mar àmhainn theinntich, agus fuil a cuirp air aonairt ris an uisge, 's a' taomadh na caocharain thostaich tro a fèithean.

Theich an cànran a bha na dà chluais—an tuireadh, ar leatha, a chaidh air ghleus am meadhan co-chruinneachaidh an dà ghinealaich. Cha robh i mothachail air nì ach gnùis na srùthlaig a bha a' sileadh o corp a ruith a dh'ionnsaigh an ath dhuslaich.

Am priobadh na sùl dh'atharraich teinnteachd a h-aodainn gu fuachd—fuachd neo-eisimeileach, amhail fuachd a' bhàis. Dh'aom i seachad, agus leig i a taic ris an ùir an suidheachadh a bha a' co-fhreagairt ris an ionad anns an robh i. Na nithean a bha i a' meas nan cunnart roimhe siud, bha iad a-nis sèimh, sìothlaidh. Nì h-eadh, bha i mothachail air fois is sìochaileachd, agus chuir i suas achanaich air an son. Bha sùilean fosgailte a' coimhead a' chunnairt, an obair a chosg dhi na h-uiread; ach bha a h-uile spaid ghrinneil a chàirich i air bruaich na h-uaghach seasmhach.

Tharraing i a h-anail le spàirn o ìochdar a cuim, agus dh'amhairc i os a cionn le buaidh-chaithream air a h-ìomhaigh. Ach ghrad thuit a ceann le dìth lùth agus bhuail fradharc a cinn air an dealbh a bha sìnte bhuaipe. Thàinig grad-bhuille a dh'ionnsaigh a cuirp agus sheas i le spàirn. Bha a dà shùil ag inntrinn an dorchadais. Bha an obair so-bhrosnachail. Bha na h-uiread an crochadh oirre! Thog i a' ghilb le susbainn a chuir iongantas oirre fhèin, agus ghreimich i ris an òrd. Thùirling a' ghealach air a muin le soilleireachd, agus sheall i timcheall oirre. Bha geal cosail ri làthaireachd aingle a' teàrnadh o bholg na h-uaghach.

Thàinig spionnadh nuadh na gàirdean. Chriothnaich cuislean a cuirp le fuil a bha a' ruith air am feadh. Chuir i gob na gilbe le cùram eadar na tàirnean a bha a' daingneachadh bòrd na ciste agus ghrad thog i a gàirdean. Thuit an t-òrd. Rinn i cuimse air ceann na gilbe ach bhuail i buille mhearachdach. Dh'èirich fuaim fhàs, chopaichte gu dà chluais agus thug i fa-near gun robh a làmhan falamh. Bha ceathach de dhus bhàin ag èirigh o iomaill na h-uaghach, agus mhothaich i do shadach amhail min-choirce a' filleadh ri sgearb a' ghil a bha a' deàrrsadh da h-ionnsaigh. Bha 'n talamh luaisgneach. Rinn i oidhirp air a suidheachadh a lorg, ach ciod a bha i a' faicinn? Bha an ùir a' dòrtadh air a muin le cabhaig, a lùbadh luath no mall a cnàmhan air a chèile, ach bha fradharc fuaighte air nì-eigin a bha seasmhach ma coinneamh.

Bha corp so-lùbte le eagal. Ghlaodh i amhail neach a bhios air a ghairm don bhàs le a neart is le a chainleantachd.* Chlisg a corp a-rithist, oir bha an talamh a bha ma timcheall a' crathadh. Chaidh gaoir tro a dà chluais amhail fuaim trombaid, agus ghrad ruith i an coinneamh na toirme a bha na chaiseart da h-ionnsaigh. Streap i a-mach às an uaigh gu dara leth. Thàinig neul dorcha air a fradharc agus thuit i air a h-aghaidh an còmhdhail nam marbh an rèilig Dhè . . . . . . Thug a fiaclan snag air a chèile agus ghluais fèithean nan sùl.

Ar leatha gun robh an t-anam air dealachadh ris a' phàill-ean, agus gun robh i air mosgladh a chum a dhol a-steach don dara bàs. Chaidh sìorraidheachd seachad de ùine, ach bha i a-rithist a' gleac ri saoghal nuadh. Bha a làmhan a' dèanamh cluasaig da ceann. Thàinig neart na dà ghàirdean a bha a' co-fhreagairt ri fradharc a cinn. Shìn i a làmhan, agus thuit a ceann air driùchd na h-oidhche. Chuir an t-uisge gluasad tro a corp—uisge a bha a' sruthadh a-suas a chum beatha mhaireannach.† Chaidh an fhionnarachd a dh'ionns-aigh a cridhe: thuit a claisneachd air gaoith a h-analach, agus dhùisg i.

Sheas i agus riasail i gu beàrn a' ghàrraidh gun uiread agus sùil a thoirt air an ionad anns an robh i. Choisich i. Bha altan a cnàmh a' snìosail air sgèith na gaoithe.

An ceann tiota bha i aig Allt a' Bhait agus choisich i seachad air drochaid Bhatain. Thàinig an Creip am fianais, agus am beagan de ùine bha i a-suas gu taigh a h-athar. Bha a pàrantan aig ceann an taighe. Bha iad a' breugnachadh nam facal, "Teichidh an t-aingidh 's gun duine an tòir air." Cha deachaidh smid a labhairt eadar an triùir. Chaidh Mòrag ball-dìreach a chum an t-seòmair-dheasachaidh.

"Fuirich maille rium," thubhairt i ri Ealasaid, an searbhanta.

Bha Ealasaid bhochd gun diog, oir bha Mòrag air tuiteam seachad le laigse cuirp. Bha Dòmhnall Ros agus a bhean anns an fhor-sheòmar. Bha am fireannach a' gul mar leanabh beag.

---

* A h-uile buaidh fallain.

† Tha dealachadh eadar na facail "beatha mhaireannach" agus "beatha mhaireannaic."

Ùna Ḋòṁnallaċ

Caibideil

VII

Ochd latha fichead an dèidh na h-obrach a rinneadh an sgìre Dhiùirinis, bha Mac Grùslaich agus a cho-obraiche, Cailean MacIlleMhaoil, ann an sgùrr a' chlachain. Bha an sgùrr a thaobh cumaidh gun bheag atharrachaidh seach slige-chreachainn le bior ceàrnach tro a meadhan, agus a chàireadh neach le òrd is geamhlaig an aodann beinne.

Bha toit na tùrlaich a' ruith gu fiata dh'ionnsaigh an taoibh chùil; ach 's minig a bhiodh seirbheisich Rasaigh an aramach air tàille an luidheir a shocraich lagh nàdair air gualann aitreabh a' chlachain. Nuair a bhitheadh fèath nan eun air a' chaolas Rònach bhiodh smàl air teallach na sgùrra. Ach cha robh àite no ionad san Eilean Sgiathanach cho seasgair ri taigh beag na creige le gaoith is doininn.

Bha Mac Grùslaich a' tilgeil eitnich is creubhach fo phoit pràisich a bha an crochadh air cruaidh-theud. Bha Cailean na shìneadh air seid, agus a cheann an taic air uileann.

"Chan eil molt am Brògaig nach steòrnadh sin gu cumadh Eanraig."

"Chan eil sin gu deò feum," fhreagair Mac Grùslaich. "Tha saill a' mhuilt agus sine na bà gun atharrachadh. Tha an crodh tioram, ach tha 'n dòlas air an fheòil."

Sheall e air Cailean tro na neòil cheataidh a bha eatorra.

"Tha an Sgiathanach am barail nach do chruthaich Dia àite cho torrach ri Tròndairnis. Ciod a chuir a' chuileig ud na cheann?"

Mun do dheasaich Cailean freagradh na ceiste bha Mac Grùslaich a' togail brod na praise, le dealas. Thòisich reamhrachd na feòla air drannsadh air a' ghealbhan, ach ghrad thog Mac Grùslaich a ghuth.

"Tha i ro mhath air a son-san; tha sùgh an fhraoich ro mhath airson chinn gun eanchainn, agus reubalaich a sheòlas neach a chum a h-uile droch-bheairt."

"Tha seirbhiseach is uachdaran san aon suidheachadh," thubhairt Cailean, le tapachd.

"Uachdaran! Tha Rasaigh a' smuaineachadh mur do dheoghail duine cìoch bana-Sgiathanach nach eil ann ach an dara cuid, slaightear no amadan. Is i a bheachd-san ma thig foirfeachd gu bràth a chum na talmhainn gum faighear an toiseach i air glùn bana-Sgiathanaich."

"Ach dh'innsinn-sa dhut, a Chailein, mar a ta eanchainn a chinn-san ag àireamh ceartais."

Thionndaidh e aghaidh. Bha e na shuidhe air a chorra-cnàmh, agus cuachag bheag amhail lodar na làimh.

"An uair a dhiùlt mi ceann Alastair Chaimbeil a chur fom achlais agus a chorp fhàgail aig 'leth-shùil' air laimhrig an Rìgh, tha mi an-diugh air mo mheas mar chladhaire agus mar ghealtair, gun chonn gun earbsa."

"A theagamh tha sluagh na sgìre seo a' cur meas mòr air gleustachd, ach 's i a' ghleustachd sam bheil milleadh—fuath nàimhdeil—sin an teòmachd as caomh leothasan. Uachdaran is seirbhiseach!"

"Is e plannt an droch stocain* a th' anns gach earball dhiubh," chaidh Mac Grùslaich air aghaidh.

"Chan e a-mhàin gu bheil neach an cunnart gun caill e a chorp nam measg, ach caillidh e anam mar an ceudna. Tha thu gun Dia, gun dòchas; agus nam biodh fios aig pearsa-eaglaisean Chuimein air mo dhol-a-mach o chionn cheithir bliadhna, bhithinn air mo chartadh a-mach à comann nan Crìostaidhean."

Rinn e comharradh na Croise air a bhroilleach; agus chaidh e gu clàr-bùird le soithichean a bh' aig ceann eile an "taighe."

Bha Cailean cho tostach agus a bha e cho treun, ach bha an ciùineas a' co-fhreagairt ri a nàdar. Cha robh samhladh do Mhac Grùslaich ach ròn an cliath sgadain. Bha e cho làn de chainnt agus a bha bolla de ghaoith; ach, na dhèidh sin, rachadh aig Cailean air facal a chur a-steach air eàrradh aig amannan.

"Ciod a ta nam beachd a-nochd, Eanraig? Tha iad a' rùnachadh nì-eigin mun èirich a' ghrian, oir tha a' bhìrlinn a tuath ort."

---

* Càl le droch bun.

"Tha mòran de nithean san t-saoghal seo a dh'fheumas neach a ghiùlan, mar gum b' eadh, fon talamh," fhreagair Mac Grùslaich. "Tha fios agamsa air a dhà no trì de nithean a dh'atharraicheadh craiceann a' ghuirmein* o ghorm gu cailc; ach chan e seo àm no uair na cùisean sin a chraobh-sgaoileadh. Tha an Sgiathanach a' tomhais chlaigeann dhaoine le meudachd na spàine: ma dh'fhàgas neach fuighleach air truinnsear tha e gu a dhà chluais san tinneas-chaitheamh. Tha uiread de gliocas-cinn san uasaid bhean-taighe a bh' aig mo sheanair!"

Dhruid e a bheul. Bha e coltach ri sgrìobhaiche às eugmhais dubh.

"Nach fhaodadh iad nì-eigin de spèis a thoirt do dhaondachd—an sgàile a fhuair iad fhèin cho dìomhair, agus gun fhios nach faodadh cuideigin a bhith tuigseach?"

"Chan urrainn mi a chreidsinn gu bheil na Sgiathanaich cho tur de eanchainn 's gun creid iad an obair oillteil tha dol air adhart."

Bha Mac Grùslaich ag obair 's a' còmhradh. Bha Cailean air suidhe agus a' sealltainn da ionnsaigh.

"Ciod e do bharail air turas na bìrlinn gu gleann an t-seilg?"

Thionndaidh Mac Grùslaich le cabhaig.

"Tha Alastair cho beò riumsa; cha chreid iad e. Ma tha iad comasach air an cuarain a chur mun casan agus teine is uisge a sheachnadh cha chreid iad sin."

"Ciamar a bha dus fhògarraich gu bhith air ànradh seachd ceud mìle? Cò a bha dol a dhìoladh na costais? Tha beul-aithris ag innseadh dhut gum b' e innleachd-riaghlaidh Bhreatainn a sheòl an dus gu athraichean; ach chreidinn-sa gum biodh rùsg de chlòimh air adhlacadh san Eilean cho inntinneach 's a chreidinn gum bitheadh uiread de spèis do chorp duine."

"Stèidhich susbainn do chinn air an tannasg oillteil a chuir muinntir Earraboist nan cabhaig. Carson a bhiodh na cinn cho iomagaineach ged a rachadh mion-rannsachadh a dhèanamh? Ach bheir mi seachad comharradh nas cudromaiche na sin. Cha robh mise mionaid bheag na h-uaire air ùrlar an t-seòmair-dheasachaidh nuair a chaidh mo rotadh a chum na sitig le Neacal."

"Gu taobh eile an Eilein?" fhreagair Cailean.

"Is ann a b' àill leis gun snàmhainn Eilean an Taighe, agus àireamh de na h-òisgean a lìomhadh an sgearb na grèine."

Bha Cailean balbh. Bha Mac Grùslaich a' tolladh na ceutaidh a bh' eatorra.

"Càite an robh thusa a' mhadainn ud?"

* Dùgall Donn.

"Bha mi 'n sàs an obair nach robh gnè eòlais agam oirre. Bha mi a' fasgnadh, agus cha robh fios agam am b' e guit no criathar a bha freagarrach airson na h-obrach."

"Ciod tuilleadh an comharradh ta dhìth ort? Bha 'n obair ro chudromach airson mhèirleach na Corpaich. Bha eagal orra gun teicheadh eun beag le nì-eigin na ghob."

"Agus am bheil e fìor," thubhairt Cailean le iongantas, "gu bheil an uaigh gu bhith air a fosgladh?"

"Carson a bhitheadh an uaigh air a fosgladh? Ciod e am barantas a b' fheàrr agus a riaraicheadh muinntir Ghleann Dàil, na sgrìobhadh an dubh 's an geal gun do chaochail an duine, agus an ath sgrìobhadh deachdta le àrd-fhear-lagha Albainn a tha 'n Taigh nan Cumantan, gun deachaidh a' chostais a dhìoladh le riaghladh na dùthcha? An lagh a bh' ann ri linn fear m' ainme, an t-ochdamh Eanraig, cha deachaidh sgearb dheth atharrachadh gus an latha 'n-diugh."

"Ma tha luchd-riaghlaidh na sgìre toileach, chan eil Leòdach no Caimbeulach san Eilean as urrainn spaid a chur an talamh Eàrlais! Chan eil an sgrìobhadh agad; agus, do bhrìgh agus nach eil, tha an t-àite gu bhith air fhosgladh le lagh thatar ag ainmeachadh 'lagh nam modhannail.'"

Dh'èirich Cailean agus choisich e gu iomall na lùchairt. An ceann tiota bha e air ais le sgàth-gheilt air ìomhaigh.

"Chan e obair ghlan no chùbhraidh tha iad a' rùnachadh a-nochd," thubhairt e. "Tha an t-adhar cho dubh ri màs na poite, agus 's i oidhche den t-seòrsa as feàrr leotha."

"Tha i taghte airson an-diadhachd," fhreagair Mac Grùslaich, le dèineachd. "Ach chan eil mise gun amharas agam air an cuid obrach: chan eil sgeòil an cridheachan cho duilich an lorg. B' fheàrr leam a bhith nam asail aig ceàrd na bhith air mhuinntireas aig pac cho eu-dòchasach."

Choisich e a-mach agus sheall e tron dubhar.

"Chan eil beairt aig Sàtan air an talamh cho innleachdach; agus thatar ag innseadh dhuinne gu bheil esan 's a bheul 's a dha shùil fosgailte gu dhà chluais a' sireadh 's a' sluigeadh. Carson a dh'ath-thilleadh e gu slinn nan ceithir cheud agus i a' figheadh aig peilear dearg a beatha?"

"Chuala mi do ghuth binn a' labhairt mu bheairt is beartan. Na creid gum bi d' obair-sa air dìochuimhne. Bithidh do bheairtean air thoiseach ort agus riadh aimhealach a ghearras bàrr do theangaidh amhail deamhais."

Bha MacNeacail a' labhairt nam briathran an aodann na sgalaig agus a' sìneadh làmh-chuideachaidh a chum a ghreasad gu meadhan na fàrdraich. Thàinig Dùghall Gorm agus ceathrar eile a-steach air a shàil, agus shuidh iad timcheall na cagailt. Bha Mac Grùslaich cho balbh ris an sgàirnich a bha ma thimcheall ach bha còmhradh seachdain na dhà shùil, agus iad fuaighte air a cho-obraiche.

"Agus 's e am peacadh às mò a ta romhad fèin-fhìreanachadh," leasaich Neacal. "Ged a bhiodh a h-uile gnìomh a rinn mo làmh fillte ris a h-uile facal a labhair mo bhilean leigidh Ceartas saor mi; agus an ceartas a leigeas saor mise dìtidh e thusa gu peanas sìorraidh."

"O-hò!" fhreagair Dùghall, "tha an saoghal a' dèanamh ceaptuislidh de Mhac Grùslaich mas fìor e fhèin. A' goid mhuilt; ga fheannadh, agus a' lìonadh a bhroinne, bheireadh e chreidsinn air duine aineolach gun robh e air a cho-èigneachadh airson obair cho danarra a choileanadh."

"Am bheil thu ag iarraidh orm am bàs fhaotainn," spleadh Mac Grùslaich. "Nach feum mi sgòrnan muilt a ghearradh agus mi an crochadh air dìol-dèirce de uachdaran? Cha robh bean-ghlùin Sgiathanach am bun mo mhàthar; ach ged a bhitheadh dusan dhiubh air a bhith na cois an robh mi gu bhith beò gun bhiadh?"

"Greas ort!" spraic Dùghall. "Barrachd obrach is beagan cainnte. Tha thu air càch a dhèanamh cho dona riut fhèin. Is fhada bho chuala mi, 'Millidh droch còmhladair deagh bheus.'"

Chrom an sgalag aghaidh da ionnsaigh gu neo-bhruailleanach.

"An cuala thu a-riamh air a theagasg, 'Millidh deagh bheus droch còmhladair?'"

Beagan na dhèidh seo bha Dùghall Gorm a' tilgeil còmhdach iasgair agus cainbe mu chlaigeann Mhic Grùslaich.

"Seo, greimich ris an siud; ma bhios Ùna Dhòmhnallach an callaid Dhùin Tuilm mun dùisg a' ghrian tha do bheatha saor; ach cum air chuimhne gur ann beò, slàn, fallain."

Chuir e beairt bheag de stàilinn na làimh.

"Cha bhi cuid no gnothach agam rithe," fhreagair Mac Grùslaich. Bha aodann làn imcheist.

"Chan eil mi 'g iarraidh ort cuid no gnothach a bhith agad rithe."

Dhùin Dùghall a dhòrn le ealamhachd, agus bhuail e uilt nam meur air ceann na sgalaig.

"Chan eil mi ag iarraidh mòran ort: tha fios agam nach eil do <u>cheann ach taosgach</u>,* agus nì mise mo dhìcheall a chum an t-seirbh-

* Leṫ-ḟalaṁ.

eis a dhèanamh so-shoilleir. Tha a' bhìrlinn air laimhrig na Tràigh Chumhang,[*] agus 's i an obair àraid a th' agadsa ri dhèanamh Ùna a chur na seasamh air stairsnich an taighe."

"Beò?"

"Tha sin eadaraibh. Tha rian air spàin a chumadh gun adharc a mhilleadh. Tha Ùna an trom-chadal gus an seo; agus cleachd dealas do làimhe. Suain an cainbe le barantas ma dùirn, sàmhach, tostach, agus loisg urchair às a' bheairt ud tro leòsan[†] na h-uinneig mar chomharradh gun do chuir thu crìoch air d' obair."

Leig Mac Grùslaich a thaic ri aodann na creige. Bha a chòmhdach-cinn na làimh. Bha an t-àite ciùin, oir bha càch air coiseachd a-mach.

"Tha thu a' smuaineachadh gur gnìomh furasta Ùna Dhòmhnallach a shnaidhm mu chaoil an dùirn. Am bheil thu dèanamh dìochuimhne air craisg an tàilleir? Chan eil de dhaoine am Flòdaigearraidh na cheannsaicheadh aon de meuraibh."

"Tha tìm air ruith," fhreagair Dùghall Gorm, a' cur làimhe air an duine a bha ma choinneamh. "Thoir a-mach i beò no marbh. Tha cead do choise agad. Fadaidh an taigh ma ceann. Dòirt cuman uisge air falt a cinn: slaic i le craisg a fir-pòsta. Nì sam bith a chum 's gun glèidh thusa do bheatha; oir creid mi tha i an crochadh air d' obair. Carson a ta thu 'g itheadh bìdh mura bheil e cur loinn air do chorp? Às eugmhais neart cuirp tha thu dèanamh ana-caitheadh air a' bheatha bheannaichte, agus chan eil thu airidh air là saoghail."

Choisich Dùghall a-mach. Bha Mac Grùslaich a' tolladh nam piullagan bh' air an ùrlar.

Greis an dèidh seo bha e a' coiseachd ceum-rathaid tuath air a' chlachan.

Bha a' ghaoth ciùin—sàmhchair a bha a' tàladh ceataich de neòil dhùmhail gu aghaidh na talmhainn. Rinn Mac Grùslaich fead le guth binn cinn. Chaidh an toirm tro an àileadh na trì earrannaibh cosail ri feadan carbaid; agus an tiota beag bha Cailean ri thaobh.

"Tha obair agamsa ri dhèanamh agus cuiridh mi crìoch oirre; ach, cho cinnteach 's a tha Dia os mo chionn, tuitidh fear-cinnidh is sliochd sa chroich a ta iad fhèin ag ullachadh."

"Ciod a ta nam beachd?" thubhairt Cailean, le iomagain.

"Tha nam beachd am bonnachair a dh'aiseig thu gu Malaig a shnaidhm ri nighean an Rosaich; agus 's i an obair àraid a

---

*   Cille Moluaig.

†   Ceàrnag glainne.

th' agamsa ri dèanamh an dèidh seo, Dùghall Gorm fhaicinn sa bhàs mun tachair e. Ma bhios mise beò ged a bhitheadh Ùna am meadhan an Iasgair,* gheibh i saor a chum cas-bhacaidh a chur air."

"Bu bhuidheach bòidheach leoth' thusa chur air ceann ràimh agus clàr-dosach an là a fhuair e an t-aiseag; ach chaidh do chartadh gu seiche coin làn tholl air madainn an adhlacaidh. Feachd an dubh-aiginn! B' fheàrr leam a bhith am bàrr an Stòir le boiseig mhine agus geimhlich air mo mhuineal agus am bàs fhaotainn, na bhith falbh nam phiostal† agus nam sgonn le fàs na sealbhaig, am measg dhaoine nach d' fhuair mi a-riamh ach coibhneil."

Chaidh iad suas Ceann an Drama gu baile Mhic Dhuinn, agus sheas iad fo chomhair taighe le dà stuaidh is tughadh de fhraoch.

"Bha uaisle agus suairceas ceangailte ris an obair a bh' againn roimhe seo. Ma dh'fhaodte nach robh cho dìreach ris a' ghunna," chaidh Mac Grùslaich air aghaidh, "ach ged a bhitheadh neach an Uamh nan Ceann‡ o bhreith gu bhàs chan fhaiceadh e uiread de mhì-dhiadhachd agus a chì e timcheall an astair seo an greis de oidhche."

Dh'innis e facal air an fhacal do Chailean. An ùine ghoirid bha uchd air uinneig seòmair-cadail an taighe bhig agus e a' labhairt ri tàillear Thròndairnis. Bha e tuilleadh is eòlach air càraid an taighe airson a dhol dan ionnsaigh ball-dìreach.

Bha e cinnteach nach robh dòigh no seòl air Ùna a thoirt a-mach às an taigh le neart cuirp. Bha Rasaigh cho teth ri lic a' bhrathadair. Cha robh aon teagamh air a shiubhal a thaobh na slighe a rùnaich 's a bhòidich e. Bha na ceip-thuislidh so-àireamh, nì h-eadh, bha iad so-cheannsaichte. Bha Dòmhnall Ros ag aslachadh air a dhà ghlùin Ùna fhàgail far an robh i. Ciod a thachras don tàillear? Ciod a ta thu a' rùnachadh da thaobh-san? Ciamar a thèid an sluagh a cheannsachadh? Tha fios aig Dia gu bheil gu leòr air mo cheann, agus chan eil mi 'g iarraidh an tuilleadh clabhais."

Sin an tagradh 's an ùrnaigh a dh'èirich air àileadh seòmar-gnothaich Taigh Rasaigh là no dhà mun deachaidh cnàmhan Alastair Chaimbeil a chur à fianais nan sùl. Ach bha aslachadh Dhòmhnaill Rois gun èifeachd; agus thug beagan fhacal o bheul Rasaigh dhachaigh air cho beag seagh agus a bha san smuain a bha a' teàrnadh gu eanchainn.

____

*   Eilean beag dlùth air Dùn Tuilm.

†   Gille-baile: teachdaire air beag mear.

‡   Uamh air an Linne, deas air a' Sheapartan.

"Nach do bhòidich a' bhadhbh teine chur rim fhàrdaich? Nach do ghlaodh i mort air mac is ministear is eaglais; agus cò aige a ta fios nach coisich i gu bolg na h-uaghach agus nach stailc i a' bhreug nad shlugan. Leig cead a coise do Ùna Dhòmhnallaich agus fàgaidh i Diùirinis agus Cille Mhoire cho rèidh ri stìom anairt."

Bha an Rosach a' glaodhaich amen ris a h-uile lideadh. Gidheadh ged a bha Rasaigh spreigeil, agus cho làn de bhallart ri misgear an amar dibhe, cha robh e saor is eagal. Cha robh an-dearbhadh mu anamèin na càraid a bh' anns an taigh bheag. Bha làn saoghail de ghuin mhallaichte a' teàrnadh gu taobhain an taighe; gidheadh rùnaich Rasaigh leum don chunnart agus cead an coise a leigeil le cùisean.

Dh'àithn e, ma-tà, do Dhùghall Ùna a chur fo ghlais is iuchair, nan gabhadh e dèanamh, san t-seann challaid air uchdan Thuilm, togail a bha e fhèin a' tagradh mar chòrachd.

Cha robh Mac Grùslaich fada an còmhradh an tàilleir an uair a chuala e iorghail is cainnt san t-seòmar chadail. Bha e ag èisteachd le cùram agus aghaidh air fiaradh gu stairsnich an taighe. Bha e a' dèanamh tuaireamas de Chailean eadar e agus an laimhrig. Bha Dùghall Gorm agus a' mhuinntir a bha còmhla ris nan sìneadh air cnocan beag a bha sìos on taigh.

"Cò e a ta a' bruidhinn riut?" thubhairt Ùna, le braise.

"Cò e a ta a' bruidhinn rium," fhreagair an tàillear, le fochaid. "A bheil mise comasach air innseadh dhutsa cò ta labhairt rium? Ruith, cuir coinnean* ris an siud!"

Mum priobadh Mac Grùslaich a shùil bha Ùna air ùrlar an taighe agus a gàirdean sìnte le crùisgean làn ola.

"An cuala thu mi?" ghlaodh an guth a bh' air taobh a-mach an taighe.

"Chuala," fhreagair an tàillear le ceud cabhaig, agus aghaidh air a' ghrìosaich. "Dèan dàil gus am fosgail mi an doras."

"Chan urrainn mi," fhreagair Mac Grùslaich; "tha mi bog fliuch."

"Ciod a chuala? Am bheil thu bodhar no balbh no an do chrath thu do chiall?"

Bha Mac Grùslaich air teicheadh. Bha dà shùil aig bean an tàilleir a tholladh praiseach. Cha robh aige ach aon urchair airson Ùna Dhòmhnallaich; agus, mura rachadh i chum an ionaid san robh còir aice air a dhol, dh'fhaodadh an t-oighre fhèin fàilte a chur oirre. Nach robh a cheann loma-làn agus a cheann fhèin taosgach!

---

* Èibleaġ ċeine.

An ceann ùine bhig bha Ùna aig doras an taighe, a theagamh a' meòrachadh air an dosgainn a thachair don ghamhainn a bh' air a dheagh cheangal le cainbe is cipean air mullach na creige-glaise os cionn na mara.

"Bha mi teàrnadh on eathar agus choinnich a chlosach rium aig bonn na creige."

Siud na facail a thug a shuim 's a thonaid o thàillear Thròndairnis. Ach cha robh Mac Grùslaich a' dèanamh bòst a thaobh a theòmachd fhèin idir ged a bha e a' faicinn Ùna a' coiseachd a dh'ionnsaigh na mara. Ruith e gu taobh a deas an taighe agus shuidh e ri taobh Chailein. Bha a' ghaoth air beòthachadh nì-eigin, agus an neul tiugh, glas a bh' air aghaidh na talmhainn a' falbh air a sgèith. An ceann tiota bha èigh nan creach a' tuiteam air a chluasan. Cha robh samhladh aig Mac Grùslaich dhi ach craobh ghiuthais a sgoilteadh bho a mullach gu h-ìochdar.

"Mach, teich!"

Bha Mac Grùslaich a' tolladh na ceathaich a bha a' druideadh seirbheisich Rasaigh on t-sùil. Choisich iad a chum na h-Àirde, ri cois cladaich; agus an tiota mhothaich iad don bhìrlinn a' fannadh nan tonn, agus a h-aghaidh air Clàbhaig. Chaidh an t-eathar suas seachad Rubha an Aiseig agus Lùb an Sgiathain, gu caolas Eilein Tròdaigh, à fianais nan sùl. Choisich an dithis dhaoine air an ais gun dàil, agus ràinig iad an Tràigh Chumhang. Bha tàillear Thròndairnis a' lìonadh na h-inne le cainnt, agus ghrad thug Mac Grùslaich fa-near gun do chuir e aghaidh air an taigh. Bha e cho sunndach ri fiadh, agus a' tilgeil na craisg a bu ghnàthach a bhith na chòsaich fo achlais an aodann na ceathaich a bh' air tàladh a chum na talmhainn.

"Siud an obair acasan, obair rìoghachd Shàtain air am bheil Rasaigh na oighre, agus na cheann-feadhna. Ach bithidh am feòil air a spioladh bhon cnàmhan agus thèid a tilgeil do shluic an eu-dòchais leis an lagh thìmeil agus spioradail, air an d' rinn iad falach-fead gu ruige seo!"

An ceann fichead mionaid bha Mac Grùslaich agus Cailean an aitreabh a' Chlachain. Rinn Cailean dìcheall air an tuilleadh eòlais fhaotainn air Ùna Dhòmhnallaich, MacIllEathain agus Callaid Dhùin Thuilm. Dh'fhairtlich air lideadh a thoirt à beul an duine bha ma choinneamh, oir bha Mac Grùslaich gu dhà chluais an sgìre na Corpaich agus a' feuchainn ri càirdean bean Dhòmhnaill Rois fhaicinn le fradharc a chinn.

Slighe Rèidh

Caibideil

An làrna-mhàireach bha Dùghall Gorm a' labhairt ri mhaighstir an seòmar-gnothaich a thaighe.

"Thoir nam fhianais e gun mhaille," bha e ag ràdh ri Dùghall; "tha 'n duine comasach air rud sam bith a dhèanamh."

An ceann tiota bha Mac Grùslaich agus cudrom a chuirp air sàiltean a bhròg 's aghaidh air Rasaigh.

"Mòran taing airson obair na h-oidhche raoir. Tha nì sònraichte eile ri dhèanamh, agus tha mi deònach làn-earbsa a chur annadsa a chum a choileanadh. Tha an tàillear le a bheul fosgailte an-còmhnaidh, agus tha paisgte sa cheanglachan bheag seo na dhruideadh a bheul ged a bhiodh Ùna air Bogha an Tartair."

Shìn e ceanglachan a chum na sgalaig le fiamh-ghàire air aodann.

"Meallaidh tìodhlacan na daoine glice."

An uair a thog Rasaigh a cheann mhothaich e do Dhòmhnall Ros a' coiseachd a chum an taighe.

"Tha mo charaid aig doras an sgàile-thaighe," thubhairt e ri Dùghall; "thèid cùisean a chur ceart san fheasgar."

Beagan an dèidh seo bha e a' sìneadh a làimhe gu Dòmhnall Ros. Bha e air teachdaire a chur gu Diùirinis le earail làidir gum feumadh e fhaicinn gun dàil. Bha an crathadh-làmh cridheil ach bha ultach de fheirg an dà shùil Rasaigh.

Bha iad san t-seòmar-aoigheachd. Bha an Rosach na shuidhe ach bha Rasaigh a' coiseachd air ais 's air aghaidh agus a' sealltainn an tràth-sa 's a-rithist chum na cathrach.

"Bha mi cluinntinn nach robh do shlàinte gu math: tha cùisean air fàs toirteil, cudromach a-nis, agus tha mi taingeil gu bheil thu an làthair."

"Tha mise taingeil gun d' fhuair mi cothrom," fhreagair an Rosach; "bha mi air tighinn fada roimhe seo nam biodh mo shlàinte sa ghnàthas àbhaistich."

"Chan eil slighe gun chamadh, ach tha an t-slighe a rùnaich sinne nas miosa na sin—chan eil troigh dhith dìreach."

Bha an Rosach ag èisteachd. Thog e a-suas a dhà shùil, agus ghlac e aghaidh an duine a bha ma choinneamh. Chlisg a chorp.

"Eudmhor 's mar a tha thu a thaobh do nighean—a theagamh, mar a tha còir agad air a bhith—an robh i dol a ghabhail tlachd do ìomhaigh air paipear no do sgàile no beul-aithris?"

Bha an Rosach balbh. Bha an tasantachd a' tolladh a dh'ionnsaigh a chridhe. Bha na facail teth, dìorrasach agus a' bualadh air fheòil mar le sgiùrsair leathair. An uair a bha iad nan nàimhdean cha do bhrùchd lideadh tro a bhilean san robh mì-rùn. A theagamh bha creach sa chridhe; ach an dèidh a h-uile nì, nach e na nithean a thig tron bheul a shalaicheas an duine?

Thog e a cheann agus bha aghaidh air dhreach na feusaig a bha a' tuiteam o smeigeid.

"Ma tha crìoch gu tighinn air an obair a ghabh sinn os làimh feumaidh sinn a bhith ciallach, glic. Ciod e a ta mise no sibhse comasach air a dhèanamh ri boireannach a thèid gu cladh aig meadhan-oidhche agus a chuireas ciste-laighe na mìrean beaga?"

Glag! Bha Rasaigh air tuiteam a chum a' bhrat-ùrlair mun do chuir an Rosach crìoch air na briathran. Dh'èirich an Rosach da ionnsaigh. Bha an duine air tuiteam an comhair a chùil. Bha a shnuadh ciar, odhar, cosail ri neach air am biodh fàs-dhìobhairt. An ceann tiota labhair e.

"Tha mi ag iarraidh mathanais; tha mi air bheagan bidhe agus air—air fannachadh."

Bha na facail luaisgneach, goirid, ach bha an Rosach taingeil. Chuir e a làmh tro a ghàirdean agus chuidich e an duine gu cathair. Beagan an dèidh làimhe thionndaidh Rasaigh gu Dòmhnall Ros.

"Am bheil thu ag ràdh rium gu fìrinneach gun deachaidh Mòrag a chum na h-uaghach?"

Dh'èirich Ros na sheasamh agus chàirich e trì nithean air a' bhòrd le tapachd.

"Chan eil rud sam bith cinnteach ach an nì a chì do shùil. Tha boireannach an Diùirinis a thèid air a mionnan gun tàinig na nithean sin à bolg na h-uaghach."

"Guma fada bhuamsa mì-chreideas a dhèanamh air do sgeul," fhreagair Rasaigh. "Is e a ta cur cudrom ormsa an suidheachadh sam faod sinn a bhith ri linn an rannsachaidh. Am bheil an naidheachd sgaoilte air feadh an Eilein?"

"Tha sin san dorcha ormsa. Aon nì tha cinnt agam air, gum buin an criosan do Mhòraig agus gum buin an t-òrd agus a' ghilb dhomhsa."

"An d' innis thu na nithean cudromach sin do neach eile?"

"Dom bhean," fhreagair an Rosach. "Chan fhaighinn cadal no tàmh. Bha Mòrag, ar leathase, an Earrabost oidhche an adhlacaidh, ach bha mise cho cinnteach gun robh i air àrainn Eàrlais agus a bha mi a' faicinn na gealaich san dubhar."

"Agus carson nach do chaisg thu i?"

Bha nì-eigin de ghean an aghaidh Rasaigh, gidheadh bha Dòmhnall Ros mothachail air an t-seann nimh a' buadhachadh air an ìomhaigh.

"Ciod e an tairbhe a bhiodh san obair sin? Agus ma chaidh i chum a' chlaidh le a deòir, am biodh e iomchaidh dhomhsa a casg?"

"Cha do chreid thu gum biodh i comasach air an uaigh a chladhach," thubhairt Rasaigh, an ceann greis.

"Chreidinn cho luath gum biodh i comasach air breug a labhairt no tighinn an cois a facail. An uair a sheall mi air a h-ìomhaigh ghrad sheulaich mi gun robh i a' gleac ris na mairbh agus riasail mi fhèin agus Mòr a chum na h-uaghach. Bha an talamh mar gum biodh e air a reubadh le adharcan an tairbh, agus ciod a rinn mi? An robh mi dol air ais a chum mo leapa agus amharas agam gun robh fios aig Mòrag air mo chuilbheartan? Chladhaich mi an ùir. Fhuair mi an criosan agus a' ghilb am measg a' ghrinneil, agus bha an t-òrd air tuiteam don chiste."

"Am fiodh briste?"

Bha Rasaigh feitheamhach.

"Na bhloighdean beaga!"

Thuit ciùineas trom, tiugh, air an t-seòmar. Bha Rasaigh mar gum biodh an còrd caol airgid a bha a' ceangal a chuirp air a ghearradh le mìle turcais. Leig e a thaic ri cùl na cathrach.

"A dh'aindeoin ciste, brat is òrd, tha thu den bheachd gum bi Mòrag pòsta mun crìochnaich am mìos a ta romhainn?"

Bha an Rosach sàmhach agus a cheann crom. An ceann tiota labhair e. Bha fuil dhearg a' ruith gu dhà ghruaidh.

"Ciod e an comharradh, no an taisbeanadh, a ta mi a' faotainn airson m' àicheadh? Am bheil prìosan-sàile* gu bhith air a dheasachadh do neach a rùnaich fhuil is fheòil a chur air an t-slighe gu ifrinn?"

Rinn Rasaigh smeach-chasad. Leugh e na briathran a chuir Ros fo a chomhair.

"An naidheachd a th' agad dhomh 's i a th' agam dhut, ach tha do shuidheachadh-sa nas fheàrr na mo shuidheachadh-sa. Tha trì cheud punnd Sasannach agamsa ri thiomnadh seachad air a' chiad latha den Chèitean, agus chan eil trì cheud peighinn air mo shiubhal."

"Tha cùisean calg-dhìreach an aghaidh nan smuain a bha mise ag altram," thubhairt an Rosach. "Cò a nochdas dhomhsa cinnte no barantas gum bi mi cuidhte 's fiachan is gainntir, eadhon ged a phòsadh Mòrag?"

Tharraing Rasaigh a' chathair san robh e na shuidhe na bu dlùithe air Dòmhnall Ros. Bha an dreach àbhaisteach air aghaidh agus thòisich sùilean a chinn air tionndadh le àbhachdas, amhail leanabh fo chomhair àilleagan.

"Feumaidh sinn a bhith glic, mar a thubhairt thu, agus cha dèan e math dhuinn teicheadh o gach cnocan beag a dh'fhaodas a bhith air an t-slighe. Tha briathran na litreach so-thuigsinneach. Tha còirichean MhicIllEathain a' co-fhreagairt riutha. Ma bhios na bòidean a thug sinne seachad air an dìoladh thèid a h-uile peighinn ruadh a chur cruinn, cothrom, air ceann bùird."

"Air a' mhìos seo?"

"B' e sin an cùmhnant fo an deachaidh sinn, agus an litir ga ùrachadh."

"Tha an cùmhnant air ùrachadh a theagamh, ach tha e a' dèanamh barrachd is cùmhnant ùrachadh. Ma tha mise a' tuigsinn dreuchd fear-tagraidh, cha tèid e leud na ròine seachad air toil is rùn an duine a tha ga dhuaiseachadh."

"Chan eil e ag iarraidh ach an tomhais a ta e a' toirt seachad," fhreagair Rasaigh; "na dearbh nithean a tha sinn fhèin ag iarraidh. An cuireadh neach às a leth, eadhon ged nach biodh srad de ghràdh na chridhe, ged a bhiodh e tèarainte air a thaobh fhèin?"

Thàinig glag gu doras an t-seòmair, agus nochd cailin a-steach a' giùlan bidhe air sgùil staoin. Thionndaidh an dithis dhaoine a chum a' bhùird. Is beag na nithean air am bheil sinn a' cur feum ach <u>ar n-iarrtasan!</u> Beag agus mar a bha na nithean ud, bha riarachadh

* Ba neaċ buailteaċ do ṗrìosan airson fiaċan fuar gur a' bliaḋna 1869.

annta an caochladh dhòighean. An robh fios aig Mòraig Ros air a'
chòmhaich, air a' chùil-mhùgaireachd? An d' fhuair i a-mach le
cinnte na nithean a bh' anns an lìon-èideadh agus air an tilgeil do na
clàraibh fiodha? B' i seo a' cheist agus a' cheist chudromach.

"Faodaidh mise seo a ràdh gun athadh," thubhairt an Rosach;
"ma chunnaic Mòrag le a sùil gun robh a' chiste falamh, chaill i na
bh' aice de chèill."

"Cionnas?"

"Tha i rùnachadh MacIllEathain a phòsadh le a saor-thoil fhèin."

Turas an àigh 's nam beannachd! Bha na briathran a' dèanamh
caithream ann an cridhe Rasaigh. Thàinig iad gu bàrr a theangadh
ach ghreimich na facail ri bràigh a bheòil. Bha an smuain dalma,
neo-thlusail; agus a' seall tainn air aogasg Dhòmhnall Rois, rùnaich
e an sluigeadh maille ris a' ghrèim bidhe.

"Is i do bharail, ma-tà, gu bheil Mòrag aineolach?"

"Sin mo bharail," fhreagair an Rosach le dùrachd.

"Tha mise anabarrach toilichte," leasaich Rasaigh; "tha cùisean
an suidheachadh a bha mise am beachd nach biodh iad—co-dhiù cho
luath. An robh MacIllEathain air àrainn an tighe?"

"Dh'innis mi an fhìrinn," fhreagair an Rosach; "thug mi bòid do
Mhòraig nach fhaiceadh MacIllEathain taobh a-staigh mo thaighe
gus am biodh iad nan càraid phòsta."

"Bha i a' tagradh airson sin?"

"Cha do thagair, agus cha do bhagair. Labhair i na facail gun
bhruaillean, ach bha iad a' tuiteam air mo thuigse amhail òrd air inn-
ean."

Le a saor-thoil fhèin!

Bha Rasaigh a' labhairt ri a mhac-meanmna. Choisich Ùna
Dhòmhnallach a chum na laimhrig le car. Cò aige a bha brath nach
do choisich i le a saor-thoil fhèin? An robh an t-amhlair ud a' labhairt
na fìrinne?

Bha e a' creidsinn gun robh Mac Grùslaich comasach air beann-
tan atharrachadh às an àite. Cha b' ann le creideamh ach le gleus-
tachd; ach carson a rachadh a' phlàigh bhoireannaich a dhiùlt gach
gnè thinneas no galar a bha riamh am measg dhaoine cho sìmplidh
don ribe mun àm a dheònaich Mòrag Ros coiseachd gu clàr na
h-eaglais?

Bha Rasaigh a' meòrachadh air na nithean seo. Fòghnaidh na
dh'fhòghnas; ach bha e air a bhioradh le meud a' phailteis, agus gu

h-àraidh, gun tigeadh am pailteas aig àm cho tur! Bha nì eile a' cur
iongantais air. An robh boireannaich am bitheantas deònach a dhol
an coinneamh fir le a bhith mion-eòlach air ìomhaigh? Tharraing an
smuain briathran gu a bhilean.

"Tha ìomhaigh MhicIllEathain na seòmar-cadail?"

"Cho fhad agus as fhiosrach mi," fhreagair an Rosach; "ma
dh'fhaodte nach eil esan a' cur earbsa an dealbh a' co-sheasamh ri
gaol, ach tha ise làn-mhuinghineach."

"Agus càite sam bheil iad a' rùnachadh coinneachadh?"

"Fo chomhair clàr na h-eaglais agus a' mhinisteir."

"Chan urrainn nas fheàrr. Tha còir aig a h-uile cuirm a bhith air
a pasgadh an searraig gu latha na cuirme."

Rinn an Rosach casad agus sgrùd e aodann Rasaigh.

"Thèid mise an urras gun tèid i siud a chumail," thubhairt e le
dùrachd.

Shuidh iad air ais. Thionndaidh Rasaigh aghaidh gu rèidhlean an
taighe. Bha am feur glas, trom-bhileach, a' togail a chinn, agus neòin-
ean le dìcheall a' streap da ionnsaigh. Ach cha b' ann air maise na
talmhainn no ionracas nan neòinean a bha Rasaigh a' beachdachadh
ach air tostachd Dhòmhnaill Rois a' co-sheasamh ri tinneas Mòraig.
Bha e fìor gun tàinig an naidheachd le beul-aithris; ach a-nis, an
dèidh na chuala e, nach faodadh an sgeul a bhith fìor? Ma bha Mòrag
Ros tinn, an robh e iomchaidh dhasan Ùna a chuairteachadh le
cloich is aol? Bha a chliù aige ri sheasamh. An nì a fhuair e fhèin gun
chron gun smal, bha esan, am bog no an cruas, a' dol ga thiomnadh
gun phreasadh. Bha an sluagh fialaidh; gidheadh bha cuid furachail,
feitheamhach, agus bhiodh e cho math am beòil a chumail dùinte.

Bha Rasaigh a' meòrachadh air na cùisean sin. Am measg a h-uile
cuid dhiubh sin, bha e air a neartachadh leis an smuain seo, gum bith-
eadh Mòrag pòsta ma bha i comasach air èirigh às a leabaidh. Agus
bha e cinnteach nach robh cùisean cho eu-dòchasach seo, oir cha do
labhair a h-athair smid mu thinneas. Ciod a bha a' dol a chur bacail air?
Bha an t-Eilean Sgiathanach mòr, farsaing; ach chuireadh e ceann-
ardan an Eilein Sgiathanach air a bhois agus dhùineadh e a dhòrn
man timcheall. Bha e a' toirt fa-near nach robh corp gun cheann,
agus a cheann fhèin air gach corp; gidheadh bha ceann os cionn cinn!
Nach robh litrichean an eilein air an seòladh gu àite sònraichte! Nach
robh e fìor gun robh ùghdarras an rìgh, agus barrachd is ùghdarras
an rìgh, air a thasgaidh suas anns a' mhinistear!

Cha robh dà dhèanamh nach robh an cumhachd aige gu spioradail; oir bha an sluagh a' saoilsinn barrachd den mhinistear na bha iad den anam chaillte.* Cha robh neach sam bith cho beag de thùr agus nach robh e a' toirt na fìrinn seo fa-near. Bha Rasaigh cho cinnteach à cumhachd a' mhinisteir agus a bha e a' faicinn na grèine a' dealradh air rèidhlean an taighe. Nam biodh an sluagh air a bhith cho dìcheallach mu thimcheall an dleastanais mar luchd-àiteachaidh agus a bha iad allabanach, seachranach air tàille teagaisg fhaoin, mhì-fhallain, gun bhun no bàrr, gheibheadh iad eòlas gun robh am ministear na phearsa-eaglais le cumhachd càraidean a phòsadh, am pòsadh a chur fo sgaoil—nan rùnaicheadh e sin a dhèanamh—agus ath phòsadh, na Bhòrd-sgoile, na chlèireach eadar na h-Eileanan agus ceithir cheàrn an adhair, na cheann agus na ùghdarras air beatha, bàs is adhlacadh.

Am measg a' chiùineas thionndaidh Rasaigh le mòr-thogradh. Bha e air a' mhisneachadh na chorp agus na inntinn. Bha Dòmhnall Ros balbh mu thimcheall tinneis Mòraig, agus cha robh e airidh air aon smuain eile a chaitheadh timcheall air. Mar an ceudna bha a mhac-meanmna air facail a dheasachadh do MhacIllEathain. Is iomadh gille a dh'fhaodadh a bhith riaraichte le gaol nighinne ged nach fhaiceadh e a gnùis gus am biodh iad air an snaidhm ri chèile!

"Tha mi a' smuaineachadh gun d' rinn sinn aon mhearachd. Tha e faoin nam shealladh an-diugh, gidheadh chan eil fhios ciod a thachras fhathast."

"Ciod e sin?" dh'fheòraich an Rosach.

"Pòsadh MhicIllEathain ullachadh san eilean; chan urrainn dhut Ùna a chumail thairis air seachd làithean an Tuilm."

---

*   B' e oileanaċaḋ na cùbaiḋ, eagal tràilleil. Ḃuanaiċ iaḋ san teagasg. Ċaiḋ teiċeaḋ air sluaġ 's air cinneaḋ. Ġèill iaḋ don teagasg a ḃa a' tagraḋ teine agus pronnasg airson peacaiḋ. A' ṁeud agus naċ do ṫeiċ, ḟuaraḋ innleaċd a ċum slàinte aireag ḋaiḃ. Ḋeònaiċ am Pàpanaċ an lann-aidṁeil le a ġlùinean pùirgte (no còṁdaiċte). Agus ciod a rinn na creidṁiċ eile? Mo ṫruaiġe am fear no an tè naċ èirteaḋ rè uairean an uaireadair fir a' ṁinistear, agus naċ ruiḋeaḋ air ronċan cruaiḋ, carraċ. Ċaiḋ obair òliġeaċ an dearmad agus dleastanas air bìoċuiṁne; agus is iomad càraid a ba airiḋ air prìosan airson con an taiġean 's an teaġlaiċean. Ṫa an t-aon riasladh agad an-diugh an cuid de àitean. Naċ eil e na aoḃar-maslaiḋ gum bioḋ iomairt cuirp na ċomarraḋ air sriopadh Ċrìost? Naċ labarra am ministear a ċrìoċnaiċear cuirp creutairean an ainm na Crois, agus fìor is cinnte aige naċ eile tairbe san teagasg? Ċunnaic sinne muinntir a ḃa gun diog leis an "Spiorad;" ach ṫa sinn ag ràḋ riuṫa seo agus fir an duine a ċuir san t-suideaċad seo iad, "Ċan eile car a ṫa anns an t-sionnaċ naċ aiṫne don t-sealgair." Fuadaċ nan Gàidheal!

"B' fheàrr leam biadh a bhith righinneachadh air teine fad mìos, na a mhilleadh le braighseal teine. Ùna an Dùn Thuilm, Alastair Caimbeul an callaid Eàrlais, agus Mòrag aig clàr-imeachd na h-eaglais gu ìre bhig san aon seachdain, tha e tuilleadh is cus airson creideamh dhaoine."

"Cha deachaidh creideamh cho làidir a shònrachadh dhaibh!"

"Tha mi toirt fa-near," leasaich e, "nach biodh cùisean ma dh'fhaodte na b' fheàrr le pòsadh falachaidh, oir air feadh nan eileanan, is feàrr a bhith dhìth a chinn na a bhith dhìth a' chleachdaidh. Ach tha goileam is amharas neo-lochdach an coimeas ri aon fhacal le fìrinn."

"Cha ghabh na nithean sin atharrachadh," fhreagair Fear Dhiùirinis.

Dh'èirich e na sheasamh le cabhaig.

"Tha 'n t-àm agamsa m' aghaidh a chur air an dachaigh. An cuala thu naidheachd mu Chathal?"

"Lideadh! Tha thu fhathast den bharail nach robh èifeachd san litir?"

"Stàth fon ghrèin," fhreagair an Rosach. "Cha b' fhiach i an dealbhan a ghiùlain i."

"Agus 's i do bheachd nach robh tairbhe san obair mu dheireadh. Ciod e an cumhachd a thug am boireannach às a beachd?"

Bha Rasaigh a' faicinn slighe rèidh, ach bha e air a bhith na bu riaraichte le eòlas fhaotainn air a' bheairt bheannaichte a chairt an treallaich far a' cheum. Bha e a' strì a chum foillseachaidh air a' cheist seo.

Bha Dòmhnall Ros meòrachail. Chrath e a cheann.

"Chan urrainn mise sin innseadh," fhreagair e le guth cianail. "Tha mise a' tagradh airson sàmhchair. Tha mo chionta trì-fillte o thugadh Ùna air falbh; agus air sgàth Dhè ceannsaich an tàillear; oir tha trom-amharas agam gun tig an sgeul gu cluasan Mòraig mura cuala i an naidheachd a-cheana."

"Na biodh eagal ort," fhreagair Rasaigh, a' sìneadh a làimhe. "Thèid mo sgalag ball-dìreach gu Flòdaigearraidh. Tha thusa cho sàbhailte ri biota làn ime."

Greis an dèidh seo bha Dòmhnall Ros a' coiseachd le cabhaig seachad Lios a' Gheàrraidh, suas bràigh Phuirt an Rìgh. Bha e a' faicinn na sgalaig agus am fear àrd, dorcha, a bha còmhla ris sa bhìrlinn a' coiseachd rathad Chràgaig. Bha an Rosach a' meòrachadh air an cleachdaidhean, agus gu h-àraidh air am modh-labhairt, oir bha an teangannan a' gleusadh nam briathran le deas-ghnàths a bha a' co-fhreagairt ri a chleachdadh fhèin.

Thionndaidh e far a' cheum-rathaid agus choisich e a' mhòinteach gu Achadh—clachan anns an robh mu dhusan teaghlach aig an àm seo. Bha an t-anmoch a-nis air teachd, agus uisge mìn le gaoth dhranndanaich na chois. Bha an t-uisge a' dòrtadh air fhiaradh on àirde deas, agus a' deàrrsadh air iomair is machair. Bha an dus dorcha a bha a' còmhdachadh aghaidh na talmhainn tron fheasgar air fàs dùmhail, agus a' co-mheasgadh ri greann chlogaich a bha mòr-thimcheall nan speur. Ràinig an coisiche taighe beag le tughadh de chonnlaich, agus ghrad chòmhlaich e an doras le buille tapaidh.

"Cò thu?"

Nochd cruth boireannaich gu fiata eadar a' chòmhla agus an ursann.

"Cò mi?" fhreagair an Rosach, le reachd sgaiteach. "Cò a ta thu smuaineachadh—aingeal? Chan fhiosrach mise air feòil a thigeadh air oidhche cho mì-ghnàthaichte ach na ghèill dhut."

Choisich e a-steach. Bha am boireannach air a socair fhèin a' càradh tarsannan ri cùl na còmhla. Bha sùilean mar reult-chuairteig a' sireadh àite-tàimh air ceann-bhrat nan speur. Thog i gèinn de iarrann agus thilg i a' chnag mheirgeach na h-ionad le faram a chriothnaich taobhain an taighe.

"Ach, cha dèan bannan iarrainn do theasairgeadh o cheartas no o bhreitheanas. Chan fheàrr na nithean sin na snàithean fuaigheil!"

Bha an Rosach na shuidhe air stòl dlùth air an teallach. Bha na seann chnàmhan a bha aois is allaban air an lùbadh ri chèile, a' ruith le ceum beag goirid da ionnsaigh. Thog i rùsg de chlòimh, agus tharraing i ròine le susbainn. Chuir i an ròine gu h-ealanta eadar a meur agus a h-òrdag, agus shèid i oirre le gaoth a h-analach.

"Siud agad an dara samhladh air do thapachd—air do dhuinealas. Cuiridh am mart gu feum an tàlann a fhuair i: nì i geum na thràth, agus sguabaidh i a' chuileag far a seiche san t-samhradh le a h-earball. Tha do thàlann-sa beag, ach an d' rinn thu feum dhith air a lughad?"

Bha an Rosach a' coimhead nan sùilean beaga, biorach a bha a' lasadh fo na mailghean. Bha neart aodainn cho meallta ris an obair san robh e an sàs; oir aig a' cheart àm bha e làn-sheulaichte nach b' e spealg den deamhan a bha an Anna Chrotaich ach fear-ainme cho dubh ri slabhraidh na cagailt.

Bha h-aghaidh a' tuiteam gu làr an taighe. Bha Anna de ghnàths cearclach, agus a theagamh bha an t-ainm "Crotach" anabarrach freagarrach. Bha a falt geal, goirid agus a h-uile gòisne ag èirigh às a' chuilg amhail bior-cruadhach. Bha an fheòil seacte, peasgach agus a craiceann, mo thruaighe, na sgrath phreaslaich air na cnàmhan. Labhair an duine le feall-neart:—

"Do shaighdean-sa mar dhìdean air mo chùl! An robh obair an diabhail gu bhith sealbhach? Ghèilleadh an neach ud, no a' bheinn ud dhutsa!"

Choinnich i an sgeig a bh' air aodann an Rosaich le caise.

"Ciamar a bhiodh tu—thu fhèin agus an tè tha còmhla riut—mura nochdainn-sa neart is treibhdhireas?"

Chuir i a làmh chlì gu fearsaid a bha am measg na clòimhe, agus thoinneamh i mu aitheamh mum priobadh Ros a shùil.

"Cha robh mi 'g iarraidh an uiread ud ort," thubhairt i; "ach bha mi 'g iarraidh uiread 's a th' anns an t-seilcheig. Dh'innis mi dhut gun do bhòidich MacIllEathain le gòisne de fhalt gum biodh do nighean pòsta aige. Agus thubhairt mi riut gun leigeadh e Rasaigh leis an t-sruth a chum a' bhòid sin a choileanadh. An tug thusa creideas dhomh? Tha Rasaigh a' faotainn nan uighean agus Dòmhnall Ros nam plaosg. Gheibh esan a fichead agus an Rosach a trì. Cha do chuir e tarrang san altair, agus thog Dòmhnall Ros an altair maille ris an ìobairt."

"Ciod a bha thu ag iarraidh orm a dhèanamh?" fhreagair an Rosach. "An robh mise comasach air clàr-fiodha is feamainn-chìrean a thìodhlacadh ann an Cladh Eàrlais? An robh mise comasach air do mhac-samhail fhannadh* air Rubha Hùinis? Mura gairmeadh tu air do cho-obraichean a-mach à dorchadas cha ghabhadh na nithean sin dèanamh."

Bha i na tost. Bha fèithean a cinn mar gheugan caol de sheileach san t-samhradh agus a' ghrian so-bhrosnachail a chum a leas. Bha a craiceann air criosladh mu smeigeid agus bilean a beòil dubh-ghorm. Thog i a h-aghaidh agus labhair i le geur-mhagadh.

"Cha tachradh!" fhreagair i le tàir. "Cha bhiodh nì sam bith air a dhèanamh às aonais an reult-iùil a ta gad threòrachadh. Chuir e eagal do bheatha ort; agus an sin nochd e dhut meud is cudrom nan nithean a bha ri dhèanamh."

---

* Ṫa eaṫar mall na ceum le gaoṫ is sruṫ. Ṫa an dà ċuid a' fàgail nan ṗàṁaiċean a' fannaḋ.

Shìn i a làmh gu speuclair a bh' air beinge agus thòisich i air lìomhadh nan glainneachan.

"Ciod e nach dèan sibh," chaidh i air aghaidh le tearrachd; "Goill is Gàidheil. Rannsaichidh sibh aiteil nan speur leis an dearbh ladarnas a bh' aig Tùr Bhàbiloin."

An ceann tiota bha a sròn an taic ri uinneig bhig a bh' anns a' bhalla.

Bha an Rosach bodhar, balbh ga coimhead. Bha e ag èisteachd ris an doininn on taobh a-mach. Bha a' ghaoth a' sèideadh le toirm uabhasaich agus a' tuiteam air bràigh an taighe ionnas gun robh fheòil air chrith. Thionndaidh am boireannach le braise.

"Feumaidh an crann-àraidh a bhith an cridhe na h-àirde tuath," thubhairt i; "agus an seòl-mara a bhith aig àirde sa channtraigh."

"Dh'èist mi fada gu leòr rid fhaoineas," fhreagair an Rosach. "Tha thu air an t-saoghal fhàgail agus air teicheadh do leanabachd na h-aoise a' giùlan nan uile thruaighe a tha an cois na beatha seo ach a-mhàin ionracas."

"Tha ladarnas air do theangaidh-sa," fhreagair i. "Mas toileach leamsa bithidh na briathran ciùin, coibhneil, a chuala thu o bheul do nighinne mar chloich-smior nad chàirean,—fuath a chuireas nàimhdeas eadar thusa agus ise, fuath a ghlaodhas mort air d' fheòil, agus air d' anam agus a dh'àicheidheas gun tug thu dhi bith!"

Bha Dòmhnall Ros air èirigh gu falbh. Thuit e air ais. Chaidh gaoir de fhuachd tro chorp, agus bha toirm amhail fead a' spealgadh a chinn. An robh fios aig a' bhadhbh ud air an seo cuideachd? An robh fios aice air an nì a bha am falach air a h-uile cruthachadh a bh' anns an t-saoghal—eadhan air Mòraig fhèin? Thàinig e a chum an Eilein Sgiathanaich sàmhach, tostach, le bean agus teaghlach—aon nighean mu naoi bliadhna de aois—agus cha b' fhiosrach leis on latha sin aon fhacal a chaidh a labhairt a bheireadh athadh do a gnùis. Bha e fìor gun do labhair Mòrag uair no dhà ri màthair mu chlann òg agus mu aitreabh mhòr fhàsail le geata gasta iarrainn, agus le gàrradh cloiche,—ach nach robh còig bliadhna deug bhuaithe sin!

Bha a cheann air tuiteam gun treòir agus a dhà shùil air a' chagailt. Ciod e an cumhachd? Bha a' cheist ag èirigh gu clàr a' chinn. Ma bha a' cheist so-bhrosnachail do Rasaigh, ciamar a bha i a thaobh Dhòmhnaill Rois? An ceann greis thog e aghaidh. Bha ceò a' smàladh on chagailt ach bha e a' dèanamh tuaiream de a cruth agus i crom, crotach ma choinneamh. Bha lòchran de iarrann na làimh chlì agus mìr de fhiodh le luideagan de sheann aodach san làimh dheiseil.

Thaom i an ola bh' anns a' chrùisgean air an èideadh agus an dèidh sin chuir i lasair ris. Choisich i chum an teallaich agus an lasair mar theine-sionnachain ma colainn.

"Ciod e tuilleadh a th' agad ri ràdh, a chladhaire?"

Chan eil nì agam ri ràdh, ach tha mi deònach nì-eigin aid-eachadh."

"Aidich!" fhreagair i, le guin.

"Tha Mòrag an suidheachadh iongantach—suidheachadh a bha mise am beachd nach biodh i gu latha bhràth."

"Agus nach do dh'innis mi dhut nan abrainn-sa am facal gum biodh Rònaigh air sròn na Sgoirebreice, agus gum biodh an stàilinn a' ruith mar thuil uisge à Lòn an Èireannaich,* agus gum biodh tiughad mo chuirp de dhubh air a h-uile eanchainn an tiolp? Èirich, seas air do chasan agus lean mise!"

Thog i an tarsannan a bh' air cùl na còmhla le dealas, agus choisich iad a-mach às an taigh. Bha an aimsir fiadhaich, agus aiteal nan speur mar gum biodh craiceann de theàrr a' ghuail air filleadh ris a h-uile mìr dheth. Bha Dòmhnall Ros a' coiseachd an lorg a ghil. Bha iad a' cumail air Beinn Chraisg agus uachdar a' ghlinne. An tiotadh ràinig iad abhainn a bha a' ruith le ceud mìle cabhaig, agus sheas am boireannach air cloich. Thog i an solas da h-ionnsaigh, agus rinn i grad-leum gu stairsnich a bha am meadhan na h-aibhne.

"Seas an seo" thubhairt i le ùghdarras. Riasail e chum na stairsnich ioma-chumhang. Bha na tuiltean cosail ri onfhadh mara agus a' bàrcadh geal ma chasan. Chrom e aghaidh a chum na cuairt-shlugan a bha a' toinneamh nan clachan beaga a bh' air bolg na h-aibhne.

"Seall; cleachd do fhradharc. Tha ubhall an sgòrnain creang-nach."†

Bha a dà shùil a' buadhachadh air an lasair a bh' eatorra, agus a' deàrrsadh amhail choinnle-bianain air liogh ràimh.

"Tha a' chneadh air gèilleadh a dh'ionnsaigh a' chridhe."

Thog an duine a cheann. Chaidh biorg tro fheòil a chuir a chorp an iomairt a bha a' co-fhreagairt ris an sgàirnich so-chriothnachail air a robh e na sheasamh. Bha am boireannach ceann-rùisgte, agus na bunan fuilt a bha an sàs na claigeann cho beag bruaillean ri loch uisge anns an dubh-fhèith. Bha an t-uisge 's an doineann a' dòrt-adh air a cruth 's a' soillseachadh air an sgrath cruadhach, bhior-

* Boglaċ ḋlùṫ aın Sʒeıċeaboɼꞇ. Ċaıll Éıɼeannaċ a ḃeaṫa an ɼeo, ma ṫa e ꜰìoɼ.
† Loꞇ.

fhiaclach a bha timcheall ma cluasan cosail ri soillse na gealaich air aodann creige.

Chlisg a cholann. Cha robh nì a dh'òrdaich Dia fo a chomhair ach ìomhaigh dhraosta, agus duaich-craiceann. Shùmhlaich i às fhianais.

"Chan eil mi creidsinn nach tàinig laigse air d' eascaraid?"

Thuit aghaidh a dh'ionnsaigh a' bhròlainn a bh' aig a chasan. Chuala e na facail. Bha e creidsinn gun robh beairt bior-shùileach a' snìomh a chuirp ach bha e eu-comasach air amharc oirre. Chaog a dhà shùil. Bha e a' sgrùdadh a' phàillein criadhaidh, agus nam bior-grèisidh a bha an sàs san dealbh an-fhoiseil a bha an iomairt nan tuiltean.

"An do chaill thu do chainnt?"

Rinn e oidhirp air sealltainn da h-ionnsaigh. Ar leis gun robh a corp na dhà leth. Bha e a' faicinn a h-aodainn san t-solas. Bha dà chois air an stairsnich, agus a h-amhach sìnte bhuaipe mar gum biodh i air toinneamh às a h-ionad. Dh'fhosgail an duine a bhilean air dhòigh air choreigin agus fhreagair e—

"Thàinig." Dh'fhalbh am facal le geilt-chrith da h-ionnsaigh.

"Bha mi cinnteach gun tàinig," fhreagair i le toileachas, agus ghrad thaom i ceann a' mhaide le braise an dealain den uisge.

"Teich, mach às an seo, dèan do rathad mar as àilt!"

Choimhead e oirre. Bha e a' dèanamh tuaiream air a cruth a' ruith le cruinn-leum seachad air a ghualainn. Dh'èirich sgal air a' ghaoith, agus an ceann tiota thug Dòmhnall Ros fa-near gun robh e na aonar.[*]

Mu dhà uair na dhèidh seo bha e a' coiseachd tron Ghleann

---

[*]   Nam biṫeaḋ Anna beò an-diuġ is beag feum a ḋèanaḋ i leis an t-seann ġnàṫ-fìos-aċd. Aċ ṫa sinne a' creidsinn, eadhon ged naċ bioḋ facal foġlaim na claigeann, gum bioḋ sgonn maide an croċaḋ ri doras a taiġe, Madame Ċrotaċ, M. O. P. S.

"Your people up there still believe in ghosts and witchcraft," arsa bana-Ġàidheal rium aig àm a' ċogaiḋ mhòir. Ba am boireannaċ an èideaḋ bròin.

"I believe so," arsa mise. "Is it true you hear from your brother," leasaiċ mi.

"Yes we speak to him occasionally, I am going to the meeting now."

Ċoisiċ a' ċailin ċòir air falb a ċum còmhdail a ċumail ris na "spooks."

Bioḋ "Crotag" tur aineolaċ air "Feallsanaċd nàdair," is "ḋnùis-fiosaċd." Aċ raċainn an urras gun cumaḋ i ceann a' mhaide ri tè eile le "Phylactery," oir feumaiḋ sinn meòrachaḋ air "Crotaig" le "Crystal" agus dara leṫ na h-obraċ aice reaċaḋ. Ciod a ċuireaḋ bacail oirre agus a reòman a' cur ṫairis le sluaġ. Is mi fèin a bioḋ toileaċ mo ċrùn geal, agus mo bois air a deaġ lìomhaḋ, a fìneaḋ da h-ionnsaiġ.

Ṫa sinn a' leuġaḋ mu Eaglais Laoidicea, "Sgeiṫiḋ mi tu a-maċ às mo beul." Airson aon neaċ a ba a' creidsinn an draoiḋeaċd ri linn Anna Ċrotaċ, ṫa trì mìle agad

Bheag. Cha robh e idir a' meòrachadh ciamar a fhuair e cho fad air an t-slighe, ach bha e a' faicinn agus a' creidsinn gun robh e a' dèanamh oidhirp air Diùirinis a lorg. Chaidh e seachad air Loch Conain agus Abhainn Rabhaig. Ràinig e Ceann Sàil Ròdhag agus uallach an latha air gnùis na grèine. Choisich e dh'ionnsaigh a thaighe le ceum mall, lapach, ach bha gleadhraich is slacraich ag inntrinn tro dhà chluais mun do ràinig e stuaidh an taighe. Choisich e le broilean luaisgneach agus lùb e aghaidh cosail ri neach a' sealltainn eadar dà bhìgh dorais. "Ùna!" Bha e a' cluinntinn "Ùna, Ùna!" Bha duine le lorg fo achlais agus craisg na làimh a' cur sad gheal à còmhla a thaighe.

---

*   an-diuġ; agus, mar Ġàiḋeil, ċionnḋaiḋ rinn on ċiaḋ ḋallaḋ a ċàinig air ċàille "creideaṁ" is cràḃaḋ agus ò'òl rinn am fìon nuaḋ a ḟuaraḋ an dùċaiċ ċèin. Ṫa buiḋreaċd bàs. Ṫa Draoiḋeaċd ċo fallain ri fiaḋ na beinne. Is iomaḋ stèiḋ a ċaiḋ a leigeil air a' creideaṁ Ċrìostaiḋ!

Gràdh Air A Sgoltadh

Caibideil

IX

Cha robh ann ach aon Eilean Sgiathanach, agus a' còmhnaidh san Eilean Sgiathanach ach aon Mhòrag Ros. Don t-seann ghinealach cha robh innte ach bana-choigreach, ach don mhuinntir òig cha robh innte ach bana-Sgiathanach, agus barrachd air sin. Bha i deas, dùthchasach, le eòlas air cùisean a bhuineadh don eilean a bha a' cur smaointean aig amannan air a co-aoisean. Bha i suairce, neo-fhoilleil na dòighean, agus choisinn seo dhi gràdh an t-sluaigh fada seachad air an sgìre san deachaidh a h-àrach. Bha i an-diugh gu bhith air a sgeadachadh mar bhean-bainnse, agus cha robh iongantas idir ged a nochdadh a càirdean agus an sluagh carthantas is deagh-rùn. Dh'fhaodadh Mòrag a ràdh gun do rinn iad sin, oir bha iad a' tional o àiteachan cho fada deas ri Ìdrigil agus cho fada tuath ri Bhatarnais. eadhon a' mhuinntir sin a bha sgìth le goileam agus a dh'èist ri sgeòil-aithris—gu h-àraidh an sluagh a bha làn-chinnteach gun robh i air a facal agus a cridhe a thiomnadh do Alastair Caimbeul—bha iad a-nis air co-dhùnadh gun robh i a' dèanamh na còrach. Tha an gaol seasmhach, buan-mhaireannach, gidheadh tha nì-eigin an nàdar an duine a bheir mathanas dhaibhsan a thèid air seachran bhuaithe. Bhiodh e anabarrach mì-ghlic do bhoireannach a fhuair tairgse pòsaidh—agus an tairgse sin freagarrach—cùl a chur ris!

Bha beachd cudromach eile am measg an t-sluaigh. Ged a dh'fhaodadh e bhith fìor gun robh clann nan daoine beò le misnich is deagh dhòchas, b' e dòchas da-rìreadh a neartaicheadh cailin agus i a' meòrachadh air ànrach a chaidh trì mìle de mhìltean mara airson a theachd-an-tìr. Cha b' e fìor ghaol a bheireadh air Mòrag Ros fuireach ri fògarrach a bha a' saltairt an t-saoghail a chum a bheò-shlainte a sholar ach easbhaidh cèille!

Tha e furasta gu leòr cuisle an t-sluaigh a thuigsinn aig a leithid seo de àm, agus bha Mòrag Ros cinnteach gun robh i a' dol a dh'ionnsaigh na h-eaglais le deagh dhùrachd is coibhneas a h-uile fear no tè a bh' anns an eilean. Bha i na suidhe anns an t-seòmar uachdraich, na h-aonar. Bha an òigridh air ais 's air adhart mu stairsnich an taighe cho binn ris an druid a bha a' cur dhith sa choille. Bha fir agus mnathan mar gum biodh iad air uallaichean an t-saoghail a shaltairt fo an casan agus a' coiseachd gu eaglais Chille Mhoire le ceum earbsach, agus ìomhaigh thoilichte. Cò e an neach sin nach bi air a neartachadh le deagh-ghean sluaigh? Na do shìneadh gun treòir agus do thinneas a' buadhachadh gu leabaidh fhuair an dòlais, ciod e am bainne fìor-ghlan sin a ta gad neartachadh air an t-slighe?

Bha deòir thais, bhàidheil air rosg a sùl, agus i ag amharc tron uinneig. Bha i taingeil. Bha i deònach an còrr de beatha a chaitheadh an saic-èideadh agus ann an luaithre,—ach ciod e an dearbh shuidheachadh san robh i? Carson a bha i a' moladh Dhè airson an t-seòmair ceithir-cheàrnach a bha ga druideadh o na h-uile cuspair cruthaichte a bh' air aghaidh na talmhainn? Thòisich a deòir air tuiteam gu h-èasgaidh a chum a' bhrat-ùrlair. Thuit a ceann gun lùth agus bha corp so-chriothnachail. Bha i a' meòrachadh air "lànachd" an t-saoghail. Bha i a' faicinn meud a' phailteis amhail tobar uisge gun cheann gun chrìch air a dhoimhneachd, a' sruthadh suas da h-ionnsaigh. Bha a h-uile boinne milis, so-bheathachail. Ach mo thruaighe, an robh an fhionnarachd a' tionndadh gu teas, agus cuideigin a' càradh èibhlean teine air a ceann?

An ùine ghoirid fhuair i nì-eigin de shaorsa, agus bha i a' labhairt ri a mac-meanmna. An robh Dia na cheann-iùil agus a' riaghladh thairis air an duslaich san do chuir e beatha? Cia lìon turas a chaidh i air a dà ghlùin a thagradh airson ionracais is ceartais: a thagradh a chum 's gum biodh i air a glèidheadh o na lùigearachd a bh' air trì roinnean den t-saoghal a tharraing gu bruaich na h-ifrinn. Agus ciod e an taisbeanadh a fhuair i? An robh ise an-diugh cho seòlta ri càch? Ma bha Dia na naomh-ionad beag agus a' sparradh an cluasan dhaoine gun robh agus gum bi iarmad aige air an talamh, càite an robh an t-iarmad a bha sin? B' e seo na nithean air an robh Mòrag Ros a' cnuasachadh an latha chaidh a shònrachadh a chum a gairm mar bhean-phòsta. Na cruaidh-chàs chaidh i a chum na h-eaglais agus buill na h-eaglais, agus fhuair i nathair.

Buinidh ceistean teachail don mhuinntir a chaidh air seachran agus a ta a' ruith ball-dìreach a chum na slighe leathainn! Sin na briathran a dhruid suas a cuimhne agus a bilean.

Bha luchd-leanmhainn Chrìosta a' cath-shearmonachadh soisgeul nan saor-ghràs le balla de chloich is aol man timcheall agus an cridheachan cumhang, piocach[*] a' buileachadh an sprùillich a bha a' tuiteam, no dh'fhaodadh tuiteam, o bhòrd am maighstir.

Ach cha b' e sin uile e. Ciod e a bh' aig an t-saoghal choitcheann ri thabhairt? Balla daingeann, diongmhalta, callaid le aon smuain agus aon chìocras i bha deònach gach crois a ghiùlan—saor. An robh Mòrag Ros comasach air gach feart cuirp no inntinn a bhuilich Dia oirre a liubhairt air an stairsnich? Nach mòr an nì sìth is fois? Nach ionmhiannaichte a bhith maille ris a' mhòr-chuideachd ag èisteachd ri "a luaidh," "a ghràidh" 's "a ghaoil," agus a' charbaid na dian-theas?

Dh'fhalbh am feasgar sin—theich e! "Feasgar na dunach," ghlaodh i, agus i a' tuiteam an cathair na seòmar-cadail, eu-comasach air an neamhnaid luachmhor a theasairg i an camhanaich an latha a thoirt a dh'ionnsaigh a cuimhne. "Shaltair e an t-amar na aonar, agus de na slòigh cha robh aon neach maille ris." Bha na facail a' bualadh air a h-inntinn agus gairm a' choilich na dà chluais, ach bha am brìgh 's an susbainn air teicheadh mun do chiar an tràth.

Agus ciod a thachair greis an dèidh bùrdan a' choilich an latha ainmeil ud? Bha a rag-mhuinealas air a dhèanamh foirfe agus sheas i rùisgte fo chomhair Dhè is dhaoine. Bha Mòrag Ros ciontach de cheannairc an aghaidh a pàrantan, agus an làrach nam bonn ghlaodh i àird a cinn air a h-athair. Bha i an-diugh a' meòrachadh air a' mhadainn sin—a' mhadainn san deachaidh ath-shlàinte aiseag a dh'ionnsaigh a pàrantan, agus an latha a chaidh a h-athair le ceud mìle cabhaig gu Eilean Rasaigh. Cha b' urrainn dhi a ràdh, eadhon a dh'ionnsaigh an latha an-diugh, gun d' fhuair i saorsa ri linn na co-roinn. Bha i air cùl-shleamhnachadh o chàirdean a bha aice mar chlach a sùl. Ma bha a tostachd co-cheangailte ri bàs Alastair iongantach le Beitidh Chaimbeil on chiad latha a chualas mu a bhàs, bha i an-diugh cho dubh ri fitheach. Shamhlaich Mòr Ros a h-ighean ri darach. Cha robh samhladh aig Beitidh ach cloich ghràineil.

Ged a bha sin agus nithean eile aimhealach le a spiorad, 's e a bhith a' toirt fa-near gun robh i mar gum b' eadh air a bualadh a-mach araon o phàrant is sluaigh a bha a' fàgail deòir air a sùil an-diugh. Am measg na troimh-chèile a bha i a' faicinn ma coinn-

---

[*] Spìocach.

eamh cha tug i uiread agus sùil air Cill Eàrlais. Uair agus uair rinn i oidhirp air na thachair air an oidhche sin a thoirt gu stèidh tuigse ach dh'fhàillinn neart a cinn. Thàinig aon aiteal de sholas mar tro fhar-leus fo chomhair a sùl. Bha e air beag seagh, ach chuir e iongantas oirre. Mhothaich i da h-athair le òrd is gilb, agus rachadh i air a mionnan gun robh an dà bheairt bhig ud am measg na h-ùrach bha i fhèin air a chladhach.

Bha i a' meòrachadh air a h-uile cuid dhiubh sin an-diugh. Thog i a h-aghaidh gu uaireadair a bha a' coiseachd, ar leatha, na ruith os cionn na cliath-theine. Ghrad dh'èirich i air a casan le nì-eigin de shusbainn. Dh'èalaidh a làmh chum tarsannan an teine. Bha a ceann air tuiteam le dìth lùth agus a sùilean a' coimhead a' bhrat-ùrlair. An robh i comasach air coiseachd gu clàr-pòsaidh le corp is inntinn air an cnàimheach le eu-cinnte? Ma ghabh i co-roinn den t-saoghal agus ma lorg i deagh-ghean pàrant is sluaigh, cionnas a bha i air a bualadh a-mach?

Co-roinn anns an t-saoghal!

Bha an t-eallach a chàirich i air pàrant, leannan is caraid, air ath-thilleadh da h-ionnsaigh agus grèim bàis aice air crann-tarsaing an t-seòmair. Bha i cosail ri seann bhean am bruthainn agus i a' coiseachd air astar cnocach, carrach. Bha a feòil a' teannachadh ri a cnàmhan mar le glas-chip, agus bha i eu-comasach air snaoidheadh no carachadh. Rinn i oidhirp air beachdan a cinn a shlaodadh gu stèidh-fiosrachaidh. Dh'fhairtlich oirre. Bha snag-bhuille air a bathais cosail ri fear-cèirde le òrd is tarrang. Thuit i air ais sa chathair agus ciùineas an taighe, amhail tuaim-adhlaic, a' brùthadh air a feòil agus air a cuimhne. Theich na nithean a bha nan cùl-taic. Agus a' mheud agus a dh'fhuirich maille rithe bha iad mar aolach. Bha i a' dèanamh dealbh de MhacIllEathain ma coinneamh. Chuimhnich i air an fheasgar a shìn i a làmh da ionnsaigh—"Tha mise deònach coiseachd a chum clàr na h-eaglais maille riut." Chuimhnich i air a' chùmhnant—nach faiceadh i a ghnùis gus an latha sam biodh iad air an gairm pòsta.

Bha i comasach air meòrachadh air na nithean sin an-diugh. Bha i comasach eadhon air labhairt man timcheall; ach, co-dhiù a bha a beus no a caitheamh-beatha ceart no ceàrr a thaobh nan cùisean sin, cha b' urrainn dhi breith a thoirt orra le susbainn cinn. An ceann tiota bha Ealasaid a' gairm air a h-ainm aig doras an t-seòmair.

"Tha duine na sheasamh aig ceann na coille a ta airson labhairt riut." thubhairt i.

"Cò e, Ealasaid?" fhreagair Mòrag le iongantas.

"Chan fhiosrach mise," fhreagair a' chailin. "Tha e àrd, foghainteach."

Bha Ealasaid a' coimhead a' bhoireannaich a bha a' coiseachd da h-ionnsaigh, le geilt air a h-aghaidh.

"Bithidh mi air ais gun dàil, Ealasaid. Am bheil am biadh deiseil?"

"Tha do mhàthair san t-seòmar-bidhe gad fheitheamh o chionn fhada."

"Agus cha d' innis iad dhomh? Ealasaid, thug iad dhomh àill-eagan* a chum mo thoileachadh. Cha chuir nì campar air mo spiorad gun ruig mi ceann mo thurais."

Bha Ealasaid taingeil airson nam briathran. Ghuil i air a dà shùil, agus i a' faicinn na cailin a' coiseachd gu ceann na coille.

"Ò!" ghlaodh Ealasaid, "ciod a thàinig oirre. Tha a beul air a dhruideadh suas ach tha a cridhe cho blàth dhomhsa 's a bha e riamh."

Bha Mòrag a' labhairt ris an duine a chuir fios oirre.

"Chuireadh mise air theachdaireachd chudromaich, agus tha dòchas agam nach cluinn neach eile mo bhriathran," bha e ag ràdh.

"Cha chluinn bhuamsa," fhreagair Mòrag le dearbhtachd.

"Am bheil thu roghnachadh coiseachd gu eaglais Chille Mhoire?"

"Tha mi nad chomain. Chaidh a' cheist a chur rium uair agus uair roimhe seo le sgalaig Rasaigh. Innis da nach bi feum agam air eathar no sgiobadh oir tha mi roghnachadh an nì a ta mi dèanamh."

Cha robh aig Cailean bochd ach a theachdaireachd a chur an cèill. Bha mòran aige ri innseadh 's ri aithris, ach cha d' fhuair e cead.

Bha a' chailin air tionndadh air falbh. Choisich Mòrag a dh'ionns-aigh an taighe. Cha tug i fa-near gun robh sùilean furachail a' coimh-ead a h-uile car a bha i a' cur dhith. Chaidh i dh'ionnsaigh an t-seòm-air-bhidhe gun dàil. Bha a pàrantan ait, geanail, air a coinneamh. Bha iad den bharail nach robh saorsa san t-seòmar rè dà mhìos dheug roimhe siud. Cha robh teagamh nach robh an smuain cothromach. Bha cuimhne aca air na facail-tharsainn, na briathran mì-shoilleir, meallta, a bha a' treòrachadh an neach a bha ag èisteachd gu binnean eile—slighe bha calg-dhìreach an aghaidh aigne an treas pearsa. Cha robh robhas air na làithean cam, an-iochdmhor sin an-diugh. Bha iad nan suidhe timcheall a' bhùird-bidhe le earbsa is ionracas. Cha

---

* Ḃa Mòr Ros ċo eòlaċ ri muinntir eile air na facail, "Na brosnaiċiḃ ur clann a ċum feirge," aċ ba i gan leuġaḋ an aġaiḋ cuilg. Buaiḋ leis an fìrinn: ċan fàg i aon duḃaċ!

robh Dòmhnall Ros a' dol a dh'àicheadh nach robh e air a thulgadh leis a' cheist a chuir Mòrag là no dhà roimhe siud.

"Is i Ùna, bean tàillear Thròndairnis, a bu mhàthair do MhacIll-Eathain?" dh'fheòraich i.

Fhreagair a h-athair a' cheist san dòigh a b' fheàrr a b' urrainn da. Ghabh iad iongantas gun cuireadh Mòrag ceist idir mun duine a bha gu bhith maille rithe fad a beatha air an talamh. Ach 's ann a bha Dòmhnall Ros air a bhioradh a thaobh taisteil an tàillear chum a thaighe.

Carson a bha i cho ullamh gu labhairt mu Ùna agus làraich craisg an tàillear le talc ùr* air còmhla an dorais?

Rinn e uile dhìcheall a chum connsachaidh is ùpraid an duine sin a chleith air a nighinn, agus bha e ag altram deagh dhòchas gun robh iomairt an tàillear dorcha oirre. Gidheadh, ged a bha seo agus dòrlach de nithean eile a' dèanamh dragh dhaibh, bha iad aig fois. Bha iad a' faotainn na bha iad ag iarraidh; agus, ged a bha iad a' toirt fa-near gun robh iad a' mealtainn 's a' sealbhachadh nan nithean sin an gnàths iongantach, bha an cridheachan làn de bhuidheachas.

Is fìor an ràdh nach seas taigh tha air a roinn na aghaidh fhèin. Tha ar beannachd aig na pàrantan a bheir seo fa-near agus a chuireas an teicheadh air aimhreit is mì-shonas. Tha sinn gan gairm glic. Ach nach mò gu mòr gliocas nam pàrantan sin a ghiùlaineas le aimhreit is mì-shonas? Cha do stèidhicheadh clach san t-saoghal chaochlaid-each anns am bheil sinn anns nach robh, agus nach bi, mì-chòrdadh uair no uaireigin.

Cha robh boireannach an sgìre Dhiùirinis a bha a' toirt nan nith-ean sin fa-near cho cùramach ri Mòr Ros. Bha clann nan daoine beag, lag-chùiseach. Is minig a bha i fhèin airtnealach le goirteas cinn; agus ged a bha i mothachail air tostachd Mòraig, gu h-àraidh mun duine a rùnaich i mar fhear-pòsta, bha i làn-riaraichte mar a bha cùisean a' seasamh. Thionndaidh i ga h-ionnsaidh le fiamh-ghàire.

"Ma roghnaich thusa beagan, cuideachd," thubhairt a màthair gu teò-chridheach, "'s ann tha 'n t-sàmhchair gam fhàgail-sa trom-innt-inneach."

"Ma dh'fhaodte," fhreagair Mòrag, "gur e seo an cothrom deir-eannach a gheibh sinn còmhla. Tha mise taingeil airson ciùineas an taighe, agus taingeil a bhith gur faicinn-sa maille rium aig bòrd bidhe."

---

* Nì air ùr-ḋèanamh.

Labhair Mòrag le gean a chuir iongantas air a màthair. Bha Dòmhnall Ros na thost. Bha a h-uile lide bha a' tuiteam o a beul a' bualadh air fheòil mar chnap deighe. A ciall agus a gliocas! Dh'fhalbh iad amhail luibh-sgàile Iònah le iomlaid na h-aon oidhche. Bha nì- eigin mu shùilean a' bhoireannaich a bha cur clisg air fheòil. Rinn e oidhirp gu labhairt rithe.

"Tha am bàta a' seòladh chum nan Innsean deireadh an t-samhraidh."

"Chaidh sin innseadh dhomhsa," fhreagair Mòrag gu sìmplidh.

Ghrad thug i sùil air uinneig an t-seòmair.

"Tha mi faicinn muinntir Oraboist aig doras an taighe," leasaich i.

"Tha iad a' coiseachd a chum na h-eaglais," fhreagair a màthair.

Chaidh am biadh a chur seachad le cabhaig, agus dh'èirich bean an taighe chum na h-uinneige.

"Tha Annag Ghrannd, an creutair, a' tighinn, agus a piuthar."

An ceann greise bha Mòrag a' còmhradh ri Anna agus ri grunnan eile de nigheanan. Air an taobh a-mach bha an aimsir ciùin, agus a' ghrian air ceann-bhrat nan speur na làn-mhaise. Tha meas air latha seach latha. Bha meas air an latha seo air a sgàth fhèin; agus tha sinn cinnteach gun robh e ro-mheasail air sgàth an nì cudromach bha an crochadh air.

Bha buidheann sluaigh an siud 's an seo a' còmhradh 's a' con-altradh.

Bha sìth anabarrach a' còmhdachadh gnùis na talmhainn. Bha na h-eòin a' ruith, a' ruagail 's ri falach-fead, agus na cruinn lus-mheanganach gam falach on t-sùil. Bha luirgean nan craobh ag osnaich le cudrom agus na meanglain, co-mhothachail air an iomairt, a' stèidheachadh an cinn air an talamh a thug dhaibh treòir. Bha rìomh, maise, is sgèimh air aghaidh na talmhainn. Cha robh feum air ball-seirc an staid nàdair; gidheadh, bha feum air ball-seirc an saoghal nàdarra an latha ud.

Cha bhi an duine riaraichte gun chòmhdach-sgàile is faileas airson fèin-riarachadh. Cò a dhiùltas da làmh a' phailteis! Cha bhi cruas na gainne timcheall nan tòimhsean, agus thèid làn-riarachadh a thoirt da ionnsaigh a ceann-latha san glaodh e "creach" fad analach.

Mu uair san fheasgar bha ionad-adhraidh Chille Mhoire a' cur thairis le sluagh. Bha an eaglais ainmeil an latha ud, gu tìmeil is gu spioradail. Tha an t-seann togail ri faicinn gus an latha an-diugh.

Tha am balla às eugmhais fraigh, agus aois is ana-cùram an dèidh mòran den aitreabh a thilgeil gu làr. Tha càrn-cuimhne air chostais Shìm, tighearna nam Frisealach, mar chuimhneachan air athair air a thogail beagan shlatan bhuaithe. Bha aon chreud agus aon chreideamh an sgìre Chille Mhoire, agus do bhrìgh sin bu mhòr a luchd-leanmhainn. Tha an eaglais air a togail ceithir-cheàrnach. Bha ionad beag uaigneach sìos on chlàr-aghaidh, agus aisir gu còmhla aimhleathan bha suidhichte san taobh-chùil.

Mu dhà uair san fheasgar bha na h-àiteachan-suidhe air an lìonadh. Cha robh troigh den eaglais falamh; agus a' mheud agus nach d' fhuair suidhe, bha iad nan seasamh mòr-thimcheall dh'ionnsaigh a' phrìomh dhorais. Bha luchd-cinnidh Rasaigh am measg a' chòmhlain a bha timcheall an dorais. Nighean an tuathanaich! "Is i a gheàrr cuid a h-uile fir fhad 's a tha i sa bheinn," ach bha Mòrag air gèilleadh: bha i air tighinn dhachaigh!

Ged a bha Mòrag annasach, 's ann a bha an t-annas aig stuaidh na h-eaglais agus anns an sgeul a chualas mu thaigh an Rosaich. Thugadh Dùghall Gorm agus Iain MacFhearghais gu tacsa. Cha rachadh iad idir às àicheadh nach robh an naidheachd fìrinneach. Bha a' chàraid gu bhith an taigh Dhòmhnaill Rois aig sè uairean, agus bha iad gu bhith an aitreabh Rasaigh aig naoi.

"Obh, obh, 's e Rasaigh a chunnaic an sealladh-sùl san t-saighdear," bha seann duine ag ràdh.

"Chan fhaca sinne MacIllEathain le ar sùil o rugadh sinn," fhreagair neach eile, "agus chan fhiosrach mi gum faca neach eile. An innis thu dhomh duine a fhuair cuireadh gu banais Dhiùirinis?"

"Pòsadh nan daoine mòra ta seo, amadain," fhreagair fear eile; "ach tha mise cho cinnteach gu bheil nighean an Rosaich a' pòsadh an aghaidh a càile agus a ta mi faicinn an fheòir a' fàs às an talamh."

Cha robh aon teagamh nach robh tostachd Mòraig air Dòmhnall Ros a chur na bhreislich. Rùnaich e an seann chleachdadh Gàidhealach a chur bun os cionn, ma bha an naidheachd fìor. Cha robh athair bochd no beairteach san Eilean Sgiathanach a leigeadh a nighean gu fàrdaich eile air oidhche cho sònraichte. Bha nithean den t-seòrsa seo a' fàgail an t-sluaigh bruidhneach; ach bha iad fiosrach, mar an ceudna, gun robh cuid de na càirdean air cuireadh fhaotainn gu taigh Dhiùirinis.

Am measg na ciùine a bha anns an eaglais thàinig brasaiche de dhuine beag, tiugh tro chòmhla bhig a bha sìos on chùbaid, le Bìoball, ceanglachan phàipearan, agus peann is dubh. Chàirich e na trì chodaichean air bòrd beag le sòlaimteachd, agus choisich e a-mach air ais. An ceann tiota choisich Rasaigh a-steach. Bha a bhean, dithis nighean, agus Mòr Ros, màthair Mòraig, maille ris. Shuidh iad an àite sònraichte dlùth air a' chlàr-aghaidh.

Bha Cailean MacIlleMhaoil na sheasamh aig ceann a tuath na h-eaglais. Bha e a' faicinn Mhic Grùslaich a' dian-ruith da ionnsaigh.

"Seadh, an do chuireadh ceist ort mun sgalaig?" thubhairt Mac Grùslaich le mì-fhoighidinn.

"Cha chuala mi d' ainm air ainmeachadh," fhreagair Cailean.

"Umph, bha mi a' smuaineachadh sin. Tha an sgalag na sgalaig, ball-iomain a thèid air dìochuimhne ri àm na cuirme."

"Innis dhomh do sgeul le cabhaig. Tha osnaich a' mhinisteir a' lìonadh na slighe."

"Tha i cho daingeann ri dà cheann uighe," fhreagair Cailean.

Bha Mac Grùslaich balbh.

"Cha do chreid mi e gus an seo. Nam bithinn cinnteach gum bheil aon unnsa de thoil air a siubhal leiginn cead coise do na h-uile nì a th' ann."

"Chan eil nì de choltas aice ri a pàrantan," dh'aidich Cailean.

Sheall Mac Grùslaich da ionnsaigh le ath-shoillse air ìomhaigh.

"Tha uiread a chòir aig na sìthichean air nighean an Rosaich agus a tha aig a pàrantan. Cha choisneadh an creideamh a bh' aig Sàra naoidhean do Mhòr Ros; agus, gonadh air a cruth 's air a corp, tha i air mo cheann fhàgail mar sgalpan. Chan e amharas idir a th' agam," leasaich e. "Nam biodh mo bharantas an dubh 's an geal bhitheadh crith-thalmhainn an Cille Mhoire nach robh a leithid san t-saoghal o chaochail Samson."

"Ach ciod a their thu 's am boireannach riaraichte?"

"Tha i riaraichte a rèir coslais; ach tha trom-amharas agam nach eil nighean an Rosaich a' cur a rian fhèin air an fhacal 'riarachadh.' An aithne dhut boireannach a dhèanadh gàire agus tu ag innseadh dhi gum biodh ceòl na fìdhle troimh-chèile air feasgar a pòsaidh? Cha do rinn mi cleith sam bith air, a Chailein. Thubhairt mi rithe gum biodh aimhreit air clàr-aghaidh na h-eaglais a dheoghaileadh neart a' mhinisteir às a chorp; agus seo agad an co-dhùnadh a dh'ionnsaigh an tàinig mi—gu robh i dol an coinneamh a' phòsaidh leis a' mhisnich a bh' agamsa a' cur cùl ri Uamh nan Ceann. Coisich; tha sinn nas sàbhailte còmhla ris a' 'ghuirmean.' Ach cuimhnich gu bheil mi ag earbsa riut d' aghaidh a chur air an t-seann sgùrr cho luath 's a bhios an t-seirbheis seachad."

Choisich iad gu prìomh dhoras na h-eaglais. Bha Mac Grùslaich cho deas-bhriathrach le ceum-sìnteig agus a bhiodh e na shuidhe.

"Ma dh'fhidir iad am fàileadh as lugha dem obair mailleadh[*] cha bhi nì romham ach am bàs; ach, bàs no beatha, thoir do cheart-aire gum bi thusa faisg orm."

Bha na facail air bàrr a theangadh agus Dùghall Gorm le aghaidh aimlisgich a' dian-ruith da ionnsaigh.

"A chnuimh fhlichnich, nach cum còmhdhail ri Dia no ri daoine, ma gheibh mise barantas gur tu a thug am bàs do làir Shìm chan fhaic thu Eilean Rasaigh an taobh seo do dhòrainn!"

"Làir Shìm!" fhreagair an sgalag; "ciod a bheirinn-sa gu Dùn Bheagain agus gu làir Shìm?"

"Na fosgail do bhilean grod," fhreagair Dùghall, "oir cha ghleus iad breug no fìrinn. Nach robh do chlosaich còmhla ris a' ghrèin aig Lòn an Dannsair?"

"Bha mise nam shuain-chadail mum facas grian, agus an dèidh a' ghrian fhaicinn."

Thug Dùghall sgian às a truaill agus labhair e le caise—

"Tha sinne sa chrois maille riut. Ma chuir thu corrag air an làir thèid an sgian seo nad fheòil a chum na coise. Tha e feumail dhut gu bheil nithean eile an crochadh ormsa an tràth seo."

Ruith Dùghall gu coileid an dorais. Bha aghaidh ruiteach le feirg. Choisich Mac Grùslaich air a shàil, cho balbh ris na clachan. Bha brat dorcha de chiùineas air feadh na h-eaglais. Bha am ministear a' leughadh Litir Phòil chum nan Ephesianach 's an còigeamh caibideil. Cha robh teagamh ged a bha an eaglais tostach, òrdail nach robh na facail a' tuiteam air cluasan bodhar, oir bha a h-uile a' sgrùdadh nan ceathrar a bha air beulaibh a' mhinisteir. Bha MacIllEathain còmhd-aichte le trusgan snasail de chlò dorcha. Bha nì-eigin de chruas na ìomhaigh, gidheadh bha loinn a' nochdadh air àth na sùl a bha a' fàgail aodainn geanail.

Nighean an Rosaich! Bha uallach air cuid an toiseach an latha agus b' i a' cheist, an tig i? Bha Mòrag air tighinn. Bha i na seasamh cosail ri càrn-cuimhne. Bha a dà shùil geal, amhail dath a craicinn, agus a làmhan mar gum biodh iad fuaighte ri a cruachainn. Bha i air a còmhdach le èideadh trom liath-ghlas. Bha caraid do MhacIllEath-ain, gille glan, sgoinneil, ri a taobh. Bha coigrich san eaglais ag ràdh

[*]   Moċ-ṫráṫ.

gum b' i Anna Ghrannd bean na bainnse. Bha Annag na cailin aoibheil, thoilichte. Bha maise a h-aodainn fillte ris an èideadh shoilleir leis an robh i còmhdaichte a' fàgail nì-eigin de dhreach na còrach air bùird-imeachd na h-eaglais. Chuir am ministear am Bìoball air sorchan le urram.

"Tha gu leòr sgrìobhte sa chaibideil," chaidh e air aghaidh; "ach tha e mar chleachdadh againne, le ladarnas, le bhith cur an tuilleadh riutha."

Thòisich e air labhairt nam briathran cudromach—nam briathran leis am bi an aisne sheachranach air a h-aiseag a dh'ionnsaigh an duine cho cinnteach 's ged a bhiodh làmh an lèigh ga càradh na h-ionad.

"An t-òrd a bhristeas a' chreag na bloighdibh," bha e ag ràdh.

Chrìochnaich e an òraid le dà cheist—

"Am bheil thusa, Eòghainn MhicIllEathain, toileach, an làthair na ta 'n seo de fhianaisean, Mòrag Ros a ghabhail mar do bhean-phòsta; agus ag aideachadh gum bi thu dìleas dhi gus an dèan am bàs bhur sgaradh o chèile?"

"Tha mise toileach," fhreagair an duine le tapachd.

Thionndaidh e gu Mòraig leis na briathran ceudna. Bha aghaidh na cailin air meadhan na h-eaglais. Bha i ciùin, suidhichte. Bha a bilean dùinte.

Ruith an t-sàmhchair air feadh na h-eaglais—sìth fheitheamhach, an-fhoiseil a bha a' druideadh na h-analach sa chom agus a' fàgail a' chridhe luaisgneach. Bha Dòmhnall Ros crom, crotach, agus a làmhan an gleac ri chèile. Bha ìnean nam meur geal. A' mheud agus a bha a' creidsinn nach robh srad de ghaol air a feadh, bha iad deònach mathanas a thoirt dhi. Nì h-eadh, bha iad deònach a teasairgeadh. Ma bha toiseach aig na h-uile nithean carson nach rachadh boireannach gu clàr-pòsaidh san aon suidheachadh? An dèidh a h-uile nì, cha robh sa ghaol ach baoth-shùgradh, no faoin-bhrèaghas a bha gu bhith air a dhearbhadh anns na bliadhnaichean a bh' air thoiseach. Agus na nithean a tha searbh don chàil—domblas a chiùrras bràigh-beòil—nach tig iad gu bhith ion-mhiannaichte lìon beag is beag?

Bha an sluagh a' meòrachadh. Bha nighean an Rosaich cho balbh ri ceum-cille. Theich an ciùineas a bh' air feadh na h-eaglais. Bha cainnt, iorghail is mì-fhois sìos a dh'ionnsaigh an dorais. Chuir am ministear a làmh a chum nam pàipearan bh' air clàr ma choinneamh, agus ghrad sheas fo chomhair na dithis a shnaidhm e ri chèile.

"Tha mise ga bhur gairm fear agus bean," ghlaodh e le susbainn.

Cha robh na facail ceart às a bheul an uair a chualas tartar chas a' coiseachd gu clàr-aghaidh na h-eaglais. Mum priobadh am ministear a shùil bha Ùna Dhòmhnallach a' tilgeil saighdean geal o a dà shùil air ìomhaigh.

"A bheairt* bhig gun iochd no truas," thubhairt i agus i a' spìonadh nam pàipearan às a làimh, "an gabhadh tu brath air amhlair a chuir Dia don t-saoghal gun cheann gun eanchainn? Chuir am fear a ta gad threòrachadh a luchd-cinnidh a dhìon an dorais—mèirlich aig am bheil ainmeachas seirbheisich-fearainn—agus is fiosrach leatsa nach eil aon an seirbhis an diabhail cho teòma riutha san olc. Cionnas a gheibh thu mathanas on eucoir anns am bheil thu an sàs?"

Bha am ministear gun diog. Ged a bhiodh mìle aitheamh de gheimhlibh suainte ma thimcheall agus a cheann an croich air sgàlan, cha bhiodh aogasg aodainn cho tur de dhòchas. Cha b' e sin a b' iongantaiche. Cha robh aon chuspair air taobh a-staigh na h-eaglais nach robh sa cheart shuidheachadh.

Bha MacIllEathain air chrith. Bha aimheal air a h-uile boinne de fhuil a chuirp a thionndadh glas. Ò, 's e bhith a' giùlan tàmailt fo chomhair an t-saoghail!

Bha a neart a' glaodhaich mort is bàs air an tè a rug 's a dh'àraich e, ach bha e air a nàrachadh araon le sluagh agus le a chogais. Sheall e air Rasaigh. Bha esan gun treòir, agus a dhà shùil a' tolladh aon de phuist na h-eaglais. Bha smuain a' ruith air ais 's air aghaidh an inntinn Rasaigh le braise an dealain.

"Bha an tàillear riaraichte gus an rachadh seo seachad."

B' e siud briathran na sgalaig. Agus nach robh coltas na fìrinn orra? Bha Ùna a' cur an Iasgair air chrith le sgalartaich airson latha no dhà, agus na dhèidh sin bha i cho umhail ri tràill-iomraidh. An do ghabh i co-roinn san tostachd a bha a' cuartachadh a taighe agus a fear-pòsta—an tostachd a thug a nimh mhallaichte à sluagh Thrònd-airnis agus a dh'aisig da a chliù? Ach, buidheach no diombach, am b' e daoine a leig saor i às a' chaisteal no feachd Shàtain? Cha robh a mhac-meanmna comasach air aon de na ceistean sin a fhreagairt, oir bha guth Ùna a' tuiteam air a chluasan amhail tàirneanach.

"Ma tha nighean an Rosaich deònach pòsadh, seo an t-àm airson a h-inntinn innseadh le soilleireachd."

Sheall i air Mòraig le dèine.

---

* An Gàidhlig cha ràmhlaichean duine ri beairt gur am bi e an fàr an obair mhì-dhuineil.

"Am bheil thu dol an coinneamh ùmpaidh a spiol d' athair agus Rasaigh? An coinneamh struidhear a thilg a mhaoin agus a chuid gu dà shiadhaire-fearainn a ta dlùth air an sgàlan? Am bheil thu deònach d' anam a reic, eadhon airson pàrant? Chan eil thu airidh air sgudal a' chruidh ma nì thu gnìomh cho suarach. Bithidh gràin anamain* ort gu latha do bhàis leis a' ghnè dom bheil thu; agus cho fhad 's a bhios neart sa ghàirdean ud," thubhairt i, a' togail a làimhe, "cha chuir thu latha sonais seachad air an talamh!"

Dh'èirich sgal cruaidh air feadh na h-eaglais. Bha Rasaigh agus a bhean nan seasamh le oillt-chrith air an gnùis. Ruith Dùghall Gorm seachad air a mhaighstir.

"Mach às an seo i, mach chum na sitig leatha!" ghlaodh Rasaigh.

Bha Ùna deiseil air a choinneamh.

"Seo an t-oighre sam bheil do dhòigh 's do neart? Tha uiread an gucaig uighe."

Thog am boireannach a dòrn agus bhuail i sgairt-bhuille air seirbheiseach Rasaigh mun lethcheann. Bha Dùghall sìnte aig casan a mhaighstir.

"Cuir air adhart iad, fear an dèidh fir, agus nì mi mar siud orra!"

Thog i na pàipearan a bh' aice san làimh chlì a chum na làimhe deiseil agus shrac i iad nam mìrean beaga.

"Cò a th' ann no cia às an tàinig i? Tha am boireannach air mhì-chèille."

Bha aghaidh Rasaigh air MacIllEathain agus, ma bha e a' rùnachadh innseadh don t-sluagh nach robh eòlas aige air Ùna Dhòmhnallaich, cha d' fhuair e an cead. Bha gaoir na h-eaglais a' mùchadh a h-uile lideadh a thàinig às a bheul. Ghrad chunnacas fear na bainnse a' greimeachadh ri a mhàthair agus dh'èirich guth Ùna air a' charraid—

"A chladhaire, am bheil de ladarnas ort na dh'fhosglas do bheul no a thogas do làmh? Na tarraing am mallachd seo air mo cheann— leig saor mi."

Cha do dh'èist an duine, Bha e fhèin agus am fear-comhailteach air greim daingeann a chur air na buill luaisgneach bh' air na clàir fhiodha.

Ach cha robh MacIllEathain a' dol a chartadh a mhàthar gu taobh a-mach na h-eaglais gun saothair. Thuit e an coinneamh a ghualladh le faram a chriothnaich an clàr-aghaidh; agus bha e feumail da, aig

* Chan eil "gràin cuirp" cho dona ri "gràin anamain." An Gàidhlig chan eil macanas dhut airson olc a fhonnachadh do anam.

a' cheart àm, gun robh Dùghall Gorm agus dithis eile a' cur grèim air a mhàthair. An ceann tiota bha an eaglais sàmhach. Thatar ag innseadh dhuinne gu bheil seòrsa de fhois san t-saoghal ta mì-naomha. Ma tha seo fìor, bha eaglais Chille Mhoire cho làn de mhì-naomhachd ri ugh agus a' chearc a' sgalartaich air a mhuin. Bha Dòmhnall Ros a' labhairt ris a' mhinistear agus a shùilean le fiaradh gu Mòraig.

Choisich Rasaigh agus a theaghlach a chum aghaidh na cùbaid le cridhealas, agus dh'fhàiltich iad an tè a rinneadh na "bean." Ach cha robh dùrd aig Mòraig eadhon do Anna Ghrannd. Nuair a shìn a màthair a làmh da h-ionnsaigh bha i gun atharrachadh mar a bha i an toiseach na seirbheis, cosail ri càrn-cuimhne gun fhiù agus aon litir a sheòladh araon càirdean agus luchd-àiteachaidh gu eòlas fhaotainn ma thimcheall.

An ùine gheàrr bha a h-athair agus a chliamhainn ri taobh. Bha a làmh dheas sìnte bhuaipe; agus an carragh a bha cruaidh, daingeann tro an latha, bha e air taiseachadh. Ruith an gean 's an greadhnachas mar le cruaidh-theud gu meadhan na h-eaglais. Bha Mòrag Ros na mnaoi agus bha i na suidhe moit-shùileach ri taobh MhicIllEathain!

An-ioċd na Foill-ċoltais

Caibideil

X

Mu chòig uairean san fheasgar bha Taigh Mòr Dhiùirinis air a chuartachadh le ceòl. Bha Healabhal* a' freagairt, agus a' channtaireachd a' co-chruinneachadh aig ceann Ghlinn Ostail. Cha robh each gun neach, no dìollaid gun mharcaiche. Bha cainnt is sanas, is smodal air an tilgeil don inneir. Bha an tuasaid a thachair beagan roimhe siud an Eaglais Chille Mhoire, cho marbh ris an talamh a bha ma timcheall.

Tha an duine geàrr-shaoghaltach, ach tha e barrachd air sin—tha e geàrr-sheallach. Chan e a chothrom† a chiad nì; agus 's i neamhnaid air leth luachmhor a th' anns an dara laigse—co-dhiù mar a ta sinne a' faicinn an t-saoghail. Cò e an neach sin a ta gun pheacadh? Ged a bhiodh mac an duine cho stuama ri aingeal, chan urrainn da a ràdh ach gu bheil e air ghrunnd‡ tròcair. Cuir gu deagh bhuil, a leughadair, an t-sìth air an d' amais thu rè do bheatha. Ma dh'fhaodte gun robh do thaigheadas air a' charraig chruaidh agus nach b' ann air a' ghaineamh; ach, mo thruaighe, nach eil e fìor gun robh agus gum bi do chòmhnaidh am fraigh ghlainne!

Nochd an Sgiathanach gun robh esan san t-suidheachadh seo. Bha e geàrr-sheallach agus, beannachd air a cheann, bha e do bhrìgh sin ullamh gu bhith dìochuimhneach. Bha Mòr Ros na bean-taighe fhialaidh, neo-sgrubail fada ro an-diugh, agus cha bhiodh e iongantach ged a bhiodh a pailt-làmhachais trì fillte aig àm cho sònraichte. Dh'innis i facal air an fhacal don mhuinntir a bh' air cruinneachadh

---

* Beinn.

† Ċan eil coṫrom air—feumar aontaċaḋ.

‡ Leuġ Talaṁ ma ta tu euḋmor a ċaoḃ na cànain.

a chum a taighe. Rùnaich Mòrag agus a fear-pòsta an oidhche a chur seachad maille ri teaghlach Rasaigh.

"Tha mi taingeil," bha i ag ràdh; "tha iomadh nì sgòdach; agus bithidh mi nas uidheamaichte an ath-oidhch'."

Nam biodh Mòr air a bhith cho fìrinneach agus a bha i cho còir, briathrach, bha i air a teanga leam-leat a chur ann am manntaich agus an fhìrinn innseadh no a sgrìobhadh, san t-suidheachadh seo.

"Cha robh Dòmhnall cinnteach gum pòsadh Mòrag; ach, air a shon sin, rinn e deasachadh an taigh a' chìobair, agus dh'earb e riumsa ar luchd-dàimh a thoirt a dh'ionnsaigh an taighe."

Cha deachaidh maraiche riamh seachad air a' Mhaoil cho fios-rach air cunnart na Maoile ri Mòr Ros; ach cha do chaill i riamh a misneach agus i a' faicinn an fhearainn dà-thaobhach.* Bha na càird-ean a' slugadh nam briathran san dòigh san robh iad ag itheadh den bheatha—le iongantas. Bha iad a' toirt fa-near gun robh carraid gu leòr aig a' chìobair; agus mura biodh bean an Rosaich air a dalladh leis a' chòmhdach† a bha i a' cur air sùilean chàich, chitheadh i nach robh neach aig a' bhòrd a bha a' creidsinn a seanchais. Bha Mòrag agus MacIllEathain gu bhith an ceann a' bhùird. Càite an robh iad? Ciod a thàinig air nighean a' Ghranndaich, agus air an duine a bha còmhla rithe? Air a' phuing seo dh'fhaodadh na càirdean mathanas a thoirt do bhean an taighe; oir bha i cho aineolach air cor Mòraig riutha fhèin.

Bha Dòmhnall Ros anns an fhor-sheòmar ag èisteachd goileam a mhnatha. Bha e a' cluinntinn a' chiùil an àiteigin dlùth air an taigh; ach cha robh e comasach air uiread agus "feasgar math" a labhairt ris a' mhuinntir a bha air ais 's air adhart fa chomhair. An ceann tiota nochd MacIllEathain agus a charaid.

"Tha mi 'g iarraidh mathanas," thubhairt am fear nuadh-phòsta; "tha sibh gam fheitheamh?"

"An seo o chionn leth-uair an uaireadair," fhreagair athair-cèile le beathalachd. "Coisich, suidh sìos san t-seòmar maille rium: chan eil Mòrag fad às."

Choisich iad gu seòmar beag aoigheachd.

"An latha 'n-diugh, an latha 'n-diugh," thubhairt an Rosach, a' tarraing àrc à botal de uisge-beatha le gàire air aghaidh; "cò a chreideadh gun robh uiread de neart air siubhal boireannaich?"

"Cha chreidinn e o bheul a' mhinisteir," fhreagair MacIllEathain.

---

*   An àm labairt le car-facal ċeir rinn, "Ca dà ċaob air a' Maoil."

†   Sgàile dreaċ-daċad.

"No às a beul fhèin," leasaich a charaid le cridhealas. "Nam biodh tochradh an crochadh ri neart cuirp chuireadh i cearcall mun t-saoghal agus gheibheamaid am bàs."

Rinn an triùir dhaoine glag-gàire. Shìn fear an taighe searrag den chungaidh-leighis—an stuth a ta ro-fheumail am measg nan Gàidheal gus an latha an-diugh, oir bha e a' co-fhreagairt ri fuachd no teas, beatha, bàs is adhlacadh. Os cionn a h-uile rud, bha e do-sheachanta an àm na tuasaid 's a' chruadail. Bha a làmh mar shlait le bradan. Thràigh MacIllEathain an glainne.

"Thàinig an nì oirnn cho obann," bha MacIllEathain ag ràdh, agus e a' coimhead athar-cèile a' taomadh sùgh na brathain. "Chaill mi mo shuim 's mo thonaid, amhail mar a' bhuaileas am peilear air targaid."

"Bha e feumail gun robh an lèigh an làthair; chaidh do leòn gu dona!"

"B' e gamhlas a dà shùil a bu mhiosa na leòn m' adhbrainn. Ach b' fheàrr leam iad le chèile na sluagh goileamach, agus gu h-àraidh na càirdean a rùnaich m' fhaicinn a-nochd."

Bha ciùineas san t-seòmar car tiota.

"Tha mise air mo nàrachadh," thubhairt an Rosach; "bha Mòrag anabarrach duilich."

Tharraing MacIllEathain uaireadair às a phòca le cabhaig.

"Tha an t-àm air a dhol seachad," thubhairt e; "am bheil Mòrag air àrainn an taighe?"

Bha aodann Dhòmhnaill Rois buidhe. Chuimhnich e air Mòraig an sàmhchair na h-eaglais. Bha na dorsan dùinte, agus an sluagh cho pailt ris an eunlaith a' feitheamh air an taobh a-mach. Bha i a' labhairt ri a fear-pòsta.

"Chan eil mi gu math," bha i ag ràdh; "coisichidh mi chum an taighe maille ri Anna."

Chuala e fhèin na briathran sin agus dh'innis an lèigh dha gun robh an nì cothromach. Chunnacas Anna—ach càite an robh Mòrag? Thionndaidh e aghaidh gheanail a chum an fhir a bha a' feitheamh. Rùnaich e uallach na h-uarach a chur maille ri càch—a chum an ama a bha gu teachd.

"Chaidh i mach o chionn greise," fhreagair an Rosach, "còmhla ri ban-nàbaidh, agus dh'fhàg i fios aig Ealasaid gum biodh i air ais mun tràth seo."

Mun d' fhuair MacIllEathain cothrom freagraidh bha doras an t-seòmair a' tionndadh air na lùdagain.

“B’ fheàrr leam aon rèisimeid de Dhòmhnallaich na dusan de Leathanaich.”

Bha Rasaigh a’ coiseachd a-steach le aoibh air ìomhaigh. Shuidh e air cathair le dànachd.

“Dh’fhoghlaim mi leasan a chuireas mi gu deagh bhuil,” fhreagair MacIllEathain le misnich; “chan e a-mhàin bualadh sam bheil an tairbhe ach bualadh le ealamhachd is an-iochd.”

Bha aghaidh Rasaigh mar shàbh-leighis do a spiorad. Bha a’ ghruaim ’s an dùinteachd air teicheadh, troimhe-chèile! Ciod as fhiach troimhe-chèile cho fhad ’s a thèid cùisean an altan a chèile! Bha an triùir a’ còmhradh le àbhachdas agus Dòmhnall Ros a’ lìonadh searraig le faiteachas. Thàinig buille throm gu còmhla an dorais.

“Tha cuideigin airson d’ fhaicinn,” thubhairt Ealasaid, le aodann làn imcheist.

Choisich Dòmhnall Ros gu doras an sgàile-thaighe agus bha duineachan beag, piollach, ma choinneamh. Bhiodh e mu dhusan bliadhna de aois. Bha e cas-rùisgte, agus luideagan de sheann aodach air am filleadh ma chnàmhan. Chrom e aghaidh chum an duine bhig.

“Dheònaich Mòrag an oidhche a chur seachad an Dùn Bheagain,” thubhairt an gille le tapachd; “tha mi airson Dòmhnall Ros, athair Mòraig, fhaicinn.”

Bha na briathran a’ ruith mar thuil aibhne ach thuig an seann duine cudrom an t-seanchais.

“Is mise Dòmhnall Ros,” fhreagair e le susbainn.

“Tha sibhse eòlach air Anna Chrotaich?”

Bha na sùilean beaga, biorach a’ sgrùdadh ìomhaigh an duine mar le dòrn-leus. Bha an Rosach air tuiteam gu ursainn an dorais. Bha e a’ seallltainn air an aghaidh bhig a bha a’ streap ga ionnsaigh.

“Fàg mi!” thubhairt e le guth fann.

“Litir agamsa an seo o làimh Mòraig. Greimich rithe—siud i!”

Thog am fear beag làmh an duine a bha fa chomhair le dealas agus chàirich e an litir air a bhois, ’s dhruid e uilt nam meur. Mun do thog an Rosach aghaidh bha e na aonar. Rinn e dìcheall air coiseachd air ais; ach cha robh e comasach air gluasad. Greis roimhe siud, bha e air a mhaslachadh. Bha MacIllEathain anns an t-seòmar, a’ feitheamh, agus bha e fhèin a’ cuimhneachadh air an t-seann chrònan a chuala e aig a mhàthair. “Cha tig Mòr mo bhean dhachaigh;” ach ciod e coimeas nan nithean sin, ri teachdaireachd fhaotainn air sheòl mhì-nàdarra? Bha ìomhaigh na mnatha a’ bualadh le an-iochd air a radharc. Bha i na seasamh mòr-thimcheall aisir an taighe. Chuimhnich e air a tuar an oidhche a sheulaich e nach robh dàimh no càirdeas, eadar a cruth agus an talamh a bha fo bhuinn a cas. Luchd-frithealaidh! Dh'fhosgail a bhilean o chèile agus ghrad thuit a smuain air an fhaileas a theich amhail tannasg tro dhoras an sgàile-thaighe. An ceann tiota bha crith a dhà easgaid a' tuiteam le faram air a chlaisneachd. Thionndaidh e a cheann oir bha e mothachail air cuideigin dlùth dha.

"Mòrag," ghlaodh Ealasaid; "an d' fhuair sibh fios mu Mhòraig? Ò, nach labhair sibh, oir tha e gad ghairm!"

Thug an duine ceum da h-ionnsaigh.

"Thèid mi gu clàr-pòsaidh na h-eaglais còmhla ris."

Bha Ealasaid a' cluinntinn nam briathran, ach cha robh i a' toirt fa-near an susbainn. Bha Dòmhnall Ros air ath-thilleadh gu saoghal nàdarra. Bha e a' dèanamh dealbh de Mhòraig tro chòmhdach na litreach. Bha a' chailin ga choimhead agus aghaidh air doras an t-seòmair. Bha a làmh am pòca a chòta.

"Suidh sìos, suidh: tha nì-eigin ceàrr!"

Bha Rasaigh na sheasamh le amhluaidh air a ghnùis. Thuit an Rosach an cathair mu choinneamh MhicIllEathain.

"An nì a bhios ceàrr tha amharas agam gu latha bhràth,"

Lùb Rasaigh a chnàmhan sa chathair. Theich a' ghrian. Bha neul trom, dùmhail de dhus a' brùthadh ri iomaill na conghair* bhoichnich a bh' air an cùmhlachadh ri cathair is seiche.

"Ach cuin a bha iad deiseil, cuin?"

Bha sùilean an Rosaich a' tolladh a' bhrat-ùrlair. An ceann tiota sheall e gu h-anacrach air MacIllEathain. Chlisg fheòil; ach bha buadhan a chuirp cho marbh 's ged a bhiodh iad sìnte an crùisle. Shìolaidh a cholann a dh'ionnsaigh na cathrach, ach bha e eu-comasach air fèithean a chinn a charachadh. Bha dha shùil fuaighte air a' chruimeil† mhèaranaich a bha a' smàladh ma choinneamh. Bha dà shùil MhicIllEathain a' soillseachadh amhail an lasair tro dheataich a' ghealbhain. Bha tìm a' ruith agus ùine a' dol seachad, ach bha an seòmar cho tostach ri clach-stèidh an taighe. Bha cuideigin a' gleusadh na pìoba aig doras an sgàile-thaighe. Bhrùchd a' chonairt tron fhor-sheòmar, agus bhuail an co-ghàir le marbh-ròiseal dh'ionnsaigh an ionaid san robh an ceathrar dhaoine nan suidhe. Thùirling dubh-bhròn gu ceithir cheàrnaibh an t-seòmair.

---

* Aṁail tuinn buaireasaċ a' slaiceaḋ nan creag.

† Duine le a ċeann crom.

Bha Rasaigh air sùmhlachadh gu cùl na cathrach. Chriothnaich a chorp. Bha a shnuadh cosail ri crìon-sheileastair nach fhaca driog uisge fad ràith na bliadhna. Thuit aghaidh dh'ionnsaigh an an-èibhneis a bha ag iadhadh ma thimcheall. Ar leis gun robh e an tuaim-adhlaic agus am pìobaire a' riasladh "Cumha MhicCruimein" os a chionn. Bha na facail a' tighinn co-rèidh, tron chòmhlaidh, agus a' bualadh gun chogais air balla an taighe.

> *"Cha till, cha till, cha till MacCruimein;*
> *An cogadh no sìth, cha till e tuilleadh."*

"Is e an diabhal fhèin tha a' cluich," thubhairt MacIllEathain, a' seasamh air a chasan; "chan fhàg e sprochd air colainn no aigne."

Sheas e fo chomhair an Rosaich, agus fheòil cosail ri eàrnach[*] an smàl na cagailt.

"Tha an latha 'n-diugh gad dhìteadh: tha thu cho dubh ris na deamhain tha an crochadh air slabhraidh an eu-dòchais. Carson nach tàinig Ùna Dhòmhnallach tro aitreabh Dhùin Thuilm an-dè, no an latha roimhe sin? Cò a sheòl i gu doras cumhang na h-eaglais, no cò a dh'fhosgail a' chòmhla a bha dùinte dà ghinealach?"

Chrom e aghaidh chum nan cnàmh a bha paisgte sa chathair.

"Bha thu fadalach," chaidh e air adhart; "chaidh do cheann na luasgan; ach eadhon ged a bhiodh i air an eaglais fhadadh ma ceann, bithidh do nighean agamsa. Rosach, Dòmhnallach, no Caimbeulach, cha tig eadar mise is i—ma thig, thèid i maille riumsa gu dorsan bàis!"

Tharraing e ceann a làimhe air oisean a' bhùird. Bha Dòmhnall Ros mar gum biodh e tàirngte ris a' chathair. Mhothaich e do MhacIllEathain agus don duine a bha maille ris a' ruith tro dhoras an t-seòmair, agus bha e a' faicinn Rasaigh a' tilgeadh mìrean beaga de ghlainne a chum na cliath-theine. Ghrad ruith Rasaigh chum an duine bha barraichte[†] ris a' chathair.

"Labhair; cluinneam do ghuth. An gairm mi bean an taighe?"

Bha an Rosach gun diog. Chaog a dhà shùil—sealladh guineach a chuir Rasaigh na thost.

"Mòrag mo chreicheadh!"[‡]

Bha an Rosach a' meòrachadh air briathran Mòraig. Cha tug e uiread agus aon smuain do na facail gus a seo. An robh i a' ciall-

---

[*]   Galar a' ċruiḋ: gorm, ḋuḃaraċ.
[†]   Cuiriḋ am fear-cèirde lann air tarraig (tarrang), agus buailiḋ e an t-òrd a ċum a barraḋ—a daingneaċaḋ.
[‡]   Air fàgail tur-ḟalaṁ—air a ċreaċaḋ.

achadh gun rachadh i gu clàr-aghaidh na h-eaglais, agus nach rachadh i na b' fhaide?

"Tha ar cùmhnant air a dhìoladh."

Bha Rasaigh taingeil. Bha e a' faicinn beatha anns na cnàmhan.

"Air a dhìoladh," fhreagair Rasaigh, le iongantas; "ma tha sin fìor, cha deachaidh a leithid de phòsadh a dhèanamh riamh sa Ghàidhealtachd."

"Thug mi dhut briathran a beòil. Tha iad so-shoilleir dhomh a-nis; ach seo a' cheist, am bheil e airidh air bean? Am bheil mortair airidh air closaich coin a dhol don aon leabaidh ris?"

Labhair an Rosach le susbainn nach do nochd e rè shè mìosan.

"Bi glic; biodh foighidinn agad."

Bha bean an taighe air a dà ghlùin fo a chomhair.

"Thàinig Mac Lachlainn dom ionnsaigh an dèidh na seirbheis; dh'àithn is dhearbh e gun tuilleadh 's a' chòir de dhragh a chur air Mòraig. Cò aig tha fios nach eil i san Dùn maille ris?"

Agus ma bha i comasach air coiseachd a dh'ionnsaigh an Dùin, carson nach do choinnich i MacIllEathain an seòmar do thaighe?"

Dh'èirich Rasaigh agus dhruid e a' chòmhla a chum na h-ursainn.

"Tha MacIllEathain air a mhealladh," thubhairt e; "tha thusa cho ionraic ris an leanabh a chaochail an uchd a mhàthar."

"Am bheil e fhathast a' meòrachadh air a' bhalla a chlachairich Dòmhnall, agus a chuir Mòrag mar thèarmann eatorra?"

Bha bean an taighe ag amharc air Rasaigh.

"Tha e dèanamh barrachd air sin. Tha trom-amharas aige gun robh mise timcheall na togail; bha a phluic cho dùmhail ri durraig."*

"Agus cò a chuireadh meur air a shon?" fhreagair Mòr Ros; "chan eil dà dhèanamh nach robh cuideigin fo bhràigh-cill† a leig a' phlàigh bhoireannaich ud saor."

"Tha uallach nan nithean sin ormsa nam aonar," fhreagair Rasaigh, le ìomhaigh shuidhichte; "ged a bhiodh a corp cho luchdaichte le cuilbheartan ri corp an t-sionnaich, no ri mo spiorad-sa le dèistinn air tàille a briathran, cha bhiodh dòigh aice air faotainn saor gun chuideachadh. Tha barrachd air saorsa Ùna an crochadh air an latha diugh. Rannsaich mi. Bhòidich mi fad an fheasgair, agus cha loc mo shùil an cadal gum bi sinn cho ionraic ri dà chalman."

Bha Rasaigh air seasamh. Bha fear an taighe air sìoladh seachad gu monais is tromchantais.

---

* Muc òg.

† Bràiġ agus cill—fo dìon: feall-ḟalaċ.

"Tha an t-anmoch air teachd a-nis," thubhairt bean an taighe. "Am bheil Rasaigh a' dol a chur cùl rim thaigh air oidhche cho—cho—mì-rianail."

"Is ann tha làn-dùil agam a bhith coiseachd gu stairsnich do thaighe le Mòrag air mo ghàirdean an ùine gheàrr."

Bha Rasaigh ag amharc oirre le aghaidh aoibheil, earbsaich.

"Am bheil Mòrag pòsta?"

Bha an Rosach air ath-thilleadh gu beòchantas.

"Cho pòsta agus a bhitheas i. Cho pòsta riumsa agus ri mo bhean. Na cuireadh sin smuairean air d' inntinn. Tha clàr-cuimhne Eaglais Chille Mhoire nas cudromaiche na luideag de phàipear, no eadhon dà mhìle fianais."

Bha an Rosach na thost. Labhair e an ceann greis gu bristeach.

"Tha duilgheadas orm a bhith gad fhaicinn a' teicheadh om thaigh."

"Cha chum nì air ais mi ach am bàs," fhreagair Rasaigh. "Bithidh mi maille riut ma dhà reug ma bhios mo charaid comasach air mo ghiùlan."

"Bithidh sinn anabarrach toilichte," fhreagair bean an taighe; "cuiridh mi Fearchar air tòir an eich an tràth seo; agus bithidh e san stàball air do choinneamh."

Greis an dèidh seo bha bean an Rosaich a' còmhradh ri Ealasaid san t-seòmar-dheasachaidh. Bha an taigh cho sàmhach ris an neach a bha fhathast na sheòmar, agus a dhà shùil mar ghlainne-neulaich a' coimhead an lòchran beag le biogarra solais a bh' air a' bhòrd. Dh'èirich e air a chasan. Thog e an solas, agus riasail e a-mach às an t-seòmar suas staidhre an taighe.

Bha Mòrag so-làimhsichte. Bha i sa h-uile toll no ionad; gidheadh cha bu chuimhne leis uiread gob na snàthaid ma timcheall on fheasgar a choisich iad a-mach a Abaid Cille Chuimein. Chosg e am feasgar samhraidh na sheòmar le dòchas gun tolladh e am brat dorcha a thuit air eanchainn; ach cha robh e comasach eadhon air na nithean a thachair aig doras a thaighe a thoirt gu stèidh-tuigse. Gidheadh bha nì-eigin ga thàladh. Bha e air a cho-èigneachadh dh'ionnsaigh a seòmar-cadail; agus, ged a bha e mothachail air laigse cuirp is inntinn, choisich e le nì-eigin de threòir, agus a shùil air an aon aiteal de sholas a thug misneach da chridhe.

Chuir e an solas air bòrd beag agus sheall e timcheall air. Chriothnaich fheòil air na cnàmhan—crith luaineach a chuir buill a chuirp gu iomairt, amhail bàta an glogain mara. Dh'fhosgail a bheul agus rinn e oidhirp air glaodhaich; ach, a dh'aindeoin oidhirp, dhiùlt na briathran tighinn gu bàrr a theangadh. Bha lapaich air a theangaidh. An ceann tiota bha e na shuidhe air an ùrlar agus ciste Mòraig lom, dòidte, fa chomhair. Bha a shùil air a' chliath-theine. Bha an clàr de fhiodh os a chionn falamh. Ò, cho falamh! Cha robh a h-ìomhaigh ri fhaicinn. Agus na nithean sin a bh' aice mar chloich a sùl—na nithean a ta cho eu-dealaichte ri beatha boireannaich ris an uisge a dh'òlas i—cha robh robhas* orra.

Bha an seòmar aomta, corrach. Ar leis gu robh stèidh an taighe a teàrnadh da ionnsaigh, agus an sgàirnich a' tuiteam le car a' mhuiltein air a cheann. Amhail mar a thuiteas am peithir agus a bhuaileas an dealan tron àileadh, bha e air a threòrachadh gu cathair-breitheanais. Nì h-eadh bha a chùis-dhìtidh so-lèirsinn, agus ruith aoir de fhuachd-reòthte o chasaibh gu bàrr nam meur. Theich an t-àm a bha gu teachd. Bha an stèidh san do chuir e a mhuinghin air inntrinn gu sluic na dìochuimhne, agus bha e aghaidh ri aghaidh ri Dia agus ri obair a làmh.

Bha litir Mòraig ag itheadh suas fheòla mar chnuimh. Bha i mar fhàileadh cùbhraidh a' dol a-steach gu seòmar an fhir nuaidh-phòsta. Ghreimich e rithe. Thàinig an luath-fhios, ma dh'fhaodte, à sluic an dubh-aiginn ach nach robh e na ghreim-teasairgidh! Agus carson a bha laigse a chuirp a' braonadh tro chlàr a chinn agus a' tuiteam le bhrig-bhrag† air a chùrnaich a-nis? Thionndaidh a shnuadh o ghlas gu uaine. Bha tacaid a' tolladh a chridhe, agus a' pronnadh amhail bior-cruadhach a chum na cìche-shlugain. Dh'aom a cheann an taic ris a' chiste, agus shrac e an còmhdach. Thuit a shùil air na facail a leanas:—

Dear Father,—I ask your forgiveness. I tried to save you and myself; and, in judging of my conduct, always keep in mind that my action was honourable; or rather, I should say, my intention was honourable. Your own conduct and mother's brought vividly before my mind the incident that happened at Loch Arklet when I was but a child. The man who gave me the small frame and a picture, and who asked me to pray for the giver when I grew old, has had a strong fascination for me—so much so that I really began to question if you were my real parents. You were interested in that man; I described him in my child-like way as best I could. I often wondered why you were so interested.

This is imagination, no doubt. I wish you to believe I treat it so, and that it had nothing to do with my departure. To come back to the real cause. I put

---

* Ḃa iad air ċall.

† Aṁail boinne uisge a ṫuiteas o àrd-ḋoras.

it briefly. One morning in particular you looked miserable. I knew you were in trouble and I tried to know and understand it. I entered your room and found an open letter addressed to you from a Mr. MacKay, Glasgow, about money matters. You were to go to prison some day this month, the alternative being my marriage to Mr. MacLean—"send your daughter to the church" it said. You kept the secret from me, but I took good care to watch your movements; and, when I challenged you at the door about going to Raasay, you did not deny it. Notwithstanding every incident, especially your reticence over Alastair's death and the fact of your knowing I had been to the grave, I could not bear to see you going to prison. You knew I hated MacLean. He has money or is supposed to have money. I despise him all the more. I will challenge him, church, and minister, because no law—human or divine—can wed a party against their will. You may say—and he, that I acquiesced! Quite right. But I may say I will challenge even you (although I say it with shame). I have given my reason. I looked, naturally, for sympathy from my mother, but she gave me none. Still, I love you both. My love to you is greater than I can express here. Dear father, I feel sure you had nothing but love in your heart for me, but you have got into bad company—it seems to me. In haste,

> Yours unfortunately,
> Morag.

P.S.—I wrote the letter three days ago. Let me add the following in haste: I know nothing of the woman who entered the church.

> Morag.

Thuit an litir chum an ùrlair. Dhruid a dhà shùil. Bha buill a chuirp air a dhol troimhe-chèile. Càil, blas, èisteachd, is fradharc,—bha gach aon dhiubh a' tagradh tuilleadh 's a' chòir no tuilleadh is beag. Theich na faireachaidhean eadhon; agus cha robh nì anns a' phàillean ach eanchainn a chinn agus i a' lom-sguabadh le nimh mhì-naomha, na nithean a bha i a' stiùireadh 's a' coigleadh airson trì fichead bliadhna. Càite an robh cobhair? An uair a bhios tu an eucail cuirp le do shaor-thoil fhèin no le obair do làmh, am bheil thu a' dol a dh'fhaotainn cobhair agus tu guidhe mhallachdan air do luchd-cuideachaidh? Chan obair idir dhut a bhith ag aslachadh airson mallachd a thuiteam air d' eascaraid, agus tu a' seasamh air bruaich na sìorraidheachd. Ach eadhon ged a bhiodh neach cho amaideach, thachradh da mar a thachair do rìgh àraidh a thug a-mach tòireachd. Mharbh e an sluagh le a dhroch nàdar, agus do bhrìgh agus gur e a "chumhachd" a bha e airson a chur an cèill, no gum biodh uachdranachd air a thoirt da thairis air an t-sluagh, chaochail e le bristeadh-cridhe a' faicinn na sgìre fàs.

Theich na faireachaidhean! Bha fheòil mar mhìr de dharach; gidheadh bha e mothachail air crath-phian a bha a' ruith o chasaibh gu banas a bheòil agus a' greasad na h-analach às a chom. Bha na facail cho sìmplidh. Bha iad cho so-thuigsinneach. Cha robh car no lùig eadar dà chlàr na duilleige. Thionndaidh e aghaidh amhail neach a bhios a' crìochnachadh a thurais san fhàsach gu àirneis a làimh chlì. Bha an sacan beag leathair san oisean, agus nì no dhà eile, ach càite an robh a' cheàrnag bha a' giùlan na h-ìomhaigh?

"O, Dhia, thoir thusa dhomh comhfhurtachd! Biodh a h-uile nì eile air an tasgaidh suas fo chomhair Cathair do Bhreitheanais, agus dèan rium mar as àill leat. Ach, a Dhè Uile-Chumhachdaich, nochd dhomhsa comharradh gum bi am peacadh mòr seo air a dhubhadh a-mach mun tig am fear-leaghaidh leis an teine agus an acainnghlanaidh!"

Bha aghaidh air tuiteam gu dhà ghlùin. Ann an toiseach na h-oidhche bha e a' toirt fa-near a dhalmachd. Bha ciont a chogais ga agairt airson a ghnìomharan. Bha e a' creidsinn leis gach buaidh fiosrachaidh a bha na inntinn gun robh Mòrag a' pòsadh da h-aindeoin, agus bha e a' creidsinn, mar an ceudna, gun do chuidich e fhèin i a chum na h-eaglais. Ciamar a bha a shuidheachadh a-nis? Bha e a' faicinn Mòrag Ros le a cridhe air a spealgadh o chèile, amhail na màthar a nì dà leth air a' ghreim a thèid na beul a chum mac a cuim a theasairgeadh, agus bha esan air a cartadh à fianais a shùl gu bith-bhuan! Shìolaidh e seachad le anfhannachd. Thàinig nì-eigin de neart na theangaidh a chuir briosg air a bhilean.

"Nam bu leam thu," bha e ag ràdh; "nam biodh còir agam ort, cha bhiodh mo chionta cho trom!"

Thuit fois amhail ciùineas a' bhàis air aghaidh. Ghrad mheòraich e air an teachdaire a thàinig gu doras an sgàile-thaighe. Thòisich e air dèanamh tuaiream lìon beag is beag, air nì-eigin san dubhar; agus, amhail am baothaire a thèid air ais gu a bheairtean* 's a gheibh sòlas annta, ràinig aiteal de mhisnich air eanchainn. Bha e a' faicinn corp Rasaigh so-chriothnachail am bolg na h-aibhne. Bha e air a thonnluasgadh an Iòrdan a' bhàis, agus Anna Chrotach a' deàrrsadh air ìomhaigh.

Dh'èirich e. Bha an leumnach-uaine na h-eallaich; gidheadh, thàinig spionnadh nuadh na ghàirdean. Thog e an lòchran far a' bhùird.

"Carson a chaidh i gu Anna Chrotach—carson?"

* An obair a bu ġnàthaċ da.

Thionndaidh e a-mach às an t-seòmar a chum na staidhre. Bha dus dorcha ma thimcheall. Ar leis gun robh nì-eigin ga dhùmhlachadh. Bha an dorcha ag èirigh na chaoirneanan[*] uaine gu a fhradharc; agus, an ath oidhirp a rinn e chum na h-aisir, bha sgaoth chuileag amhail beachaid a' dealrachadh tron spor-sholas. Thàinig crith anns na puist dhuis a bha a' giùlan na colainn. Bha an ealain an aramach agus an t-anam a' diùltadh achmhasan; gidheadh cha do leig e dheth a bhith a' meòrachadh 's a' cur cheist.

"Tha an litir ionraic. Tha blas na daondachd oirre. Tha i cho ionraic ris an tè a sgrìobh i; ach carson a bha i air a giùlan le spiorad deamhain?"[†]

Shìn e a chas agus ghrad ghlaodh e le sgal cruaidh cinn a chuir a bhean air chrith air na cnàmhan. Choisich i a-mach às an t-seòmar-dheasachaidh.

Ma rùnaich Dòmhnall Ros Anna Chrotach fhaicinn cha robh seo an dàn. Bha beatha a chuirp a' ruith o bhonn na staidhre gu casan a mhnatha. Chrom ise da ionnsaigh. Labhair i ris,—ach bha a spiorad air teicheadh. Ghrad ruith bean an taighe seachad air Ealasaid.

"A shùilean, Ealasaid; a shùilean! Amhairc air!"

Greis an dèidh seo bha a' chailin an sàs ris an dus a bh' air an ùrlar. Bha Mòr Ros gun smid cainnte a' coiseachd tron fhor-sheòmar, agus gàire air a h-ìomhaigh. Facal cha do labhair i, nì mò a rinn i oidhirp air làmh-chuideachaidh thoirt don tè a bha an gleac ris an dus. Bha Ealasaid bhochd na seasamh eadar beatha is bàs; agus, le aon sealladh air a bana-mhaighstir, sheulaich i gun robh ise a bha beò na cùis-eagail na bu mhotha na esan a bha tostach ma coinneamh.

---

[*]   Smàl donċa is srad lasraċ air ḟeaḋ.

[†]   Ṫa seanḟacal ag ràḋ, "ḋèill do ġearaċd 's ġèilliḋ gearaċd ḋut."

An Fheòil Togarrach Ri Seann Chleachdaidhean

Caibideil

XI

Bhitheadh e iomchaidh dhuinn cor Rasaigh a lorg a thaobh an turais air an robh e a-nis, agus mar an ceudna roinn de na nithean a thùirling gu eanchainn air tàille Ùna Dhòmhnallach agus tuasaid na h-eaglais. Cha d' fhuair e riamh bun no bàrr air tostachd Ùna.

"Tha mi riaraichte," theireadh Ùna; "tha mi deònach fuireach sa chaisteal gus am faicear crìoch na carraid seach gun deachaidh cùisean mar a chaidh iad."

Cha robh aon teagamh nach robh na briathran sin nam màthair-adhbhair air laigse a chuirp an eaglais Chille Mhoire. Mhothaich e do Ùna a' coiseachd a chum a' chlàir-aghaidh fada mun d' mhothaich neach sam bith eile dhi: bha e dlùth air an doras: bha buadhan a chuirp an suidheachaidhean anns nach robh iad bho chionn bhliadhnachan air ais: chreid e nach robh nì aice san t-sealladh ach a mac a chur fo bhreislich agus am pòsadh a leigeil fa sgaoil. Gidheadh ciod a rinn e agus e a' faicinn a' bhoireannaich suas seachad air a' chathair san robh e na shuidhe? Bhòidich e am bàs do thàillear Thròndairnis agus a sgalag a thoirt a dh'ionnsaigh Dùn Canna* agus a thilgeil eadar cheann is chasan do mheadhan an locha.

Ach thug barrachd air an sin laigse chum a chridhe. Ma dh'fhaodte nam biodh e air làn-dòchas a chur anns an dithis a dh'ainmich sinn gun robh e air seasamh le aon bharail, agus air tionndadh gu Ùna agus a rotadh† a chum na sitig, ach cha do rinn e sin. Bha e air dithis de na seirbheisich cho dìleas agus a bha ga

---

* Cnoc àrd an ceann a deas eilean Rasaigh. Tha loch am mullach na beinne seo, agus togail de chloich is aol air a stèidheachadh dlùth air.

† A chur air falbh.

fhrithealadh a chur a dhìon a' chaisteil; agus greis roimhe siud bha e air Dùghall Gorm agus a chuideachd a bha maille ris a chur nan rabhadh, gun fhios nach tigeadh cuideigin a dhèanamh dragh no buaireadh. B' i a' cheist a dh'èirich ri inntinn Rasaigh, ma-tà, "Am bheil mo sheirbheisich dìleas?" Gu latha bhràth bha e a' creidsinn nach robh Ùna comasach air a' chaisteal a chuidhteachadh gun chuideachadh, agus bha e a' feòraich cò leig cead a coise dhi?

Dh'ainmich sinn a-cheana gun do ghabh Rasaigh iongantas gun rachadh Ùna don chaisteal air sheòl sam bith. Bha e fìor gun deachaidh a chàineadh gu a dhà bhròig airson Ùna a chur fo ghlais is iuchair, agus bha e fìor, mar an ceudna, gun do bhòidich Ùna mort orrasan air an robh a cùram san aitreabh san robh i; ach chaidh goileam an t-sluaigh agus guth Ùna bàs san aon sheachdain. An robh e riaraichte leis an t-sàmhchair iongantaich a thàinig mun cuairt an seachd làithean?

Bha e a' cur làn-earbsa am Mac Grùslaich; 's e sin, bha e a' cur earbsa sa chuid sin de Mhac Grùslaich a bha e a' tuigsinn. Bha taobh eile air Mac Grùslaich nach tuigeadh e gus an cìreadh e ceann liath. Cha b' ann air cùl cinn na sgalaige a fhuaradh e leis an aidmheil seo idir. Ach an earrann sin a bha e a' tuigsinn, bha a h-uile lideadh o bheul na sgalaig a rèir na fìrinn, agus a rèir nan cleachdaidhean a bhios clann nan daoine ag altram. Chaidh fichead tìodhlac a sheòladh a chum an taighe bhig, agus theireadh Mac Grùslaich nach robh an tàillear a' caoidh ach aon nì—gainnead mic a mhnatha.

"B' fheàrr leam gun robh fichead mac aig Ùna san dearbh shuidh-eachadh; agus bu mhòr mo chòinneach!"*

Sin na briathran a sheirm Mac Grùslaich an cluasan a mhaigh-stir, agus chaidh e air a mhionnan nach b' e a bhriathran fhèin idir a bh' ann ach briathran an tàilleir. Na dhèidh sin cha robh Rasaigh riaraichte. Cha do dh'fhàg e a' chùis an crochadh ri seirbhiseach no sgalag, ach chaidh e gu taigh an tàilleir air feasgar àraidh 's e a' marc-achd o Dhùn Thuilm. Bha an duine na shuidhe air stòl fo chomhair an teallaich. Bha aghaidh sèimh agus a bhriathran mìn, neo-choireach.

"Nach iomadh gille a phòs air bhàrr òrdugh pàrant?"

Bha Rasaigh a' cur na ceist agus e ag ràdh "oidhche mhath" le fear na snàthaid.

"Sibh a dh'fhaodadh a ràdh," fhreagair an tàillear, le geanalas; "sibh, sibh! Tha nàdar nam boireannach mar dhroch lasadan—lasaidh e amhail fùdar ach cha luath a lasas e na thèid e às."

---

*   Soinḃeaċaḋ; claċ le còinniċ.

"Sin mar thachair do Ùna agamsa, agus bha mi taingeil gun do dhearg mo chomhairle oirre—fuireach far an robh i gus an rachadh a h-uile nì seachad."

Cha bu luath a ghuidh Rasaigh mallachd tuiteam air ceann na sgalaig a' faicinn Ùna aig clàr-aghaidh na h-eaglais na thionndaidh a smuain gu Dùghall Gorm agus a luchd-cinnidh. Bha e air a ghonadh cho mòr agus nach tug e sùil air a' chàraid phòsta, no eadhon air a bhean agus a' mhuinntir a bu dlùithe dha. Chum e ball-dìreach an dèidh na seirbhis gu frith-rathad a bha sìos on eaglais, agus chaidh e a ghleac ri Dùghall Gorm.

Bha àm am beatha uachdarain agus dh'fhaodadh e fead a sheirm le a bhilean, aron ri sluagh is seirbheisich. Rugadh Rasaigh ro an-moch airson a' chiùil sin. Bha na làithean sin air teicheadh. Eadhon ged a bhiodh iad ann, cò ghabhadh air fhèin a dhol an sàs am bean thàillear Thròndairnis? Bu mhòr cumhachd Rasaigh an latha ud. Cha robh e a bheag goirid air cumhachd a' mhinisteir; ach bha e beò san àm sin sam faodadh e èisteachd le urram ris na seann fhac-ail, "Is sleamhainn a' chlach a tha an doras an taighe mhòir." Mura h-èisteadh, bhiodh e air a mheas amaideach nan tionndadh e cluas bhodhar ri suairceas is moraltachd.

Ràinig e Dùghall, ach cha robh cùisean cho rèidh agus a bha e a' smuaineachadh a thaobh an nì a bh' aige san amharc. Bha e airson a h-uile fuil-fìonain a bha co-cheangailte ri sheirbheis fhaicinn air cnoc am fichead mionaid. Ged a bhiodh Dùghall Gorm na Dhùghall donn no buidhe cha bhiodh e comasach air a' ghnìomh sin a dhèan-amh, gu h-àraidh nuair a dh'innis e fhèin nì-eigin do a mhaighstir nach robh esan ach gann a' creidsinn.

Tha sinn cinnteach nam biodh Uachdaran Rasaigh fiosrach mar a bha cùisean a thaobh MhicIllEathain an àm da bhith ag èisteachd Dhùghaill Ghuirm gun robh e air fannachadh air an talamh choisrigte air an robh e. Cha bu lugha na còignear chroitearan a bhòidich Eilean Rasaigh a chur à bith. Agus nuair a dh'innseadh do Rasaigh gun robh a charaid fhèin, Sìm Mac an t-Saoir às eugmhais an eich cho ciatach 's a dhèanadh an t-eilean, shuidh e far an robh e le geilt-chrith. Bha a h-uile cuid dhiubh sin a' tagradh rannsachaidh. Bha Sìm na dhuine ciallach, fìrinneach. Bha e air an làir a chur gu cùl-cinn na cruit sa mhadainn slàn, fallain, ach fhuaradh a closach às aonais beatha aig uair san fheasgar. Chaidh nithean eile innseadh da, mar an ceudna, agus b' ann a thaobh cudrom nan nithean sin a bha Rasaigh air an astar air an robh e a-nis. Dh'àithn is dh'earb e ri Dùghall a' bhìrlinn a bhith deiseil aig laimhrig Phuirt an Rìgh aig seachd uairean a chum Mòrag agus MacIllEathain aiseag gu Eilean Rasaigh, ach bha e fhèin gu bhith còmhla ri sheirbheisich le glag nan sè uairean.

Ma rùnaich Rasaigh uair an uaireadair a chaitheadh maille ri sheirbheisich, agus ma bha na bheachd a h-uile cnàimh a bha an colainn Mhic Grùslaich a chunntadh aon an dèidh aoin mar a bhòidich e do Dhùghall a dhèanadh e, dh'fhaodadh e a-nis seachdain a chaitheadh maille riutha. Nì h-eadh, cha robh e air imeachd fichead slat air an t-slighe gu taigh Dhòmhnall Rois nuair a thuig e gum faodadh e na nithean ud a chur ceart, agus cùisean nach gabhadh a chur ceart fhàgail mar a bha iad. Chaidh innseadh dha le caraid gum facas Mòrag Ros agus Anna Ghrannd air an t-slighe gu Dùn Bheagain.

"A theagamh," ars am fear a bha a' labhairt ris, "gum bi iad a' tilleadh gun dàil."

Chaidh seo innseadh dha agus e le dìcheall a' sireadh MhicIll-Eathain. Cha do lorg e fear na bainnse, agus chunnaic sinn a-cheana gun robh MacIllEathain an seòmar athar-cèile air a choinneamh. Bha i nis air a giùlan gu Port an Rìgh le iomadh nì air inntinn. Bha e a' toirt fa-near gun robh briathran an Rosaich so-fhreagarrach da thaobh fhèin, agus dh'aidich e gun robh an còrd a bha eatorra na bu treise na bha e a-riamh.

"Tha ar cùmhnant air a dhìoladh le chèile," bha e ag ràdh.

Bha e a' creidsinn nach cuireadh nighean an Rosaich oidhche seachad maille ri MacIllEathain air an talamh; gidheadh cha do smuainich e na chridhe gun tigeadh nighean an Rosaich chum a' cho-dhùnaidh sin le neart cuirp no inntinn. Bha Mòrag Ros mar a dh'fhàg eud is farmad i—is riaghladh freastail agus goileam nam mnathan tuaileasach, air a' chuthach!

"Ciod e mo ghnothaich-sa ri muinntir a chaill an ciall?"

Bha an smuain seo ag èirigh gu inntinn agus e a-nis na chaiseart gu Cala an Rìgh. Lorg e nì-eigin de mhisnich, agus ghreimich e ri iall-cheannsaich an eich le susbainn. Chuir e roimhe a bhith maille ri Dòmhnall Ros am bog no an cruas mu dhà reug, agus bha e cinnteach gum biodh naidheachd aige a mhisnicheadh iad le chèile.

An ceann ùine ghoirid bha e a' còmhradh ri Dùghall Gorm fo chomhair taigh beag amhail sabhail. Choisich iad a steach, agus shuidh Rasaigh air cathair. Bha bòrd le lòchran laiste air uachdar, am meadhan an taighe. Bha a sheirbheisich nan seasamh gu dìblidh fa chomhair. Sheas Rasaigh le cabhaig agus tharraing e a chlaidheamh às an truaill. Thilg e an stàilinn le feirg a chum a' bhùird.

"Fear sam bith nach eil deònach mo leantainn, no deònach a bhith treibhdhireach air cùl mo chinn, dèanadh e an nì ceudna air a sgian-duibh."

Cha do labhair duine smid. Bha Cailean na sheasamh air cùl chàich, agus a charaid, Mac Grùslaich, cho mìn ri easbaig eaglais, na sheasamh ri gualainn Dhùghaill Ghuirm.

"Tha sibh uile a' tuigsinn ar suidheachaidh a' co-sheasamh riumsa," chaidh Rasaigh air aghaidh. "Uiread agus aon fhacal cha tèid a labhairt le gruaim leamsa. Tha mise a' toirt dhuibh bhur saorsa ma tha sibh ga roghnachadh. Tha sibh an aon seagh cho saor ris an eunlaith air an iteig; gidheadh tha mòran an crochadh air an t-saorsa a ta an sin. Tha mi ag ràdh leis a h-uile buaidh a th' air mo shiubhal nach nochd mise mì-rùn rè mo bheatha, do neach sam bith a chuireas a sgian maille ri mo chlaidheamh-sa."

Bha an t-àite cho balbh ris na clachan. An ceann tiota labhair Rasaigh a-rithist.

"Mòran taing, tha sibh a' nochdadh gun robh agus gum bi sibh dìleas."

"Bithidh sinne dìleas gu bàs," ghlaodh na daoine à beòil a chèile.

Bha Rasaigh a' sìneadh a làimhe a chum a' chlaidheimh. Bha gàire air aodann.

"Is feàrr leamsa a bhith 'g èisteachd na h-aidmheil sin na ged a bhithinn air mo ghairm nam rìgh air Albainn," thubhairt e. "Cha chreidinn a chaochladh. Bha mi cho cinnteach às bhur neo-chiontas 's a ta mi nis gur faicinn rim aghaidh; agus a-nis, a chum dearbhaidh a thoirt dhomhsa agus dhuibh fhèin gun robh fear-brathaidh an àit-eigin, bu mhiann leam làn-shoilleireachd fhaotainn co-cheangailte ri Caisteal Dhùn Tuilm."

Thòisich Dùghall Gorm ag innseadh mu chasaid nan croitearan.

"Tha cionta an latha an-diugh agus na h-uile latha eile air druim do sgalaig. Chan eil each air an astar nach do mharcaich e gu Dùn Tuilm. Tha duine aig ceann an taighe thèid air a mhionnan gun robh e maille ri tàillear Thròndairnis Diluain seo chaidh. Carson a bhiodh deagh sheirbheisich a' giùlan amharais agus an t-amhlair seo ciontach de na nithean sin? Agus carson a chaitheamaid còig mionaidean timcheall air an tannasg? Is ann a chum sibhse a shaoradh a ta mise an seo a-nochd; agus 's e an gnìomh àraid a thug an seo mi am fear-brathaidh a chur saor—cho fhad agus a dh'aidicheas e a chionta. Tha sin seachad. Cha do ghabh duine ri cionta, agus mo thruaighe esan a gheibhear ciontach."

"Thoir an duine am ionnsaigh gun dàil; agus tilg na cnàmhan sin fom chomhair."

Rug Dùghall air Mac Grùslaich le mì-dhiù agus choisich e leis gu ceann a' bhùird.

"Tha mi ag àithneadh dhut gun lideadh a labhairt ach fìrinn oir gu cinnteach bithidh mi an cunnart dà leth a dhèanamh air do chorp."

"Càite an robh thu fad na h-oidhche a-raoir?"

"Na mo sheòmar cadail san eilean," fhreagair Mac Grùslaich.

"Agus ro thràth cadail?"

"A' cuideachadh Dheòiridh san t-seòmar-dheasachaidh."

"Agus an toiseach an latha?"

"A' cruinneachadh mòine a' Chorrain."

"Chunnacas do cho-obraiche aig taigh Dhòmhnaill Rois mu dheich uairean an-diugh; càite an robh thusa mun àm sin?"

"Còmhla ri Iain Mac an Rothaich sa bhìrlinn ag aiseag mo bhana-mhaighstir agus an teaghlaich."

"Agus each Mhic an t-Saoir! Chaidh thu dh'ionnsaigh an stàbaill mu mheadhan-oidhche, agus leig thu cead a choise leis gus am fac' thu a' ghrian air an adhar. Ciod a rinn thu eadar a' ghrian fhaicinn agus a' bhìrlinn iomradh gu cladach Rasaigh?"

Bha aghaidh Rasaigh a' giùlan guin a chuir sùilean Mhic Grùslaich gu priobadh. Shocraich a dhà shàil air an ùrlar.

"Bha mise an Rasaigh mar a thubhairt mi. Tha mi deònach am bàs fhaotainn," leasaich e le tapachd, "ma gheibhear ciontach mi, no eadhon ma gheibh sibh cùis-dhìtidh nam aghaidh."

Chualas cainnt is troimhe-chèile sìos mu dhoras an taighe bhig agus, mum priobadh Rasaigh a shùil, bha seann duine a' bualadh luirg de dharach mu chalpannan an fhir a bha ma choinneamh.

"Nam biodh d' òige agam chuirinn gach cnàimh a ta nad chorp air a chèile!"

Bha Mac Grùslaich air tuiteam an comhair a chùil, agus an seann duine a' sealltainn air Rasaigh le dà shùil amhail an lòchran a bh' air a' bhòrd.

"Innis dhomhsa gach nì ma thimcheall. Tha mise freagarrach air a shon."

"Cò eile ta freagarrach air a shon,—an donas?"

"Dh'fhàg e eitig* san aon chuideachadh a bh' agam; agus tha mise an seo a' tagradh ribhse—ag àithneadh dhuibh—each a chur gu stàball Ruaraidh Bhàin mun tig an ath ghealach!"

"A-màireach?" fhreagair Rasaigh, le nì-eigin de sgeig.

"A-màireach mun teich a' ghrian far an adhair. Obair àraid airson mo mhaighstir."

"B' e siud na facail a fhuaradh aige aon fheasgar an dèidh an t-ainmhidh fhàgail am meadhan Lòn nam Breac. Fiù agus taing cha tug e dhomh airson mo choibhneis."

"Càite an robh e leis an each?"

"A' bas-bhualadh† eadar sròn na Sgoirebreice agus tàilleir Thròndairnis agus às an sin gu Caisteal Dhùn Tuilm."

"An do thachair sin tric?"

"Cho tric agus gu bheil mise gun each no dìollaid, no fiù is cainbe a chuireadh taod air gamhainn."

"Thug thusa seachad an t-each; agus do bhrìgh sin———."

"An tug?"

Bha an duine a' togail a choise agus a' bhata còmhla.

"Cia lìon oidhche a chaidh mi chum an stàbaill agus nach d' fhuair mi robhas air each no dìollaid?"

"Chan eil an diabhal cho seòlta ris. Coisichidh e Cnocan Rainich cho fiata ri maighdinn: ma chì e cunnart, càiridh e dhruim ris an talamh, agus cò neach a thuigeadh nach b' e ciomball de raineach a bha e coimhead? Amhairc air!"

Bha Mac Grùslaich air sùmhlachadh gu balla an taighe agus aghaidh gun bhruaillean.

"Cuiridh mise na nithean sin ceart," thubhairt Rasaigh.

"Chan eil nì ri chur ceart ach each gun ghaoid a thoirt dhomh. Cha tèid mi à làrach nam bonn gus am faigh mi urras gun tèid sin a dhèanamh."

Bha aon nì sònraichte fàbharach do Mhac Grùslaich. Bha a mhaighstir air a chur air theachdaireachd gu Caisteal Dhùn Tuilm agus, mar an ceudna, gu Flòdaigearraidh. Bha e fhèin agus a mhaighstir fiosrach mun nì seo. Bha nì cudromach eile a' seasamh a-mach a chum a leas, co-dhiù aig a' cheart àm. Ged a bha gach duine an seirbheis Rasaigh aig saorsa an toil fhèin, gidheadh bha esan freagarrach air an son, agus gu h-àraidh airson calldachd a thachradh don taobh. Cha robh e na thoileachas idir do Rasaigh gum faighte cùis-dhìtidh

---

* galar.

† Air air 's air adhart.

an aghaidh a luchd-obrach, inbheach no iriosail gum biodh iad, agus do bhrìgh sin bha roinn den fheirg a dheasaich e airson na sgalaig air sìoladh. Bha Mac Grùslaich cho fiosrach air an nì seo ri fear san t-sreath.

Na fhuair e riamh de ghràdh agus de choibhneas, chaidh a liubhairt da an seòmar-gnothaich an taighe mhòir agus, mo thruaighe, na fhuair e riamh de chaise, de fheirg, is de mhallachd, b' ann air na h-aon chlachan, agus Dùghall Gorm le aghaidh leòmhainn air cùl na còmhla! An ceann tiota bha Ruaraidh Bàn, a' pronndail 's a' crathadh a chinn, a' coiseachd a-mach às an taigh. Dh'fhaodadh Dùghall a thuigsinn leis na facail sin gun robh uiread de ghràdh aig Ruaraidh do Mhac Grùslaich agus a bha aige dha fhèin agus do chàch.

"Mèirlich nach coisinn uiread an uighe le obair onaraich!" bha Ruaraidh ag ràdh.

"Seas an seo! Ar leamsa gum bu feòil thu nach dèanadh coinnleag[*] air an t-sùgh. Cò a ta comasach air breith a thoirt air do ghleustachd agus mi làn-chinnteach nach buin thu do shaoghal nàdarra?"

Bha aodann Rasaigh dubh-ghorm le ana-mèin. Dhruid a bhilean air a chèile agus dh'èirich a mhailghean le braise a chriothnaich falt a chinn. Bha Mac Grùslaich a' faicinn sìorraidheachd de dhroch-bhith san ìomhaigh a bha ma choinneamh; agus bha eagal na bu mhò a' faicinn na h-ìomhaigh sin balbh, tostach. Cha robh tarraing anail ri chluinntinn air taobh a-staigh nam ballachan.

"Sìochairean[†] fearainn!"

Bha Mac Grùslaich mothachail air crith de fhuachd, agus laigse cuirp, ach bha Uachdaran Rasaigh maille ri Ùna Dhòmhnallach an eaglais Chille Mhoire. Siud na briathran a thug masladh air fhèin agus air a thaigh, agus bha am masladh sin na bu truime oir bha na briathran fìrinneach. Bha obair air a craobh-sgaoileadh, cha b' ann a-mhàin fo chomhair a mhnatha agus a theaghlaich, ach bha i air a dèanamh faicsinneach do na h-uile fear no tè don tug an Cruthadair làn spàine de chèill.

Bha tubaist eile a' brùthadh a chinn. Bha e a' samhlachadh pòsadh nighinn an Rosaich ri gàdaig[‡] le cinn sgaoilte, agus bha e a' dèanamh dealbh de Eòghainn MacIllEathain ga tilgeil le mì-mheas da ionnsaigh. Bha Mòrag a' creidsinn gun robh i na bean-phòsta. Bha an sluagh a' creidsinn gun robh i pòsta agus bha MacIllEathain

---

[*] Reamhradh.
[†] Duine gun chèill, gun mheas, gun airgead.
[‡] Cainbe le dul.

a' creidsinn gun robh e fhèin agus Mòrag cho pòsta ri Àdhamh is Eubha (le a teaghlach timcheall mun chagailt); ach ciod bu chiall don ghuin mhì-naomha a chunnaic e feasgar na dhà shùil? Bha Rasaigh fo throm-eagal gun robh dàimh mhòr eadar nàdar an Iùdhaich agus MacIllEathain a thaobh a' chuspair seo. Bha e a' toirt fa-near gun seasadh e air bunait dhaingeann le Mòrag Ros a bhith pòsta le lagh gnàthachail. Cionnas a sheasadh e agus an lagh sin air a shaltairt fo na casan, agus nighean an Rosaich a' dèanamh falach-fead air feadh an Eilein Sgiathanaich?

Seo na nithean air an robh Rasaigh a' cnuasachadh. Nan tagradh MacIllEathain fuil is feòil a dhol don aon leabaidh ris, bha Eilean Rasaigh cuidhte 's e; nì h-eadh, cha robh e a' faicinn ach gainntir gun uiread agus a' ghrian nàdarra a' faotainn da ionnsaigh. Agus ciamar a bha e a' faicinn nan cùisean sin a' co-sheasamh ris an t-suidheachadh san robh e nis? Ged a bhiodh e a' faicinn a luchd-cinnidh agus an dà choigreach a bha na sheirbheis nan closaichean marbha an robh e a' dol a dh'fhaotainn cobhair? Chlisg corp Mhic Grùslaich oir bha guth a mhaighstir a' tuiteam air a chlaisneachd.

"Chan eil thu airidh air mort no marbhadh. Tha am bàs ro mhath air do shon; ach, ma gheibh mise eòlas le cinnt gun robh thu mì-dhìleas, bithidh do chraiceann air fheannadh od fheòil mun àm seo 'n ath-oidhch agus fàgar do charcais aig garraich* na tràghad."

Sheall Rasaigh air Dùghall Gorm le dùrachd is cudrom air ìomhaigh.

"Beò no marbh biodh seirbheisich a' chaisteil san ionad seo air làr an latha.† Tha Sìm còir gu bhith maille riumsa san eilean a-màireach; agus tha mi ag àithneadh dhuibhse nì sam bith a thoirt am follais a chuidicheas mi gu breith cheart agus chothromaich a stèidheachadh air an obair shalaich, oillteil a thachair an Dùn Tuilm. Tha mi 'g earbsa riut, a Dhùghaill, do shùil a bhith furachail air an aimhleasg àmhailt‡ a dh'fhàg mi air do chùram; agus cò aige tha fhios nach eil an cochallach crannachain a ta tagradh càirdeis air sa cheart suidheachadh? Carson a rachadh esan gu taigh Dhòmhnaill Rois? Cha b' ann gun adhbhar sònraichte a choisich e gu Diùirinis; agus————"

Thuit Rasaigh a dh'ionnsaigh na cathrach cho ealamh 's ged a bhiodh am peilear air clàr a chinn a tholladh. Dhruid a bheul. Bha

---

* Fiṫeaċ òg.

† Àm èiriġ na grèine.

‡ Làn ċuilbeartan.

na sùilean lunndach. Bha an ìomhaigh an laight na diùbhail.* Bha
an taigh cho balbh ris an togail. Bha Dùghall Gorm na sheasamh a'
coimhead a mhaighstir le geilt air a ghnùis. Dh'fhosgail Rasaigh a
bheul agus riasail e air a chasan.

"Tha mise a' tagradh ri Dia foighidinn a bhuileachadh orm
agus mo chiall fhàgail agam a chum agus nach dèan mi gnìomh a nì
dochann dhomh fhèin no dhuibhse."

An ceann ùine ghoirid bha Uachdaran Rasaigh air a ghiùlan suas
Slios a' Ghearraidh dh'ionnsaigh Druim Aoidh. Bha a cheann crom
agus a làmhan a' greimeachadh ri iall-srèine an eich le mì-shus-
bainn. Bha chorp fann—fannachadh a chaog a dhà shùil an clàr a
chinn ionnas nach robh e mothachail air an t-slighe air an robh e
ag imeachd. Rinn e oidhirp air misneach a lorg agus chnuasaich e
air bean, teaghlach agus seirbheisich a bha deònach am bàs fhulang
air a sgàth; ach bha e eu-comasach air tàlann a chinn a shocrachadh
air aon de na trì nithean ged a bha e a' streap riutha. Bha an saoghal
a' cur thairis le nithean matha. Bha iad na uchd so-làimhseachail;
gidheadh cha deargadh† fhiacail air nì anns an robh beatha de chorp
no anam. Ar leis gun robh e air ais san taigh bheag, agus an smuain
no am faileas a thàinig gu inntinn air thuaiream—air oir mar gum
b' eadh—a' seasamh le mìle saighead os cionn a chinn.

Cha robh Rasaigh air imeachd fichead troigh nuair a dh'fhaod-
adh e ràdh le fìrinn gun robh na smuaintean ud a' tagradh treubh-
antais cuirp nach robh esan comasach air ìobradh. Bha lagh nam
modhannan air a dhìteadh gu sìorraidh; oir bha e ga fhaicinn fhèin
an cill Eàrlais, agus uaigh Alastair Chaimbeil deiseil a chum a shlug-
adh suas. Agus bha na thàinig an cois sin—an obair a ghabh e os
làimh on latha a rùnaich e an clàr de fhiodh a chàradh am measg na
criadhadh, suas a dh'ionnsaigh na mionaid a bha an làthair—air buill
a chuirp a luchdachadh le lùgaireachd.

Riaraich e am ministear: rug e air smig air fionnain-feòir Ghleann
Dàil a dh'èirich le ladarnas na aghaidh, agus a bhòidich a chorp fhèin
a chur sìos don t-sloc a chladhaich e: rinn e ana-caitheadh air tìm—
air cuid is rud—a chum Ùna Dhòmhnallach a chur fo bhràigh-cill,
agus ciod a bha e a' faicinn 's a' faireachadh ri linn na h-eachdraidh
a thuit le amhaidheachd air a cheann? Bha Dòmhnall Ros mar a rug

---

*   Ao-dòċaraċ.

†   Ċa do ḋearᵹ m' ḟiacail air tròcair: coṁarraḋ le fiacail. Ċa bàir ram biċ mall àr
aonair teas!

a mhàthair e casa-gòbhlagain air a bheulaibh. Bha e a' faicinn an Rosaich mar tro ghlainne sa chaithteig bhig a bha e air fhàgail, ach a-nis bha an t-àm air teachd sam feumadh e còmhdhail a chumail ris. Cha robh e a' faicinn nì anns an robh gluasad no beatha ach gnùis ghreannaich, iargalta a bha a' fàsgadh fuil a chuirp tro na fèithean.

"Ò, do shnuadh is d' aogasg!"

Dh'fhalbh na facail chaithreamaich air sgiath na h-oidhche. Bha an t-each cho tostach ris an uchdan-chnuic a bha fo bhuinn a chas; agus, ged a bha Rasaigh mothachail air ciùineas an eich, dhruid a dhà shùil tron ghrùnsgal mhonaiseach a bha a' tuiteam le an-iochd da ionnsaigh. Thàinig toirm na dhà chluais amhail fuaim uisgeachan, agus sheulaich e gun robh e air a threòrachadh a dh'ionnsaigh an aimhleis a bha a' brùthadh air a chuimhne agus air a thuigse. Mun d' fhuair e cothrom air sùil a phriobadh bha dhruim ris an talamh. Thuit e le slais-bhuille agus grèim-bàis aig air an asgairt a bha an crochadh ri dallan an eich.

Bha e na shìneadh fuar, feodhaich* agus a chiall a' gleac ri a chogais. Theich an cruth a bha a' fàsgadh a chuirp ach bha e ga fhaicinn an seòmar a thaighe agus a' cluinntinn nam briathran. Ciod a gheibh mi airson m' fhuil is m' fheòil a chur air an t-slighe gu ifrinn? Ghrad rinn e oidhirp air an duine a chothromachadh leis na seann sligean-tomhais. Bha e a' creidsinn gun robh an t-seann mhòlltair† a' co-fhreagairt ris an t-seann àilleagan—na creuchdan a lùbadh e ma lùdaig.

Èist! Chriothnaich fheòil. Bha e am measg còmhraig is coileid. Bha e a' faicinn sùilean beaga, cruinne, le sròn chrom agus aghaidh dhuaichnidh, a' stèidheachadh sgàlan na sheòmar-gnothaich. Bha e a' toirt fa-near seann seirbheiseach, Cathal GilleNaomh, le aodann àbhachdach a' sìneadh samhail tuagha do na cnàmhan lachdann a bha togte na fhianais.

Chuala e tartar chas. Bha còmhla an t-seòmair a' snìosail air na lùdagain, agus cho ealamh agus a bhuaileas eanchainn air aigne, bha beairt bheag amhail spàl figheadair ga thàladh a chum an sgàlain. Bha dhà shùil a' piocadh 's a' tolladh an uidheim bhig, agus ise ga threòrachadh mar chloich-iùil. Dh'èirich smùirean de dhus mu mheudachd cloich a shùil air ais 's air aghaidh fa chomhair, agus an

---

* Comasaċ air meòraċaḋ.

† Liaċar. An nì a ḟuair an Sasannaċ an-asgaiḋ ṫa rinne a' tagairt còir air. Carson a bioḋ na facail, "doiḋ air an làiṁ a ġoiḋ," an Gàiḋliġ aċ airson seo?

ceann tiota bha an dubh a' ruamhrachd mu iomaill na sgàile a bha
ma choinneamh. Bha e a' dèanamh tuaiream air a' ghlas, agus e a-nis
air fhigheadh gu snasail cosail ri lìon an damhain-allaidh.

Amhail mar a bhuaileas am peithire agus a sgoilteas e cridhe na
creige, bha Uachdaran Rasaigh aghaidh ri aghaidh ri a mhac-samhail
agus fuil dhearg a' taomadh mall, fiata air a' chlàr fhiodh. Ghlaodh e
le toirm mar a bhitheas aig an tàirneanach tro ghlinn nam beann. Am
priobadh na sùla bha chorp a' cur still às a' gharbhlaich a bha suas gu
Borgh. Bha an t-each na chruinn-leum eadar bhealach is bhruthach,
agus Rasaigh air iomain mar sguaib de fhraoch. An ceann ùine bhig
bha tighearna Rasaigh a' labhairt bhriathran caomh, cneasta ris
an each, agus a' glanadh na coip a bha a' cuairteachadh a bheòil.
Chnuasaich e. Bha e cinnteach gun do thachair nì neo-àbhaisteach;
ach, a dh'aindeoin a dhìchill 's a dhùrachd, cho do dhrùidh dad air
a thuigse ach an gealladh a thug e seachad do Dhòmhnall Ros, agus
na nithean a chuir e roimhe a choileanadh co-cheangailte ris an sin.
Bha e a' dol a thadhal am Beàrnasdal aig teaghlach air an robh Mòrag
mion-eòlach, le dòchas gum faiceadh e an tè a chaill a ciall agus, mura
faiceadh, bha e a' dol ball-dìreach gu taigh an lèigh an Dùn Bheagain.
Cha robh ann ach an dà àite agus an dà ionad!

Cha robh Rasaigh neo-mhothachail air iomairt a chuirp a'
cnuasachadh air na nithean sin. Bha cràdh a dhùirn ga fhàgail
luaisgneach; agus, an uair a mhothaich e do a làimh dearg an soillse
na gealaich, dh'aidich e gun robh a spiorad aig a' cheart àm na bu
treise na am pàillean a bha ga ghiùlan. Shuidh e air dìollaid an eich
le misnich. Bha e a' dèanamh dealbh de MhacIllEathain agus sheul-
aich e, mura rachadh an cùmhnant a bh' eatorra a choileanadh an
sìth, gun rachadh a dhìoladh an aimh-sìth. Chuir Dòmhnall Ros a
nighean gu clàr na h-eaglais. Bha aon cheum eile aigesan: bha Mòrag
agus MacIllEathain gu seachdain a chaitheadh an Eilean Rasaigh
mar fhear is bean! Bha e fo chumha, agus bha e a' faotainn duais air-
son na h-obrach san tomhas san robh e a' cur crìoch orra. An robh
e a' dol a thilgeil bhuaithe earrann-dhìolaidh cho cudromach agus
e a' bualadh nam buillean mu dheireadh air an obair a bhòidich e
chrìochnachadh?

Tha sinn a' fàgail Rasaigh. Tha sinn a' gabhail slàn leis, agus a'
guidhe slighe rèidh don mhisnich bheannaichte a thàinig a dh'ionns-
aigh a chridhe. Tha sinn a' guidhe le deagh dhùrachd fois do Uachd-
aran Rasaigh; ach carson a bhitheamaid an teagamh no an eu-cinnte

mu thimcheall a chrannchuir aig ceann a thurais agus dearbhadh againn nach do stèidhich e aon aiteal de shusbainn a chinn air na nithean a thachradh, no na nithean a dh'fhaodadh tachairt an dèidh obair a chrìochnachadh?

Bha e air fios fhaotainn o Eòghann MacIllEathain gun robh a ghnothaichean-san gu h-iomlan an làimh fir-tagraidh am baile Ghlaschu, gidheadh bha a theanga na phluic mu choinneamh Mhic-IllEathain an seòmar Dhòmhnaill Rois. Carson a ghiùlain e an earail a fhuair e à baile Ghlaschu fo làimh an duine chòir a sgrìobh i mar gum biodh balgam de fhuil na bheul? Bha na buill dhubharach a thachair ris air an t-slighe air ceithir uairean an uaireadair a chaith-eadh còmhla ris na sheòmar-gnothaich seachdain roimhe siud, agus cha do dhrùidh iad air a smuain. Os cionn a h-uile nì cha do smuain-ich e gum faodadh MacIllEathain a bhith san t-suidheachadh san abradh e le ionracas is onair, ciod leis an dìol mi?

Deagh mhisneach! Chunnaic sinne daoine a thionndadh na beanntan le briathran beòil, ach bha sinn fiosrach nach togadh iad spaid de ghrinneal le neart gàirdein. Chan eil air siubhal a' mhisgeir ach aon bharail ged a bhiodh e gu dhà chluais am measg cunnairt. Ma dh'fhaodte nam biodh Rasaigh air rabhadh a ghabhail, no mura biodh e cho fada na cheann fhèin, gun robh an dosgainn a rug air o dh'fhàg e Cala an Rìgh air uidheamachadh airson an ànraidh 's a' chruadail a bh' air thoiseach air. An robh e a' dol a thrèigsinn an t-saoghail gun ath eòlas fhaotainn man timcheall?

Bha Rasaigh gu bhith air a dhearbhadh am beagan ùine. Bhiodh e aghaidh ri aghaidh ri dus mìn na talmhainn; agus ar leinne gum faodadh e a ràdh, "Chunnaic mise an t-aogasg ud roimhe!" Agus bheirteadh da eòlas, mar an ceudna, gun robh an tè a chaidh a ghairm na bean air a' cheart cheum air an robh e fhèin a shaltairt, agus esan a' labhairt ri Dùghall Gorm 's a' tagradh gun tuiteadh mallachd air ceann a luchd-obrach. Ciod e tuilleadh a bh' air a choinneamh?

Tha e gar fàgail agus e cheana a' meòrachadh air an latha-màireach. Mur rachadh nighean an Rosaich maille ris an duine a ghairm Dia is daoine na chèile-leapadh le deòin, carson nach biodh i air a giùlan da h-aindeoin?

Bha Mòrag Ros air neamhnaid a cinn a lorg o chuir Rasaigh cùl ri Port an Rìgh. Bha i cho glic 's cho toinisgeil ri tè eile. Bha e air trì mìrean a dhèanamh air corp na sgalaig, agus fhearg air taiseachadh; oir rùnaich e na trì roinnean a chur à fianais nan sùl mun tuiteadh

grian air Gleann Chràisg. Gidheadh dhìochuimhnich e gun d' fhuar-
adh MacIllEathain air fìonan nàdarra amhail mar a fhuaradh e fhèin.
Nì h-eadh, nam biodh e comasach air fhaicinn, bha an duine san do
chuir e bun aig a' cheart àm air ath-thilltinn a dh'ionnsaigh na bòid
a thug e suas an seòmar an Iùdhaich. Ach dè dha sin? Nach tàinig
uiread air daoine eile? Carson nach strìochdadh Uachdaran Rasaigh
do bhàs caraid no aimhreit caraid?

Tha sinne a' tagradh a-rithist às leth Rasaigh. Tha dòchas againn
gun obraich gach achmhasan a chum math, oir an ùine gheàrr bha
a duaich-chòmhdach gu bhith air a glanadh. An ùine gheàrr bhiodh
Eilean Rasaigh air fhadadh le teine—falaisg a bhiodh neo-eisim-
eileach, mì-thròcaireach agus a ghlaodhadh mort air na h-uisg-
eachan a dh'fheuchadh ri bacail a chur oirre. Tha sinn a' guidhe
a-rithist le deagh-dhùrachd gum bi an dùil-thionnsgain measgte
le iochd is truacantachd; oir cha robh an-dearbhadh nach robh an
dùileach gu teachd. An t-iongantas bu mhò gu lèir gun robh an dùile
a bha an seo gu tachairt ged a bhiodh nighean an Rosaich air a dhol
gu Eilean Rasaigh mar mhnaoi agus le a saor-thoil fhèin.

Cha robh Rasaigh ach gann air an taigh bheag a chuidhteachadh
nuair a thuig Mac Grùslaich gun robh e an cuinglich na bu mhiosa
na dh'fhàg a mhaighstir e. Cha do chreid e riamh gun rachadh
Mòrag Ros gu Eaglais Chille Mhoire, no eaglais sam bith, maille ri
MacIllEathain. Bha e cho cinnteach às an seo agus gun do rùnaich
e Cailean a chur da h-ionnsaigh aig an aon uair deug. A rèir coslais
bha e air tairgse cuideachaidh a dhèanamh leatha a chum teicheadh
às an eilean roimhe, oir chuala sinn o Mhòraig fhèin gun robh an
teachdaireachd air aithris dhi. Cha do ghabh e iongantas idir an uair
a dh'èist e ri Cailean agus esan ag ràdh gun robh nighean an Rosaich
cruaidh, daingeann.

Bha leannanachd MhicIllEathain agus Mhòraig air a chur na
bhreislich; ach cha do chaill e sealladh riamh air an fheasgar a chaidh
a thrusadh gu taigh an tàilleir agus a dh'iarradh air Ùna a tharraing
beò no marbh gu taobh a-mach an taighe. Bha a dhà no trì de nithean
so-bhrosnachail a chum an gealladh a thug e air an fheasgar sin a
choileanadh. An toiseach, ged a rùnaich e tighinn air mhuinntireas
gu Fear Rasaigh cha b' ann airson a cho-chreutairean a chur am breis-
lich no an cunnart a thàinig e ann. Anns an dara àite, bha Rasaigh
cho eudmhor a thaobh nighean an Rosaich, agus gun robh e deònach
falbh rùisgte nan dèanadh sin a cuideachadh a chum pòsaidh. Bha e

ro eòlach air cor Rasaigh agus air a shuidheachaidhean, airson gun creideadh e gum biodh e cho eudmhor a thaobh ceartais agus a bha e dìcheallach a chum creutair nighinne a sheòladh gu clàr pòsaidh. Bha nithean eile ann agus cha robh coimeas idir aca ris an dà nì a dh'ainmich sinn. Tha sinn a' creidsinn gun robh Mac Grùslaich air Ùna Dhòmhnallach fhàgail far an robh i, mura biodh na nithean sin a' brùthadh air gach buaidh tuigse a bha na cheann. Bha Dòmhnall Ros air aineol san Eilean Sgiathanach. Cha robh e na chuideachd ach ainmig, gidheadh dh'fhoghlaim e gun robh an Rosach cho eòlach air na h-Abraich agus a bha e fhèin. Ach cionnas a bha e a' meòrachadh a thaobh a mhnatha?

Chunnaic e an toiseach i fo chomhair an taighe mhòir, agus on latha sin cha b' urrainn dha ràdh le fìrinn gun do ghabh e mu thàmh gun ìomhaigh bean an Rosaich maille ris.

"Chunnaic mi i; bha mi eòlach oirre agus tha bràthair a h-athar cho beò riumsa," theireadh e ri Cailean.

Agus fhad 's a bhiodh Cailean bochd a' meòrachadh air cuideachd Mòr Rois, agus a' tionndadh ginealach an dèidh ginealaich, 's ann a bha esan a' cunntas àireamh nan samhraidhean a chaidh aolach a chur ma bun. Stèidhich e air aon bharail. B' i Mòr Nic-Amhlaigh a bha na seann mhaighdinn agus e fhèin a' streap ri fearachas: bean Dhòmhnall Rois!

"Is nighean a h-athar i, dh'fhaodte," theireadh e ri Cailean; "ach tha Mòrag Ros cho fad air falbh an càirdeas ri Mòr Ros agus a ta mise 's an 'guirmean.'"

Cha b' urrainn da sin a ràdh ma h-athair ach na dh'fhoghlam e co-cheangailte ris na suidheachaidhean a chleachd e an co-seasamh ris an nighinn a bh' air a h-ainmeachadh air.

Cha robh e riamh an teagamh mu thimcheall pòsaidh MhicIll-Eathain. Bha esan a' tagradh Mòraig; bha Rasaigh a' tagradh air a thaobh, agus a h-athair deònach a reic. Aon lideadh o bhilean Mòraig, agus bha esan air ministear is eaglais, maighstir is pàrant a chur an spearrach nach biodh e furasta dhaibh a chuidhteachadh. Ged a bhiodh e gu tric a' meòrachadh air Mòr Nic-Amhlaigh bhiodh e na bu trice a' riasladh mu shuidheachadh na tè a dheònaich ceangal ri MacIllEathain. Cha d' fhuair e misneach sam bith bhuaipese, gidheadh bha e air a cho-èigneachadh, mar gum b' eadh, còmhnadh a dhèanamh leatha. Cha do smuainich e riamh na chridhe an uair a choisich e fhèin agus Cailean gu taigh an tàilleir agus Ùna eatorra gum biodh obair dìoghaltach do Mhòraig co-ionnan 's mar a bhiodh i do chàch. Is ann a bha a smuain calg-dhìreach an aghaidh sin. Nì h-eadh, bha e a' toirt fa-near nach biodh dìoghaltas idir an cois na h-obrach a bha e a' dèanamh nam biodh nighean an Rosaich a' pòsadh le a làn-deòin.

Bha e cinnteach nach robh. Bha e cho cinnteach nach robh cuid no gnothach aice ri cruinneachadh Chille Mhoire agus a bha e fiosrach nach bu nighinn a "màthar" i. Gidheadh, dhiùlt i cuid-eachadh. Bha am boireannach seo a' dol a cheangal rè a beatha ri duine nach fhaca i dusan uair anns an fheòil, agus fios aig an t-saoghal nach robh an sealladh a h-athar ach malairt o thùs gu èist! Rinn e aon chùmhnant ri Ùna Dhòmhnallaich—cùmhnant a ghlèidh ise gu cùramach. Mura rachadh Mòrag a dh'ionnsaigh na h-eaglais, nan tachradh nì sam bith a bhiodh na adhbhar air pòsadh MhicIllEathain a bhacadh, dh'fheumadh ise fuireach na tost. Chan e a-mhàin gum feumadh i bhith ciùin, stòlda, ach cha robh i gu a h-aghaidh a nochdadh seachad air teallaich a taighe gus am faigh-eadh i luath-fhios.

A chum fìor shuidheachadh Mhic Grùslaich a lorg feumaidh sinn a dhol còmhla ris gu doras na h-eaglais. Bha e a' faicinn an t-sluaigh: bha e ag èisteachd ri Dùghall Gorm; ach, mo thruaighe, cha robh spèis sam bith aige do bhriathran Dhùghaill agus bha e ag amharc air an t-sluagh mar threud de chaoirich gun bhuachaille. Bha e a' feitheamh, 's a' sgrùdadh ministeir is clàr-aghaidh le dòchas gun tigeadh cobhair eadhon ged a b' ann a-mach às an talamh choisrigte bha timcheall na h-eaglais; oir bu talamh e na bheachd-san, bha a' tagradh còrach is ceartais.

Bha tìm a' ruith. Bha am ministear a' tòiseachadh ri filleadh ri chèile an nì a bha dh'easbhaidh aon dual; agus cha robh smid no dùrd, eadar ceithir-cheàrnaibh na h-eaglais. Cha do rinn Mòrag Ros oidhirp air i fhèin a theasairgeadh!

Thionndaidh e air falbh o na nithean sin agus a shùil air a' chobhair a dheasaich e. Bha e a' sgrùdadh an dorais bhig, chumhaing, agus fuar-fhallas a' braonadh tro chraiceann. Chunnaic e a' chòmhla ga fosgladh. Mhothaich e do Ùna, ach ghrad thuit neul tiugh, dorcha air a radharc. Riasail e air dhòigh air choreigin a-mach às an eaglais, agus bha e an Eilean Rasaigh fada mun deachaidh a' ghrian fodha.

Bha e nis air a thoirt gu tacsa. Bha Dùghall Gorm a' fàsgadh caoil a dhùirn air làr an taighe bhig a shònraich Dùghall le deagh-ghean caraid. Cha robh fios aige ciod a thachair air leac-ìobairt Chille

Mhoire. Bha e na shuidhe air cùl gaoithe agus aghaidh grèine, agus a' faicinn na bìrlinn le a sròn air Rasaigh; agus na dh'fhuiling e air an fheasgar sin cha rachadh e gu bràth às a chuimhne.

Cha b' e aon chorraich a tharraing e air a cheann. Bha e a' toirt fa-near nach robh Dòmhnall Dubh a-riamh cho dùrachdach gu creutairean a mhealladh agus a bha luchd-cinnidh Rasaigh air fheòil a phronnadh.

"Dh'innis mi dhut aig doras na h-eaglais gun robh bàs an eich air do shlinnein, ach thug thu buinn às amhail coin, cho luath 's a nochd deamhas* Fhlòdaigearraidh. Ciod a thug a Rasaigh thu?"

"Bha feum orm aig an taigh," fhreagair Mac Grùslaich.

"Ciamar a fhuair thu ann?"

"Fhuair mi an t-aiseag le Mac an Rothaich."

"Leis a' bhìrlinn?"

"Cha b' ann leis a' bhìrlinn; bha deagh fhios agam gun robh ise gu bhith air an laimhrig a' feitheamh an teaghlaich. Do bhrìgh agus nach robh còir agam a bhith idir air àrainn an eathair, dh'fhàg mi i."

"Ghabh thu còir air an eathar sa mhadainn: cha robh geilt no eagal ort ro mhaighstir no nighinn. Carson a bhiodh eagal ort san fheasgar?"

"Bha mi dèanamh an nì a dh'iarradh orm," arsa Mac Grùslaich; "bha MacIllEathain agus a bhean gu bhith am meadhan na bìrlinn agus cha b' àite sin do sgalaig."

"Agus ciod an t-adhbhar nach do dh'fhuirich thu aig do dhleastanas?" ghlaodh Dùghall le feirg; "chaidh iarraidh ort frithealadh mun eaglais, agus theich thu air bonn is gun giùlnainn-sa 's càch an obair an-diadhaidh san robh thu sàs."

Shìn Dùghall a làmh agus thilg e an sgalag gu ceann a' bhùird.

"Cha tèid thu gu bàs. Cha tèid d' fheannadh no do shlisneadh gus an aidich thu rid chionta. Cha leigeadh mìle cairbh dhe do sheòrsa-sa aon anam a ta ionraic saor; agus, cho cinnteach 's a tha Dia os mo chionn, mura h-aidich thu gu dìleas air làrach a' chaisteil gach nì tha fiosrach dhut—gu h-àraidh an t-adhbhar a bh' agad air an leth-chiallach† a tha còmhla riut a stiùireadh gu taigh an Rosaich—bithidh ceathramh ded fheòil air fhàgail an Caisteal Dhùn Tuilm."

An ceann ùine bhig bha seirbheisich Rasaigh a' coiseachd an rathaid gu Dùn Tuilm. Choisich iad Cragaig agus seachad Sìthean a' Bhealaich. Chaidh iad air aghaidh gu Seann Duine an Stòir agus

---

* Uidheam dearg gu gearradh.

† Dara leth cèille. Leugh am facal air aonais "a."

chum na Càirne Lèithe. Bha a' ghealach air sùmhlachadh san dubhar a bh' air aghaidh nan speur. Theich na reultan eadhon, agus cha robh nì ri fhaicinn no ri chluinntinn ach tartar chas a' cur still à boglaich.

Bha Mac Grùslaich ri gualainn Iain Neacail, agus Dùghall Gorm air a shàil. Bha e bodhar, balbh a' mallachadh na dosgainn a thàinig air. Bha e cho furasta a bhith air tìr-mòr agus a bha e dha casad a dhèanamh. Bha e ro anmoch. Chuir e roimhe fichead àm teicheadh le a bheatha, ach bha e nis a' faicinn nach do bhuail e an t-òrd agus e uidheamaichte air a shon. Bha e a' toirt fa-near gum faodadh gun nochdadh Dia cobhair no teasairgeadh an dòigh air choireigin; ach ciod e èifeachd na cobhair ged a thigeadh i agus Cailean eadar dithis daoine air an toiseach?

Bha Mac Grùslaich a' coiseachd 's a' meòrachadh. Cha robh e a' creidsinn nam briathran gum biodh e còmhla ris a' ghrèin air ais rathad na Craige às eugmhais ceathramh de fheòil; ach, mura robh bha e a' creidsinn gun tachradh nithean a bhiodh co-ionnan. Is dubh don t-seirbheiseach sin a gheibhear mì-dhìleas, ach ciod a ta dh'fheitheamh air an sgalaig? Ma bha na cruinn nàdarra fo uallach, ciamar a nochdas am fìonan fuadain a ghnùis?

Thàinig crith na fheòil a' smuaineachadh air Rasaigh. Bha eagal Dhùghaill Ghuirm eadar-dhealaichte. Cha b' e clann athar is màthar a bh' annta, gidheadh bha carthantas eatorra—bha iad nam buill den aon teaghlach. Ged a bha a mhisneach air tuiteam gu dhà bhròig cha robh e idir gun dòchas. Bha Ùna air teicheadh às a' chaisteal, agus nach bu mhath làmh an tàilleir a chum na h-obrach sin? Bha e cinnteach nach robh sùil an ceann a chuireadh meur air obair fhèin. Bha e a' toirt fa-near gur iomadh neach a chaidh a dh'ionnsaigh an sgàlain le amharas; ach, às eugmhais mionnan-eithich, cha robh ceann no cinn san eilean a theireadh le fìrinn, "rinn thu mar siud," no, "rinn thu mar seo."

Is minig a thubhairt e ri Cailean gun robh an t-eagal tràilleil feumail an ionad nam mionnan.

"B' e siud an aon àite airson am maide cam a dhèanamh dìreach,"[*] theireadh e, eadar fhìrinn is beadradh.[†]

Na dhèidh sin, bha e mothachail gum faodadh cuideigin tighinn air adhart a chum a chur na chabhaig; agus, mar bu mhò a mheòraicheadh e air an seo, 's ann bu mhò a bha e a' gabhail de eagal. Cha robh

---

[*] Ṫeir an Sasannaċ "compulsory honesty." Ḃa Mac Ġrùslaiċ a' ciallaċaḋ gum bioḋ luċd an fuar-ċràḃaiḋ ċo ḋìreaċ ri muinntir eile—an ionaḋ nam mionnan!

[†] Leṫ fìrinn agus leṫ de ḟealla-ḋà.

an-dearbhadh nach robh cuideigin a' gabhail fàth air a chuairt-earachd. Mura biodh seo mar seo, carson a rachadh iad a dh'fharchluais air Cailean, no carson a bhiodh cùis-dhìtidh air a dèanamh airsan seach neach eile? Bha e a' dol thairis air na nithean seo. Mhothaich e gun robh Neacal a' conaltradh ri Dùghall.

"Feumaidh sinn cabhag a dhèanamh," bha Dùghall ag ràdh; "tha biadh gu leòr san t-seann challaid; agus, mura bheil, tha am pailteas aig Anna NicLeòid Baile MhicDhuinn."

Bha an seanchas a' toirt nì-eigin de mhisnich don neach a bha gu dìblidh eatorra. Dh'èist e le cùram ri Dùghall agus ris an t-seann mhodh-labhairt. Bha an t-sàmhchair a' cur barrachd de dhragh air na a bhith a' meòrachadh air làr a' chaisteil le ceathramh de fheòil. Cha bu chuimhne leis aignidhean cho tùrsach a bhith air siubhal còmhlan adhlaicidh.

"Chan eil de neart nam chorp a ghiùlaineas mi gu Meall an t-Siorraidh," fhreagair Neacal.

Cha robh na facail ceart às a bheul an uair a chualas MacFhearghais a' glaodhaich,

"Chan eil biadh sam bith cho blasta ri biadh na Sgùrra."

"Chan eil biadh agad san Sgùrr," fhreagair Dùghall; "tha mise gu fannachadh, ach nach fheum sinn cabhag a dhèanamh air los gun glac sinn Mànas."*

Ghrad thionndaidh e gu Mac Grùslaich le nì-eigin den t-seann chridhealas.

"Ciod a th' agad de bhiadh?"

"Aran, uisge is salann," fhreagair an sgalag le èasgaidheachd.

"Am bheil solas agad?"

"An solas as àbhaist a bhith agam."

"Tha cead do choise agad airson deich mionaidean; air adhart a dh'ionnsaigh a' chlachain, agus biodh feòil agad sa phoit air mo choinneamh."

"Chan eil uiread is sgian air mo shiubhal."

"Ò, chaill thu an tochradh. An nì a fhuair thu le braide ghoid braidean!"†

Chrom Dùghall le cabhaig agus tharraing e a sgian às an truaill.

"Glèidh i cho cùramach ri d' anam; tha mi ag earbsa riut a dhol nad chaiseart."‡

---

* Fear-glèiḋiḋ a' Ċaisteil.

† An droċ aon.

‡ Greasaḋ ort!

Choisich Mac Grùslaich air falbh gu socharach. Bha e a' faicinn Chailein air èiginn, mu astar dheich troighean on chuideachd eile. Cha robh nì a sheasadh e agus a shaorsa fhaotainn ach an ceann a bha os cionn chàich. Theich a h-uile nì a bh' anns an t-saoghal. Fhuair e neart cuirp, inntinn is eanchainn a chuir iongantas air. Greis roimhe siud bha e fo chomhair a' bhreitheimh air a theannachadh eadar luchd-breith is fianaisean. Thug e uair an uaireadair a' riasladh a chinn le dòchas gun stèidhicheadh e air facail a bheireadh da a shaorsa, ach cha do bhuail deò de shusbainn air a mhothachadh rè na h-ùine. Bha a-nis a' chuibhreach, mar gum b' eadh, air tuiteam dheth agus gleadhraich nan geimhleach air a mhosgladh às a shuain. Agus, a charaid, thug e car tuaitheal.[*] Bha a luchd-tòrachd an tòir air fuil ach dh'fheumadh esan fuil Chailein!

Lùb e timcheall cnocan beag agus chrom e chum na talmhainn. Rinn e fead throm, thùrsach, a dh'èirich gu sìobhalta air an àileadh. Ghrad sheas e. Chaidh a theasairgeadh à mìle fichead cunnart leis an dearbh cheòl. Bha e a' sealltainn tro an dorchadas le mì-fhoighidinn, oir cha robh e a' faicinn nì a chum misnich a ghabhail. Thiolp e gu ceann eile a' chnuic. Chan fhaca e nì, ach dh'èist e.

"Thuig mi an nì a bh' anns an amharc agad," thubhairt Cailean mun do lorg Mac Grùslaich a cheann na chasan; "leig Donnchadh Caol dhomh cothrom mo choise a chum do chuid-eachadh."

"Ruith, coisich!"

Dhruid Mac Grùslaich a bheul leis na facail.

"Innis dhomh ciod a thachair do nighean an Rosaich, air sgàth Dhia."

Bha Cailean taingeil gun do labhair a charaid, oir bha e cho balbh ri stèidh taighe. Chaidh Cailean thairis air tuasaid na h-eaglais. Mun do chuir e crìoch air a chòmhradh bha Mac Grùslaich an gleac ri teadhair eich. Chuir e an cainbe an làimh Chailein le earbsa agus an ceann tiota bha iad seachad druim Cille Mhàrtainn le each an urra.

"Thug e dhomh deich mionaidean airson feòil a bhruich 's a bhleith sa phoit, ach cuireadh iad fios air am maighstir[†] don ionad-ìochdrach. Ma dh'fhaodte gun gabh esan os làimh an obair seach gum bheil e cho eòlach air a' bhrathadair."[‡]

---

[*]   Smuainich e calg-dhìreach.

[†]   Chan e Rasaigh.

[‡]   Teine mòr.

Cha deachaidh smid a labhairt eatorra tuilleadh gus an d' ràinig iad mu thuaiream urchair gunna o laimhrig Acarsaid an Rìgh. Bha iad nan seasamh air àite còmhnard.

"Ciod a nì thu ris na h-eich?" arsa Cailean.

"B' fheàrr leamsa a' chaigeann a bhith maille ri mart Lachlainn[*] gu madainn à fianais na sùla."

Ruith e gu bàthaich, agus ghrad bha e air ais le ultach feòir, agus mu dhusan sguab de choirce.

"Guma fada bhios min aig Lachlainn, agus ma chaochlas e le ac-ras mun tòisich corran is brà, tha mi 'n dòchas gum faigh e seilbh air fois."

An ceann greise bha iad air an laimhrig agus Cailean gu dhara leth fo bhruthach. Thug e a-mach dà ghunna agus shìn e fear dhiubh do Mhac Grùslaich. Sheall esan le iongantas.

"Glè mhath, a Chailein. Bu tric a ghairmeadh ùmpaidh dhìot, ach 's ann a bha an t-ùmpaidh ann am fear a ghairm an toiseach e. Cia-mar a thug thu an seo iad?"

"Chan eil fios agamsa air treas cuid d' obrach, ach bha deagh fhios agam gum biodh cabhag sa ghnothach latha-eigin."

"A Chailein, a Chailein; tha an fheòil togarrach ri seann chleachdaidhean, ach thatar a' cur mòran air an fheòil agus a' cur ro-bheag air na h-innealan a bhios i a' cleachdadh."

Thog e a' bheairt le àbhachdas.

"Nam biodh an latha geal, grianach ann, an 'guirmein' air Eilean Thuilm, is mise sa bhìrlinn dh'fhàgainn a cheann san Loch Leath-ann."

Ruith e 's an gunna fo achlais a chum a' mhuil, ach fada mun do ràinig e bha Cailean is cainbe na làimh.

"Chan eil ann ach na trì eatharaichean, Eanraig."

"Chan eil," fhreagair Mac Grùslaich; "agus chan eil aon de na trì cho dìcheallach ris na seann chnàmhan."

"Chaill thu na bh' agad de chèill," fhreagair Cailean le imcheist; "cha teic[†] dhut na th' air do cheann. Cò bheir air ais i?"

"Ruith a' chuain dhi! Nach iomadh oidhche a bha thu air an Linne agus na bùird thana bha eadar thu fhèin 's an t-aigeal a' buadh-achadh air a' Ghearastan a dh'aindeoin còmhstri an t-sruth! Agus a Chailein," chaidh e air aghaidh 's a dhruim ris an eathar, "mura bheil

---

[*] Tuathanach.

[†] Gu leòr—aimh-thromaichte.

de chèill nàdarra na claigeann na lorgas Caol Rèidh agus Eilean Ras-aigh, nach bi sinn a' tagradh gun tuit i air na càirdean am Bàgh a' Chaisteil?"

Bha Cailean a' crathadh a chinn 's a' coiseachd a chum an eathair. Sheòl iad a-mach seachad air Uamh Mhic Thòmais agus Camas Mòr a' Bheòil gu bun Loch Shligeachain. Bha an aimsir ciùin agus an dubh a' còmhdachadh aigeann na fairge, a dh'aindeoin dìchill nan reult a bha nis a' nochdadh amhail chrùisgein air aghaidh nan speur. Thuit an ath chiùineas eatorra—fois iongantach a bhiodh mar shàbh-leighis do Chailean mura biodh i cho neo-àbhaisteach. Bha e cho eòlach air an duine bheag ruadh. B' fheàrr leis gu mòr a bhith a' faicinn cunn-airt na beul Mhic Grùslaich a bhith cuideachd. Bha iad a' togail nan ràmh le susbainn. Chualas guth os cionn faram nam bac.

"Siud mar a chailleas an ùraisg anam; reicidh e a cholainn airson làn a bhroinneadh. Mo bheannachd-sa aig muilt Rònaigh; is iomadh teinn is anastachd a fhuair mi nan lùib, ach chan eil an-dearbhadh nach do theasairg iad mise,—agus thusa, mar an ceudna, o ghorta is gainntir."

Thionndaidh e le tearrachd.

"Dh'fhàgadh esan ceathramh dem fheòil an Tuilm agus, mura fàgadh, bha a mhaighstir a' dol a dhèanamh feannadh-builg air mo chraiceann. Cò a bhiodh comasach air feannadh-builg a dhèanamh? Buailidh iad, slaicidh iad, falmhaichidh iad poit is sine mairt; ach, ged a bhiodh an dusan eanchainn agad air cnoc, agus slacan daraich nad làimh, cha bhiodh tu comasach air coinean earbsa ris an dusan."

"Chan e sin barail a th' aca," thubhairt Cailean.

"Tha deagh fhios agam nach e. Chan fhacas riamh aig burr-aidh ach aon bharail agus aon bheachd. Tha cuibhle bheag a chinn an-còmhnaidh air an aon ghnàthas agus cha chuireadh am peithire tulg na callairt."*

"Ach 's math a bhith cuidhte 's iad—cuidhte 's iad led chliù 's led bheatha. Dhall is bhodhair iad mi len iorghail is iorraman, is chumh-achan—Cumha Rasaigh, Cumha MhicCruimein. An atharrais† nach cluinneadh tu an-diugh 's i a chluinneadh tu a-màireach, ach faodaidh iad a-nis an donnalaich atharrachadh gu Cumha Mhic Grùslaich."

Èist! Bha Cailean air liogh an ràimh a thogail às an uisge agus e a' sealltainn a dh'ionnsaigh a' chladaich. Bha e mothachail air fuaim

---

*   Ṫa am facal Èireannaċ "calaiḋ" a' co-fhreagairt ris an facal seo—coileiḋ.

†   Ċì sinn gu minig i air clàr-cluiċe; agus (le cagair cluaise) aig do ċaraiḋ.

amhail eun air iteig. Bha corra-ghritheach a' ruith le ceud cabhaig dan ionnsaigh.

"An droch comharra," thubhairt Mac Grùslaich, neo-mhothachail air iomagain Chailein.

"Deagh chomharradh," chronaich Cailean.

"Chan eadh, chan eadh. Coma leat don òinsich. Tha uiread de eanchainn sa 'ghuirmein.' Nam biodh mo chèile air ghleus leiginn-sa fhaicinn dhi gun tàinig i an comhair a cinn don chunnart."

"Nach minig a shuidh i air a' Chorran!"*

"Glè stàtail, ach cha robh i na h-aonar. Thoir dhomhsa, a Chailein, an eala an cunnart, an earba an sùgradh, eun sgeunach agus mo nàimhdean fon fhòd. Seo cead a coise leatha!"

Tharraing Mac Grùslaich a ràmh gu meadhan an eathair le deifir.

"Feumaidh mi do sheanchas a chluinntinn ged a bhiodh Neacal na theine-biorach air callaid Eilean Donnain!"

Thug Cailean an ath ionnsaigh air Cille Mhoire, ach mun do chrìochnaich e bha e den bheachd gun robh an seanchas cho math aig an neach a bha ag èisteachd. Bha na dubh-neòil a bha a' còmhdachadh nan uisgeachan air tionndadh gu glas, agus na reultan a' soillseachadh le misnich. Bheòthaich a' ghaoth an cois an t-solais.

"Seo agad mo chuid-sa den ghnothach," thubhairt Mac Grùslaich le ìomhaigh làn de imcheist.

"Bha pòsadh nighean an Rosaich na bu choltaiche ri adhlacadh. Tha i fhèin ag aideachadh gum bheil i pòsta, tha thu 'g ràdh?"

"Cha do shaoil iad nì den aimhreit," fhreagair Cailean.

"Ged a bhiodh an aimhreit air a saltairt fo shròin Chlàmaig cha bhiodh pòsadh dèanta agus ise mothachail air. Chaill i a ciall, a Chailein, agus mur do chaill bheir i am beagan cèille a dh'fhàg i aig muinntir eile bhuatha." Bha susbainn nam briathran a labhair e a' dol dhachaigh gu inntinn Chailein. Bha e na thost agus a shùilean air ùrlar an eathair.

Labhair e an ceann greise le stòladh.

"Tha thu ag ràdh gun deachaidh i còmhla ri Mac Lachlainn a chum an Dùin an toiseach, agus an dèidh sin gun do choisich i gu taigh a h-athar. Càite an robh MacIllEathain?"

"Chaidh aithris dhomhsa gun robh e ga feitheamh an taigh a h-athar."

Thog Mac Grùslaich sgearb den fhilleadh a bha a' còmhdach a shlèistean gu clàr-aodainn.

* Ruba aig Loch Linne an Àird Dobhair.

"Tha i fhèin, a màthair 's a h-athair, air m' fhàgail tinn. Tha iad air buill mo chuirp a chur iomrall; ach, ma rùnaicheas Dia m' fhaicinn sàbhailte gu bonn na Coire Glaise,* cha loc mo shùil gus an rannsaich mi man timcheall."

"Ach innsidh mise dhutsa sgeul as iongantaiche na a chualas fhathast," leasaich e le guth leògach agus aghaidh ioma-luaisgeach. "Bha an tè a rinneadh na bean air laimhrig na Tora Bige dlùth air Cala an Rìgh, àrd-fheasgar, mura robh bha a tannasg ann."

Chrom Cailean aodann da ionnsaigh.

"Cò a dh'innis dhut?"

"Mac an Rothaich!"

"Rinn Cailean gàire. Bha Mac Grùslaich sgeun-shùileach, agus greim aige air an fheusaig bha an crochadh ri smig. Cha robh nì de ghluasad seachad air a ghuaillean ach a dhà shùil. Lean iad Cailean agus esan a' cuachail mu thoiseach an eathair. Dh'èirich Cailean agus shìn e ceanglachan chum an fhir a bha balbh ma choinneamh.

"Sin agad tìodhlac an t-seòmair-dheasachaidh."

Bha làmhan Mhic Grùslaich paisgte air lunn an ràimh.

"Cha do chreid thu mo naidheachd!"

Leig Cailean a làmh an taic ris an tarsannan a bha eatorra.

"Tha an Rothach cho dall ris an ròn san t-sneachda.

"Nach tu tha gòrach. Nam biodh a dhà shùil aige bha i air a mhealladh mar a rinn i daoine eile a mhealladh. Bha i an trusgan iasgair agus Ùisdean Sgeitheaboist ga steòrnadh a chum na Tora Bige.

"Chunnaic e i le a shùil?"

"Chuala e i le a chlaisneachd. Nuair a bhios muinntir eile a' sgrùbail 's a' tolladh, bithidh esan na thàmh a' deoghal an àileadh."

"Rachadh e air a mhionnan?"

"Chan iarrainn-sa air," thubhairt Mac Grùslaich, le ao-dòchas; "cò a rachadh air a mhionnan airson nighean an Rosaich? Nach eil thu faicinn gur e Ùisdean caraid Alastair Chaimbeil. Cha robh nì de eòlas aig an dall air sin. Bu mhiann leamsa nì-eigin de chèill 's de reusan a stèidheachadh air cùisean. Chunnaic mi Ùisdean lem dhà shùil an dèidh teicheadh on eaglais. Bha e an-fhoiseil agus tha mi cur mo làn-aonta a-nis gun robh e a' giùlan uallaich. Agus cha b' e fhèin a-mhàin ach am baothaire balaich ud aige. Bha esan a' ruith 's a' ruagail cas-rùisgte amhail cù mu fhaing."

----

* Beinn an Loch Abar dlùth air uisge Lòchaidh.

"Nach d'innis mi cheana dhut gun robh càirdean Alastair air am fàgail cho dubh ri sùithe. Carson a rachadh i air àrainn Ùisdein agus an duine sin deònach fuil a chridhe a dhòrtadh airson Alastair?"

"Am bheil thu gu cinnteach a' creidsinn gun do chuir i cùl ri a fear-pòsta?"

Bha Cailean a' coimhead an duine a bha ma choinneamh le aire dhùrachdaich.

"Chan eil; chan urrainn mi sin a chreidsinn."

"Leig leatha; coma leat dhith!"

"Am bheil thu idir mothachail air na tròcairean a th' againn an seo?"

Shìn e aran còmhdaichte le ìm da ionnsaigh, agus searrag le uachdar. Bha an duine tostach. Shuidh e air tarsannan an eathair. Bha deòir a' ruith o dhà shùil.

"Bha thusa san eilean fad an latha; ciamar a lorg thu am beannachd mòr seo?"

"Shìn Mac an Rothaich nam làimh e," fhreagair Cailean.

"An dèidh an teaghlach aiseag?"

"Seadh, bha an t-anmoch ann. Dh'àithn is dh'earb e rium an ceanglachan a thoirt dod ionnsaigh."

"Tha mi tuigsinn. Mhothaich i dhomh tron uinneig eadar an dà amhlair a chart air falbh mi, agus thuig i gun robh mi an crois."

Sheall e chum nan nithean a bha fa chomhair.

"A Dheòiridh nam beannachd, is iomadh latha a chobhair thu orm. An uair a bhiodh càch air udaig is uidil, bhiodh mo chuid 's mo chuibhreann agamsa aig a' bhòrd maille riut."

"Chan eil fios agadsa," leasaich e, "air blàths a cridhe—mar a th' agamsa. Tha co-chomann aice ris na mèirlich a ta timcheall oirre. Fhuair i a sloinneadh bhuatha, agus a theagamh taom de a fuil; ach cha robh sin ach dosgainn a rug oirre gun iarraidh, gun sireadh."

Bha Cailean air suidhe agus liogh an ràimh aige san uisge. Bha aghaidh a-mach air gualainn na bìrlinn.

"Ciod e am fearann a ta mi faicinn?"

Dh'èirich Mac Grùslaich le cabhaig.

"Tha thu bualadh air Oscaig is Càrn nan Eun."

"Cha robh an seòl-mara na thàmh," thubhairt Cailean.

"Cha robh idir, ach an do threòraich e sinn a chum na tè a bha coibhneil riumsa agus riut fhèin?"

Chrom e chum an ràimh: dh'iomair iad le susbainn sìos seachad mu choinneamh an taighe mhòir.

Bha teas anabarrach air tighinn sa ghaoith.

"Buaidh gu bràth le Deòiridh bhochd," ghlaodh Cailean; "bha mise air am bàs fhaotainn às a h-eugmhais."

"Bithidh sin leatha," ghlaodh Mac Grùslaich, a' cur aideachadh Chailein am mì-shuim. "Ged a sheòladh an t-eilean leis an t-sruth—mar a nì e latha air choreigin, agus mar a bhiodh a' co-fhreagairt no iomchaidh a thachradh—bithidh Deòiridh cho sàbhailte ri Lot. Chan èirich beud do ghòisne a ta na ceann. An dèidh seo cuiridh mi am barrachd meas air na facail a chaidh a sheirm nam chluasan—earrann den Fhìrinn—le Easbaig na Corpaich, 'Ma chailleas an salann a bhlas ciod e leis an saillear e.'"

"Siud an neach a ta cumail nan cabar* ud ri chèile. Às a h-eugmhais bha taigh is daoine tromach air thearraich le Sùisinis. Agus ma gheibh mise gu lic-ìobairt Chuimein bithidh coinnleir is coinneal air an sònrachadh dhi cho fhad 's a bhios peighinn air m' earradh."

Rinn e comharradh naomh na Croise le cabhaig. Bha sròn na bìrlinn san ladhar† àbhaisteach. Dheoghail i an diocla‡ tharra-gheal gu a bus le froineis a chuir diogladh na clèith agus dh'èirich i air caisean tholgach§ nan tonn, le toic a chuir stuadh ioma-luathach gu bùirich. Gheàrr i bilean na mara le sgairt-roid a chuir a bùird dhosrach air chrith agus a dh'fhàg fèithean lannach¶ a cuim so-lùbte air cruaidh nan ceann. Bha Mac Grùslaich balbh: bha Cailean iomagaineach.

"Am bheil thu deònach an t-eun a leantainn o Rubha na Cloiche gu Langaidh, no an Caolas agus an Àird Dhorcha?"

"Cum cuidhte 's Sgalpaigh," fhreagair Mac Grùslaich; "chan fhacas Sgiathanach riamh nach robh ga thagradh mar chòir. Tha deòin-bhàidh agam a' Chailleach fhaicinn an iar-thuath oirnn mun tog mi claigeann an latha. An do smuainich thu riamh air seo," leasaich e, le car tuathal; "cha do thog Cathal ceann. Chaidh a thrusadh a dh'ionnsaigh na Frainge agus chan fhacas a bheò no a mharbh on latha sin."

"Sìth da far am bheil e," fhreagair Cailean, taingeil gun robh a charaid aig iomall an t-seanchais.

Bha Cailean a' tilgeil ultaich mara o cheann an ràimh, agus a' tolladh a' mhairbh-bhrat dhuirche bha ag iadhadh ma thimcheall.

---

*   Fraiġ an taiġe.

†   Mòltair—na dian-ruiṫ.

‡   Dòirteaḋ uisge ṫa a' samhlaċaḋ na fairge le a meuḋaċaḋ.

§   Tuinn ġoirid, ċar, a ṫig le caise no buinne nàdair.

¶   Lann air sgadan. Ṫa lann mar an ceudna air tarraig (tarrang).

Cha robh nì a bha na chomas nach do dh'fheuch e le dòchas gun treòraicheadh e a cho-obraiche gu slighe eile, ach dh'fhoghlaim e gun robh Mac Grùslaich cho cruinn agus, do bhrìgh sin, so-fhreagarrach ri smuain a chinn.

"Carson a bhiodh Rasaigh a' bagradh mort is marbhadh nam biodh cùisean rèidh? Seo an nì a chuir iongantas orm a thaobh nighean an Rosaich agus Ùisdean. Bha thu fhèin gu bhith an sàs ri deud nan dos fhiacail. Bha Pàraig gu bhith air an laimhrig a' riasladh rannghail na Fèinne, ach cha chualas an còrr mu thimcheall ceòl no laimhrig."

"Chan eil mise a' smuaineachadh air na nithean sin idir," fhreagair Cailean; "tha mi dèanamh deilbh do Dhùghall Gorm an sgùrr Thròndairnis."

"Bithidh òrrais is goile falamh aige," fhreagair Mac Grùslaich le dèine, "ma tha e fhathast a' feitheamh uan gun spoth. Agus sa mhadainn bithidh an ath chuibhreach ma eanchainn. Thèid e gu bàs agus chan fhuasgail e tòimhseachan Dhùn Tuilm. Agus ma tha e deònach a dhol air ànradh fada buaileadh e eaglais Cille Mhoire agus am ministear. Rannsaicheadh iad le chèile gach doras is spiris a ta na ballachan. An dèidh sin gabhadh e ràth dorcha a chum an Dùin agus Mhic an t-Saoir agus foghlaimeadh iad nach eil an clàr an cinn ach luidhear gun leus solais. Carson nach beathaich iad an cuid each?" leasaich e, 's a cheann air fhiaradh. "Cha ghiùlaineadh each Ruaraidh Bhàin sac sìl a dh'ionnsaigh na bradhainn."

Bha bìrlinn Rasaigh a' criomadh sàl saillte a' giùlan dithis dhaoine a chaidh fhògradh às an dùthaich fhèin agus a bha a-nis le mòr-thogradh a' pilleadh a chum na dùthcha sin a-rithist. Bha i seachad cladach a' Phluic còmhla ris a' ghrèin, agus bha dithis dhaoine le steud-eich chruidheach a' stailceadh fineach na h-Àtha Leathainn agus Ghlinn Àraich, a dh'ionnsaigh Caol Rèidh. Bhòidich iad air cuirp is anaman, air tràigh na Sgoirebreice agus air an Dia neo-fhaicsinneach. Ghlaodh iad ris an Àrd-riaghladair corp na sgalaige aiseag dan ionnsaigh, ach ghrad thuit iad gu talamh cumanta, agus chnuasaich iad le fèin-spèis is buirbe nàdair. Bha iad a' mionnachadh 's a' mallachadh nach robh aisne suas o chruachan na sgalaig ach dìleab a chaidh a thiomnadh le treun-shionnach; gidheadh cha deachaidh am fradharc troigh seachad air coileid Chaol Rèidh. Roghnaich Mac Grùslaich slighe bha calg-dhìreach. Stiùir e air Eilean Donnain is Totaig, an cala a bha a' dol ga threòrachadh gu Loch Dubhaich agus gu Dùn Dhiarmaid far am biodh

a' bhìrlinn cho sàbhailte ri àrc san amar-nighe, agus far an laigheadh
a shùil air cròic is eilid, 's air fuaran mall-cheumach a' steòrnadh
aignidhean gu sàmhchair is fois.

An Cruaiḋ-Ġleac Ris An Dìoṁaireaċd

Caibideil

XII

Anns an fhoghar mun àm a bhios an duine mothachail air cinneas is abachadh na talmhainn, bha dithis dhaoine a' dian-choiseachd ri cois Loch Omhaich an sgìre Loch Abar. Ràinig iad Inbhir Gharaidh agus sheas iad fo chomhair aitreabh taighe. Bha iad còmhdaichte le èideadh de chlò dorcha agus bha brògan de leathar làidir man casan. Sheas iad a' còmhradh car tiota. An ceann greise bha fear dhiubh aig doras beag, cumhang; agus bhuail e uilt nam meur air a' chòmhlaidh. Chaidh an doras fhosgladh gun dàil, agus choisich an coigreach a-steach. Bha duine às eugmhais còmhdach-cinn, agus peann na làimh dheis, a' coiseachd timcheall clàr-malairt. Bhiodh e mu leth-cheud bliadhna de aois. Bha falt a chinn cho geal ri clòimh agus snuadh aodainn sa cheart shuidheachadh. Bha an dithis aghaidh ri aghaidh. Bha nì-eigin de theinn, no ainbhios san tostachd a bha eatorra. Labhair an coigreach a bha a' streap ris a' chlàr-gnothaich—

"Is mise Mac Grùslaich, an troich."

"Seadh, ciod e tuilleadh a th' agad ri ràdh," fhreagair am fear a bha feitheamhach aig taobh eile an taighe. Bha cheann air leth-fhiaradh agus fradharc a chinn cho geur ri lannsa.

"Chan eil nì tuilleadh agam ri ràdh," fhreagair Mac Grùslaich, a' socrachadh sàiltean a bhròg le faram air an ùrlar.

"Chan eil do mhaighstir cho ladarna riut. Fhuair na clachan agus an talamh fois on dh'fhalbh thu; agus, ma thàinig thu air d' ais a chum talaimh nuaidh oillteachadh, 's e mo dhleastanas-sa cnàmhan do chuirp a lùbadh air a chèile."

Mum priobadh Mac Grùslaich a shùil, bha uilt a dhà ghlùin air lùbadh agus a dhruim an taic ri còmhla an dorais. Bha grèim aig an duine air mun amhaich. Bha e ga bhrùthadh 's ga phleasgadh, agus ghrad chuir e a chòig meuran timcheall fo a smig amhail turcais. Bha an neach a bha na shuidhe cho liath ri guirmein. Chuir an coigreach greim-bàis air caol-dùirn eascaraid. Chualas fuaim amhail cù am measg dùn de chnàmhan. An ath oidhirp a thug Mac Grùslaich a chum e fhèin a dhìon, bha an duine a' togail stòl beag is a' ruith da ionnsaigh.

"Tha feachd an t-sluic ga do dhìon: dhiùlt thu am peilear is stàil-inn. Gus an tèid cnàimh a sgoltadh a dh'ionnsaigh na smior cha tig fàillingeadh air do chorp."

An dèidh nam briathran a labhairt thilg e an suidheachan le a threun-neart gu còmhla an dorais. Ma labhair an duine mun chumh-achd a bha a' dìon Mhic Grùslaich air an talamh le tearrachd no magadh, dh'fhaodadh e nis labhairt le fìrinn. Cha robh na facail cuidhte is a bheul nuair a bha fhad 's a leud air lobhtaidh an t-seòm-air, agus glùn an duine bhig an taic ri uchd.

"Tha mi ag aideachadh gun do chuir thu am breislich mi," thubh-airt Mac Grùslaich le sìochalachd; "ach thoir a thaing air do ladar-nas. Na creid idir gun do thachair e le treubhantais cuirp no neart gàirdein."

"Na gluais 's na caraich, agus air sgàth Dhè na tigeadh smid seachad air do bhilean ach freagradh nan ceist a bhrùthas mise tro thuill do chinn."

Leig e aon ghlùn air an ùrlar. Chaidh e air aghaidh—

"Cha robh mi am bheachd idir gun tigeadh cùisean a chum an t-suidheachaidh seo; ach seach gun do roghnaich thu an t-slighe, tha mise deònach do bheatha fhàgail agad—sochair a dh'fhàgadh agamsa le dìth-lùth do chuirp-sa—ma fhreagras tu mi le fìrinn."

"Rùnaich mise, no roghnaich mi ma thoilicheas tu, mo chead a ghabhail den sgìre a ghoid do mhaighstir, agus am fearann a fhuair e do bhrìgh 's gun robh eanchainnean an t-sluaigh an cinn an cruach-ainn, no ma dh'fhaodte fuaighte ri an calpannan; agus 's i mo cheist, ciod e an ùine o rinn mi cùmhnant riutsa san ionad seo gun imichinn lem shaor-thoil fhèin?"

"Ceithir bliadhna na taca seo."

"Ciod e an t-suim a phàigh thu dhomh?"

"Fichead punnd Sasannach," fhreagair am fear a bha na shìneadh, le dùrachd.

"Thug thu trì fichead punnd Sasannach seachad do leth-dusan dem cho-obraichean, agus sheachain iadsan an sgìre airson ceithir mìosan. Am bheil thu meas fichead punnd Sasannach na dhuais threibhdhirich do neach a thrèig an sgìre airson ceithir bliadhna?"

"Chaidh mo mheas leatsa mar amadan. Rud sam bith airson Mhic Grùslaich, an troich. An saoil thu an robh 'rud sam bith' math gu leòr airson an duine a rinn còmhnadh leathase a thilg thusa mar nì suarach aig geata iarrainn Abaid Chille Chuimein bho chionn còrr is fichead bliadhna?"

Bha sùilean an duine air dùnadh; agus ged a mhothaich Mac Grùslaich gun robh aodann sèimh chaidh e air adhart a' bruidhinn.

"Ciod nach robh thusa a' dol a dhèanamh air mèirlich-sìthne a' Choire, ach cò a chum do cheann 's do chluasan riut?"

Sheas Mac Grùslaich le cabhaig. Bha aghaidh iomagaineach 's a dhà chluais ag èisteachd ri bùrdanaich shocrach bha a' teàrnadh gan ionnsaigh. Cho robh smid aig an duine bha na shìneadh. Thuit marbh-bhrat de chiùineas air an àite a thionndaidh craiceann Mhic Grùslaich fuar. Dh'fhosgail e còmhla an dorais agus rinn e grad-leum seachad air a chlàr-mhalairt gu searraig de uisge. An ceann tiota bha e air ais, ach bha an duine ga choimhead. Rinn e oidhirp gu seasamh air a chasan. Bha deòir thaingealachd an cridhe Mhic Grùslaich ga fhaicinn le ceum mall a' coiseachd gu taobh eile an taighe.

Shuidh e an cathair. Bha am fear eile buidheach gun robh e na suidhe, ach cha robh urras air bith aige gun robh beatha sa cholainn. Bha a thuar air dhreach na cailc, agus bilean a bheòil glaiste.

Bha am fear a bha ga choimhead air braonadh a-mach le fuar-fhallas—fuachd a bha a' fàgail fheòil gluasadach air na cnàmhan. Bha esan air ais 's air adhart, eadar Mòrag Ros agus a màthair; agus bha e a' toirt fa-near ma bha iad a' tagradh ìobairt gun robh gu leòr agus ri sheachnadh a chorp fhèin a thoirt suas.

"Nam biodh bean an Rosaich air a bhith anabaich, agus bean Ghrùslaich air a tuisleadh asbhuaineach, bhithinn-sa an-diugh aig fois."

B' e siud na facail a ghairm e an cluasan Chailein aig bonn Sgùrr an Fhuarain.* Bha Cailean bochd a' smuaineachadh gun robh fois aige far an robh e, oir bha seachdain eadar na briathran agus bìr-linn Rasaigh a sheòladh gu Dùn Dhiarmaid. Air a shon sin, bha e taingeil—eadhan mothachail air cor an duine a bha ma choinneamh, gun robh e an-diugh air slighe a threòraicheadh e fa dheòigh gu ionad tàimh. Rinn e cuimse. Agus ag aideachadh gun robh a' chuimse sin cruaidh, an-iochdmhor, bha e toilichte gun do bhuail e an tarrang

* Beinn dlùth air Ceann an t-Sàile, 3,505 troigh.

na mullach ged nach rachadh i gu bràth na h-ionad. Chlisg e. Bha an duine làithreachail, agus a bhilean a' cur briathran air ghleus.

"Druid sìos an doras."

Rinn Mac Grùslaich ceum an comhair a chùil, agus dhùin e a' chòmhla chum na h-ursainn. Bha e air ais an tiota.

"Cia às a thàinig thu; à doimhneachd na h-ifrinn?"

Rinn Mac Grùslaich blàth-chasad,* agus ghreimich a chòig meuran an fheusag a bha an crochadh ri smeigeid.

"Chan ann buileach," fhreagair an duine cruinn, dearg.

Bha e na thost ùine bheag, agus rinn e an ath chasad.

"Ach bhithinn dìleas araon do rùn mo chridhe, agus do bhilean mo bheòil ged a shamhlaichinn an t-àite san robh mi ris an ionad a dh'ainmich thu. Ach tha mi coma," leasaich e, a' cur uilt nam meur na chruachainn, "ged a dh'innsinn dhut cia às a thàinig mi. Riasail mi am measg chinneach a ta beò air èiginn, le mèirle, gadachd, agus laigse an co-chreutairean gun atharrachadh cosail riut fhèin."

"Tha thu rùnachadh dà eun a chosnadh leis an aon urchair!"

"Cha do labhair mi riamh le brosgal, no foill-fhacal," fhreagair Mac Grùslaich; "agus cha bu chaomh leam neòil is dorchadas. Faodaidh thusa," thubhairt e le tapachd, "labhairt le ceilg is foill. Tha d' aideachadh is d' aidmheil agamsa cho suarach ri creathlaig!"

"An robh mi dol a chreidsinn amhlair a thilg a shliochd gu ceithir cheàrnaibh an adhair, no dol a dh'èisteachd ri cainnt thlàth a' mhort-air?"

Bha Mac Grùslaich a' labhairt le dànachd a rèir 's mar a bha e a' faicinn treòir an fhir a bha ma choinneamh. Dh'èirich esan gu clàr-bùird le neart a chuir mòr-iongantas air an duine a bha na sheasamh. Thàinig e air ais agus chàirich e leabhar air a' chlàr-mhalairt. Thionndaidh e duilleag an dèidh duilleige, agus bha e tiota beag na thàmh.

"Thug mi dhut an t-suim a dh'iarr 's a roghnaich thu."†

"Thug thu seachad an t-suim a roghnaich mi airson 'n sgìre a chuidhteachadh, ach ciod a fhuair mi airson uaisleachd, is beul dùinte?"

"Chan eil susbainn no ciall aig do bhriathran," fhreagair am fear-gnothaich.

---

* Casaḋ a ḃios daoine a' dèanaṁ gun èiginn.

† Is minig a ċaiḋ suim airgid a ṫoirt do ṁuinntir a ḃa beò air Eilid na Macraḋ. B' aiṫne don ùġdar neaċ a ċaiḋ gu dùṫaiċ ċèin airson dà ḃliaḋna le tìoḋlac an uaċd-arain. Giḋeaḋ ba am fiaḋ annasaċ agus, mo ṫruaiġe, feòil-ran anḟann.

"Chan eil dhutsa," thubhairt Mac Grùslaich, le èasgaidheachd. "Tha brìgh is susbainn annta do mhuinntir eile. Is tusa ionracan na h-abaid. Is tusa an duine còir, suilbhir, a threòraicheas eilthirich tro phurgadair le coinnlean an-asgaidh. An robh bean, eadhon ged a bhiodh i luchdaichte gu a dà chluais le òr is airgead, ged a bhiodh a sliochd cho lìonmhor ris na fionnain-feòir, 's ged a bhiodh i air buaraich aig an fhear-mhillidh mìle bliadhna, a' dol a dh'atharrachadh duine gu gnìomh an-diadhaidh an greis de fheasgar?"

Thug Mac Grùslaich ceum a chum an dorais. Bha an duine air tuiteam a chum na cathrach. Leig e cheann an taic ris an tarsannan, agus bha làmhan gun treòir air a dhà ghlùin. Bha e a' meòrachadh air an fheasgar—am feasgar a lorg e bean, fuighleach neach eile, le sliochd is maoin, agus a chartadh a-mach às an taigh e leis an aon chuspair a bu roghnaiche leis air aghaidh na talmhainn. Am boireannach a thubhairt ris an seagh, thogadh mo theaghlach-sa le mùirn is suairceas, agus chan eil do chuid-sa airidh air an taigh sam bheil iad a' gabhail còmhnaidh a sheilbheachadh. Shuidh e an dòigh gnàthachail, agus sheall e chum an dorais.

"Ciod e a ta thu sireadh, no ciod a ta thu ciallachadh?"

"Chan eil mi ag iarraidh no sireadh," fhreagair Mac Grùslaich. "Bha mi airson innseadh dhut gu ciùin, modhail gun robh Cailean mòr agus Mac Grùslaich an troich, air tilleadh a chum nan seann chlachan."

"Cha bhi calltachd agamsa idir!"

"Bithidh gu leòr aig do mhaighstir! Chan eil agad ach cagar a chur na chluais agus bithidh mìle punnd Sasannach air a roinn eadarainn. Agus carson nach biodh an nì a fhuair 's a sheilbhich thu le làmhachas-làidir air a roinn? Am bheil Taigh nan Cumantan agus a' Phàrlamaid Shasannach comasach air bacail a chur air ceartas? Chuir iadsan an cinn cuideachd agus rinn na mèirlich an lagh dhaibh fhèin; agus ma dheònaich iad gum biodh ana-caitheadh air a dhèanamh air an talamh a chruthaich Dia, carson nach cuirinn-sa agus muinntir eile làmh san obair?"

"Tha thu ro theth!" fhreagair an duine eile le geur-mhagadh. "Fhuaradh thusa sa ghinealach seo, ach bha còir agad a bhith beò còmhla ri Nòah. Is i cèird muinntir eile saothrachadh airson na gheibh iad—pàigheadh gu dìleas air an son—ach 's i d' obair-sa do cho-chreutair a spioladh agus do dhùthaich fhàgail aimbeairteach."

Bha Mac Grùslaich air ais aig a' chlàr-mhalairt. Labhair e le dian-thogradh.

"Bithidh tu fhathast a' tagradh airson a' ghreim a dh'itheas tu, agus, ceud bliadhna an dèidh seo nan tugadh creideamh no ionracas air ais thu chum na talmhainn, chitheadh tu led shùil leanmhainn na h-obrach mhì-naomha sam bheil thu fhèin agus do mhaighstir an sàs. Iadsan a thig às do dhèidh, bithidh iad a' tagradh chum 's gun tuit na beanntan air an cinn. Bithidh an sluagh a chaidh a chreachadh—na cinn phlaosg eanchainneach—a' ruith a chum a' bhaile cosail ris a' Mhac Stròidheil, a chum am broinn a lìonadh le fuighleach.'"*

Dh'èirich an duine le cabhaig. Bha neart air tighinn a dh'ionnsaigh a chuirp, agus a theangaidh. Chuir e a làmh le cabhaig gu pòca beag agus tharraing e a-mach litir.

"Chan eil agadsa ach na mionaidean tha 'n làthair: dèan feum math leoth'. Thàinig sin gam ionnsaigh le carbaid na Corpaich. Tha bìrlinn Rasaigh na dà leth air Caisteal Chinn t-Sàile, agus seirbheisich Rasaigh a' sireadh do chuirp beò no marbh."

Chuir Mac Grùslaich a làmhan an lùib a chèile air uchd.

"Tha co-ionnanachd eadaraibh agus a theagamh co-fhaireachadh an cruaidh-chàs, amhail na mèirlich gus an tèid iad a-mach air càch a chèile. Am bheil Draoidh† na Corpaich a' smuaineachadh gur e Mac Grùslaich seadh agus amen a h-uile droch-bheairt? 'Mura bheil e ri fhaicinn an seo, feumaidh gum bheil e an siud.' Seo na facail a chnuasaich e le clàr a chinn; ach do bhrìgh agus gu bheil amharas nas miosa na gnìomh, faodaidh mise innseadh dhut gum bi mi air m' fhaicinn 's air m' fhaireachdainn an siud 's an seo."

Bha an dithis dhaoine seachranach air trom-smuain an cridheachan. Mura biodh seo mar seo, cha bhiodh lideadh idir air a labhairt eatorra. Dh'èist Seumas Camshron ri òraid Mhic Grùslaich mar a dh'èisteas cailin ri duine agus i air dùil-thairis‡ a thoirt do na seann choisichean. Ged a bha e a' dèanamh oidhirp air bruidhinn, 's ann a bha e a' meòrachadh air na nithean a thachair co-ceangailte ri geata iarrainn Abaid Cille Chuimein—na nithean a dh'fhàg dreach an airgid air a cheann, a chuir a thagradh e air a dhà ghlùin a chum 's gum biodh iad air an dubhadh a-mach às a chuimhne gu sìorraidh, agus a threòraich e gu a chlòsaid uaigneach ag aslachadh airson beatha nuadh an coinneamh nan creuchdan grod a dheònaich e ìob-

---

* Ċan aiḋiċeaḋ cuiḋ ri barail Ṁic Ġrùslaiċ geḋ a ḃioḋ iaḋ ḟèin agus an teaġlaiċean air an cunglaċaḋ aṁail cearcan air spiris. Ṫa còir agaḋsa agus agamsa eanċainn ar cinn a rannsaċaḋ.

† Seumarlan na Corpaiċ.

‡ A ḋòċas a ṫoirt suas.

radh don bhàs nàdarra. Bha iad air an toirt fa chomhair le mèirleach-
sìthne nach robh Dia no daoine comasach air a cheannsachadh. An
robh eòlas aig an asbhuain làithreachail ma timcheall? Is e a bhith
a' smuaineachadh gum faodadh eòlas a bhith aig Mac Grùslaich
orra a dh'fhàg fuil a chuirp reòthta. Bha e a' stèidheachadh air aon
bhunait a thaobh a' chuspair seo. Do bhrìgh agus gu robh, fhuair
e a neart àbhaisteach. Bha e den bharail nach robh dòigh no seòl
aig Mac Grùslaich eòlas fhaotainn ma timcheall, oir b' e dithis de
a cho-obraichean a thog fianais na aghaidh. Bha iadsan san ionad
nach togadh iad fianais tuilleadh. Eadhon ged a bhiodh iad beò, cha
rachadh iad gu cùirt-lagha le nì na bu treise na amharas.

Amharas! Cha rachadh e às àicheadh nach e amharas cosgail
a bh' ann do chuideigin; agus thug e fa-near, mar an ceudna, mura
biodh e air an dithis dhaoine a riarachadh aig a' cheart àm, gum
biodh obair so-rannsaichte agus gum biodh esan fa dheòigh air a
ghairm ciontach. A thaobh Mhic Grùslaich bha esan gu dhà chluais
san dìomhaireachd a bha ag iadhadh mu Mhòraig Rois. Cha robh
san dubhar a bha a' còmhdachadh a màthar ach mar gun rachadh e
chum na mara agus gun togadh e làn meurain den uisge an coimeas
ris a' chuairteig san robh e ga fhaotainn fhèin ma timcheall.

Bha e ag aideachadh gun do chaith e a' chuid bu mhò de aimsir air
an talamh le tuaiream. An robh beatha air a caitheadh air thuaiream
no tuiteamas, a' cur fa dheòigh teicheadh air cùisean nàdarra? Cha
robh! Agus do bhrìgh agus nach robh e a' creidsinn nach robh, bha
e an-diugh an seòmar-gnothaich tighearna,—agus a' tagradh ri
fear-ionaid le dòchas gum faigheadh e saorsa, agus gun togadh e an
neul tiugh, dorcha gu stèidh tuigse.

Chaith e seachdain an sìth san t-sàmhchair—'s e sin barail a
bh' aig Cailean, ach bha e air còig seachdainean a chaitheadh an
teanntachd. Agus an-diugh, a dh'aindeoin a thapachd agus a bhriath-
ran treun, bha e cho aineolach air athair Mòraig Rois, no cò bu
phàrant dhi, agus a bha e air an latha a gheibheadh e am bàs.

An ceann na seachdain an dèidh an t-Eilean Sgiathanach a
thrèigsinn bha e an sgìre eòlais. Cha robh teaghlach eadar Salachan
agus an Linne, suas gu Uamh na Coire seachad air Cille Chuimein,
nach robh eòlas aige man timcheall an dòigh air choreigin. Bha e
a' creidsinn nach robh mòran de atharraichean air tachairt rè nan
ceithir bliadhna a dheònaich e an sgìre fhàgail. Choisich e le misnich
Meall Bhanbhaidh gu ceann Glinn Làragain. Bha Cailean na chois

bodhar, balbh, mar bu ghnàthach leis. Chaidh iad gu taigh beag le dà stuaidh agus bhuail Mac Grùslaich uilt nam meur air an doras.

"Fàilte a-staigh!" thubhairt e, agus ri Cailean leis a' cheart ghuth, "coisich, tha iad cho bodhar ris na clachan."

"Fàilte oirbh!" fhreagair seann duine.

Bha e na sheasamh air an ùrlar le lorg na làimh. Bha a cholainn air lùbadh amhail leth-chearcall. Shìn Mac Grùslaich a làmh agus ghrad ruith e chum an teallaich.

"Is minig a theagaisg m' athair dhomh gun robh aois is òige san àirc, agus gun robh na seann chlàir cho measail ris na calmain."

"Seadh, seadh," fhreagair an aghaidh thana, phreaslaich, a bha ga choimhead. "Agus nach fhaodadh e bhith air innseadh dhut ma bha tùr na chlaigeann mura biodh seann chlàir ann nach biodh feum air àirc no calman?"

Bha a sùilean beaga ga tholladh. Ach ghrad thog i a ceann.

"Ciod e an tuainealaich a th' ortsa? Nach suidh thu. Is ann tha an t-àmhghar aicese a tha an crochadh ort."

Bha Mac Grùslaich air teicheadh gu stòl beag. Bha Cailean a' glaodhaich nì-eigin an cluais an t-seann duine. Shuidh esan agus sheall e dh'ionnsaigh a mhnatha le mì-fhoighidinn. Threòraich Mac Grùslaich an seann duine ceum air cheum gus an d' ràinig e Mòr NicAmhlaigh, bean Dhòmhnaill Rois.

"Chuir Mòr cùl ri taigh beag a' ghlinne, agus roghnaich i tuath-anach na beinne."

B' e siud na facail a ghlaodh e an aodann Mhic Grùslaich an dèidh innseadh dha gun do chaochail bràthair a h-athar o chionn ochd bliadhna deug.

"Ciod e ainm a' ghaisgich a roghnaich i?" thubhairt Mac Grùslaich le gluasad.

"Dòmhnall Ros, tuathanach na Feàrnaidh. Chaidh am pòsadh sa Ghearastan o chionn ochd bliadhna fichead."

"Am bheil iad air thaigheadas san Fheàrnaidh an-diugh?"

"Chuala sinne gun d' thrèig iad an sgìre. Tha cuid ag ràdh gun robh iad sa Mhonadh Ghorm, ach tha iomadh bliadhna bhuaithe sin."

"Cia lìon?"

"Deich no dusan," fhreagair an duine le dearbhtachd.

Bha Mac Grùslaich na thost tiota. Bha e ag amharc an-dràsta 's a-rithist air an aghaidh bhig, uidheir, neo-fhoiseil a bh' aig taobh eile an taighe.

"An d' fhuair iad teaghlach," leasaich Mac Grùslaich le stòldachd a bha a' camadh fonn a chridhe.

"Aon nighean," fhreagair an duine, le guth ciùin.

Ach bha guth na tè a bha san oisean a' tuiteam air a chluasan amhail tàirneanach.

"Carson a ta thu labhairt nam breug? Am bheil nì-eigin de chumadh na sìorraidheachd gu tighinn ort gu bràth?"

Bha an seann duine tostach. Bha cnàmhan buidhe an teallaich a' bleith 's a' prunndail. Thog i a guth. Bha a h-ìomhaigh tearrachail agus a dà shùil cho sgaiteach ri èibhleig lasrach.

"Fhuair ise a teaghlach mar a fhuair i fiacail a cinn—dh'fhàs i dhi! Chaidh an t-aon mhoileach nighinne a lorg le mèirlich-sìthne na Coire gun bheag atharraiche seach mar a lorgadh Maois."

"Beul-aithris, a bhean!" fhreagair an seann duine le lasadh sùl; "na creid nì sam bith ach an nì a chì do shùil agus a chluinneas do chluas."

Mun do ruith còig mionaidean bha Mac Grùslaich air taobh a-muigh an taighe. Bha e taingeil gun robh de thùr na cheann na chuidhtich a' chagailt le crathadh-làmh.

"Connsachadh! Cha d' rinn i siud ceum riamh ach an comhair a cùil—airc is aois is òigridh!"

"Mach; coisich!"

An ceann greise bha iad nan suidhe air tolman de fhraoch. Bha Cailean a' sealltaínn a dh'ionnsaigh nan speur le cianalas. Chuir e seachad na facail a chuala e aig Sgùrr an Fhuarain le fiamh-ghàire. An robh a charaid a' ciallachadh nam briathran a labhair e? Sheall e da ionnsaigh. Bha a chraiceann seacte, ruadh-ghlas—an dreach a bhios air neach a' dol a dh'ionnsaigh a' bhàis agus cionta throm a' rùsgadh a chogais 's a' filleadh ri eucail a chuirp. Cha robh an-dearbhadh nach robh nighean an Rosaich agus a màthair air cnàimh a thilgeil gu daoine eile. Cha do ghabh Cailean iongantas idir nuair a dh'innseadh seo dha le macantas nach cuala e riamh roimhe.

"Nighean an Rosaich," thubhairt Mac Grùslaich. "Is e trom-amharas a th' agamsa ged a rachadh tu gu iomall an domhain agus gum feòraicheadh tu mu Mhòr Ros agus ma h-ighinn gum biodh tu fhèin agus muinntir eile sa cheart shuidheachadh."

Agus mun do sheas e air a chasan bha Cailean fichead bliadhna air ais an eachdraidh a bheatha. Dhòirt am feasgar air ceann Mhic Grùslaich mar thuil uisge. Bha e fhèin agus càch aig Tobar nan Ceann an dèidh am feasgar a chaitheadh sa Choire Ghlas. Bha an t-anmoch aca a' fàgail an tobair. Choisich iad gu Cille Chuimein, astar naoi mìle. Nuair a bha Mac Grùslaich a' nochdadh ri ceann an iar na h-Abaid thuit sgal cruaidh air a chluasan.

Bha an aimsir ciùin. Bha a' ghealach cruinn an àirde nan speur. Choisich e fhèin agus an duine a bha còmhla ris gu gàrradh na h-Abaid. Sheas iad tacan. Chaidh Mac Grùslaich gu fiata gu oisean na callaid. An ceann mionaid bha iad fo chomhair na h-aitreibh agus Mac Grùslaich a' togail leanaibh gu uchd. Gun dàil, no gun uiread agus facal a labhairt, bha am fear a bha còmhla ris a' tarraing clag an taighe. Chaidh an geata iarrainn fhosgladh. Shìn Mac Grùslaich an leanabh do dhuine mall, fiata, le briathran nach do tharraing bhuathasan ach trom-osna.

"Seo!" thubhairt Mac Grùslaich, le cridhealas; "coma leam dhiubh,—bathar cuglach a th' annta."

Ma dh'fhaodte nam biodh Seumas Camshron air an obair a bh' aige san amharc a choileanadh gun robh goileam na h-Abaid air a dhol bàs leis an aon oidhche. Bha esan air a cho-èigneachadh gu falbh leis an leanabh, aois nan ochd mìosan deug, mun àm a bha Mac Grùslaich agus a cho-obraichean aig Tobar nan Ceann. Bha e fiosrach nach biodh a' ghealach air an adhar gu aon uair deug. Bha e taingeil. Bhiodh a chuid obrach seachad mum faiceadh e gnùis na gealaich. Bha teagamh is eagal air a cheum fhàgail mall, agus air brìgh a chuirp itheadh. Gidheadh ràinig e geata na h-Abaid le nì-eigin de mhisnich is spionnadh na bhuadhan.

Mo thruaighe, bha treòir a chuirp, mar gum b' eadh, fuaighte ri a ghàirdein. Cha bu luaithe bha a làmh air clag na h-Abaid na a theich i. Tharraing e an clag air dhòigh air choreigin. Rùnaich e facal air an fhacal innseadh do phrìomh-òigh an taighe, ach bha briathran a mhnatha a' bualadh air a dhà chluais agus a' cur gaoir de fhuachd tro bhuill a chuirp.

"Ruith na h-aibhne dhi, a' chlais uisge, àite air choreigin a-mach às mo shùil agus à sùil an t-sluaigh!"

B' e siud na briathran dalma, mì-thruasail a ruith tro chlais-neachd Sheumais Chamshroin dà oidhche an dèidh bean a phòsadh, agus a thaigheadas a stèidheachadh dlùth air Cille Chuimein. B' e barail a mhnatha nach robh mì-chliù idir co-cheangailte ri bàs mnatha—riaghladh freastail. Is ann a bha am mì-chliù co-cheangailte ri bean a chall agus leanabh fhaotainn—barail no gnè connsachaidh nach tàinig dhachaigh air Seumas Camshron gus an robh e cuidhte 's clàr-pòsaidh na h-eaglais. Cha do smuainich e na inntinn rè na

h-ùine a bha e a' cosnadh a mhnatha air aon dùrd a labhairt mu
thimcheall nan sùilean beaga, donna agus nan làmhan neo-lochdach
a bha e a' fàgail sa chreathail. Cha tug an tè a choisinn e a bilean o
chèile mu theaghlach no carraid. Dh'fhoghlaim e gun robh i leagte
ri a shuidheachadh mar aonrachdan agus bha ceistean teachail na
dachaigh seachad leis an sin.

Nam b' ann le foill no fèin-fhiosrachadh—buaidh fhacal a chleachd
a bhean mun robh i fichead mionaid na thaigh-còmhnaidh—a bha e
air neamhnaid na creathlach fhàgail an cleith, no do-fhaicinn, bha
e a' smuaineachadh nach biodh a theinn cho dòrainneach. Bha na
nithean a bha ga bhuaireadh tron latha a' bualadh air a thuigse agus
e a' feitheamh sgeun-shùileach fo chomhair na h-Abaid. Am biodh
e comasach às eugmhais rudha-gruaidh a chùisean a sgaoileadh
fo chomhair an t-sluaigh? Bha e fhèin gu bhith an aitreabh taighe
leth-dusan mìle air falbh agus a dhìlleachdan air dèirce—eadhan
ged a bha na bheachd pàigheadh air a son an Abaid Chille Chuimein.
Cha robh ùghdarras aig an eaglais dham buineadh e aontachadh le
suidheachadh cho mì-ghnàthaichte. Agus ged a bha e a' toirt fa-near
gun robh e na choigreach araon da sluagh agus da sgìre, an robh e
sàbhailte dhasan a ghineil earbsa ri eaglais ged a rùnaicheadh i an
leanabh altram? Tha mi a' tagradh airson stuamachd, ciùineas, is
uaigneas. Cò bheir dhomh urras gum bi na trì nithean agam?

Bha ceist eile ag èirigh ri inntinn agus cha robh coimeas idir aice
ri càch. An robh e comasach air dà leth a dhèanamh air gràdh? Cha
robh ann ach duine an treun a neirt; agus ged a rùnaich e air sgàth
sìth is fois an leanabh a chur à fianais nan sùl, ciamar a bha shuidh-
eachadh gu bhith san àm a bha gu teachd? Am biodh a shuidh-
eachadh fhèin agus suidheachadh a' phàiste, na b' fheàrr no na bu
mhiosa le obair a sheirm an cluais neach eile? Thàinig crith na fheòil
a' smuaineachadh air an seo. Ciod a bha e a' dol a dhèanamh, no am
beachd a dhèanamh? Chaidh e fhèin a chartadh a chum na sitig. An
robh esan a' dol a thilgeil fhuil is fheòil air cneastachd Àrd-mhan-
aich Loch Abar gu bhith na bhall-sgeig aig coin na sgìre? Chrùb e
a-steach cris na cruinn iarrainn agus iorram na crùnluth a' dòirteadh
ma chluasan. Bha e a' faicinn obair fa chomhair, agus i, mar gum
b' eadh, air co-chruinneachadh a chum nam beagan òirleach a bha
fo chasan. Ò, an do cheadaich Dia a leithid? An do cheadaich Dia
eadhon a bhith a' meòrachadh air a leithid? An do shònraich Dia
gum biodh an cùmhnant gràidh a fhuair e mar dhìleab air a thilgeil
gun urra gu ceithir àirdean nan speur?

Ann an toiseach an latha bha a ghràdh co-ionnan, ach bha a smuainteanan a' ruith air sheòl eile. Rinn e oidhirp leis a h-uile buaidh tuigse is foighidinn a fhuair e o Dhia, a bhean a steòrnadh gu saoghal nàdarra—saoghal àmhgharach, eadhon a dh'ionnsaigh na slighe air an d' fhuaradh i fhèin. Ach mo chreach, chan e a-mhàin gun do thuig e gun robh tìodhlac na creathlach na bhall-aimhleis airson tìm, ach—nan gabhadh sin a bhith—tro linntean buana na sìorraidheachd. Ghrad stèidhich e gum biodh an leanabh na b' fheàrr a-mach às an t-sealladh gu buileach.

"Air do sgàth fhèin a ghaoil," thubhairt e agus a bheul ri a beul-se; "seòlaidh mise thusa gu ionad far am faigh mise agus tu fhèin sàmhchair,"

Fois! Bha ciùrr domblas anns an fhacal. Bha e a' dèanamh dealbh de mhìle spiorad an cruth feòlmhor a' glaodhaich dùbhlan air fuighleach a thuigse sa chuirp. Seo an suidheachadh san robh e—suidheachadh cunnartach do neach sam bith a ta a' rùnachadh obair eireachdail no shnasail fhàgail às a dhèidh. Ged a bha na ceistean sin a' sparradh air na dh'fhàgadh aige de chèill, cha robh e a' faicinn dòigh no seòl gu dol às. Bha e a' tagradh airson uaigneas, ach dh'fheumadh e uaigneas fhaotainn le nì-eigin de shaorsa. Ciamar a rachadh esan gu a leabaidh agus a naoidhean air cabhsair a' feitheamh ris a' chiad Samaritanach? Nach robh e fìor gum faodadh na Samaritanaich a bhith cho gann an-diugh agus a bha iad ri àm an t-Slànaigheir nach fhaca cneastachd ach le a mhac-meanmna?[*]

Cha bu duine borb no aineolach Seumas Camshron. Ma dh'fhaodte gur e tuilleadh 's a chòir de mhacantachd 's de uaisleachd a dh'fhàg e far an robh e. Thog e a làmh gu fàisniche na lùchairt a-rithist. Mhionnaich e gun rachadh e far an dùirn mura tiomnadh e na chaidh earbsa ris gu taobh a-staigh an taighe. Cha robh e cinnteach ciod a thachradh an dèidh làimhe.

Bha a' ghealach air a coinneil, ach bha uallach na h-uarach air neul dorcha a tharraing air a fhradharc. Chuir e meur gu iomall a' bhrait a bha thairis air an tochradh a bha an taic ri uchd. Bha an leanabh na suain-chadail. Bha a làmhan sìnte air a broilleach agus na dùirn bheaga, chruinne a bha an crochadh riutha, dùinte. Leig e cheann air fhiaradh agus chrom e a chluas da h-ionnsaigh. An robh corp de fhuil 's de fheòil comasach air seasamh ris? Cha robh lochd no beud anns a' chruth no anns an anail a bha a' teàrnadh o chom

---

[*] A' labhairt leis a h-uile urram, cleachd Crìosda samhladh.

nam beannachd cho rèidh ri ribinn.* Dh'èalaidh a làmh dheas gu clag an taighe. Ò, 's e bhith a' dealachadh ri cuspair gràidh! An do dheasaich Dia cruadal cho doilgheasach? Bha e a' faicinn na tè a sgar am bàs bhuaithe air an Eileadram. Bha fois agus sèimheachd naomha a' cuartachadh a h-ìomhaigh. Bha an t-sìth a' ruith gu meadhan an t-seòmair, agus bha e fhèin na teis-meadhan agus guth neo-fhaic-sinneach a' toirm na chluais, "Chan e do ghnothach e." Ach an dealachadh beò?

Èist! Thog e a cheann. Bhuail cainnt is iorghail air a chlaisneachd. Thàinig gìosgail air deud a chinn. Bha an fhuil a' ruith tro fhèith-ean a chuirp cosail ri fuaran mall a chuidhtich an còmhnard. Chuir e an leanabh le spèis air an stairsnich, agus cho ealamh ri urchair à gunna, bha làmh am pòca a pheiteig.

"Ciod air bith a thachras dhomhsa cha chaill thusa d' ainm!"

Sheall e air mìr de phàipear. Bha e an siud, "Mòrag!"

Mu dheich mionaidean an dèidh seo bha dithis dhaoine a' rannsachadh ìomhaigh. Choisich e. Bha e a' coiseachd ach cha robh fios aige ciamar, no ciod e an t-àite air an robh aghaidh. Chuimhnich e gun robh an obair a chosg dha mòran tìm is ùine, paisgte fo iomaill a' bhrait. Mòrag, Mòrag Chamshron! Bha i an dara taobh. Agus a chum dearbhadh fhaotainn thog e crioman de phàipear ri soillse na gealaich. Leugh e, "Mòrag Chamshron."

Am priobadh na sùla chriothnaich a h-uile mìr da chorp. Dh'fhosgail a dhà shùil mar neach a dhùisgeadh le trom-gheilt à bruadar-cadail. Chunnaic e a' ghealach na cuibhlich lasrach a' sgealbadh nan creag. Chrom e. Ar leis gum faca e spotag bheag de dhus an sgearb a' ghil air fìor-mhullach an aonaich. Riasail e far an rathaid. Shrac e am pàipear a bha na làimh na mhìrean beaga.

"Nach do bhòidich mi nach bitheadh d' ainm beag no mòr air fhilleadh rid èideadh cho fhad 's a dh'fhàgadh Dia rian mo chinn?"

Bha e a' ruith 's a' coiseachd. Aig amannan bhiodh e a' tarraing clag na h-Abaid, agus bhiodh e a' faicinn ìochdar na h-aitreibh so-chriothnachail. Bha e a' labhairt ri òigh-ionaid an taighe leis an irioslachd a bhuineadh do a h-àite agus do a seirbheis. An ceann greis de ùine bha eanchainn cho fuar ris na puist umha a bha e a' làimh-seachadh. Bha toirm amhail mìle torrann, a' reubadh na h-aisling† a fhuair e air mhodh nàdarra.

---

* Ċan eil sinn an sàs ri faclair. Ṫa sinn a' dèanaṁ oidhirp air ealain a sgrìoḃaḋ.

† Beaṫa an duine: sgàile.

Ro anmoch, ro anmoch! Bha Seumas Camshron ro anmoch an gnìomh 's an inntinn. Mu thimcheall leth-uair de ùine roimhe siud bha an tè a bha e a' lorg air a liubhairt gu cùramach leis an duine a bha nis fa chomhair. An uair a rinn e oidhirp air clag an taighe a tharraing thuit a làmh le neo-threòir ri thaobh.

Ma bha Seumas Camshron den bharail gum bu choigreach esan do shluagh na sgìre, dh'atharraich e bharail sa mhadainn. Cha bhiodh a leithid uair an uaireadair san obair san robh e an ainbhios do luchd-tathaich na Coire. An dèidh a h-uile nì, ged a ta an saoghal mòr, farsaing, nach eil clann nan daoine air an cunglachadh ri aon àite agus aon ionad? An robh duine leis an dreuchd 's an inbhe a bh' aig Seumas Camshron, ged a thachair da tighinn à sgìre eile, gu bhith na bhàillidh an Cille Chuimein 's e, mar gum b' eadh, air na chaidh seachad de a beatha fhàgail às a dhèidh? Is iomraiteach càraid air taigheadas le aon nighinn. Nach mòide iomradh-san a ta a' giùlan uallach an teallaich na aonar?

Ach chaidh barrachd air aon dìleab earbsa ri fear-ionaid a' Chruimein. Thubhairt a mhaighstir ris gun robh dà mhèirleach-sithinn eadar Meall an Tagraidh agus Tobar nan Ceann mu choinn-eamh gach claigeann fèidh.

"Atharraich an àireamh seo! Gabh innleachd sam bith; airgead, òr, briathran tlàth, no cùirt-lagha."

Cha robh e uair de thìde na ionad-gnothaich nuair a chaidh na briathran seo a labhairt ris. Cha d' aidich sinn idir gun robh an duine meanbh, lag an co-sheasamh ri ceistean teachail, oir cha do rannsaich sinn am b' e feòil no iasg ris an robh gnothach. Is rogh-naiche leinn aideachadh nach robh mìr den dà chuid na bhean. Tha ceannas diabhlaidh. Tha boireannach ceannardach gun samhladh air an talamh, agus do bhrìgh sin, do-rannsaichte, gus am bi i agad! Nochd Seumas Camshron susbainn-cinn air cùl a' chlàir-ghnothaich a thugadh do neach deagh mhisneach dha thaobh. Cha do dh'èirich grian air a cheann san sgìre gus an do leig e seo fhaicinn. Bha goileam na h-Abaid air a dhol fad is farsaing. Bha e na sheasamh ag àireamh nan làithean air a chòig meuran, agus gach latha ga dhruideadh na b' fhaide bhuaipese a thilg e às a làmhan. Bha nì-eigin ag innseadh dha gun robh i sàbhailte; nì h-eadh, mun do bhlais e air tròcair bidhe an dèidh a chuid obrach, bha faodalach na h-Abaid na ball-cagnaidh air feadh na sgìre. Cha robh gu bhith ann ach an dara cuid, coiseachd ball-dìreach gu piuthar bhochd na h-Abaid no Mòrag àicheadh gu sìorraidh! Chaidh co-dhùnadh na maidne sin a thoirt dhachaigh air bliadhnaichean an dèidh seo.

"Dà leth air gràdh! Cha do ghlèidh mise leth no treas cuid no cuid idir!"

"Ciod a bheir duine an èirig airson anama?" bhiodh e ag ràdh. "Am bheil cnàimh is feòil duine mar aiteal den ghaoith?"

Agus ghrad chuimhnich e nach robh cnàimh no feòil aig spiorad idir—an dìomhaireachd a bha eadar pàrant agus an gineil. Cha robh aon teagamh nach robh e air a bhrosnachadh a thaobh leas na cailin a dh'fhàg teachdaire an dòlais air a làmhan. Bha e a' meòrachadh 's a' riasladh a chinn aon mhadainn, nuair a mhothaich e do dhithis dhaoine air stairsnich ionad-gnothaich. Chuir an aogaisg crith-gheilt tro bhuadhan a chuirp.

"Fhuair sinn an àirlis a chuir thu air aghaidh mar 'earail làidir;' ach tha d' earail caoin-shuarach againne, a dhuine. Ged a rachadh tu fhèin agus do mhaighstir an cruth geòidh chan fhàg sinne fearann ar sinnsir!"

Chuir iad a' chùis-dhìtidh air a bheulaibh. Tha an còrr den t-seanchas aig mèirlich-shìthne na Coire. Chaidh mìle sgeul aithris. Stèidhich Seumas Camshron air aon bhunait agus thug e breith cheart. Bha Cailean MacIlleMhaoil gu slaodach an dèidh chàich ag èisteachd ri triùir eile. Bha Mac Grùslaich beagan air thoiseach, a' roileisg ris an duine a bha còmhla ris. Bha dithis de a cho-obraichean a' dian-choiseachd mu thuaiream mìle bhuatha. Nam biodh Seumas Camshron air buadhan a chuirp a chleachdadh an dòigh ghnàthachail, bha gusgal na h-Abaid air a bhith cho marbh ri iasg saillte, oir, eadar teachd Mhic Grùslaich agus an dithis eile a chluinntinn, dh'fhaodadh e bhith air làr an taighe. Ach ciod a thachair? Chaill e a threòir 's a mhisneach agus choisich e frith-rathad a' gheata gu ceum an dithis a bh' air an toiseach cho sìmplidh ri beathach caorach. Ghabh an dithis dhaoine mòr-iongantas gum biodh a leithid air thaisteal aig uair cho mì-ghnàthaichte. Gidheadh cha do smuainich iad nan cridheachan gun do dh'fhàg esan a ghineil air cabhsair.

Ach, a ghille, cha b' e seo beachd a bh' aca sa mhadainn! Agus ciod e am beachd a bh' aca an ceann na seachdain? Bha Seumas Camshron ciontach, ged nach aidicheadh e ris gu latha bhràth. Seo an co-dhùnadh a chum an tàinig iad. Nochdadh carthantas dhaibh a bha iad a' smuaineachadh nach robh iad a' cosnadh. Cha deachaidh facal a labhairt a-riamh mun leanabh a fhuaradh air stairsnich na h-Abaid le luchd-sithinn a' Choire, ach bha trom-amharas aig cuid dhiubh fhèin, agus dh'fhaodte muinntir eile, gun robh an tìodhlac a bhitheadh air a sìneadh gu sàmhach, tostach, a' ciallachadh barrachd, is sgìre a thrèigsinn.

Agus mun crìochnaich sinn a' chuid seo den t-seanchas tha aon nì eile ri aithris. Cha robh faodalach na h-Abaid uair an uaireadair air smuain na muinntir a lorg i. Cha robh dragh aca. Cha robh an "cumhachd" a fhuair iadsan thairis air Seumas Camshron a' ciallachadh idir gum feumadh olc a bhith air a chronachadh no gum feumadh iad eòlas cinnteach fhaotainn cò bu phàrant don chreutair a theasairg iad. Cionnas, mas eadh, a dh'innseadh do Mhac Grùslaich le dusan duine gum b' ise a bh' air a h-ainmeachadh air Dòmhnall Ros an tè a fhuaradh le mèirlich-shìthne a' Choire? Ma dh'fhaodte nach b' urrainn dhuinn a' cheist fhuasgladh na b' fheàrr na meòrachadh Mhic Grùslaich aithris air a' cheart nì agus e ag innseadh do Chailean gum maireadh gusgal beò am measg sluaigh ceud bliadhna mu choinneamh gach mìos a rìoghaicheadh an fhìrinn.

"Rachaidh urra gun urra bàs," chrìochnaich e; "ach urra le urra gun urras, mairidh e beò."

Ma bha fear-ionaid a' Chuimein den bharail gun robh an duine bh' aig an doras an-diugh fo gheilt a thaobh naidheachd na Corpaich, bha e mearachdach. Cha robh aon teagamh nach robh esan air am fios fhaotainn mar a chì sinn an dèidh làimhe. Bha seirbheisich Rasaigh air a mhuin, agus cha robh a bheag de ghràdh a' seasamh eadar Mac Grùslaich agus an duine còir sin a bha air thaigheadas sa Chorpaich.

Bha aghaidh Sheumais Chamshroin air an dùr dhùthail* a bha tostach aig ursainn an dorais. Bha Mac Grùslaich mearachdach a thaobh cuspair a chnuasachaidh. Bha an duine ag ionaltradh san dubh-thràth a' faicinn Mòraig a' streap ri Dòmhnall Ros. Bha i ri taobh Loch Arcaig agus ceàrnag bheag aice na làimh a bha e fhèin air a thoirt dhi. Cha do chuir i car dhith on fheasgar a choisich i a-mach à Abaid Cille Chuimein nach robh e a' faicinn san dubharadh. Cha robh frith-rathad san Fheàrnaidh nach do choisich Mòrag, agus bha e nis a' rannsachadh lorg a coise.

Choisich e maille rithe dh'ionnsaigh a' Mhonaidh Ghuirm. Bha e a' meòrachadh air a ceum 's air a cruth suas gus an àm a thrèig i an sgìre airson an Eilein Sgiathanaich. An robh eachdraidh nam

* Feiċeaṁaċ, rùil ri naiḋeaċḋ.

buill bheaga an cleith air on latha sin? Bha e feumail do Mhac Grùslaich gun robh Seumas Camshron tostach, oir bha eòlas aige a thaobh Mòraig a chuireadh eanchainn am breislich anns nach robh i a-riamh roimhe.

An do shònraich Dia gun rachadh e gu bàs agus an dàimh eadar e fhèin agus Mòrag dubh, dorcha! Bha e gun mhac gun nighinn ach na fhuair e le lagh nàdair—laghan dhaoine! Bha làithean òige a' seasamh le susbainn ma choinneamh, agus smuain a' ruith, mar gum b' eadh le cruaidh-theud, agus a' foiseachadh air inntinn. Thòisich clàr teud-ghuthach ri seirm air feadh a chinn. Bha ceòl na dhà chluais—fead chaol, chruaidh, a bha a' spealgadh bathais a chinn, agus a' sracadh cnàimh a dhroma cho cinnteach 's ged a bhiodh am fear-cèirde os a cheann le gèinn is òrd.

Ciamar a bha an dàimh bha eadar e fhèin 's a nighean gu bhith air a toirt gu soilleireachd? Bha e am meadhan na ceiste, agus Mac Grùslaich a' tolladh ìomhaigh le tearrachd. Thuit e air aghaidh agus shocraich a shùilean air an ùrlar. Bha e a' faicinn Mòraig a' gul. Chunnaic e esan a bha a' tagairt càirdeis rithe air a chàradh gu tostach an inne na h-ùrach, agus bha e fhèin a' ruith o thulm gu bealach le crith-gheilt a bha a' cur geilt an cridheachan muinntir eile. An robh e gu bhith san t-suidheachadh seo gu sìorraidh!

"Tha mise falbh," thubhairt Mac Grùslaich le braise. "Cho luath 's a gheibh mi an cothrom bithidh fianaisean agamsa nad aghaidh ged a rachainn a chum a h-uile cladh th' eadar cluas na Gobhair* agus bonn a' Chùirn Dhuibh† 's na mairbh a dhùsgadh. Faodaidh mi nì eile innseadh a bha mi 'm beachd a chumail uaigneach. Chan e do thochradh suarach a thug an seo idir mi. Thoir d' airgead gu aileiridh‡ do mhaighstir. Ged a dhèanadh e stairsneach den fhìor òr a chum mo threòrachadh à sgìre Loch Abar, cha chuidhtich mi na clachan gus am faic mi urra aig Mòraig Rois a ta 'n-diugh na mnaoi aig Eòghann MacIllEathain."

Bha an duine a bha ag èisteachd cho balbh ris an fhiodh ris an robh e an taic. Chaidh còmhla an dorais fhosgladh 's a dhùnadh, ach cha do shnaoidh 's cha do charaich am fear a bha a-staigh. Bha shùil air a' cheàrnaig a bha e a' deilbh le a mhac-meanmna. Bha i cho rèidh ris a' chuan le fèith nan eun. Cha robh e a' faicinn nì ach coilltich

---

* Àird Ġobar.

† An ean air Cille Ċuimein.

‡ Tìodhlacadh: corgair an adhlacaidh.

ùrail, agus òg-mhìos an t-samhraidh a' coigleadh nam blàthan meata a bha an crochadh oirre. An robh Seumas Camshron gu bhith san t-suidheachadh ud gu sìorraidh? Am bi Dia cho an-iochdmhor agus nach nochd e slighe gu dol às? Thog e a cheann. Am priobadh na sùla bha e air ais anns a' chathair. Thuit oillt-chrith air ìomhaigh. Ar leis gun robh e an amar bainne agus a' bhean ga mhaistreadh leis a' chrannachan.*

"Glèidh mi; dìon mi, Ò mo Dhia!"

Rinn e comharra naomh na croise le dealas; ach cha robh a mheur cuidhte 's a bhroilleach nuair a thùirling eanchainn a chinn air a mhuin.

"Mòrag na bean! Chuala mi briathran; chuala, chuala!"

Ghlaodh e na facail le caithream. Thuit an duine gu cùl na cath-rach le neo-threòir. A dh'aindeoin na teinnteachd san robh e, cha do dhrùidh nì air a thuigse a bha cho deuchainneach ri bhith a' toirt fa-near gun robh e air a dhruideadh o na h-uile cuspair a bh' air aghaidh na talmhainn. Tha sinne a' toirt fa-near gun robh an smuain sin co-shìnte ri suidheachadh na tè a bha e a' caoidh aig àm àraid de a beatha. Carson a bha iad a' co-fhreagairt?

Bha aghaidh Mhic Grùslaich air a' Chorpaich, 's e a' càradh an ceann Chailein gach facal a chaidh a labhairt. Bha e fhèin ag aithris nan nithean nach deachaidh a labhairt idir an ciùineas aig an robh dà thomhais gliocais an co-sheasamh ris an obair a chuir e roimhe.

"Chan eil iad beò a rachadh gu cùirt-lagha," bha e ag ràdh. "Ach innsidh mise dhut mar a tha. Nam bitheadh bean MhicIllEathain nàdarra, dhearbhainn-sa oirre an uair de ùine nach eil innte ach bana-Chamshronach. Tha mi an-diugh sa cheart shuidheachadh da taobh 's a bha mi a' mhadainn a leig mi a bana-chliamhain saor."

"Tha thu den bharail nach biodh dragh aice?" dh'fheòraich Cailean.

"Chan eil mi de bharail sam bith dha taobh. Cha do chruthaich Dia a leithid. Cha robh i san Fheàrnaidh fichead mionaid nuair a chunnacas Camshron air cnoc. Agus rud eile; bhiodh i dlùth air sè bliadhna de aois a' fàgail na h-Abaid. Nach bu chòir dhi cuimhne a bhith aice air an sin nam biodh i leth-choltach ri sluagh an t-saoghail?"

Choisich iad sgìre Lagain, sìos tro Gleann Claoidh gu Loch na Gàir. Bha iad san Leitir Bhric agus a' ghrian a' pògadh a' chuain san

____

* Tha am bainne ro-ghluasadach mur faighear ìm.

àird an iar. An ceann tiota bha iad air an giùlan le carbad tro Thom na Machrach, Inbhir Lòchaidh, dh'ionnsaigh a' Ghearastain.

Bha an oidhche ciùin, agus dus dorcha ag iadhadh mu aghaidh na talmhainn a bha a' druideadh astail nan speur o radharc nan sùl.

"Feumaidh sinne cabhag a dèanamh; tha an seòl-mara air do mhuin agus bithidh an Corran na theas* mun dà reug."

Cha b' ann le geilt tro shruth no gaoith a labhair Cailean na briathran. Bha tostachd an fhir a bha còmhla ris air a cheann fhàgail neulach; agus aig an dearbh àm, mura biodh e a' faicinn Mhic Grùslaich a' tilgeil ultaich de uisge far liogh an ràimh a bha na làimh, bha e air co-dhùnadh gun robh a bhailbheachd do-cheannsaichte. Bha iad a' seòladh gu Sròn a' Chreagain, air taobh a tuath na Linne. Rinn Mac Grùslaich casad.

"Cha robh mi a' smuaineachadh air a' chulaidh† idir," fhreagair Mac Grùslaich; "mura snàmh i an Corran thèid cainbe a chur an làimh Labhrainn‡ air Salachan, agus dèanadh e rithe mar as àill leis. Ciod e do bharail mun Eilean Sgiathanach? Am bheil thu 'm beachd ma tha nighean an Rosaich a ta 'n-diugh na mnaoi cuidhte 's taigh-tèarmainn, nach biodh i toileach èisteachd ri sgeul na h-Abaid?"

"Ciamar a bha thu dol a dh'fhaotainn do bheatha às an Eilean? Tha thu 'g ràdh gun do riasail thu às an àite san robh thu le tuaiream. Tha dà thomhas neirt an Dùghall Gorm."

"Tha neart na chorp: chan eil dus na eanchainn. Bhithinn-sa air ais aig Malaig mum faigheadh esan na chaiseart."

Bha ciùineas eatorra a-rithist. An ceann greise bha Mac Grùslaich a' labhairt le deagh-rùn mun duine a dh'fhàg e às a dhèidh.

"Nach cuala do chluas obair na bliadhna a chaidh? Feumaidh sinn mathanas a thoirt seachad. Tha mise glè choma ged a leiginn anail don sgìre sam bheil e airson tacain."

Bha Cailean a' bòideachadh gum b' fheàrr leis na na choisinn e riamh timcheall Sgùrr an Iubhair§ Mac Grùslaich a bhith san t-seann ghnàths. Dh'fhaodadh Cailean a ràdh gun robh muinntir eile den cheart bharail.

"Càite am bheil e?" bha Murchadh Mac a' Mhaighstir a' feòraich.

Bha Cailean air uchd Mhill an t-Slamain a' labhairt ri ceathrar dhaoine.

---

* Teċ: sruṫ na mara.
† Bàta.
‡ Sgìobair a' Ḃàta.
§ Dlùṫ air Gleann Conaiḋ.

"Tha na tha ri fhaicinn de chorp aig bonn a' Chearcaill,"[*] fhreagair Cailean.

"Agus a' chuid a ta falaichte, do-fhaicinn an Eilean Rasaigh? B' e turas na bochdainn e dha fhèin 's do chàch."

Greis an dèidh seo bha na fir air tràigh a' Chreagain a' tilgeil ultach air muin ultaich don eathair bhig. Sheòl iad sìos an cois a' Mhill Ruaidh gu Camas a' Chuilinn, bun abhainn Chonaidh, a dh'ionnsaigh an Rubha Dheirg. Chualas èigh nan creach air an aigeann. Thàinig solas bàta am fianais. Bha an sgiobair reachd-ghuthach air a gualainn.

"Leig cead a choise leis. Is e an t-aon chuspair a b' aithne dhomh riamh a thrèig a dhaondachd gu buileach."

Bha Mac Grùslaich a' togail a ghuth na sheasamh aig sròin na culaidh bhig a bha fo chasan agus cainbe na làimh.

"Cha chuireadh a h-uile adharc a ghoid sibh riamh uiread is reang sa bhàta. Ged a rachainn-sa an co-roinn ris an deamhan, am bheil mi gu bhith air mo sheòladh leis?"

Thilg Mac Grùslaich an cainbe da ionnsaigh.

"Ciod tuilleadh a dh'iarradh tu: gealach chadalach, gaoth chiùin is tràghadh mara? Stiùireadh an t-seamlaich[†] bà a bh' aig m' athair bàta an coinneamh sruth, aig cho fiata 's gum biodh e."

"Nam bithinn san t-sabhal agus an t-sùist faisg orm fhroisinn do chorp gu neoni."

"Ma dh'fhaodte gun dèanadh do sheanmhair sin," fhreagair Mac Grùslaich, "ach tha mi cinnteach nach do dh'fhàg i aon às a dèidh a thomhadh ris. Lìon i an saoghal le seangheir!"[‡]

Bha càch ag obair 's ag èisteachd. Ged a bha Mac Grùslaich dìomhaineach cha robh aon den chòignear a' smuaineachadh gun robh e na thàmh. Bha iadsan dìcheallach. Bha Mac Grùslaich a' faotainn sgil a theangadh lìon beag is beag. Nach mòr an nì a bhith ag èisteachd ri guth-cinn a' bhalbhain a th' anns an aon taigh riut!

Chaidh damh is eilid a chàradh sa bhàta le làmhan sgoinneil, agus an ceann tiota bha an dà eathar air cùrsa a bha calg-dhìreach. Sheòl am bàta beag an taobh às an tàinig i. Ràinig i cladach Ach an Todhair agus dh'iomair iad ri cois cladaich gu tràigh Druim Mhàrtainn. Chaidh an t-eathar a chur gu uachdar na tràghad. Bha Dùghall Gorm agus anail na uchd an sgoir de chreig. Ma dh'fhaodte nam biodh eòlas

---

[*]   Stob a' Ċearcaill, 2,557 troiġ.

[†]   Mart gun toinig: ċan aiċne ḋi a slioċd ḟèin!

[‡]   Leanabaċd an òige is aois.

aige air cèird nan daoine nach robh a chridhe air a bhith cho corrach. Bhiodh e cho furasta do neach cabhlach Bhreatainn fhaicinn air aon chùrsa ri mèirlich-sìthne na Corpaich a lorg cuideachd. Ghabh esan mòr-iongantas nuair a mhothaich e do Mhac Grùslaich na aonar. Sheas e air a chasan, agus ghairm e air MacFhearghais.

"Roghnaich thu an dorchadas," thubhairt Dùghall, "ach roghnaich mise an dorchadas cuideachd, oir cha robh thu riamh ach an dorchadas agus an dubhar. Seas; na caraich!"

Thog e a làmh agus ghreimich e ri èideadh an fhir eile.

"Nam bithinn air do lorg mìos roimhe seo cha robh mi air cnàimh dhed chorp fhàgail slàn. Ciod a rinn thu ris an eathar?"

"Mo shàil a bhualadh air a sliasaid."

"Agus a tilgeil don aigeann?"

"Ghuirm! An coinneamh a slèisteadh."

"Nam biodh fiach na saothrach agam dh'fhàgainn leth-mharbh thu."

"Chan eil thu airidh air nì ach a h-uile alt ta nad chorp a ghlasadh le pronnasg theinnteach às an leaghadair."

Dhùin e a dhòrn. Bha Mac Grùslaich balbh. Bha èideadh ga theannachadh amhail spearrach.

"Nam biodh Dia air an tàlann cinn is cuirp a bhuilich e air daoine eile a bhuileachadh ortsa, thilginn do charcais gu feamainn na tràghad."

"Cuir sìos do làmh," thubhairt am fear eile le caise.

"Innis dhomhsa cia àite an lorg mi an t-eathar. Ma thig lideadh seachad air do shlugan ach an fhìrinn, thèid do cheangal air tobht-aidh na druaipe a th' air an tràigh agus do chartadh air an aiginn."

Rug Mac Grùslaich air Dùghall ma chaol-dùirn.

"Tha mi ag innseadh dhut gu socair mo leigeil saor. Seas ach am bruidhinn mi riut."

Bha Dùghall na thost.

"Feumaidh tu a-nis an seachdamh mac* a lorg; Cha dèan do làmh <u>bonn feuma gu</u> sìorraidh."

* Bioḋ na Gàiḋeil gu tric air allaban a' lorg leiġis airson "tinneas an rìġ," agus bu mòr èifeaċd an t-seaċdaṁ mic. An galar a raċaḋ seaċaḋ air sgil an lèiġ ba eran a' bagraḋ "creideaṁ." Tàinig an draoiḋeaċd an cois nan Caitligeaċ; aċ ċa roḃ an Eaglais ḟìn latha riaṁ ċo dìċeallaċ no ċo fearṁaċ a ṫaoḃ a' ṁeallaiḋ seo ris na Prot-astanaiċ. A ḋ'ionnsaiġ an latha an-diuġ, nam bioḋ sùilean na ḋà buiḋne fosgailte, ċiteaḋ iad gum beil am Pàp anns an Ròiṁ agus an creideaṁ daingniċte air fad is leud na Gàiḋealtaċd. Is iomaḋ bòcan a ċunnacas air feaḋ nan claċan. Am faca neaċ riaṁ bòcan aig naċ roḃ a steiḋ air ceud no creideaṁ?

Bha MacFhearghais air ruith gu uchdan creige, oir bha cuideigin, ar leis, ri feall-fhalach. Ghrad thill e air ais. Bha an dithis dhaoine an gleac ri chèile.

"Bha thu ag iarraidh sgalag an taighe? Chan fhac' thu riamh dhìom ach an dara leth—faileas!"

Bha dà shùil an duine bhig mar lasair-theine, agus a ghlùn air uchd eascaraid. Bha MacFhearghais a' sgrùdadh an dubhair. Rinn Mac Grùslaich fead a chuir a chorp air chrith. An ceann tiota bha Cailean a' sgrùbail gu cloich.

"Suidh an seo."

Bha Cailean a' labhairt ri MacFhearghais.

"Chuala mi a h-uile facal a chaidh a labhairt. Tha magaid* an ceann Dhùghaill."

Bha an duine a bha ag èisteachd ris coltach ri snàmhaiche air bruaich aibhne agus e a' faicinn an uisge a' teicheadh na thuil à fianais a shùl. Cha robh aon teagamh nach robh e air achmhasan fhaotainn o dh'fhàg e an t-Eilean Sgiathanach. Nam biodh a shùil geur chitheadh e am barrachd. Cha do dh'èirich teagamh na inntinn riamh a thaobh Chailein. Bha esan cho treun na chorp agus a bha e modhail, neo-choireach. An ceann tiota bha Mac Grùslaich a' labhairt le ciùineas.

"Fhuair thu do dhà roghainn. Chan eil anam eadar bun na Linne agus Lagan a thigeadh gu cluais na tràghad. Ma dheònaich 'Ciaran'† cead do choise a thoirt dhut leigidh mise fhaicinn dhasan agus dhutsa, gun deachaidh tu air seacharan. Cha do chreid mi idir gum biodh de bhathais agad a nochdadh nam fhianais. Ciod a dh'fhoghlaim thu fad nan ochd làithean a bha thu snotaireachd mun Chorpaich?"

Bha Dùghall air chrith le ana-mèin.

"Bha dà iodhail agad, do mhaighstir agus am fear a thilgeadh tu le ceann do chuaran mar bhoitean de fhraoch. Bha mise nam ghille-coise, agus bha do mhaighstir sàsaichte le brosgal do bheòil. Tha barrachd spèis agad do chlosaich a' choin a fhuaradh bàthte on taigh agus a th' agad do uachdaran Rasaigh!"

Choisich iad suas gu ceum rathaid. Bha Dùghall a' cur cheist le dòchas gum faigheadh e eòlas air na cùisean a bh' aige fhèin san amharc. Bha misneach a mhaighstir air tuiteam gu buinn a chas, ach bha nì-eigin de dhòchas aige gum faigheadh e naidheachd air <u>MacIll-Eathain.</u> Chuartaich Dùghall an sgìre a chum na crìche seo.

---

*   Baoċ-ṛmaoin.

†   Bàıllıb na Coṛpaiċ.

Bha e eadhon air a dhol a dh'ionnsaigh a' Mhonaidh Ghuirm, ach cha d' fhuair e robhas air an duine a bha e ag iarraidh. Bha deòin-bhàidh aige, mar an ceudna, gum faigheadh e seilbh air an eathar; agus, ged a dh'èist e ri Mac Grùslaich le nì-eigin de chreideas, bha e den bharail leis na bha e a' foghlam 's a' faicinn gun robh an duine sin tuilleadh is cùramach an ceann gnothaich. Cha robh e a' creidsinn gun d' rinn e dochann don eathar.

"Tha thu dì-beathte greis den oidhche a chur seachad còmhla rium," thubhairt Mac Grùslaich, a' ceangal stìom de anart thairis air a dhà shùil. "Ma dh'fhaodte nach misde mi do chuideachd tacan, ach cha d' fhuair ceann gliocas no sùil fradharc a chunnaic slighe mo thaighe."

Chaidh an t-aon nì a dhèanamh air MacFhearghais, agus an ùine ghoirid bha iad sìos seachad an Coire Uaine a chum bonn na Beinne Bàine. Lùb iad a-steach ri aodann nan creag. Thàinig iad gu stairsnich de ailbhinn chlach. Bha a' mhuir a' bualadh a' chlàir-aghaidh, agus a' nuallaich mu chridhe nam post charrach air an robh cudrom na talmhainn. An ùine gheàrr bha iad nan suidhe an Uamha nan Ceann. Bha Dùghall Gorm ag amharc timcheall air. Bha e a' faicinn dà eathar air an ceangal gu cùramach le cainbe aig iomall nan stuadh. Bha carragh cosail ri càrn-cuimhne a' cur fasgaidh air an aitreabh o ghaoith is doininn, agus stairsneach de chlachan cruinne, liath-ghlas mòr-thimcheall a buinn. Chuir e aghaidh air an teine a bha e a' faicinn, ar leis, mìle de shlighe. Bha an lasair ag èirigh suas ri bilean nan creag. Cha robh ceò no dus ri fhaicinn. Bha i a' teicheadh air mìle rathad, agus ag èaladh gu fiata tro aisir gun cheann gun chrìch.

"Bha an t-àite seo na 'uamha-cheann' uaireigin, a Dhùghaill. Tha e mòran nas freagarraiche airson sin na sgùrr a' chlachain; ach chan eil neach sam bith an-diugh beò air cinn chàich. Tha e beò le a cheann fhèin!"

Bha seangaich de sporan leathair aige na làimh.

"Coma leam de dhoghais* mo chuirp. Tha mi cho treun agus cho fallain ri duine a sheas riamh an cuarain. B' fheàrr leam aon ghnìomh taitneach on bheairt bhig tha steòrnadh mo chnàmhan no ged a bhithinn comasach air na tha os cionn do chinn a chàradh air Cucaig."†

Thilg e an sacan gu duine caol, fada a bha timcheall na cagailt.

---

* Gnìomh: obair threun. Tha "dogantà" a' ciallachadh garbh, tiugh—ciod e an duair a fhuair thu airson do dhògair!

† Beinn dlùth orra (2,017 troigh).

"Siud agad mac-samhail Mhic an Rothaich: tha dhà chluais cho teth ri aingeal. Tha e maol, dall, agus tha e comasach air biadh itheadh agus biadh a dheasachadh."

"Nach bu treun Samson, Eanraig?"

"B' eadh; agus tha mi smuaineachadh nam biodh fuil Ghrùslaich an dèidh a bhith air a riaghladh air fheadh, agus làn meurain de eanchainn Mhaoil-dòmhnaich, d' athar, na cheann, gun robh e air buaidh fhaotainn."

Beagan an dèidh a' chonaltraidh seo bha an còcaire, agus a rèir coslais an t-àrd-rùn-chlèireach, a' càradh bìdh air bòrd. Bha Mac Grùslaich a' cath-chòmhradh ri Dùghall Gorm.

"Freagair mi," bha Mac Grùslaich ag ràdh.

Bha iad nan suidhe aig ceann eile na lùchairt.

"Chan eil an nì an ainbhios dhut; tha fios agad nach deachaidh nighean an Rosaich gu taigh a h-athar an dèidh na seirbheis. Innis dhomh càite an do thog i a ceann?"

"Gheibh thu am bàs agus cha chluinn thu sin bhuamsa."

"Agus carson a bhitheadh eagal orm am bàs fhulang?" thubhairt Mac Grùslaich le teas. "Tha do chridhe-sa breun le leth-bhreith. Ma tha uaisleachd a' seasamh eadar thusa agus do mhaighstir 's i an uaisleachd a th' eadar dà mhèirleach—dual de asgart a chaidh a thoinneamh san t-seann saoghal."

Cha robh àrd-sheirbheiseach Rasaigh a' creidsinn facal den t-seanchas a bh' air feadh an eilein a thaobh Mhic Grùslaich. Chaidh bean MhicIllEathain à fianais nan sùl cho ealamh 's ged a bhiodh i air a slugadh leis an talamh, ach cha robh làmh aig an sgalaig san obair. Ciod air an robh e a' meòrachadh a-nis? Bha e ag aideachadh nach do dh'amhairc e air Eanraig Mac Grùslaich Caimbeul ach le aon sealladh, agus ma bha e gu nì-eigin de eòlas fhaotainn air a-nis, dh'fheumadh e a chothromachadh leis a h-uile mìr de ghliocas a bha na cheann.

"Tha am boireannach sin san sgìre sam bheil thu."

Bha Dùghall a' sealltainn le neart a' chrùisgein-ola a bha os a cheann air ìomhaigh Mhic Grùslaich. Bha am balla a bha a' seasamh eatorra air tuiteam cho cinnteach 's ged a bhiodh an clachair air a bhualadh le òrd. Bha e mothachail air an seo dha thaobh fhèin eadhon, agus leig e uileann an taic ri clàr de fhiodh leis an t-saorsa a bhiodh e a' cleachdadh san Sgùrr. Thog Mac Grùslaich a cheann agus labhair e gu socrach.

"Ciamar a fhuair i an t-aiseag?"

"Tha mise a' feòrach dhìotsa na ceiste sin."

Ghrad sheas Mac Grùslaich.

"Seo dhut mo làmh; chan eil nì agam ri chleith a thaobh nighean an Rosaich."

"Tha san aithris gun do sheòl thu am boireannach gu Àrasaig, agus gun robh MacIllEathain romhad air an laimhrig,—le toil a mhnatha, a theagamh."

"Chan eil mise gad thuigsinn," fhreagair Mac Grùslaich le cabhaig, amhail neach le teine air a chraiceann.

"Siud an cùmhnant a rinn i!"

"Tha mi nis a' tuigsinn. Bha i deònach a bhith na bean an Àrasaig agus na 'Mòraig Ros' san eilean."

Chrom e a cheann. Bha shùilean a' cur deàrrsadh às na clachan a bha fo chasan. Ghrad chlisg na bha suas air a ghuaillean.

"Chan eil lorg air MacIllEathain?"

"Chan eil e fad air falbh; am fac' thu choslas?"

Ghrad thionndaidh an duine tiugh, dearg. Bha aghaidh air a' charragh. Bha iorghail is cainnt an ceann eile an taighe ach bha tostachd amhail brat-mairbh sìos a dh'ionnsaigh na stairsnich. Bha Dùghall Gorm feitheamhach. Cha do thuig e idir gur e am biadh as blasta am biadh a thèid a ghoid. Tha an sgeul-aithris air a labhairt le mìle beul, agus faodaidh a h-uile beul a bhlas fhèin a chur oirre. Bha e deònach a shàth fhaotainn; agus rùnaich e eadhon ged a rachadh e mìle air seacharan gun lìonadh e a bhrù leis an ùr-ghusgal.

"An cuala thu mi?"

Rinn Mac Grùslaich casad. Thog e a chòig meuran gu fheusaig—suidheachadh a chuir stòladh air aodann Dhùghaill.

"Bha mi a' smuaineachadh nach biodh do mhaighstir a' bagradh beatha dhaoine nam biodh cùisean air a bhith mar nach robh iad. Tha thu 'g ràdh rium gu bheil Mòrag Ros a' cur mì-mheas air na thachair aig clàr-ceangail Chille Mhoire?"

Bha na facail air an labhairt fann. Ma labhair e iad le sùil freagradh fhaotainn, cha robh de fhoighidinn aige na dh'èist ri freagradh. Agus dh'fhaodadh na facail a bha e a' labhairt a-nis a bhith so-thuig-sinneach don duine eile mura biodh esan air a thuinn-luaisgeadh le feirg a bha ag atharrachadh a chraicinn o ghorm gu dreach a' bhuaghallain.

"Mòrag Ros, am boireannach a dhiùlt còmhnadh is cuideachadh, agus am facal 'teich' sgrìobhte air clàr a h-aodainn! Mòrag Ros, am bàbhainn chrosgaich a shaltair am fìon-amar, 's an airm-luinn, agus saighdean guineach na h-ifrinn an sàs na clèith. Chuir i an teicheadh orra," ghlaodh e. "Iùdhach is Cinneach, athair is màthair, agus sheas i an coinneamh a' bhàis agus na h-uaghach!"

Shìolaidh na facail air bàrr a theangadh. Bha uileann an taic ri dhà ghlùin, agus bàrr na feusaig a dh'fhàs tro fheòil a' sguabadh an ùrlair.

"Ach dh'atharraich i. Bha i cho balbh ri caora agus an deamhas ga lomadh; ach dh'atharraich i! Chaill i a loinn agus cruth a h-ìomhaigh, agus—agus—"

Cha do chuir e crìoch air na facail, oir bha e cinnteach gum feumadh a bheag no mhòr de chèill a bhith air a siubhal mus faigheadh i cuidhte 's a luchd-tòrachd. Bha Dùghall mothachail air falamhachd. Bha dhà shùil aig amannan a' tuiteam air fàinne dearg-bhrucach a bh' air caoil a dhùirn.

"Nach èist thu rium," thubhairt e le caise. "An do chrath thu do chiall?"

"Èistidh," fhreagair Mac Grùslaich, gu neo-bhruailleanach. "Tha thusa mar bu chleachdach leat a bhith, a' lorg a' bhuileann agus an èisg. Tha thu airson do bhrù a lìonadh le smodal. Nach coma dhut co-dhiù tha bìrlinn Rasaigh air aigeann Àrasaig no a' grodadh air làthaich Chinn t-Sàile? Agus nach fhaodadh tu bhith coma ged a bhiodh MacIllEathain na stoc reòthta air a fara-dhruim?"*

Dh'èirich toit de theas tro fheòil an fhir a bha ag èisteachd. Bha bannas a bheòil a' criothnachadh agus càirean-fiaclach a chinn mar neach air a ghrad-bhualadh le paralais. Chaidh na facal air feadh a chuirp mar gum biodh e na shìneadh air an innean agus an gobha ga shlaiceadh o chùl a' churaidh.† Cha robh tarraing anail aige; gidheadh bha an toghlainn cheathaich a bha a' fàgail a chuirp cho tiugh ri smàl an teallaich.

Sheall e dh'ionnsaigh na carragh ròineagaich a bha a' turramanaich ma choinneamh. Bha esan air ath thilltinn gu marbhantachd—an tum-tam a bha ga fhàgail an riochd mairbh. Lean e a smuaintean ceum air cheum. Chaog fradharc a chinn. Bha na sùilean beaga, biorach, tuireannach. Tungaid an dubh-aiginn; cia lìon cruth a bha i ag altram? Leig e a thaic gu cùl na cathrach, agus chnuasaich e air na thachair o chionn là no dhà.

---

*   Maide ch' air a chàradh ri druim an eachair.

†   Duine treun: neart. Tha sinn a' fàgail an fhacail do bhrìgh 's gum bheil clach-stèidh na Gàidhlig 'ga tarraing!

Cho fhad 's a b' fhiosrach leis, cha do ghairm e MacIllEathain na bhilean; ach chuimhnich e gun robh fear-ionaid na Corpaich air bìrlinn Rasaigh fhàgail aig Dùn Dhiarmaid. Cha robh e idir a' dol a dh'àicheadh an nì a bha aige san amharc co-cheangailte ri Àrasaig. Bha dòchas aige gun cluinneadh e nì-eigin mu MhacIllEathain, agus gun cuireadh e sgeul na bìrlinn agus nighean an Rosaich an dara taobh. An robh duine feòlmhor comasach air smuain dhìomhair a cho-chreutair a fhroiseadh às a chorp?

Bha e a' bùrach an talamh neo-threabhte bha an taic ri bha-thais air los gun stèidhicheadh e air aon bhunait. Cha robh teagamh idir aige nach robh na creuchdan làithreachail an co-roinn ris an diabhal; ach ciod e tomad na h-earrann a chaidh a liubhairt? Thàinig toirm na cheann. Bha aibhnichean de uisge a' ruith air fheadh. Ghrad dh'fhairich e an tuil-bheum, mar gum b' eadh, a' binndeachadh air a dhà shlinnean, agus thuit an t-slinn chopanaichte a bh' air stèidh a dhroma gu dhà ghlùin. Anns an t-suidheachadh seo bha e comasach air meòrachadh, ach cha robh e a' faicinn leud na ròineig seachad air ladarnas,—ladarnas a bha air fàs toirteil. Chan e a-mhàin gun robh a smuain fhèin fiosrach don lunndaire a bha fa chomhair, ach bha esan air a mhaighstir a chothromachadh gu ìre an unnsa.

"Tha fios aig Dia agus aig daoine gu bheil mo mhaighstir an suidh-eachadh iongantach air tàille nighean an Rosaich; ach cò a dh'innis seo don speireig ròmaich ud?"

Seo an nì air an robh seirbhiseach Rasaigh a' meòrachadh. Bha e fhèin cho dall ri bonn-dubh a choise, air màthair-adhbhair iomairt Rasaigh. Ghabh e co-phàirt den obair an-diadhaidh a shònraich a mhaighstir da gun atharrachadh mar a sheilbhich a mhaighstir uall-aichean Dhòmhnaill Rois. Bha e ag aideachadh gum b' e carthantas iongantach a bha a' seasamh eatorra. Dh'aidich e fichead uair ma bha a mhaighstir air a chunglachadh ri gnothaich caraid san obair a ghabh e os làimh a thaobh MhicIllEathain agus Dhòmhnaill Rois, gum b' i dìlseachd a bh' ann a bha cho tearc ri duine iomlan; gidh-eadh cha do dhrùidh aon smuain beag air inntinn seachad air obair chàirdeil no gnìomh caraid.

Bha an dithis dhaoine bodhar, balbh, a' sgrùdadh an ùr-lair. An ceann tiota bha Dùghall Gorm mothachail air nì-eigin de bheòthalachd. Thog e a cheann. Bha Mac Grùslaich ga choimhead air leth-fhiaradh. Bha rudeigin de ghluasad na seilcheig suas air a dara leth, agus greim aige air làn a dhùirn den bhian chairtidh a bha sìos air uchd. Bha e a' faicinn nan sùilean gun fhios, cosail ri cleasaiche le uidheam air bàrr a shròine. Ghlan e an tùchan bha an àiteigin timcheall na cìche-shlugain agus dh'fhosgail a bheul.

"Tha do mhaighstir aig na fithich?"

Dhòirt na facail air càirnean* Dhùghaill Ghuirm mar thuil aibhne. Bhrùchd fhuil tro fheòil. Bha a chraiceann air chrith agus fèithean a chinn crò-dhearg.

"Ciod a th' annadsa ach breunan blian an t-sluic a dh'fhàs maille ris an spàin agus saoghal truasail!"

"Is goirid eadar do dhà sgeul a mhucaire gun tuigse. Is fiosrach leat gum bu mhèirleach do mhaighstir—do cheann-feadhna. Ghabh d' iodhal-sa fàth air ùmpaidh Dhiùirinis. Reic esan a nighean, agus reic do mhaighstir-sa a chorp is anam a chum a malairt—a chum a bhith na dhia beag an Eilean Rasaigh. An robh MacIllEathain a' dol a theasairgeadh do mhaighstir agus a cùmhnant-geallaidh feadh choilltean Albainn?"

Bha Dùghall a' sealltainn air an sgàirnich stacaich a bha ma thimcheall. Ghrad thuit a shùil air an duine a bhòidich e a cheangal ri tobhta-bhràghad na bìrlinn, agus a ghiùlan beò no marbh gu seòmar-gnothaich an "taighe-mhòir." Ciod a dh'fhoghlaim e on mhadainn ainmeil a dh'fhàgadh e gun bhòrd eathair? Bha a mhaighstir air a chur na rabhadh.

"Tilg a' chaochag a dh'ionnsaigh na Linne, ma laigheas do shùil air, ach uiread agus coinnean chan fhaod thu thoirt a dh'ionnsaigh mo thaighe."

Agus thubhairt e barrachd air seo ris.

"Tha cead agad do cheum a ghabhail air feadh an eilein agus air feadh an àrois th' air a h-ainmeachadh orm, ach cha làimhsich thu nì an taobh a-staigh nam ballachan."

Na nithean a chunnaic 's a chuala thu on àm sin cha ghabhadh aisneas dèanamh orra. Bha e eu-comasach air meòrachadh ma timcheall eadhon; ach 's e bhith a' faicinn earrann den eachdraidh sin air a sgaoileadh fa chomhair leis an leth-chiallach a ràinig Eilean Rasaigh gun osan ma chasan, agus an duine a bha mar bhall-iomain aig ceann a choise, a bha a' fàgail tacaid air feadh a chuirp. Chrom e aghaidh le nì-eigin de stòladh. Bha e airson dearbhadh a chur air fad agus leud an t-seanchais, agus dheònaich e ceist a thogail an làthair an fhir a bha ma choinneamh.

"Is fiosrach leat gun d' chaochail Dòmhnall Ros?"

*   Slige ḟalaṁ a ċinn.

Shìn Mac Grùslaich aodann da ionnsaigh. Mhothaich Dùghall gun d' fhuair e, mar gum b' eadh, an sgian-dubh an sàs na fheòil agus rùnaich e a sàthadh a dh'ionnsaigh na coise.

"Tha e air adhlacadh còmhla ri dus a chàirdean sa Mhonadh Ghorm."

"Am bheil fad bhon chaochail e?" thubhairt Mac Grùslaich, le guth a threòraich Dùghall gu sgùrr a' chlachain agus a dh'aisig dha fhèin an t-àite a bha aige.

"Co-ainm an latha a' phòs Mòrag."

Thuit an ath shàmhchair eatorra. Bha tuinn bhuaireasach a' rànail mu aodann nan creag, agus an nuallaich air uchd na ranntair ioma-chumhaing a bha sìos on charragh. Bha misneach Dhùghaill Ghuirm air fhàgail briathrach.

"Tha Mòr a bhean air a' chuthaich."

"Cuin?"

Thàinig am facal mar gun èireadh e à bolg na h-uaghach.

"An oidhche a chaochail a fear-pòsta."

"Eanraig!"

Thàinig sgal o cheann eile na fàrdraich. Chlisg Dùghall. Bha e a' coimhead an dus a bha ag inntrinn lìon beag is beag, don mhoillteir a shònraich e dha greis roimhe siud. Cha robh mura-bhith anns an dealbh a thaobh a' chuspair sin, ach a-mhàin gun robh i sèimh, tostach, amhail nathair a dh'easbhaidh a' ghath. Bha an clàr-cinn sofhaicinn. Cha robh robhas air iùil. Bha sult nan cnàmh air teicheadh: bha an t-sròn meanbh, biorach. Bha an fheusag cho tioram ri clòimh an domail* agus am pòr a bheathaich i luath-phreaslach.

"Ruith!"

Thionndaidh an aonairt amhail neach a bhios a' dol a dh'ionnsaigh a' bhàis mothachail air nì-eigin de ghràdh nàdarra, no dh'fhaodte eudmhor a thaobh gnìomh taitneach a choileanadh. Dh'èirich Dùghall agus chuir e aghaidh air biadh is teallach is ùpraid, coltach ri duine leis a' chamart na amhaich. Bha Mac a' Mhaighstir an oisean a' lìomhadh gunna spìceach le dealas agus a' gleusadh seann òran an riochd a bha so-fhreagarrach air stairsnich Uamh nan Ceann is a' greasad Mhic Grùslaich an ceann an fhuinn.

> *"'S minig a mharbh mi fiadh sa bhùirean,*
> *Air mo ghlùin 's mi lùbadh gunna.*

---

* Clòimh a thuiteas fann na caorach ma dh'fhaodte le dian-ruith, agus thèid fàgail ra mhachair le mì-dhiù.

SÈIST:–

"'S gann gun dìrich mi chaoidh
Dh'ionnsaigh frìth allt a' mhonaidh;
'S gann gun dìrich mi chaoidh.

"Thàinig litir o na h-uaislean,
Nach rachadh luaidhe a chur à gunna,
'S gann gun dìrich mi chaoidh.

"Chaidh mo chrochadh air na tàirnean,
'S cha b' e siud leam àite-fuirich.
'S gann gun dìrich mi chaoidh.

"Chum mi air còmhnard na Màille,
Bha fiadh nam beann àrd is fuil air.
'S gann gun dìrich mi chaoidh."

"Eanraig," ghlaodh an t-òranaiche, a' togail a' ghunna le blàthas agus a' sealltainn air a' bheairt a bha na làimh,

"Tha mo ghunna caol air meirgeadh,
Cha tèid mi chum na seilg leis tuilleadh.
'S gann gun dìrich mi chaoidh."

Shuidh Mac a' Mhaighstir le cridhealas air a' bhòrd, agus chualas a ghuth am measg na carraid a bha ma thimcheall—

"Thèid sinn gu Bealach an t-Sìthein,
Is gheibh sinn nigheanag, làmh an urra."

"Eanraig," ghlaodh e rithis, ach bha Eanraig cho balbh ris a' charragh a bh' aig ìochdar an taighe. Bha àite Chailein falamh, mar an ceudna.

"Tha mise a' toirt làn-chreideas do na h-uile lideadh," bha Mac Grùslaich ag ràdh ri Cailean. "Tha Dòmhnall Ros air adhlacadh sa Mhonadh Ghorm. Tha Mòrag air feadh Loch Abar, agus Mòr Ros gun deò cèille."

"Tha e gad mhealladh," fhreagair Cailean le iomagain.

"Chan eil; faodaidh tu chreidsinn. Cha chuir an t-eun a' bhreug-fhionnaidh ach uair sa bhliadhna. Tha teanga Dhùghaill Ghuirm a' manntaich na fìrinn cho baoghalta ri teanga an fhìr-ein a' manntaich nam breug. Tholl mi a chorp. Sgrùd mi a h-uile <u>cuisle a th' air fheadh</u>, oir chan eil na clàir cho tomadach;* agus ma

---

*   Ċa roḃ Dùġall doirḃ ri ċuigṙinn.

ghlèidheas Dia dhomhsa fuighleach* m' eanchainn a chum an taca seo 'n ath-oidhch', bithidh dearbhadh agam am fìrinn, breug e."

---

* Na ḃa aıꞃ ḟáᵹaıl aıᵹe.

Eu-cinnte

Caibideil

XIII

Nam biodh a leithid de nì anns an t-saoghal is clàr-cuimhne eachdraidh beatha an duine, o bhreith gu bhàs, tha sinn a' creidsinn gum biodh mòran a' seilbheachadh àmhgharan agus a' glacadh dan ionnsaigh fhèin uallaichean a sgealbadh cridhe is corp an an-àm. "Ro-fhios, ro-mhithich," mar a theireadh na seann chaill-eachan còire aig an robh ceithir tàlannan gliocais agus aon tàlann de fhoghlam. Ma dh'aidicheas sinn le mac-meanmna gum faodadh a leithid de rud a bhith ann, tha sinn a' smuaineachadh gum biodh naoi às an deich na bu riaraichte cùisean a bhith mar a tha iad—an t-àm ri teachd a bhith air a dhruideadh on tuigse maille ris an t-sùil.

Cò an neach a bhiodh comasach air cadal suaimhneach fhaot-ainn agus na nithean a bha a' dol a thachairt da sgrìobhte aig ceann eile na sràide? Ciod a their thu, a leughadair, mu chadal corrach?

Ach eadhon ged a bhiodh gach nì an dubh 's an geal fo chomh-air do dhà shùl am briathran sìmplidh, so-shoilleir, no so-thuig-sinneach—

Tha boireannach gu pòsadh, agus an ceann na bliadhna bithidh a fear air a chrochadh le cainbe air sgàlan airson mort. Tha tè eile gu bhith teagmhach, eu-cinnteach, agus bithidh i air a buaireadh. Bithidh i air a h-itheadh suas le eud is farmad, ionnas nach bi latha sonais aice air an talamh. Falbhaidh duine mar fhògarrach às a dhùthaich fhèin. B' e chuibhreann-san cruadal a threòraicheadh e gu ionad uaigneach a thagradh ri Dia airson tròcair agus grad-bhàs. Ma dh'fhaodte gum bi aghaidh chiar, chailceach a' faireachas* anns

---

* Faireadh: nì a tha ro-bhrosnachail ri faicinn 's ri cluinntinn agus a chuirear creutair air oir ra charraid a chum a long.

an oisinn agus sac aimhleasach na beatha a' brùthadh a dh'ionnsaigh
an ath dhuslaich nam puist chrith-easgaideach a bha a' seasamh air
èiginn ris a' chàs.

An robh na nithean sin annta fhèin earbsach, diongmhalta, san
t-seagh san robh iad gu bhith air an leughadh? Cha robh idir, agus
's math nach robh. Nam biodh a leithid de dhearbh-sgrìobhadh ann
bha cinneach no gnè eile nach aithne dhuinne air a bhith na chois.
Mura biodh, bhreòthadh e aig ceann eile na sràide (nam biodh sràid
ann), gun uiread agus sùil cinn air fhaicinn. Oir cha bhitheadh sluagh
ann airson fhaicinn. Thogadh na sìthichean an aitreabh: shuidhich-
eadh iad gu snasail clàr do bheatha, ach thuiteadh dùil-thionnsgain
nan creach orrasan cuideachd. Bhiodh mnathan a' ghlinne ri seirm,
agus bleith min na brà ri a cluinntinn air na h-àrd-dhorsan a' pronn-
adh an fhìonain-chuislich gu bàs is aimrid.*

Tha Sasannach àraid ag ràdh gum bheil *Moderation* freagarrach
airson clann nan daoine "cho fad 's a bhios iad air an talamh." Nach
faodadh e innseadh dhuinn gun robh clann nan daoine na bu fhreag-
arraiche airson measarrachd na bha measarrachd air an son-san?
Nì h-eadh, ma fhuair e an susbainn-cinn a bha còir aige fhaighinn,
dh'fhaodadh e innseadh dhuinn gun robh an duine eu-comasach air
eileamaid sam bith eile altram. Tha neul tiugh, dorcha air a dhà shùil
a chumas e san inbhe sin gun taing dha.

Chan eil sgiol cèille aig neach nach aidich gun tàinig an
duine dh'ionnsaigh an t-saoghail le buill a chuirp nan dà leth. Bithidh
e a' tolladh na cuairteig luime sam bheil e le mòr-ghath a chinn;
agus tha seo gar treòrachadh gu ceud cuspair ar n-aithris, agus a'
mhogail a chaidh fhigheadh timcheall an duine do bhrìgh 's gun robh
eachdraidh a bheatha sgrìobhte air saoghal eile. Chan e nì furasta
idir a th' ann an latha-màireach, agus mar sin air aghaidh, a thoirt
a dh'ionnsaigh an latha an-diugh. Ar leinne nam biodh creutair a'
dol a dh'fhaotainn a dhà roghainn gum biodh e cho tèarainte le a
chuairt ghoirid san t-saoghal a bhith sgrìobhte an clàr a chinn, ri
bhith a' sgrùbail 's a' bealamas ris an roinn neulaich a bha a' seasamh
eadar e agus leus. Oir, nam biodh e comasach air fhaicinn, tha an
dubh-neul cho sìorraidh am buanas ris an t-saoghal fhèin.

Cha d' fhuair an duine cothrom taghaidh: cha deachaidh earbsa
ris. Agus tha sinn a' creidsinn nam biodh a' cheist air a cur ri mòran
a bha, agus a ta, san t-saoghal an-diugh, gun seasadh iad mar a sheas

---

* Neo-ṫorraċas.

caillteanach an cùirt-lagha agus lagh Bhreatainn ga bhagradh a chum cogaidh. Cha robh uallach air ach e fhèin. A theagamh, bha an lagh aig an dearbh àm air a leigeil saor nam biodh esan a' giùlan uallach mnatha.

"Pòs," thubhairt fear-na-cathrach, "agus tha thu cho saor riumsa."

Cha robh an duine freagarrach airson tuasaid araon an corp no inntinn, ach fhreagair e le facail a thug gàire air gnùis a' chinn-shuidhe.

"Tha an dà cheist cho cruaidh," thubhairt e, le sgeun an dà shùil a chinn le eagal.

An dèidh sin, feumaidh sinn a bhith a' riasladh ri nì air choreigin. Nach eil e cho tairbheartach dhuinn a bhith a' sgrùdadh an dorch-adais? Ged a b' e do chuid-sa doilgheas is bristeadh-cridhe, gu latha bhràth cha mhothaich thu do dhoilgheas gus am bi e aig do chagailt. Tha co-fhaireachadh agad ri nàbaidh. Tha thu mothachail don dosg-ainn a rug air; ach nach mòr am beannachd, eadhon ged a bhiodh do dhùileach-sa fichead troigh air do chùlaibh, nach eil thu ga faicinn le sùil do chinn?

Seo an gnàths-meòrachaidh san robh Alastair Caimbeul agus e a' leughadh litir a pheathar ag innseadh dha gun robh Mòrag Ros agus MacIllEathain, gu bhith pòsta mun tigeadh ceithir là deug den Chèitean. Bha na nithean a thachair dha fhèin, bhon dh'fhàg sinn e ri ursainn an taighe ag èisteachd ri Iain MacCruimein, air fàs sean. Bha iad gu buileach air dìochuimhne. Ged a dh'fhoghlaim e nach robh feum no stàth a bhith a' cnuasachadh mu thimcheall nan nithean a bh' air thoiseach air, bha teagamh is eu-cinnte air fhàgail gun treòir.

Bha e a' dèanamh oidhirp air a bheachd 's a bharail a thoirt gu stèidh-tuigse. Mheòraich e air Mòraig na bean—gualann ri gualann ri MacIllEathain—agus sheulaich e nach robh ach aon nì fo aiteil nan speur a dh'aisigeadh a gnàths agus an t-slàinte àbhaisteach. Bha e taingeil gun robh na thachair an Diùirinis agus taigh Dhòmhnaill Rois am falach air; gidheadh, nam biodh e cinnteach gun robh Mòrag pòsta—nan gairmeadh i na dhà chluais gun sgàth no geilt gun robh i pòsta agus gun robh i san t-suidheachadh sin le a saor-thoil fhèin—bha e a' smuaineachadh gum faigheadh inntinn fois.

Bha na briathran so-bhrosnachail agus, mar gum b' eadh, air a bheò-ghlacadh an leithid de dhòigh agus gun do dhìochuimhn-ich e eadhon na facail ghoirid a fhuair e o làimh Mhòraig fhèin. Nì h-eadh bha e a' faicinn cearcall timcheall a h-uile lideadh a sgrìobh a phiuthar, ach an seanchas a thaobh pòsaidh Mòraig.

Chrom e a cheann a chum na litreach a-rithist. Cha robh naidheachd eile gu bhith innte a bha na bu chudromaiche; agus bha e a-nis a' leughadh na litreach, chan ann a' meòrachadh air Mòraig mar chailin aig am biodh sùil ri pòsadh, ach mar bhoireannach a bha pòsta agus i làn-riaraichte leis. Bha tìm is ùine air briathran Eilidh a dhèanamh foirfe.

Leugh e air aghaidh. Bha na facail geàrr, tearc, agus a' seasamh le susbainn fo chomhair a shùl. Cha robh coimeas aca ris na ciad bhriathran an seagh, ach dh'aidich e—agus fa dheòigh dh'fhairich e— gu robh iad na bu chudromaiche an seagh eile.

Bha e a' leughadh gun robh e fhèin air adhlacadh an cladh Eàrlais, no briathran co-ionnan ris an sin.

"Cha robh sinne ga chreidsinn," chaidh Eilidh air adhart. "Tha ochd là fichead a-nis on sgrìobh mi gad ionnsaigh: chaidh mi lem dhà chois a chum Port an Rìgh, agus shìn mi an litir gu duine earbsach a th' anns a' bhàt'-aiseig."*

Dh'innis i ma adhlacadh o thùs gu èis, agus chrìochnaich i an litir le briathran a nochd dha nach robh aon de a chàirdean, gu h-àraidh Beitidh piuthar athar, a' creidsinn gun do dh'fhàg e fàsach an t-saoghail.

"Ò, 's e a bhith air do ghlasadh 's air do ghearradh o charthantas, 's bhuathasan a ta gad neartachadh a chum a bhith beò!"

Thàinig na briathran le caithream tro a bhilean, ach bha na facail a' fiaradh nan dearbh smuain a bh' air inntinn. Bha e an coinneamh a chinn còmhla ri Mòraig Rois, agus na facail fhuara, an-iochdmhor dheasaich i air a shon. Bha carthantas math na àite fhèin. Cha robh e gu math a bhith air do sgathadh bho fheòil is fhuil a fhuaradh air mhodh nàdarra. Ciod e coimeas feòil nàdarra ri maoth-àilleagan bha an crochadh eadar nèamh is talamh, agus a h-uile buadh tuigse is gliocais a bha a' gabhail còmhnaidh annad air gèilleadh da?

Chaidh e gu ionad beag dlùth air uinneig an t-seòmair san robh e na shuidhe agus thog e litir Mòraig. Bha fichead latha on chaidh an litir a shìneadh da ionnsaigh aig clàr-malairt prìomh thaighe-litrichean Fhunndaidh. Bha e air na facail a leughadh gu minig; ach bha e a-rithist a' dol gan leughadh as ùr agus shuidh e sìos le mòr-thog-radh. Bha na briathran sa chànain choimhich, mar a leanas:—

* Bioḋ bàta an ceann gaċ mìos a' dol a dh'ionnsaġ baile an Òbain bho àiteaċan ròn-paiċte air taoḃ an iar na Gàiḋealtaċd le litriċean—pacaid nan litriċean.

Dear Alex.,—I am sending this in haste. I trust you will receive it. I am getting married to MacLean to save my father. I shall never live with him. I intend leaving Duirinish for good.

MORAG.

Bha am pàipear às eugmhais comharraidh sam bith eile. Cha robh uiread agus an latha den mhìos air a' chlàr-duilleig. Leig e a cheann an taic ri cùl na cathrach, agus rinn e oidhirp air briathran an dà litir a rannsachadh. Chunnt e na chuir e fhèin de litrichean a chum an Eilein Sgiathanaich, agus, mar an ceudna, na litrichean a sheòl e gu Mòraig agus gu Eilidh às an Fhraing. Chuimhnich e gun d' àithn e do Mhòraig aig taigh a h-athar, sgrìobhadh da ionnsaigh agus an còmhdach a sheòladh gu taigh-litrichean a' bhaile san robh e a-nis. Thug e fa-near gun d' earb e an nì ceudna ri pheathraichean.

"Bha mi slàn, fallain a' fàgail na Frainge: sgrìobh mi a dh'innseadh dhaibh, ach a rèir coslais cha deachaidh an dà litir a sheòladh gan ionnsaigh!"

B' e seo an co-dhùnadh a dh'ionnsaigh an tàinig e—co-dhiù a thaobh sanas Eilidh. Nam biodh ise air an fhios sin fhaotainn, cha bhiodh esan an-diugh a' leughadh mu dhèidhinn bàis is adhlacaidh!

A thaobh Mòraig cha robh e a' dol a riasladh ri còmhradh-se idir, ach a-mhàin gun dèanadh e dìcheall air àm sgrìobhaidh na litreach a lorg. Bha e den bharail gun robh seo fhèin gu leòr. Cha d' fhuair e a-riamh de fhoghlam na thuigeadh boireannach a bha a' dol a phòsadh, agus mar gum b' eadh, a' dol a sheirm le a bilean an cluasan a' mhinisteir, a dh'aindeoin a dhùrachd agus a threun-obrach, gun robh ise a' dol a dh'fhàgail a fear-pòsta aig ursann dorais na h-eaglais.

Thug e an toiseach fa-near gun robh còir aige air litir Eilidh fhaotainn thairis air mìos roimhe siud. Bha litrichean air an seòladh gu Alba Nuadh mar bu trice an ceann gach mìos no sè seachdainean; agus bhiodh e iomchaidh dhuinn an seo eòlas fhaotainn air an adhbhar gun robh na ceàrnaibh seo de Ameireaga air am frithealadh na b' fheàrr na bha ionadan eile le malairt is litrichean.

Deich bliadhna fichead roimhe siud, bhiodh an luchd-àiteachaidh taingeil litrichean fhaotainn aon àm sa bhliadhna. Greis an dèidh sin bha iad a' faotainn bàta dà uair sa bhliadhna le riaghailteachd. An uair a thòisich an sluagh air fàs lìonmhor, agus a thòisich soitheach an dèidh soithich air lìonadh gach laimhrig le bathar is ceannachd, rùnaich àrd-cheannard taighe-litrichean Bhreatainn bàta a chur gu

Alba Nuadh an ceann gach ràith. Bha Taigh nan Cumantan a' dèan-amh oidhirp làidir air litrichean a sheòladh do na h-uile sgìre anns an robh a bheag no a mhòr de chruinneachadh sluaigh. Chan e a-mhàin gun d' rinn iad sin, ach bha iad air an giùlan le glè bheag de chosg-ais. Bha an dùthaich mòr farsaing, agus bha adhartas na dùthcha an crochadh ri bàta-litrichean fhaotainn cho riaghailteach ri soitheach ceannachd. Bha an dà nì eu-dealaichte.

Ach a dh'aindeoin an dìchill, bha iad eu-comasach air bàta a sheòladh a h-uile mìos gu àitean bu chudromaiche na Alba Nuadh. Dh'fhaodadh na sgìrean sin a ràdh gun do chuidich iad fhèin le Breatann agus Breatann leothasan. Is ann annamh a rachadh mìos seachad gun soitheach fhògarrach fhaicinn mòr-thimcheall ceann a tuath Ameireaga. A theagamh bha seo feumail don t-sluagh, ach bha e ro-fheumail do thaigh-litrichean Bhreatann, oir bha ceanglachain is litrichean air an giùlan air bheag faraidh agus le riaghailteachd anabarrach math, co-dhiù an sìde mhath na bliadhna.

A thaobh cùisean a bhith san t-suidheachadh seo, ma-tà, bha iongantas air Alastair nach robh ciad sgrìobhadh a pheathar air a sheòladh da ionnsaigh. Bha e a' toirt fa-near, chan e a-mhàin gum faodadh e bhith air an litir fhaotainn, ach gun robh ùine is tìm air a dhol seachad sam bu chòir da fios-freagairt nan litrichean a sgrìobh e fhèin fhaotainn.

Chaidh aithris dhuinne gun do dh'fhàg gaol cuid de dhaoine gun bhròig gun osan: chaill iad na bhuilich Dia orra de chèill nàdarra, agus bha iad nam beul-bùirt is fochaid do ghràisg is inbhich, cia b' e àite sam biodh iad cruinn. Agus, seo agad, fìor ghaol! Deagh bhuaidh leis a' chailin a fhuair cuidhte 's an seòrsa gaoil seo, oir nam biodh freastal air faicinn iomchaidh dhi seilbh a ghabhail air bhiodh i an cuairt-shlugain an eu-dòchais mus ruitheadh mìos nam pòg. Dhùisg-eadh i còmhla ris a' choileach le goirteas cinn, oir bhiodh iorram na tràill-iomraidh na dhomblas do a blas, agus an gnè duinealais a fhuair i mar thochradh, a' ruagadh teallaich is dachaigh gu deòrachd.

Cha do dhrùidh nì den t-seòrsa air Alastair Caimbeul. Bha e an aon seagh cho an-iochdmhor ris a' ghaol fhèin; agus chan eil eòlas againne air nì sam bith a tha cho an-iochdmhor ris an sin. Cha robh marsanta riamh air cùl na slige-tomhais cho cùramach ris a' ghaol a bha esan ag altram. Cha phòsadh e boireannach airson iochd no truas. Nì mò a smuainich e gun tigeadh boireannach na choinn-eamh leis an dà nì a dh'ainmich sinn. Bha e deònach tomhais phailt

a thoirt seachad, ach bha e a' tagradh gu uiread cudrom an deilg air
ais. Nam biodh e làn-chinnteach gun robh nighean an Rosaich air a
thrèigsinn le a deòin bha e air tionndadh bhuaipe le soitheamhachd
agus le dùrachd a bha calg-dhìreach an aghaidh nan smuain a thug
litir a pheathar fo a chomhair.

Bha e a' meòrachadh 's a' cnuasachadh air na nithean a b' fhios-
rach dha fhèin a thaobh Mòraig. Choisich e a h-uile ceum de Dhiùir-
inis, sìos a dh'ionnsaigh an fheasgair a mhothaich e do Chathal
GilleNaomh am Baile Bhrest. Lean e Cathal gus an do sheas e air tal-
amh Alba Nuaidh. Cha robh dà dhèanamh nach b' i làmh Chathail a
sheòl am fios mu eucail is bàs a chum an eilein.

Bha a smuaintean a' ruith air an t-seòl seo, gidheadh cha robh
e riaraichte. Carson a sgrìobhadh Cathal gun robh esan air caoch-
ladh san Fhraing agus e air thaisteil còmhla ris! Ghrad smuainich e
gum faodadh litir Mòraig a bhith o chuideigin eile. Ach ma bha i air a
sgrìobhadh le foill, bha e duilich leis a chreidsinn gum biodh comh-
arradh cho iongantach air a' chlàr-duilleig. An robh am mealltair a'
dol a dh'innseadh dhasan gun robh Mòrag Ros a' rùnachadh teich-
eadh le a beatha às an Eilean Sgiathanach!

Seo na suidheachaidhean san robh Alastair Caimbeul an dèidh
mun cuairt air trì mìosan a chaitheadh an dùthaich chèin. Bha e air
eachdraidh nam mìosan goirid sin a chur gu mionaideach a dh'ionns-
aigh a pheathar; agus, ged a bha e dòrainneach le a bhith a' labhairt
mu bheatha is bhàs bhràthar-athar, bha e den bheachd gum biodh
sgeul an dòlais cho math, no na b' fheàrr, na sgeul idir.

Bha e an-diugh mothachail air falamhachd a thaobh na naidh-
eachd sin. Bha e a' smuaineachadh nam biodh roinn de na dh'iom-
chair e fhèin air an tàille mothachail do a chàirdean, gum biodh a
chuid-san so-ghiùlanta. Bha dòchas aige gum faiceadh e bràthair
athar uaireigin. B' ann a chum na crìche seo a ghiùlain e gu cùramach
ìomhaigh—an aon tochradh a chuir e bhuaithe le dàimh ghnàthachail
bhon dh'fhalbh e às an eilean. Cha do ghabh Alastair mòr-iongantas
idir an dèidh dha eachdraidh bhràthair athar a chluinntinn, gum
biodh esan dearmadach air sgrìobhadh. Is minig a mheòraich e air an
dòigh iongantaich a chuala e an sgeul agus mar a thionndaidh cùis-
ean da thaobh fhèin.

"Bha Dòmhnall na charaid dhomh agus bha mise nam charaid
dha: chuir sinn cùl ris an eilean cuideachd, agus an-diugh—"

B' e siud na facail bhristeach a bha a' tuiteam air claisneachd
Alastair agus an duine beag, iongantach, a dh'fhògair dubhachas

greis roimhe siud le sùilean fliuch ma choinneamh. Fhuair e sgeul bràthair athar bhon latha a thrèig e an t-eilean a chum na mionaid a chaidh a ghairm às an t-saoghal.

Bha bràthair athar fichead bliadhna na aonrachdan. Bha e sealbhach a thaobh nithean an t-saoghail seo san tomhais san robh e mì-shealbhach a thaobh a thaigheadais. Chaidh fhàgail le dithis phàistean òga—caileagan a thog 's a dh'àraich e le mùirn. Chaochail Anna, an tè a b' òige aig còig bliadhna deug de aois. Ged a bha seo cruaidh is dèisealannach le a h-athair, b' e bàs Iseabail, an tè bu shine, agus an tè air an robh uallach a thaighe, a bhrist a chridhe.

"Dh'fhoghain Iseabal da," bha MacCruimein ag ràdh. "Cha d' fhuair e latha le slàinte air an talamh on latha dhubh sin."

Bha Iseabal na cailin sgoinneil, ghnothachail. Bha i cùramach aig an taigh agus on taigh, agus bu tric a chaidh i air ànradh agus a fhuair i allaban co-cheangailte ri seòl beòshlainte a h-athar. Bha Dòmhnall Caimbeul an seilbh air roinn mhòr de fhearann, agus dh'fhaodadh e a ràdh gum b' i Iseabal an tè air an robh cudrom na h-obrach.

Aon fheasgar an dùbhlachd a' gheamhraidh bha a h-athair na sheasamh an doras a thaighe làn iomagain oir shèid a' ghaoth on àirde tuath le sgal a bha a' criothnachadh an taighe. Bha e air a cur air falbh moch-thràth air taisteal fada. Ged a bha an sneachda na thuinn air aghaidh na talmhainn, gidheadh bha an aimsir ciùin, bòidheach. Bha e uair an uaireadair a' feitheamh le dòchas gun cluinneadh e tartar a cas, no gum faiceadh e an t-each air an do roghnaich i falbh air an rathad ma choinneamh. Bha ùine a' dol seachad, ach cha robh Iseabal a' tighinn. Mar as tric a thachras aig àm de leithid, an uair a rinn Dòmhnall Caimbeul oidhirp air cuideachadh fhaotainn agus fios a chur a chum nan nàbaidhean, cha robh e comasach air doras a thaighe fhosgladh. Bha sneachda na chnuic mòr-thimcheall àite-còmhnaidh.

Thàinig an oidhche. Shuidh Dòmhnall, ach cha do loc a shùil an cadal. Bha e a' tagradh airson Iseabail. Bha e an dòchas gun do dh'fhuirich i far an robh i; agus, ged a bha e mothachail nach robh e a-riamh na aonar, 's a' creidsinn gum b' e tinneas no am bàs a chumadh Iseabal gun tighinn dhachaigh, bha e air a mhisneachadh gum biodh i sàbhailte an àiteigin.

Dh'èirich e chum an dorais, oir bha e a' faicinn iomall na h-àirde an ear geal. Bha a' ghaoth air lasachadh. An ùine gheàrr bha e comas-ach air an doras fhosgladh. An ceann fichead mionaid an dèidh sin bha e a' call a shuim 's a thonaid, oir bha e a' faicinn corp Iseabal cho fuar ris an t-sneachda air an robh i na sìneadh fo chomhair a shùl. Bha srian an eich aice na làimh. Bha a' bhrùid air sùmhlachadh gu a dhà chluais eadar dà chnocan mun cuairt is ceithir mìle on taigh.

"Sin a' mhadainn a dh'atharraich bràthair d' athar," bha Mac-Cruimein ag ràdh. "Tha dà bhliadhna bhuaithe sin. Tha mise creid-sinn mura biodh na nàbaidhean air a bhith còmhla ris nach robh e air a bhith beò idir. Thubhairt e rium fichead uair nach robh e faicinn stàth a chum a bhith beò. 'Fhuair i am bàs air mo shon-sa,' bhiodh e ag ràdh; 'bha fios aice gun robh mi nam aonar, agus ged a dh'àithn-eadh dhi fuireach far an robh i cha d' èist i ri achmhasan.'"

Cha robh MacCruimein fada an cuideachd Alastair air an fheasgar ud. Moch sa mhadainn an ath latha, bha e timcheall a' bhùird maille ris agus ag innseadh dha mar a bha cùisean a' seasamh da thaobh fhèin.

"Bha mi fhèin airson an eilein fhaicinn aon turas eile," bha e ag ràdh. "Mhaoidh is bhagair e orm thusa a bhith còmhla rium a' till-eadh, ach cha robh mi leth-mhionaid nam thaigh fhèin nuair a thuig mi nach robh e beò."

An ceann trì làithean bha Alastair an àite-gnothaich fir-lagha a' leughadh tiomnadh bhràthar athar. Bha an taigh, am fearann agus gach nì a bha Dòmhnall Caimbeul a' seilbheachadh air fhàgail aige gun chumha.

"Mura bi mac mo bhràthar deònach seilbh a ghabhail air an taigh, no tighinn a dh'ionnsaigh an fhearainn, tha mi ag àithneadh an dà chuid a reic agus a luach, agus luach gach nì eile air am bheil mi an seilbh, a chur a dh'ionnsaigh mo chàirdean san Eilean Sgiathanach."

Bha ainm fhèin sgrìobhte an toiseach agus ainm a pheathraich-ean agus, mar an ceudna, piuthar athar an Eàrlais, maille ri beagan de ainmean air an robh Alastair aineolach.

Leugh e sìos an clàr-duilleige le cùram. Thug e fa-near gun robh na sgrìobhaidhean anabarrach òrdail, pongail.

"Ma chaochail neach a th' air ainmeachadh, bithidh an roinn sin air a cur ri teaghlach mo bhràthar an Earrabost."

Bha Iain MacCruimein agus neach eile nan luchd-cùraim air na sgrìobhaidhean sin.

Bha Alastair a' còmhradh air ais 's air adhart, ris an fhear-lagha, agus dh'innis esan da sgeul a bha a' cur iongantais air fhèin agus air a chàirdean san eilean.

"Tha deich bliadhna bhon sgrìobh e gam ionnsaigh-sa, agus a dh'àithn e suim airgid a sheòladh gu Beitidh Chaimbeul, a phiuthar anns an Eilean Sgiathanach," thubhairt an duine; "agus ghabh mi iongantas gun d' earb e rium gun uiread agus ainm no nì sam bith eile fhoillseachadh."

Is minig a labhair Alastair an dèidh làimhe mu rùin is allmharais bhràthair athar a thaobh na ceiste seo ri Iain MacCruimein.

"Bha bràthair m' athar neònach, ach cha robh e ceum air dheireadh air Iain MacCruimein air bòrd sa bhàta an "Hector"," theireadh Alastair le fiamh-ghàire.

"Amadain!" fhreagair MacCruimein, "bha nì-eigin de thoil agadsa a' fàgail do dhùthcha; cha robh thu air do thilgeil an coinneamh do chinn do tholl an t-soithich. Tha dara leth na cèille a bh' agamsa agus aig Dòmhnall air laimhrig Eilean Diarmaid, agus bhiodh an leth eile a' meòrachadh am Funndaidh air nithean a bha ann agus na nithean a bha dlùth ris an làimh."

"Bha mise air bliadhna de mo shaoghal iomlaid airson thusa bhith rim ghualainn, agus do cheum an co-sheirm ri srann na pìoba a' coiseachd a dh'ionnsaigh a thaighe."

Cha do chuir Alastair teagamh anns na briathran sin. Bha e cho cinnteach gum biodh bràthair athar cho aineolach air a theachd agus a bhiodh esan air ainm an duine a bhòidich air laimhrig na Sgoire-breice gun tugadh e Alastair aghaidh ri aghaidh ri Dòmhnall Caimbeul amhail mar a bhiodh na seann mhnathan leis a' "char deiseil" a' buileachadh lòn air eilthirich a' mhonaidh. Cha robh e idir a' meòrachadh air na nithean sin an-diugh, ach bha e a' meòrachadh air seann nithean an èideadh nuadh. Cha robh e a' dol às àicheadh nach robh an dà litir air a chur na bhreislich; agus bha barrachd air fhèin a' tuigsinn nach robh cùisean rèidh an àiteigin—aideachadh a thug rudha-gruaidh air a shnuadh a' labhairt ris an tè a bha a' frithealadh da.

An dèidh bàs Iseabail chaidh Sìne NicCoinnich, boireannach ciallach, suidhichte, na bean-taighe còmhla ri bràthair athar. Fhuair i fhèin a cuid den t-saoghal; agus bu tric a bhiodh conaltradh teachail eadar i agus an gille òg a dh'aidich na fianais aon fheasgar gun robh aignidhean suidhichte air aon chuspair nigheanadh. Thaisg e cuid den chòmhradh sin suas na chridhe; agus, mun do chuir e crìoch air a' mheòrachadh agus air an litir a rùnaich e sgrìobhadh, bha e gu tuilleadh a chluinntinn, agus bhiodh e ag èisteachd le cùram, oir cha robh na briathran fada seachranach air a bheachdan fhèin. Chuala e clag air an doras agus nochd i a-steach leis an aoigh àbhaistich. Bha àm bìdhe ann. Bha i a' càradh a' bhùird le dealas.

"Bithidh sinne a' toirt oidhirp air cùisean atharrachadh, Alastair," thubhairt i, le fiamh-ghàire; "tha sinn a' dèanamh sin. Ma dh'fhaodte gum faic mi fhèin an latha sam bi daoine air an giùlan don t-seann dùthaich an taobh a-staigh de sheachdain. Ach, gu latha bhràth, cha tig atharrachadh air nàdar a' chinne-daonna."

"Bithidh esan na thàmh," fhreagair Alastair le aiteas; "cho seasmhach ri beinn. Na h-atharrachaidhean a chì thu, chan e atharrachaidhean a tha annta ach samhail riarachaidh dhutsa agus dhomhsa agus a h-uile creutair a tha furasta a mhealladh."

"Nam bithinn-sa nam ghille agus gaol agam air boireannach, rachainn ball-dìreach da h-ionnsaigh. Dh'innsinn an fhìrinn. Dh'iarrainn oirre mo phòsadh ma bha mi deiseil air a shon. Nan diùltadh a' chailin leiginn cead a coise leatha."

"Chan eil fìor ghaol a' giùlan droch nàdar," fhreagair Alastair; "ma dh'fhaodte gun cuidicheadh àrdan is tàmailt led shuidheachadh aig an dearbh àm, ach ciod e an tairbhe a bhiodh an sin agus i às d' eugmhais?"

"Sin far am bheil sinne a' feuchainn ris an nàdar a fhuair sinn atharrachadh. Na èist ri beul-aithris, no beul sam bith, ach a beul fhèin. Ma chluinneas tu bho a bilean nach eil i deònach do phòsadh bithidh am boireannach sin san aon dàimh dhut ri piuthair. Cuimhnich nach buin fìor ghaol don t-saoghal seo idir," chum i air adhart; "cha bhi gaol fallain gu bràth foirfe gus am bi e so-làimhsichte. Is e sin an t-adhbhar gu bheil mòran an eucail cuirp is inntinn. Cha robh iad ach a' streap ri dubhar is faileas!"

"Tha thu ciallachadh gun robh an dubhar a bha an seo gan tàladh, agus nuair nach d' rinn iad fhèin oidhirp air an sgàile a tholladh gun do ghèill iad don dealbh a bha iad a' faicinn?"

"Tha thu fagas don nì a ta mi ciallachadh," fhreagair i, le sgal de ghàire a chriothnaich bòrd an t-seòmair. "Nam biodh eòlas aig na truaghain air an nàdar a chaidh a chruthachadh leotha, dh'fhaodadh iad a bhith cinnteach gun lotadh gaol, agus nach robh leigheas air a shon ach briathran tàrmasach na tàrlaid a ghràdhaich iad."

"Tha thu 'g aideachadh gum bi gille an gaol agus esan ma dh'fhaodte neo-mhothachail air!"

"Gun amharas! Agus cha dèan e math do neach a bhith dearmadach dha thaobh. Tha na ceudan a' fulang le dearmad. Tha mìle boireannach, is mìltean pòsta aig an duine cheàrr. Tha barrachd timcheall nan teallaichean le osna throm na dearmaid 's a' meòr-

achadh air an òganach nach tàinig—agus nach tig! Cia lìon duine a ta
’n-diugh a’ caoidh nach do phòs e a’ chailin a ghoid bhuaithe a ghaol?
Tha iad cho pailt ris na bochdan agus thèid iad gu bàs a’ meòrachadh
air an fhaileas, agus mo thruaighe, a’ riasladh mu dhealbh a’ dh’fhàg
iadsan far an d’ fhuair iad i.”

Bha Alastair ga h-èisteachd le ciùineas a bha calg-dhìreach an
aghaidh gean na tè a bha labhairt. Thog e a cheann. Bha ìomhaigh
suidhichte.

“Agus ciod a thachradh dhaibh nam biodh iad air an sgàile seo a
reubadh?”

“Bhiodh iad cosail ri daoine eile, mar a dh’ainmich mi. Is ceist an
‘gaol’ a dh’fheumas a bhith air no dheth. Ma tha dàil eu-cinnteach
a thaobh na sìorraidheachd tha i trì-fillte mì-earbsach a thaobh
cuspair gràidh.”

Ged a bhiodh Alastair Caimbeul cho rag-mhuinealach ri Phà-
raoh ag èisteachd ri Maois, cha b’ urrainn da gun èisteachd ris an
òraid a chaidh a sheirm na dhà chluais. Ma dh’fhaodte gun robh
na briathran freagarrach airson clann nan daoine an cumantas.
Biodh sin mar a bhitheas e, bha a h-uile lideadh làn lùiths is brìgh do
a shuidheachadh fhèin.

Chunnaic e air thuaiream nighean an Rosaich a’ bruidhinn ris an
àiteigin, agus bha e a’ dèanamh dealbh dhith, mar gum b’ eadh, am
bruadar; ach bha e a-nis air a cho-èigneachadh cho cinnteach ’s ged
a bhiodh feachd armailt air a chùlaibh a chum còmhdhail a chumail
rithe. Nì-h-eadh, an làrach nam bonn chuir e sìos fo-sgrìobhadh air
an litir a bh’ air a bhòrd gum biodh e san Eilean Sgiathanach mun
teirigeadh am foghar, no ma dh’fhaodte roimhe sin. Chuimhnich e
air Cathal GilleNaomh cuideachd. Bha e a’ meòrachadh airsan rè na
h-ùine bha e na shuidhe mun bhòrd bìdhe.

“Nach e faileas a tha annsan, mar an ceudna? Carson a bhithinn
eadar dà bharail a thaobh an duine seo ’s mi ga fhaicinn cho tric ris
a’ ghrèin!”

Bha an smuain sin a’ seasamh ma choinneamh. Chrìochnaich e
am biadh a bh’ air a’ bhòrd, agus choisich e le cabhaig dh’ionnsaigh
an eich-luinn. Mu thimcheall leth-uair de ùine an dèidh sin bha e
còmhradh ri GilleNaomh fo chomhair an taighe-litrichean.

“Carson a bhiomaid nar coigrich, teaghlach an aon eilein?”
thubhairt Alastair, le tapachd.

“Chan fhiosrach mise nì a’ dh’fhàgadh nar coigrich sinn,” fhreag-
air Cathal.

"Tha mise an teagamh a thaobh cuspair àraid, agus tha barail làidir agam gun cuidicheadh tusa mi. Bu mhiannach leam, mar an ceudna, dearbhadh fhaotainn co-dhiù as nàmhaid no caraid ris am bheil mi labhairt."

"An innis thusa dhomhsa," fhreagair Cathal, "co-dhiù as e nàimhdeas no carthantas a bhios eadar dithis ghillean agus aon phàiste nigheanadh?"

"Sin agad mar a bha, a tha, agus a bhios an saoghal."

"Chaidh iarraidh ormsa litir no dhà a' sheòladh às an Fhraing a chum do chàirdean. Rinn mi sin air sgàth riarachaidh do MhacIll-lEathain, agus don chladhaire a rùnaich a ghineil a chur a chum na fèille, agus a theagamh an duine a bha uaireigin agam mar mhaigh-stir."

"Fuirich, fuirich, a Chathail; dèan—dèan air do shocair!"

Thog Alastair srian an eich agus choisich e gu sorchan de fhiodh a bha ceum air falbh.

"Tha nighean an Rosaich pòsta," thubhairt Alastair, a' tionn-dadh a' chòmhraidh on tuath gu cridhe na h-àirde deas.

"Chan eil cothrom air sin," fhreagair Cathal; "an robh i dol a ch-reidsinn gun do dh'eug thu san Fhraing agus gun do sheòl na daoine-sìthe dhachaigh do chorp?"

"Ma phòs i chan ann idir air bonn 's gun do chaochail thu, bheir mise mo ghealladh!"

"Am bheil thu cluinntinn on taigh?" thubhairt Alastair, le maille.

"Cha chuala dùrd. Tha dòchas agam litir fhaotainn leis a' chiad bhàta."

"Ar leamsa gun robh thu fhèin agus Rasaigh eu-dealaichte; tha iongantas orm thu a bhith san dùthaich seo."

"Agus dealaichte bithidh sinn. Faigheadh e a rogha duine airson a chuilbheartan. Tha mise deònach tuagh a chur an làimh neach sam bith a chuireas an ceann dheth."

Bha Cathal cho seachranach air an t-slighe a roghnaich Alastair ri eaglaisean aig am bheil aon Dia agus dusan creideamh. Chaidh e thairis gu mion, mionaideach air an obair san robh e an sàs, sìos a dh'ionnsaigh an fheasgair a gheàrr e an cainbe a bha ga cheangal ri Rasaigh. Bha am fear eile mar gum biodh e an seòmar taigh-eiridinn na shìneadh air leabaidh fiabhrais. Cha robh aigesan ach aon sgeul agus aon naidheachd. Bha Mòrag Ros pòsta—pòsta le lagh eaglais, Dhè is dhaoine. Cha robh e a' faicinn ach là buidhe Bealltainn agus am fitheach a' cur a-mach a theangadh.

Bha facail an duine air baoth-smaoin a chinn a shaltairt le an-iochd fo na casan agus air briathran Mòraig a dhèanamh foirfe. Thug e mìosan a' cnàmhadh 's a' criomadh na croislich* a bha a' seasamh eadar e agus clàr-cuimhne a beatha, agus a-nis bha obair crìochnaichte—làithreachail. Cha robh smid air a labhairt ach fòirneart is ceilg—mealladh a bha a' dol a chur nighean an Rosaich far a bhinn cho cinnteach 's ged a bhiodh feachd à ifrinn ga slaiceadh air cùl a cinn. Gidheadh bha briathran Chathail a' deocadh treòir a chuirp 's ga fhàgail gun chonn.†

"Chan eil cothrom air: ma tha i pòsta cha bu mhise bu choireach!"

Nach coma cò aige an robh a' choire? Cha robh de fhuras aige na chnuasaich air an achmhasan a threòraich e eadhon gu labhairt ris an duine a bha fa chomhair. Choisich e an cìrean colgach an aghaidh cuilg, agus sheas e a' làimhseachadh nighean an Rosaich, 's a bilean—a bilean fhèin—ag innseadh dha gun d' rinn i tàir air agus gun robh i an-diugh na bean.

Cha robh aon teagamh nach do chuidich Cathal Alastair Caimbeul gu sluic na mì-mhisnich. Labhair esan cho saor, cho ionraic. Cha robh camadh no lùig no car na chòmhradh o a thoiseach gu a dheireadh. Bha an cruth a chunnaic e le a mhac-meanmna cho eadar-dhealaichte ris na facail agus a bha feòil is iasg; agus, fiosrach 's mar a bha e gun robh eòlas aig an duine air na h-uile nì, agus nithean nach robh ann idir, sheulaich e gun robh Cathal cinnteach gun robh Mòrag Ros pòsta. Bha e a' dèanamh dìcheall air Cathal a leantainn. An ceann greise thubhairt e—

"Feumaidh gun robh airgead is tìm pailt nuair a chaidh do stiùireadh air astar cho fada le gnothach cho beag seagh."

"Tha thusa air cùl an t-seanchais," fhreagair Cathal. "Tha mòran agad ri fhoghlam 's ri ionnsachadh. Bha mi giùlan gunna agus dà urchair. Tha Rasaigh cho aimbeairteach ri radan air Sgeir Shàl."

Bha e na thost tiota. Mothaich Alastair gun robh aon sùil a chinn sgiolta.‡

"Bha mi 'g iarraidh an iasaid le ceud cabhag."

"Airgead?"

"Airgead, geal, donn, no dubh, ach e bhith na airgead, agus a bhith còmhla ri Mac an Rothaich am mionach na bìrlinn an ceann na seachdain."

---

* Chan e "crois:" treallaich, troimhe-chèile.

† Air reachran: a dh'earbaidh tuigse. Tha conn air iarna de shnàth gur a cumail ri chèile.

‡ Air chrith le àbachdas.

"Ciamar?"

"Le bàta-aiseig," fhreagair Cathal. "Chan èirich grian an latha nach bi bàta-seòlaidh gu Albainn às an Fhraing. Ach feumaidh mi falbh. Tha cabhag orm. Chan eil maighstir gun chù: cha robh ann-amsa ach cù gun mhaighstir, agus moladh do Dhia gun deachaidh mo shùilean fhosgladh."

Bha Alastair air tuiteam am monais, ach rinn e spàirn chruaidh gu labhairt ris an duine a bh' air tionndadh gu falbh. Thog e uchd far nan clàir fhiodha, ach bha Cathal a' dian-choiseachd às fhianais. An ceann greis de ùine bha Alastair na sheasamh aig clàr-malairt an taighe-litrichean. Chaidh e dhachaigh. Bha a cheann loma-làn de Chathal. Mun tàinig àm cadail dh'aidich e gun tug seanchas Chathail e air ais gu àrd-fheasgar.

Choisich e lìon beag is beag a chum na staid san deachaidh a chruthachadh, agus bha e an comhair a chinn san t-seann ghnàths. Thòisich e air tolladh an dorchadais. Cha b' e Cathal an Eilein a bha còmhla ris am Funndaidh idir. Cha b' e seo an duine mun cuala esan; agus chuala e gu leòr bhuaithe a threòraich e gu seanchas na bean-taighe agus neo-fhios. Bha Cathal aineolach air pòsadh Mòraig!

Bha ùine a' dol seachad. Bha e a' feitheamh le foighidinn, agus a' cunntais nan làithean. Thàinig bàta, agus sheòl tè eile na coinn-eamh, ach cha d' fhuair e lideadh o phiuthair. Theirig an samhradh, agus thòisich am foghar, ach cha robh smid o phiuthair no caraid no leannan. Chuir e nighean an Rosaich an dusan riochd. Bha e ga faicinn an aon suidheachadh àraid a thug gàire fann air ìomhaigh. An robh i comasach air a bhith na bean da fhèin agus an lagh, tìmeil is spioradail, air a gairm na bean do MhacIllEathain!

Bha e air cluinntinn mu thimcheall nigheanan bh' air an co-èigneachadh a chum clàr-pòsaidh agus a thuit seachad le laigse is anfhainneachd—muinntir nach do rinneadh riamh nan càraid. Ach cha b' fhiosrach leis riamh a chluinntinn, co-dhiù sa Ghàidh-ealtachd, boireannach a chaidh a ghairm na bean agus i fhèin a' smuaineachadh gun robh i saor. Ged a bhiodh Mòrag deònach cùl a chur ri MacIllEathain, ciod e an tairbhe a bhiodh ann dhasan!

Chnuasaich e air an t-seòl seo. Bha e a' toirt fa-near nach robh feum no stàth dhasan falbh air thaisteal cho fada agus Mòrag Ros na mnaoi-phòsta.

Suas gu deireadh ciad mhìos an fhoghair bha e a' feitheamh aig an taigh-litrichean a-rithist, oir bha bàta air bathar is litrichean ais-eag. Chaidh litir a chur na làimh, agus ghrad thug e fa-near làmh-sgrìobhaidh a pheathar. Dh'fhosgail e an còmhdach gun dàil agus leugh e beagan fhacal. A rèir coslais bha iad air an sgrìobhadh le mòr-chabhaig:—

Theich Mòrag às an eilean, feasgar a pòsaidh. Is ann aig Dia tha brath ciod a tha i a' ciallachadh. Chan fhacas a coslas thall no bhos. Chan eil fios càite am bheil MacIllEathain cuideachd. Tha mi cinnteach nach eil e còmhla ri Mòraig. Chaochail Dòmhnall Ros, a h-athair, am feasgar a theich i. Chuala sinne gun do lorg Rasaigh litir na seòmar a dh'fhàg e gun chèill tiota. Cha d' fhuaradh lide às a bheul ach mionnan is mallachd air ceann MhicIllEathain oir chaidh innseadh dha gun tug esan an saoghal fo a cheann. Tha san aithris gun d' fhuaradh aid-mheil aig MacIllEathain a thaobh Mòraig 's a h-athar is Rasaigh nach b' urrainn mise sgrìobhadh an seo.

Sgrìobhaidh mi an ceann na seachdain a-rithist.

EILIDH

Choisich Alastair le ceum mall a chum an taoibh am muigh. Bha e a' feuchainn ri tìm is ùine a lorg. Thug e fa-near gun deachaidh na facail a sgrìobhadh san Òg-mhìos. Bha an litir a dh'easbhaidh comh-arraidh sam bith eile. Thàinig e dh'ionnsaigh a' cho-dhùnaidh gun do sgrìobh Eilidh ma dh'fhaodte an làrna-mhàireach an dèidh pòsadh Mòraig.

Mòrag pòsta, a h-athair air caochladh agus gun robhas air a fear-pòsta!

Seo an naidheachd. Bha e air an naidheachd a chluinntinn cho tric. Bha Mòrag pòsta agus cha do chuir i facal ga ionnsaigh ach na sgrìobh i ag innseadh dha gun robh i an dòchas gum faigheadh e am fios!

Cha robh e idir a' meòrachadh air na mallachdan a ghleus bilean Rasaigh airson MhicIllEathain. Nì mò a smuainich e a thaobh adhbhair a dh'fhaodadh a bhith aig Rasaigh a chum sin a dhèanamh. Bha tostachd Mòraig air rùn dìomhair a chridhe a spealgadh na dhà leth.

Thug e sùil a chum a' bhàigh. Bha bàta deiseil gu seòladh sa mhadainn. Bha e san dearbh ghnàths-meòrachaidh moch-thràth agus e a' sìneadh a làimhe gu Iain MacCruimein. Bha e na sheasamh am bàta beag, agus Iain air an laimhrig. Bha Mòrag balbh. Bha i ceart cho balbh ri muinntir Earraboist. Ma bha i eudmhor dha thaobh nach faodadh i bhith air sgrìobhadh gu Eilidh!

Ged a bha e san t-suidheachadh seo, riasail e gu trom, tùrsach don bhàta a bha dol ga threòrachadh da h-ionnsaigh, co-dhiù a dh'ionnsaigh an troimh-chèile a bha e a' faicinn air a choinneamh. Bha e a' creidsinn, aig cho searbh 's gum biodh crìoch a thurais, gum biodh an t-seirbheid milis an coimeas ris na bha inntinn a-nis a' fulang.

Ràinig e Albainn mu chuairt is dà mhìos an dèidh Alba Nuadh fhàgail. An dèidh aiseag is ath aiseag fhaotainn bhuannaich e an t-Eilean Sgiathanach agus an Ath Leathainn agus chum e ball-dìreach air Earrabost. Dh'èist e ri a pheathraichean le cùram, ag innseadh mar a thachair. Bha Mòrag air teicheadh air an rathad ud agus an rathad ud eile!

"Tha sinne cho aineolach riut fhèin," thubhairt Eilidh, "ach nam faiceadh tu sgalag Rasaigh tha fios aigesan, oir fhuair i an t-aiseag na lùib."

"Cha loc mo shùil Eilidh, cha chaidil mi agus cha ghabh mi tàmh gus an lorg mi càite am bheil e."

Greis an dèidh a' chòmhraidh seo bha e air an rathad gu Cala an Rìgh agus Ùisdean Sgeitheaboist. Na chabhaig cha do smuainich e air piuthar athar eadhon, ach bha e air na h-uiread a chluinntinn on chàirich e a chas air an eilean, agus gun robh e a' creidsinn gun tugadh Beitidh mathanas da.

Cha robh Eilidh is Màiri ach an iomall an t-seanchais. An toiseach, chuir e roimhe Ùisdean fhaicinn. Mar a stiùireadh esan e gu Mòraig Rois, bha e a' dol a shaltairt gach frìth agus cnoc, a bha eadar Salachan agus Loch Arcaig, oir rinneadh cinnteach e gun robh dachaigh na sgalaige an àiteigin mun Chorpaich. Bha e a' dol a lorg Mhic Grùslaich,—cha b' ann sa chruth a bu chuimhne leis fhèin fhaicinn. Bha beul-aithris air sgalaig Rasaigh a chur às riochd nan daoine.

Bha Alastair air misneach a lorg nach robh e fhèin ach gann a' creidsinn. Bhòidich e Mac Grùslaich fhaicinn an cruth sam bith a rùnaicheadh e altram, eadhon na theine-sionnachain, mar a chunnacas e eadar Caisteal Dhùin Tuilm agus Eaglais Chille Mhoire, nam biodh beul-labhairt air a shiubhal. Bha san aithris gun do thàlaidh Mac Grùslaich Mòrag air uchd na bìrlinn leis na briathran a chuala e fhèin na leanabh—ma bha leanabachd aige! Bha triùir a' togail fianais na aghaidh oir theich iad suas an stairsnich chlach aig oisinn na tràghad, agus bròn-cheòl a' mhulaid a' seirm tro an cluasan. Cha robh iad ullamh leis an sin.

"Rachainn air mo mhionnan," thubhairt fear dhiubh.

Agus a chum a luchd-èisteachd a dhèanamh cinnteach chaidh e car tiota an cruth na sgalaig agus sheinn e an luinneig chadail a dh'èirich air uchd na Sgoirebreice.

> *"Tha uisge a-muigh san lònan dubh.*
> *Tha uisge a' ruith san lònan.*
> *Tha uisge a-muigh san lònan dubh;*
> *'S tha bainne a' chruidh aig Mòraig.*

> ***SÈIST:—***
> *"Ho-rò, chaidil Mòrag bheag,*
> *Ho-rò, chaidil Mòrag.*
> *Ho-rò, chaidil Mòrag bheag;*
> *'S ma chaidil cha bu mhòr i."*

Ma dh'fhaodte nach robh dùrd air a bhith mu thimcheall Mhic Grùslaich nam biodh a steic-bhràghad* air a bhith còmhla ri a cholainn; oir cha robh an-dearbhadh nach robh e aig a' cheart àm fo gheilt-chrith am bothan beag mu thimcheall ceithir cheud slat air falbh agus a mhaighstir ga cheasnachadh. Agus mo thruaighe, bha Mac Grùslaich an cruth na bu mhiosa na sin. Ma bha an naidheachd fìor bha Dùghall Gorm air fhàgail gun chruth idir!

Cha robh Alastair comasach air meòrachadh air dara leth na chuala e. Thugadh dha barantas gun robh Dòmhnall Ros air adhlacadh an àiteigin dlùth air Cille Chuimein; agus chaidh innseadh dha, mar an ceudna, gun robh an tè a dh'fhàg e às a dhèidh air leabaidh tinneis san sgìre sin.

Ràinig e taigh Ùisdean Sgeitheaboist. Agus a chum ar sgeul a dhèanamh goirid tha sinn a' call seallaidh air an dithis dhaoine gus am faic sinn iad a' coiseachd gu eathar a bh' air acair am Port an Rìgh.

"Chan urrainn mise a thuigsinn," bha Ùisdean ag ràdh. "Bha i cho dubh ri ite fithich aig do chàirdean fhèin agus mo chàirdean-sa, mar an ceudna. Cha tug mise mo bhilean o chèile."

"Ach tha d' ainm san aithris," fhreagair Alastair.

"Cho fhad 's a bhios Gàidheal is Gàidhealtachd ann bithidh amharas agad. Chan eil sùil an ceann a chunnaic sinn ach Mac an Rothaich, agus tha esan cho dall rim bhois."

"Ach nach inns thu dhomh mun sgalaig. Am bheil thu cinnteach nach fhac' esan thu?"

Thog Ùisdean aghaidh agus sheall e le mì-cheutaibh.

---

* A ghuth.

"Chan fhac' e idir mi!" fhreagair Ùisdean le dùrachd. "Air sgàth sealbh, na tog ceist fom chomhair nach urrainn mi a fhreagairt. Creididh mi a h-uile nì dha thaobh ach an aon nì. Tha mi cinnteach gun robh taisteil Mòraig dubh, dorcha air eanchainn."

"Alastair, chan eil foill an-còmhnaidh san nighinn idir. Dh'innis i gu saor a h-uile nì ach a-mhàin an t-adhbhar a bh' aice air teicheadh. Cha do smuainich mise air ceist a chur fa comhair a thaobh sin: cha b' e mo ghnothach e. Nuair a thàinig i gam ionnsaigh le deòir air a dà shùil a' tagradh airson an aiseig, bhòidich mi, cho fad 's a bhiodh uilt an cùl mo dhùirn, gum faicinn an nighean sàbhailte air tìr-mòr."

Bha Alastair ag èisteachd le ro-aire.

"Ach an duine so—"

"Fàg e," fhreagair Ùisdean a' crathadh a chinn. "Na tog ainm Mhic Grùslaich nam fhianais. Tha ceud duine san eilean a ghearradh fheòil le sgian-pheann."

"Tha mi deimhinn is cinnteach gur e a chorp 's a cholainn a leig Ùna ma sgaoil; ach cò a gheibh urras air sin?"

"Tha Murchadh a' tighinn agus am balach," thubhairt Ùisdean, a' tionndadh air a shàil.

"Seo agad Teàrlach. Chaidh e air a dhà ghlùin dhi agus bhòidich e nach fhaiceadh duine a bha beò an litir a chuir Mòrag na làimh ach a h-athair. Do bhrìgh agus gun robh uallach orm a thaobh na litreach, agus gun robh mi fhèin car eòlach air cleachdaidhean* Dhòmhnaill Rois, chuir mi am balach na rabhadh, agus sheòl mi e an dòigh a b' fheàrr a b' urrainn mi."

"Tha earbsa agad an Teàrlach?"

"Dh'earbainn gach nì ri Teàrlach ach m' anam!"

Chrom an dithis dhaoine chum na laimhrig, agus Alastair Caimbeul air a chois. An ceann tiotaidh bha iad a-mach seachad Cala an Rìgh agus Alastair na thost air tarsannan den eathar. Bha e a' faicinn Mhic Grùslaich am measg na creich, na tuil, a thug e air a cheann. Rasaigh, Eilean Rasaigh, bìrlinn is bean maille ri bàs is aitreabh fhàsail. Ciamar a bha esan a' dol a dh'fhaotainn eòlais mu thimcheall nan nithean sin? Ciamar a bhiodh e comasach air nì-eigin de chèill-cinn a stèidheachadh orra?

Bha e a' sealltainn le aire dhùrachdaich air Ùisdean, agus a' meòrachadh air eachdraidh Eilean Rasaigh.

---

*   Ḃa Ùirdean fiorraċ naċ ḃeaċaiḋ neaċ riaṁ a ċoiṁeaḋ air Anna Ċrotaiċ aċ neaċ air am bioḋ geilt ro a h-ainm.

Saol Gun Truailleadh

Caibideil

XIV

B ha Mac Grùslaich agus Cailean MacIlleMhaoil a' faicinn na grèine a' soillseachadh cridhe na h-àird an ear agus a' teàrnadh gu Coire nan Geur-oirean a th' air a stèidheachadh eadar Beinn Chuil Bhàin* agus Druim a' Ghiuthais, tuath air Gleann Mhàillidh. Choisich iad an còmhnard a tha eadar bonn na beinne agus Loch Arcaig, suas seachad Gleann a' Gharaidh Chuime.† Bha neart na grèine a' taiseachadh aghaidh na talmhainn, ach a dh'aindeoin a dùrachd, bha stèidh nam beann mar a bha iad mìos roimhe siud, teann, reasgach, le fuachd reòthaidh.

Bha mòran de shneachda air sileadh rè na h-oidhche. Bha e a' còmhdachadh ùrlair nam beann mar bhrat geal de neòinean san t-samhradh. An siud 's an seo bha e air a shlugadh le fuachd neoshàsaichte, air bàs fhaotainn agus air aonairt ris an stèidh ailbhinnich a chòmhdaich gleann is machair.

Bha Mac Grùslaich a' meòrachadh air a' mhadainn a choisich e fhèin agus Cailean a' cheart cheum beagan sheachdainean air ais. Chaidh dà nì sònraichte a thoirt fa chomhair an latha sin. Bha e air a threòrachadh gu cill Dhè; agus thugadh da barantas gun robh Dòmhnall Ros—an lùchairt thalmhaidh a chunnaic e gu minig san Eilean Sgiathanach—a' filleadh ri dus athraichean.

Chum e às an sin gu taigh le dà stuaidh a bha suidhichte dlùth air a' Chàrn Mhòr,‡ seachad air abhainn Choire an Eich, agus bhuail e còmhla an dorais gun athadh. Cha b' ann le ceann staoin, falamh,

---

* Beinn (3,221 troigh).

† Gleann Cam-gharaidh, dlùth air ceann Loch Arcaig.

‡ An Càrn Mòr (2,715 troigh).

no làmhan loma a shocraich e brògan cruidheach a chas air an stairsnich. Bha fradharc a chinn air eachdraidh an Eilein Sgiathanaich fhàgail na thuill-reudan. Bha e cho cinnteach à clàr-beatha na tè a bha e a' feitheamh 's ged a bhiodh a h-uile facal an dubh 's an geal air an àrd-dhoras.

Bha tàillear Thròndairnis air suidhe sìos gu obair a' gheamhraidh a chum a lòin fhèin agus na tè a bha còmhla ris a chosnadh. Bha eaglais Chille Mhoire a' seasamh ri gaoith is doininn, oir bha Ùna Dhòmhnallach air fùdar sporach a phasgadh seachad na ciste. Cha robh feum air. Bha Eilean Rasaigh air a chuartachadh le maor is earraid: fear-cinnidh agus ceann-feadhna, air sgapadh sear is siar, agus deud-chlàr nan sèist a' glaodhaich bròn-cheòl na dunach ma cluasan.

Mòrag Ros! Bha ise air coiseachd amhail druid às an eunlainn a-mach seachad gàrradh-cloiche Abaid Cille Chuimein an crochadh ri Mòr Ros. Bha i air a beathachadh le uisge fallain na Sùileig a ta a' ruith gu sèimh, sìochail o chasan Mhill an Onfhaidh[*] dh'ionnsaigh còmhnard an t-sneachda[†] 's gualann na Droma Fada[‡] gu Inbhir Bheagain agus na Feàrnaidh.

"Seo an tè bheag a fhuaradh air maide-buinn na h-Abaid: an truaghan!"

Bha na briathran a' tuiteam air cluasan Mòir NicAmhlaigh mar dhrealls an teallaich.

Chuidhtich[§] i Loch Iall agus chaidh i air thaigheadas don Mhonadh Ghorm, am measg càirdean a fir-phòsta. Bha Mòrag na cnagaig chruinn, bhriathraich, a' cur cùl ris a' Mhonadh, agus ràinig i Diùirinis an Eilein Sgiathanaich le deich samhraidhean air a ceann, agus a h-uile mìr de colainn bhig a' freagairt "Mòrag Ros."

Ciod a thachair rè na h-ùine ghoirid a bha e an còmhradh ri faodalach na h-Abaid? Phronn i feartan a chinn fo na casan, agus thionndaidh Mac Grùslaich le car tuaitheal.

"Tha mi duilich airson Dhòmhnaill Rois," thubhairt am boireannach; "ach ma tha thusa eudmhor a thaobh Alastair Chaimbeil, chuidhticheadh tu mise a chum mo phàrantan a lorg."

---

[*] Beinn an iar air Ḋleann Lòċaiḋ (2,223 troiġ).

[†] Ṫuaṫ air Ceann Loċ Iall (2,045 troiġ).

[‡] A' ruiṫ eadar Stob a' Ċrìonain (2,420 troiġ) agus a' Ċoille Ṁòr (2,074 troiġ).

[§] Ċan eil am facal a' ciallaċaḋ "coireaċd" air falbh: ṫrus a-maċ leo "ṫoil" fèin—'s e ar feann ḃut!

Seo na briathran a choinnich Mac Grùslaich san aodann an dèidh a bhith mu thuaiream, còig mionaidean air stairsnich mhic peathar do Dhòmhnall Ros. Chan eil sinn a' dol a dhèanamh oidhirp air suidheachadh Mhic Grùslaich a lorg air an latha iomraiteach seo idir. Cha robh e gun fhios aige air a h-uile car a bha an adhairc an daimh; ach ma tha aisneis Chailein coileanta—agus ghlaodhamaid "amen" ri seanchas Chailein—cha robh Mac Grùslaich a' faicinn an t-saoghail agus na bha air uachdar ach cam, carach.

"Ged a bhiodh neach cho coileanta ri Solamh agus cho naomha ris an Abstol Phòl," bha e ag ràdh ri Cailean, "dh'fheumadh e gèill-eadh do sheann mhaide nan car. Saoghal smaointeanach," chaidh e air adhart; "beatha dhoilgheasach. Agus ma bheir Dia dhomh an cothrom, cuireadh mi am pearsa* na chabhaig mun las e an ath choinneil. Nach minig a thubhairt e rium gun robh am peacadh an còmhnaidh tràilleil? Choisichinn-sa air chluais le nighean an Ros-aich, agus thogainn a ceithir cheathramhan gu clàr-malairt Sheum-ais Chamshroin: agus ciod e a ta cur bacaidh orm? Eagal Dhè," thubhairt e le caithream; "fìor obair na diadhachd. An tomhas leis an tomhais thu, tomhaisear dhut a-rithist. Ma dh'fhaodte gum bheil na briathran sin a' fàgail an t-saoghail dìblidh, ach tha mise an seo a' toirt fianais air a' chrois naoimhe ta foiseachadh air m' uchd gur e an ceangal a tha eadar mi fhèin agus mo cho-chreutairean a ta fàgail manntaich air mo theangaidh. Tha sinne a' dèanamh dealbh den duine ruadh, ròineagach, a chaidh ball-dìreach, ar leis, gu bean MhicIllEathain le dòchas gum biodh de iochd na corp na dh'aisig-eadh nì-eigin de shàmhchair gu eanchainn, ag èisteachd ris a' bhoir-eannach sin ag aithris sgeòil na h-Abaid."

"Chaidh m' altram anns an Abaid," chaidh Mòrag air aghaidh. "Tha cuimhne agam air balach beag dom b' ainm Seumas."

"Tha mi cinnteach gu bheil m' athair beò an àiteigin."

"Ciod a chuir na nithean sin nad inntinn?" fhreagair Mac Grùslaich, le geilt.

"Chaidh innseadh dhomh. Tha an sgeul air feadh nam beann. Tha i air aghaidh na talmhainn, ag èirigh le caithream gu bàrr nan craobh, 's a' seinn nam dhà chluais. Thùirling làithean m' òige air mo cheann o chionn ùine ghoirid. Bha mi air mo cho-èigneachadh gu Abaid Cille Chuimein. Chunnaic mi an geata iarrainn air an robh mi a' meòrachadh nam inntinn, agus ghrad stèidhich mi gum b' e siud <u>an t-àite san dea</u>chaidh m' àrach."

* Saꞡaiꞃꞇ.

Bha Mòrag Ros a' riasladh a cinn mu thimcheall Abaid Cille Chuimein, ach bha Mac Grùslaich air ionad eile den chruthachadh. Stèidhich e air aon bhunait a thaobh susbainn a cinn 's a h-eanchainn. Bha e ag ràdh ri Cailean an dèidh làimhe, gun robh cuimhne aig a' bhoireannach air a' cheud ràn a sheirm i am measg nam beò. Ach carson a bha i a' feòraich dhethsan ma eudmhorachd a thaobh Alastair Chaimbeil agus i air coiseachd gu sorchan pòsaidh còmhla ri fear eile!

Chuir Mac Grùslaich ainm Alastair a-staigh air oir, mar gum b' eadh. Chaidh e dh'innseadh dhi gun do chuidhtich barrachd oirre fhèin an t-Eilean Sgiathanach, agus bha mòr-thogradh na inntinn gun labhradh i le nì-eigin de shoilleireachd mu thimcheall nan seann chlachan, agus gu h-àraidh co-cheangailte ris an taisteil thostaich a sheòl i far an robh i.

Ach bha Mòrag balbh a thaobh nì sam bith ach an t-aon nì,—cho balbh agus nach robh samhladh aig Mac Grùslaich dhi ach i fhèin.

"Cha robh i latha riamh san eilean cho eudmhor no cho dìorrasach a thaobh bailbheachd is a tha i an-diugh briathrach a thaobh a h-athar agus Abaid Cille Chuimein."

Choisich Mac Grùslaich on taigh bheag ud cosail ris an t-Sasannach a chaidh gu eilean Iort airson talamh maireannach. Cha robh e a' creidsinn nam briathran, "Chan eil an seo àite no baile a mhaireas."

"Thoir Iort ort," thubhairt a bhean ris le caise. "Tha an t-aon àireamh sluaigh ann o linn Oisein."*

Bha e cho cinnteach mun phòr air an d' fhuaradh am boireannach agus a bha e a' faicinn Chailein ri thaobh, ach bha aon tinne bheag a dhìth air a chum a ghàirdeachas a dhèanamh foirfe. Agus ciod a thachair ri linn an taisgeil a thuit air a chluasan? Dhrùidh tàimh-neul air a bhuadhan. Bha guth a' bhoireannaich tiamhaidh, danarra. Bha e air a threòrachadh gu Dòmhnall Ros agus sàmhchair na h-uaghach.

"Dèanadh a rogha duine† roinnean, is ballachan tarsaing. Cha ghabh Mac Grùslaich gnothach ris an dàimh a bha eadar Dòmhnall Ros agus a nighean."

Dh'èist Cailean le cùram ri a chnuasachadh a thaobh a' chuspair seo. Bha Mac Grùslaich a' toirt fa-near gun robh Dòmhnall Ros san

---

* Leuġ am pàipear-naiḃeaċd naċ roḃ i fada ceànn, aċ ċa tuġ e fa-near gun roḃ beaċa is bàs na màċair-aḃḃair.

† Neaċ a ċoileanar nì le a ċoil fèin.

eug, agus a bhean an suidheachadh a bha co-ionnan: bha Mòrag air a beò-ghlacadh le làithean a h-òige an leithid de dhòigh 's gum bruidhneadh i oirrese bha tinn le "Mòr Ros." Ach ciamar bha suidheachadh a h-athar?

"Cò aige a ta fios nach biodh an duine truagh le barrachd saorsa mar a tha e?"

"Chan eil iad lìonmhor a thuigeadh do chòmhradh," fhreagair Cailean, an coinneamh na ceiste fhiùghanta a thogadh fa chomhair. "Bhòidich thu spearrach a chur air, eadhon a dhol a dh'ionnsaigh a' chlaidh."

Fhreagair Mac Grùslaich na briathran sin le crathadh cinn, agus le mànran a chuir Cailean na thost. Bha na dh'fhoghlaim Cailean co-cheangailte riutha air a thasgaidh suas an Uamh nan Ceann, ach bha e cho cinnteach gun tigeadh a charaid gu co-dhùnadh ma timcheall agus a bha e an-diugh a' dian-choiseachd gu ceann Loch Arcaig agus Mac Grùslaich a' cur Mòrag Rois agus Sheumas Chamshroin air na sligean tomhais.

Bha aon taobh air nighean an Rosaich nach tuigeadh e gu latha mòr na cruinne. Bha a' chuid seo de Mhòraig cho dorcha dha ri a shinn-seanair. Cha robh e idir a' creidsinn gun robh am boireannach lag an inntinn no an corp, ach sheulaich e gun do chuir i cùl ris an t-saoghal a bha e fhèin agus muinntir eile a' gnàthachadh cho cinnteach agus a dh'èirich aghaidh Rasaigh fa chomhair a' labhairt nam briathran.

"Rasaigh! Chan fhaiceadh Rasaigh seachad air ionganan a mheur. Ma chuireas tu cuid de dhaoine an cuinglich aimhleathan le speuclair neo-ar-thaing nach faic iad."

Bha iad air bruaich a' Chaorainn seachad air Leac na Càrnaich. Choisich iad air dùn chlach a bha am meadhan na h-aibhne.

"Ma bha Rasaigh a' creidsinn gun d' fhuaradh leth mo chuirp-sa samhail fuatha no tannaisg, ciod e coimeas an sgàile sin ri boireannach a ta cho dìreach ri slat chuilce, agus cho ionraic ri naoidhean? Bheir am fuath bochd na buinn às le aon sèideadh de anail! Agus bitheadh e na fhuath no na phàillean làn eanchainn, cha do chuir duine a-riamh lùig no car an crann de fhiodh nach bitheadh toinneamh air an toinneamh agam còmhla ris. Chan urrainn mi sin a ràdh thaobh nighean an Rosaich."

Seo an co-dhùnadh gus an tàinig Mac Grùslaich an dèidh fichead oidhche a chaitheadh timcheall air Mòraig Rois, Alastair Caimbeul, agus Eòghann MacIllEathain. Cha robh teagamh sam bith aige a thaobh nan nithean a rannsaich e a-mach. Bha iad sin iongantach, gidheadh bha iad nàdarra. Nì h-eadh, bha iad seachad air a bhith nàdarra—bha iad so-lèirsinn. Bha an soillseachadh a fhuair e air a thoirt gu a dhà ghlùin chan ann air talamh coisrigte, no talamh a bha a' glaodhaich airson nuadh-choisrigeadh, ach an talamh a bha e fhèin agus daoine cumanta a' saltairt.

Cha robh duine an crìochaibh Loch Abar cho eòlach air Seumas Camshron ri Mac Grùslaich. Tha sinn a' creidsinn gun do choisinn seo da gnèithealachd a chleachdadh dha thaobh a bha a' cur iongantais eadhon air a dhlùth-chompanach. Cha robh e riamh air teinntein a' Chamshronaich. Cha do loisg e caoran de mhòine an cuideachd na tè a bha còmhla ris na bheatha. Ma cheadaich Dia teallach, teinntein is bean, a chum aimhleis, carson nach biodh na buill-chnuimheach co-aontaichte ris an aimhleas agus na nithean a thàinig nan cois?

Bha smuain eile a' ruith air inntinn Mhic Grùslaich. Bha Dòmhnall Ros anns an uaigh. An robh e freagarrach dhasan seasamh na choileach-gaoith air taighean Loch Abar agus seirm an cluasan an t-sluaigh nach robh san tè a dh'fhàg e às a dhèidh ach faodalach a fhuaradh air cabhsair? Dh'fhaodadh nighean an Rosaich na facail a sheirm gus am biodh i dubh gu ìnean nam meur: dh'fhaodadh an sluagh a bhith a' cnàmhadh 's a' cagnadh man timcheall cho dìcheallach ri brà mhòr nan Cabrach.* An robh esan a' dol a dh'falbh na ghoileaman leis an naidheachd seo? Bha e a' cur na ceiste ri Cailean.

Thàinig an smuain seo cho làidir ri inntinn na sheasamh fo chomhair Mòraig agus gun do rùnaich e cùl a chur ri Seumas Camshron, agus clàr-gnothaich a' Chuimein. Bha e ag èisteachd ri Mòraig Ros le spiorad na taingealachd. Bha e a' moladh freastail gun robh sìol math a chinn a' freumhachadh agus a' giùlan toraidh, an ceann cuideigin eile. Ach na smuain a dh'èirich ri inntinn air an fheasgar sin, bha iad gun bheag atharrachaidh seach na smuain a bh' air a shiubhal a' coiseachd da h-ionnsaigh an-diugh.

Dh'èist e ri a h-aslachadh. Chuir e Cailean cho dìreach ri urchair à gunna gu clàr-malairt Sheumais Chamshroin a dh'innseadh dha gu ciùin, stòlda, gun robh an tè a dh'fhàg e air stairsnich na h-Abaid ga lorg. Cha do thog e bòcan no uaigh fo a chomhair.

"Cuir na chead e, Chailein, gun atharrachadh mar gum biodh tu lorg mnatha."

Bha Camshron cho cruaidh ri cloich ghràineil.

"Teich às m' fhianais; mach às mo thaigh!"

---

* Brà ainmeil ba uaireigin san sgìre.

Siud na facail a choinnich Cailean, agus na briathran a dh'fhàg Mac Grùslaich an-diugh mar neach a bhiodh air a shònrachadh a chum sìth a bheannachadh, nan tigeadh luchd na h-aimhreit gu chèile. Is iomadh nì a dh'fhaodadh tachairt on latha sin. Bha àite-tàimh a nigheanadh fiosrach do a h-athair. Agus bha e an-diugh a' coiseachd dh'ionnsaigh a' Mhonaidh Ghuirm le dòchas gum biodh na làithean anacrach a chuir e seachad an Uamha nan Ceann le mòr-fhoighidinn a' giùlan toraidh.

Bha an dithis dhaoine ag imeachd Drochaid na Peighinn, an t-uisge fallain, brìoghmhor, a ta mar ghàrradh-crìche eadar Loch Leum an t-Sagairt agus ceann Loch Arcaig. Bha Cailean ag amharc cladach an t-Sratha. Bha a shùil greis roimhe siud air tuiteam gu bàta beag eadar e agus Mùrlagain. Cha robh fiadh am beinn cho furachail ri Cailean. Is minig a threòraich e Mac Grùslaich à cunnart agus esan gu dhà chluais an connsachadh. An ceann tiota mhothaich iad do dhithis dhaoine a' dian-choiseachd gu cluais na machrach dhèigh-linnich bha suas bhuatha.

"Feumaidh gum bheil cuideigin eile an cabhaig," thubhairt Cailean; "chan eil còig mionaidean on chunnaic mi an dithis ud a' seòladh na h-Arcaig."

"Coisich," fhreagair Mac Grùslaich; "ma dh'fhaodte gum faigh sinn an t-aiseag chum a' Ghiuthais.* Tha mi deònach mo chnàmhan a lùbadh sealan."

Choisich iad le clise. Ghrad sheas an dithis a bh' air an toiseach, agus thug fear dhiubh ceum an coinneamh Mhic Grùslaich le ceist.

"Tha sinne nar coigrich san sgìre," thubhairt an duine le deas-ghnàths. "Am bheil sibh comasach air ar stiùireadh gu taigh Ruairidh Rois?"

Bha Mac Grùslaich na thost ùine bheag.

"Tha sinne a' stiùireadh air a cheum; tha an taigh seachad abhainn na Coire."

"A' bhanntrach tha sinn airson fhaicinn,—banntrach Dhòmhnaill Rois."

"Tha mi tuigsinn," fhreagair Mac Grùslaich; "suidh an seo."

"Suidh, air sgàth a' chumhachd a ta riaghladh thairis air mo cheann."

"Alastair Caimbeul agus Ùisdean Sgeitheaboist!"

"Dia gun glèidh mi 's gum furtaich cobhair air mo chorp is m' anam."

---

* Eilean a' Ghiuthais, ceann eile an locha.

Bha Mac Grùslaich na shuidhe air cloich ag èisteachd ri Ùisdean. Bha Alastair air suidhe sìos còmhla ris.

"Coma leam do bhìrlinn Rasaigh," thubhairt Mac Grùslaich a' togail a chinn; "tha mi cho sgìth dhith 's a bha an gobha da mhàthair. B' fheàrr leam nach robh mi riamh air a faicinn lem shùil."

"Èirich," leasaich e, a' tionndadh gu Alastair; "Na feòraich ceist sam bith dhìom. Tha fios agamsa air nithean nach biodh gu math dhutsa cluas a thoirt dhaibh. Ach tha mi cinnteach gum bi fios agadsa air nithean a' fàgail a' Mhonaidh Ghuirm nach cuala mise fhathast. Tha mi togail fianais air an Dia a chruthaich mi gum bi eòlas agamsa air an dìomhaireachd ta ag iadhadh mu nighean an Rosaich ged a dh'ìobrainn mo chorp air laimhrig Chinn Arcaig."

Bha Cailean a' còmhradh ri Ùisdean agus Alastair ag èisteachd ri Mac Grùslaich le fiamh-ghàire air aodann. Chaidh iad seachad air taigh na banntraich, oir bha an tè a bha iad a' lorg an taigh mic peathar do Dhòmhnall Ros, beagan shlatan bhuaithe. Am beagan ùine bha Mac Grùslaich agus Cailean nan seasamh ri stuaidh taighe amhail sabhail. Mhothaich iad don dithis eile a' coiseachd gu fàrd-raich Mòraig.

Bha an tostachd àbhaisteach air ìomhaigh Mhic Grùslaich. Bha a dhà shùil a' sgrùdadh Ùisdean Sgeitheaboist. Bha Cailean air sìoladh do mhonais a bha co-ionnan. Bha e coltach ris a' chailin bhig a bha sa mhachair maille ri seanmhair 's a mhothaich do tharbh agus adh-arc a chinn a' treabhadh na talmhainn. "Na biodh eagal idir oirbh; cuiridh mise an teicheadh air!"

"Chan eil anns a h-uile nì a th' ann ach troimhe-chèile nach eil sinne a' tuigsinn," thubhairt Cailean le misnich.

"Feuchadh muinntir eile ris," fhreagair am fear a bha còmhla ris le braise, ach le ciùineas a chuir cridhe Chailein air chrith. "Cha chùis-fharmaid idir e," leasaich e, gu socrach. "Gus an dùin am bàs a shùil cha chuir e an troimhe-chèile ud rèidh, ma sheasas e air an talamh dom buin thusa agus mise. Cuibhreach!" Thuit a ghnùis air uchd.

Bha Cailean a' coimhead an dorais a bha ma choinneamh. Bha e a' faicinn Alastair Chaimbeil agus a thaic ris an ursainn. Cha robh e comasach air smuain an duine a leughadh, ach tha sinn cinnteach nam biodh gun creideadh e gun robh mòran susbainn anns na facail a dheasaich e fhèin airson Mhic Grùslaich.

Bha Alastair air an oidhche roimhe siud a chur seachad aig Inbhir Mhàille. Dheònaich e eathar a sheòladh gu ceann eile an loch.

Chaidh seo a thoirt da. Bha e nis a' feitheamh ri Mòraig Rois gun nì fo na speuran ga theasairgeadh ach briathran na bean-taighe a dh'fhàg e às a dhèidh.

Bha Ùisdean na sheasamh sìos on doras.

An ceann greis de ùine chaidh an doras fhosgladh agus sheas Mòrag air taobh a-staigh na còmhla. Shìn Alastair a làmh da h-ionnsaigh. Cha tàinig smid tro a bilean. Bha ceann a làimhe a' greimeachadh ris an ursainn. Bha tìm a' ruith, gidheadh bha am boireannach bodhar, balbh a' sealltainn air an duine a shìn a làmh da h-ionnsaigh.

"Tha mi 'g iarraidh mathanas," thubhairt i le deacaireachd.

Shìn i a làmh. Cha robh an duine mothachail air nì ach dleas,[*] air a càradh an cumadair le doicheall agus èideadh-bròin na docair.[†]

"Tha mise a' tagradh mathanas bhuatsa," fhreagair Alastair le teinn.

"A Mhòrag," leasaich e le tapachd, "innis gu saor dhomh do shuidheachadh. Na biodh eagal no geilt ort. Ma chuir thu cùl rium, ma thrèig thu mi, ma dh'fhannaich do ghaol, bruidhinn a-mach le soilleireachd air sgàth Dhè, a chum agus gun caidil mi le nì-eigin de shuaimhneas."

Bha am boireannach cho tostach ri càrn-mairbh. Bha a snuadh geal, agus buill a cinn còmhdaichte le driùchd-uisgeach. Bhrùchd an dùileach tro a sùilean, agus dhòirt na tuiltean a dh'ionnsaigh an ùrlair amhail màthair-chuaine fo smachd na dìlinn. Bha ceò tais ag èirigh on stairsnich, agus ag inntrinn tro aisir an taighe.

"Thoir dhomh tìm—ùine," fhreagair i le cneadan. "Bi foighidneach rium, oir chan eil fios agam ciod a their no nì mi."

Bha i a' sealltainn air an duine tro an ghlas-thoit bha ag ath-thilleadh gu a feòil agus a' bualadh air a faireachaidhean le fuachd an t-sneachda.

"Chan eil nì am falach orm," thubhairt am fireannach, le spàirn a chriothnaich a' chuibhrich arailte bha air suaineadh ma mhuineal.

Ghreimich e ris a' mhoinigeil a thàinig gun iarraidh, gun sireadh, agus ghlac e làmh na cailin—na mnatha, a dheilbh e na inntinn.

"Tha taigh d' athar na fhàsach, agus Diùirinis air a tabhairt an geall. Tha Rasaigh na fhògarrach air feadh na duslaich a

---

* Thug Iàcob seachd bliadhna a' cosnadh na mnaoi a lorg e. Nam biodh Alastair beò nar linn-ne bheireadh e seachd mìle bliadhna às eugmhais mnatha.

† Nì a bheir thu seachad a dh'aindeoin. Nach fhaodadh i a làmh a shìneadh air sgàth seann eòlais!

mhì-naomhaich e. Tha Eòghann MacIllEathain a' saltairt an t-saoghail 's a' teicheadh on eucoir san robh e an sàs, agus am masladh a tharraing thusa air a cheann agus air a thàladh gu beatha air tàille na dìlinn a lom-sgrios e fhèin agus iadsan.* Gidheadh ciod e an comharradh th' agamsa air do ghràdh? Choisich thu gu cùbaid na h-eaglais, agus chaidh an clàr-duilleige a dheasaich luchd-lagha agus ministearan, a shracadh 's a reubadh às a chèile. Am bheil na nithean sin so-iomchaidh a thaobh cuspair gràidh? Innis dhomh," chaidh e air aghaidh le guth cruaidh, stòlda, "ma tha thu ga meas mar èirig airson gràidh a ta dh'easbhaidh truaillidheachd?"

"Ò, nam biodh fios agad," ghlaodh i; "nam b' urrainn mi innseadh; nam biodh mo theanga comasach air na briathran a chur air ghleus. Chaidh m' athair fo chumha. Thug esan mise mar èirig, agus choisich mi gu clàr-aghaidh na h-eaglais a chum an cùmhnant a dhìoladh, agus esan a theasairgeadh o ghainntir is masladh."

Bha Alastair ga h-èisteachd. Leig e thaic air ursainn an dorais. Bha am boireannach cosail ri neach a thig tro dheuchainn is cunnart, agus a' feuchainn ris an dà nì a rannsachadh le nì-eigin de mhisnich.

"Cha robh aon ann ris an leiginn mo thaic. Sgrìobh mi dhad ionnsaigh le mòr-chabhaig. Cha robh nì nam shealladh ach m' athair a leigeil saor, agus sgrìobhadh gun dàil a dh'innseadh dhut gu soilleir na suidhichean san robh mi."

"Chuala mi gu leòr; thoir dhomh mathanas. Tha gach nì so-fhaicinn leam, a Mhòrag."

"Cha chuala, cha chuala!"

Thog an duine a làmhan da h-ionnsaigh, ach ghrad shùmhlaich am boireannach fo bhràigh an taighe.

"Chan eil nì agam leis an tig mi gad ionnsaigh. Tha mi gun urra, gun ainm no sloinneadh."

"A Mhòrag, chan eil mi a' tagradh riut ach do shuidheachadh a dhèanamh soilleir. Am bheil do ghràdh gun atharrachadh?"

Chaidh Alastair ga h-ionnsaigh agus chàirich e ceann a làimhe gu cùramach ma gualainn.

"Gun atharrachadh!"

Bha i a' seallltainn na aodann.

"Is ann air do sgàth-sa a dh'fhuiling mi masladh Chille Mhoire. Chaidh thu gu bolg na h-uaghach 's cha do dh'atharraich mo ghràdh. Chan eil cumhachd aig ministear, mòid-eaglais, no sagart, air mo

*   Ciod a bòidich an duine an reòman an lùbaich?

bheatha oir tha mi comasach agus deònach, a leigeil sìos. Ach thàinig na h-uiread a-steach dom bheatha on dh'fhàg thu Diùirinis agus gum bheil mi air mo cho-èigneachadh gu labhairt man timcheall."

Bha an duine le deòir air a rosgaibh, a' cromadh a chinn. Thuit bailbheachd naomha air aisir an taighe—fois a bha a' dùsgadh gu fonn-beatha a' phòir bhuillsgeanaich a dh'fhairtlich air an t-saoghal a mhùchadh.

"Tha gràdh gun eisimeil do ainm no sloinneadh. Tha e an-easaraigh do lùchairt 's do chabhsair eaglais, ministear no sagart!"

Bha a làmhan ma timcheall.

Leig am boireannach a taic ga ionnsaigh. Thog i a ceann. Labhair i le facail bhristeach le nì-eigin de gheilt air a h-ìomhaigh.

"Tha thu cinnteach—ma dh'fhaodte gun deachaidh mise oileanachadh an creideamh a dh'fhàgadh do chàirdean teagmhach!"

"Èist rium," fhreagair Alastair gu deachd-ghuthach; "am motha creideamh na gràdh?* Cia lìon turas a dh'innis mi dhut nach robh an creideamh nan Ceilteach ach dalladh an fhuar-chràbhaidh a dheasaich altair iodhalach a chum mise is thusa a mhealladh? Nach d' innis mi dhut gun deachaidh mo chluasan maotha a sheòladh a chum èisteachd ris, agus fradharc mo chinn a' stiùireadh gu mion-rannsachadh a dhèanamh air; agus ciod a ta mi a' faicinn? Ciod a ta thusa a' faicinn a Mhòrag?" thubhairt e le aon-fhillteachd.

"Tha na sagairt ag aslachadh airson tròcair, agus na h-eilthirich chrith-easgaideach a dh'oileanaich iad gu dìblidh air an dà ghlùin a' tagradh airson grèim coisrigte. Tha am ministear anns a' chùbaid spearr-theangach ag èisteachd ri osna is gearan, agus feartan a chinn a bu chòir a bhith ag earalachadh an t-sluaigh gu earbsa is duinealas is beatha ghlan, neo-chealgach, air am marbh-phasgadh. Tha mise a' toirt dhutsa a' ghràidh a ta gun seòl, gun dealbh, gun chumadh—an gràdh nach eil a' cur feum air earradh no altair no dùthchas,† oir fhuair mi e saor, sìmplidh. Am bheil thu dol a ghabhail seilbh air mo ghràdh, a Mhòrag? Am bheil thu deònach cùl a chur ri do dhùthaich agus dlùth-cheangal ris cho fhad 's a dh'fhàgas Dia a spiorad air mo shiubhal?"

---

* Ṫa an eaglais ag ràḋ, creiḋeaṁ. Ṫa a ḃlàṫ 's a ḃuil. Ṫèiḋ Catrìona, Tormoḋ, is Anna air an raṫaḋ uḋ, aċ ṫa Dòṁnall is Seumas air ceum eile a' ḃaile. Is iomaḋ niġean còir Ġàiḋealaċ ṫa an-ḋiuġ air an làr a-muiġ air ṫàille creiḋeaṁ. Is iomaḋ càraiḋ a ḋealaiċ e, agus naċ faic a ċèile gu biṫ-ḃuan!

† Dùṫċaraċ. "Ċan eil 'Dùṫċas' aig bean no aig ministear." Fàgaiḋ iad an dùṫaiċ, oir ċaiḋ an "gairm."

Bha a ceann an taic ri uchd. Thog i a sùilean. Bha sìth is fois, a' cuartachadh a h-aodainn, agus àrdan neo-spèiseil, a' socrachadh air an ro-shamhladh a bha mar sgèith ma timcheall. Chrom an duine ga h-ionnsaigh agus bhlais e air a' chomharradh a bha a' teàrnadh o chridhe is aigne, 's a' stèidheachadh air a bilean. Dh'òl e às an t-searraig nuadh-bhileach a chaidh a bhuileachadh air a choinneamh gràdh gun truailleadh—a gràdh gràdhach.

Cò thusa ta ag ràdh gun do thuit an duine o staid na neo-chiontachd, 's gun do thuislich an cinne-daonna an lorg sin? Tha agus bidh e dhut a rèir do chreideimh, a leughadair. Chan eil iongantas idir do mhì-mhisnich a bhith a' co-fhreagairt ri crathadh-cinn mur do rinn thu oidhirp air a lorg. Am bheil aiteal nam flaitheas a' tàmh air mullach nam beann? Tha mòran ga fhaicinn le sùil-creideimh. Ma dh'fhaodte gun do thùirling e gu cùl an cinn, ach bithidh e gu sìorraidh air seacharan.

Tha seòrsa de ghràdh làimhsichte. Tha an gràdh gràdhach do-lèirsinn agus do-làimhsichte, gidheadh uile-làithreachail, oir 's e as prìomh obair da foirfeachd a bheannachadh. Bu roghnaiche leam ionad-còmhnaidh na seann mhnatha a chronaich le guth smachdail ana-caitheadh na talla nam feallsanaich, no eadhon òraid an lèigh-dheirg. B' fheàrr leam rabhadh fhaotainn 's a ghabhail, gun mo làmh a chur seachad air crios na cruaiche* no ged a bhiodh dara leth an t-saoghail deiseil le cungaidh-leighis airson caoil mo dhùirn!

An ceann mionaid no dhà bha Alastair Caimbeul na shuidhe an seòmar an taighe ag èisteachd ri Mòraig. Bha ceàrnag bheag aige na làimh, a' giùlan ìomhaigh fireannaich.

"Ciamar a smuaintich thu air?" bha e ag ràdh.

"Bhuail an nì gu làidir rim inntinn. Bha dearbhadh aca nach robh mi airson pòsaidh, gidheadh bhuanaich iad a chum na crìche, agus thionndaidh mo smuain a chum an duine a labhair rium aig taobh Loch Arcaig. Rùnaich mi am Monadh Gorm, ach dh'àithn mi do Ùisdean a chleith. Cha robh an còrr aire agam. Bha fios agam nach biodh de ladarnas aig m' athair corrag a chur orm, eadhon ged a bhiodh fios aige an t-àite san robh mi. Cha robh sin aige. Fhuair mi bean an taighe seo anabarrach coibhneil," chaidh Mòrag air adhart. "An ceann beagan uairean de thìde cha robh mi cleith nì sam bith. Thàinig fios gun robh m' athair air caochladh. Ghrad chuir bràthair m' athar Ruairidh air tòir an duis. Chan urrainn mi innseadh dhut an suidheachadh san robh mi. Chaidh mi dh'ionnsaigh na h-uaghach. Am

* Seanḟacal, "Ċan eil e gu maċ a biċ ag iċeaḋ na cruaiċe on ċrios."

measg na sàmhchair, chuala mi boireannach ag ràdh air mo chùl-aibh, 'Siud an tè a chaidh àrach san Abaid.' Rachainn gu ionad nam mionnan 's dh'aidichinn gun robh an duine th' anns a' cheàrnaig a' mion-rannsachadh m' ìomhaigh aig a' cheart àm."

Thuit sìth fhèitheil air feadh an t-seòmair. Bha Mòrag na suidhe air cathair agus a h-uileann an taic ri bòrd a bha fa comhair. Ghrad thuit i air a dà ghlùin, agus chuir i a h-aghaidh air an duine a bha balbh ma coinneamh.

"Alastair" thubhairt i le guth bristeach; "bha mi tagradh airson na mionaid seo. Bha mi 'g aslachadh a latha 's a dh'oidhche airson na h-uarach seo; agus bha mi tagradh, cuideachd, a chum 's gum biodh athair is màthair air an aiseag dhomh ma tha iad beò. An cuidich thu leam?"

Bha deòir a' ruith gu fann, fadalach air a gruaidhean 's a' bualadh le maoth-bhuille air an ùrlar.

"Ainmich nì sam bith," fhreagair Alastair, le euchd.

Rug e air a làmhan agus sheall e na h-aodann. Labhair i rithist le cudrom air a h-ìomhaigh.

"Chan urrainn mise rannsachadh no thuigsinn meud an tlachd a ghabh sgalag Rasaigh annadsa. Tha e seachad air mo chomas, Alastair!"

"Am bheil amharas agad gum biodh esan comasach air d' athair—an duine seo—a lorg?"

A dh'aindeoin a mhisnich 's an dùrachd-cridhe bha i a' faicinn ma coinneamh, bha i fhathast a' giùlan cudrom is stòldachd air a gnùis.

"Tha mi 'g iarraidh mathanas," fhreagair i; "an d' earb thu nì sam bith ris gam thaobh-sa?"

"Cha d' earb nì. Bha fios aige gun robh gràdh nam chridhe dhut agus, mar an ceudna, gun robh mi air mo cho-èigneachadh gu teicheadh à Earrabost. Bhithinn gu tric ga fhaicinn air ais 's air adhart le Rasaigh, nan tachradh dhomh bhith am Port an Rìgh. Cha chuala mi smid bhuaithe ach na facail a labhair e rium air an laimhrig. 'Bi cinnteach,' thubhairt e gu dùrachdach, 'gum bi Eanraig Mac Grùslaich na dheagh charaid air do chùl.'"

"Chan eil aon eile agad coltach ris," fhreagair Mòrag, le susbainn. "Chan eil a leithid beò, Alastair. Thàinig e trì amannan gam ionnsaigh a dh'innseadh dhomh nach robh tlachd no gaol agam de Mhac-IllEathain. 'Tha thu rùnachadh teicheadh còmhla ris a' ghrèin latha do phòsaidh,' thubhairt e."

"Thuig an duine smuain d' inntinn?"

"Cha robh neach eile san Eilean a thuig mi ach esan," fhreagair Mòrag, le stòladh iongantach air a h-ìomhaigh.

Thàinig fiamh-ghàire air aodann Alastair.

"Rùnaich thu d' obair a chleith air Mac Grùslaich, agus a rèir coslais dh'fhairtlich ort? A Mhòrag," leasaich e, "bha mise taingeil gun do chuir thu d' aghaidh air Ùisdean; ach, mar a ta mise comasach air an troimhe-chèile a thuigsinn, tha mi den bheachd gum bu chòir dhutsa agus dhomhsa, a bhith an comain Mhic Grùslaich gu latha ar bàis. Innis dhomh ciamar a smuainich thu airsan a thaobh d' athar?"

"Chuir mi a' cheist ris gun athadh," fhreagair Mòrag. "Thàinig e gam ionnsaigh an dèidh uair an uaireadair a chaitheadh sa chill. Bha e a' labhairt 's a' togail cheistean ar leam a bha iongantach. Bha fuathas anabarrach orm gum feòraicheadh e mu do thimcheall fhèin. 'Ma tha thusa eudmhor a thaobh Alastair,' thubhairt mi, 'lorg dhomhsa m' athair.' Bha mi coimhead na aodann gu dùrachdach le dòchas gum faighinn eòlas beag no mòr, ma bha e fiosrach mun ghoileam a bha am measg chàich. Cha robh diog aige. Ged a bhithinn air tuiteam marbh ma choinneamh cha bhiodh ìomhaigh cho ao-dòchasach. Bha na sùilean beaga, cruinne ud aige air stad na cheann. Cha deachaidh e às àicheadh idir, Alastair," leasaich Mòrag; "bha e cho balbh ris an siud!"

Leig i cudrom a làimhe gu oisinn a' bhùird.

"Tha e gam fheitheamh: thèid mi air a thòir. Tha e fhèin agus Ùisdean dlùth air an taigh."

"Alastair," ghlaodh Mòrag; "tha mi air mo mhaslachadh. Am bheil Ùisdean a fhuair mise cho coibhneil air taobh a-muigh an taighe!"

"A Mhòrag, suidh sìos sa chathair an tràth seo. Tha deòin-bhàidh agam Mac Grùslaich fhaicinn na aonar."

Cha bu luaithe ruith Alastair a-mach às an taigh na bha aghaidh Mòraig air an ìomhaigh agus an duine a' cromadh a chinn da h-ionnsaigh 's ag ràdh, "Tha gaol agamsa ortsa. Glèidh siud mar chuimhneachan." Siud na facail a bha ga tàladh. Siud na briathran a bha so-bhrosnachail agus a thionndaidh a dà shùil mar chlach-iùil os cionn an duine bhig dheirg a bha ciùin, tostach fa comhair air stairsnich an taighe. Is iad. Ach am b' e sin uile e?

Ciod a bha ag iadhadh ma timcheall an Diùirinis agus i na dìobarach air aghaidh na talmhainn! Cha do dhrùidh aon smuain beag air a h-inntinn dhan taobh. Cha robh i eadhon comasach air meòrachadh orra le a mac-meanmna; gidheadh bha nì-eigin san taobh a-staigh dhith a bha coimrigte le eallach nach b' urrainn dhi innseadh do chuspair cruthaichte! Bha i a' sgrùdadh na h-ìomhaigh agus Mac Grùslaich air seasamh san doras. Ghrad èirich i agus shìn i a làmh da ionnsaigh.

"Eanraig," thubhairt Alastair, a' togail na ceàrnaig, "bu mhiann le Mòraig an duine seo a lorg. Tha trom-amharas aice gum bheil e an àiteigin san sgìre."

Rug an duine air an dealbh.

"Bu mhiann leamsa suidhe, Alastair; thoir dhomh sorchan air an lùb mi mo chnàmhan."

Thuit e gu cathair 's an ìomhaigh na làimh. Bha ùine a' dol seachad, ach cha robh smid air a labhairt. Bha e a' greimeachadh na deilbh cosail ri duine a bhiodh bac-làmhach. An ceann greise chrom Mac Grùslaich aghaidh gu cabhagach chum na tè a bha sgeunshùileach ma choinneamh. Labhair e cho sòlaimte ri breitheamh:—

"Am bheil thusa airson eòlas fhaotainn air an duine seo, a Mhòrag?"

"Tha mise airson an duine fhaicinn ged a b' e an dubh-cheàrd a bhiodh ann. Bithidh beannachd Dhè ortsa ma lorgas tu dhomhsa e."

"Tha dòchas agam nach gabh thu aithreachas. Am bi thu freagarrach airson nì sam bith a thachras an dèidh eòlas fhaotainn air?"

"Bithidh, bithidh!"

Bha a dhà shùil air an ùrlar agus Mòrag a' tagradh fo a chomhair. Bha e a' faicinn na slabhraidh a lorg e agus aon tinne dhìth oirre. Lorg e an tinne, ach cha ghabhadh i bhith coileanta às eugmhais an innein agus làmh a' ghobha. Ach ciod a bha e a' toirt fa-near a-nis? Bha an geimheal ùr mar a dh'fhàg e seòmar an fhir-chèirde!

"Tha mise airson ceist a chur ortsa," thubhairt Mac Grùslaich le nì-eigin de shusbainn. "Am fac' thu an duine seo led shùil?"

"Chunnaic!"

"An do labhair e riut?"

"Thug e dhomh an dealbh a ta thu faicinn."

"Ciod a thubhairt e riut, a Mhòrag? Innis dhomh."

"Tha gràdh agamsa dhutsa."

"Glè mhath. Tha sin na chùl-taice dhomhsa."

"Alastair, seas an seo nam fhianais. Tha mise a' dèanamh mòran de nithean air thuaiream; gidheadh chan eil mi toirt gèill do bhuidseachd. Nam biodh, a theagamh bhiodh neart na ban-draoidhiche air mo chùl, agus bu mhòr e. An robh mise mearachdach a thaobh nam briathran a labhair mi riut mun d' fhàg thu an t-eilean?"

Bha aghaidh air Mòraig.

"Cha robh," fhreagair i.

"Tha mi sa cheart suidheachadh an-diugh, agus Dia gun stiùir 's gun dìon mi. Ach seo an nì a bha mi dol a ràdh: tha tiughad m' eanchainn gam bhrùthadh a chum an dus san d' fhuaradh i. Ma bheir mise cobhair is soilleireachd dhutsa, tha mi a' tagradh airson cobhair agus soilleireachd na choinneamh."

"Tha mise deònach soilleireachd a thoirt dhut air làrach nam bonn," fhreagair Mòrag le deas-ghuth.

"Dìolaidh mise na fiachan an toiseach; coisich maille riumsa, Alastair."

Bha e air seasamh agus a' stiùireadh Alastair a-mach às an taigh mun do tharraing Mòrag an ath anail. Choisich an ceathrar dhaoine chum an eathair. An ùine gheàrr bha i fo cheithir ràimh 's a h-aghaidh air Bun Arcaig le dìcheall a bha a' co-fhreagairt ri bìrlinn Rasaigh an oidhche a chuidhtich i an t-Eilean Sgiathanach.

Bha Mòrag na suidhe trom, tùrsach. Bha na h-uiread ri innseadh. Ciamar a bha i a' dol a thòiseachadh? An robh i a' dol air ais gu cill Eàrlais 's gu bolg na h-uaghach? An rachadh i thairis air an nimh mhallaichte a dh'èirich eadar i fhèin agus muinntir Earraboist? An robh i a' dol a dh'innseadh do Alastair na dh'fhuiling i mun do ràinig i am Monadh Gorm, agus os cionn a h-uile nì suidheachadh a cuirp 's a h-inntinn na seòmar-caidil air an fheasgar agus naidheachd bàis a h-athar air a cluasan inntrinn?

Thàinig na ceistean gu h-aghaidh, le neart a thug sileadh air a dà shùil; agus cha robh nì a dhrùidh oirre cho làidir ris an iomairt anns an robh i co-cheangailte ris an neach a bha marbh.

Bha i an-diugh a' sealltainn air na nithean sin an co-sheasamh ris na thachair o mhoch-thràth. Cha robh teagamh idir aice nach robh i air làmh, mar gum b' eadh, a chur am beatha Dhòmhnaill Rois. Cha robh i a' dèanamh an-dearbhadh nach robh seo dubh, dorcha air muinntir eile, gidheadh cha do bhlais i air deò de shaorsa air sgàth sin. Bha an smuain a' streap ga h-ionnsaigh; nì h-eadh, bha e air buaidh fhaotainn cho mòr air a h-inntinn 's gun do dhìochuimhnich i am beannachd a thàinig an lorg a h-aslachaidh. Cha b' urrainn dhi-eadhon mothachail air a h-ionracas fhèin, agus ged a bha i a' seasamh le barail làidir a thaobh a h-athar, agus a' creidsinn gun robh esan beò, agus nach robh an Dòmhnall Ros ach Dòmhnall Ros o thoiseach gu deireadh na caibideil—misneach fhaotainn a bha so-iomchaidh agus a bha a' co-fhreagairt ris a' bheannachd a thàinig oirre.

Bha i cho treun am feartan cuirp is inntinn o chionn latha no dhà agus gun deachaidh i dh'ionnsaigh na meidhe 's nan cothromaichean. Bha i a' riasladh a cinn 's a h-eanchainn mu thomhas cothromach agus ceart a dhìoladh an coinneamh na thugadh dhi fhèin. Sheòl i tacan air sgèith an droch-nàdair.

Theich i. Dh'èirich tùis ghrod-boltraich, bhreun gu cuinneanaibh a sròine. Gidheadh bha i a' dèanamh tuaiream air pàillean spealtach a' glaodhaich ceartais le buaidh-chaithream nam mìle beul. Mo thruaighe, bha i nis na suidhe an cathair gun robhas. Bha an tannasg air teicheadh. Thug i mach nèapaigin. Thog i a ceann agus thug i fanear gun robh a' ghrian na maise air feadh an t-seòmair. Bha e tràthnòin.

"Mhòrag!"

Chlisg a corp. Ar leatha gun robh i na seòmar an Diùirinis 's a h-athair a' glaodhaich air a h-ainm.

"Ma dh'fhaodte gu bheil mi ciontach de cheannairc, ach cha leig Dia dhomh fulang!"

Agus cha do leig Dia dhi fulang, oir amhail nam pàrantan dleastanach a gheibh neart is treòir mothachail do shliochd ceann-asach air an t-slighe, tha luchd an fhuar-chràbhaidh ag ainmeachadh na slighe leathainn, ach slighe as fiosrach dhuinne a ta a' treòrachadh gu taigh-eiridinn agus an sin an uaigh; no ma dh'fhaodte taigh tèarmainn, agus bòrd nam bochd, fhuair ise neart is treòir an tiolp.

Sheas i air a casan. Chuimhnich i air na facail a labhair i ri h-athair mu thràth-nòin an Diùirinis san t-samhradh.

"Chan fhuiling mi. Cha leig Dia dhomh fulang, oir chan eil mi dearmadach a thaobh mo dhleastanais, agus chan eil mi dèanamh nì le droch-rùn."

Bha an samhradh air teicheadh. Cha robh i an Diùirinis idir: bha i a' càradh na ceàrnaig air tarsannan na clèith-theine agus deòir na taingealachd air a dà ghruaidh. An ceann tiota bha i fhèin agus bean an taighe a' deasachadh bidhe le dealas, agus an dèidh làimhe dh'àithn i do a bana-charaid na daoine a ghairm a chum an t-seòmair. Shuidh i le misnich a' meòrachadh air suidheachadh Mhic Grùslaich.

Suas mu cheithir uairean san fheasgar thàinig faram gu stairsnich an taighe. Choisich triùir dhaoine gu seòmar Mòraig. Shuidh Alastair an cathair, dlùth air a' chliath-theine. Bha aghaidh stòlda, agus bilean a bheòil dùinte. Bha Mac Grùslaich na shuidhe crom, crotach, ri taobh an talainte. Chan eil sinn a' dol a dhèanamh oidhirp air suidheachadh inntinn a lorg, oir bha na bha ri fhaicinn den fheòil pheacaich an cruth nach gabhadh aisneis a dhèanamh oirre. Bha an treas fear air a dhà ghlùin, cho balbh ris an tè a bha a' giùlan geilt-chrith os a chionn. Bha na caisteil a thog 's a stèidhich i air ghaineamh, air inntrinn do chuairt-shlugain, 's a' co-mheasgadh ris an t-sruth.

Am bheil sàsachadh an taobh-sa de uaigh 's de bhàs? Ma dh'fhaodte gum faca thusa e; ach is mòr m' eagal gur ann san dòigh a chaidh aithris san uirsgeul, le baoth-smaoin agus ladarnas. Bha i a' faicinn a h-athar. Bha i air a cunglachadh ris. Cha robh robhas air màthair, piuthair no bràthair; agus bha nì-eigin a' brùthadh na dà chluais ag aithris nach robh iad ann. Bha an tost 's an teinnteachd a' fàgail an t-seòmair na Eileadram. Cha robh nì mòr-thimcheall le comharradh beatha ach anail an fhir a bh' air a dhà ghlùin, agus i ag èirigh na toit bhàin, amhail toghlainn a chithear mu àmhainn a ta air a greasad le dearg-chonnadh.

Bha an duine a' seall(tainn) a dh'ionnsaigh a' bhoireannaich le aogaisg na glais-chip. Bha a chraiceann preaslach agus cho tioram ri leathar-deasachaidh. Bha a shùilean cho tartmhor ri talamh Edom an dèidh na dìlinn. Rinn Mòrag oidhirp air labhairt ach bha a beul fhèin cho glaiste ri clàrsach às eugmhais nan teud. Thog i a làmh, agus rug i air a' cheàrnaig. Chuir an gluasad nì-eigin de bheatha air a feadh.

"Thug sibhse dhomhsa an cumadair beag seo?"

Cha robh fios aice ciamar a labhair i na briathran.

"Is mise a thug dhut e; is mise d' athair gun amharas. Ò Mhòrag, an èist thu ri mo sgeul?"

Thàinig rudeigin de shaorsa air feadh an taighe: dh'èirich sac an aimhleis gu fraigh an t-seòmair. Ach bha Mòrag air a mhuin le tuil de uisge, le braise an dealain.

"Agus carson a chaidh m' àicheadh?" ghlaodh i.

Bha na facail a' giùlan an-iochd nach robh i idir a' ciallachadh.

"Tha mi riaraichte a bhith air m' àicheadh. Tha mi deònach a bhith dubh, dorcha air aghaidh na talmhainn gu sìorraidh—le eòlas a thoirt dhomh air mo dhìteadh no cùis-dhìtidh!"

Bhrist reachd am muineil a-mach le toirm a dh'fhalaich bhuaithe suidheachadh nan creuchdan a bha ga fasgnadh le teine agus luath-cheilp na dearmaid. Bha aghaidh air an teallach. Ar leis gun robh sìorraidheachd de ainglean a’ tagradh às a leth. Bha e a’ guidhe airson bàs—dorchadas a-mach às an ifrinn a dheasaich e dha fhèin. Mo thruaighe, bha e a’ toirt fa-near gun robh eanchainn air ghleus ’s a’ reubadh a chuirp amhail stìom anairt.

Tha sinne a’ leughadh mu dhèidhinn “nan geugan seilich an cois nan sruth-chlaisean.” Am bheil an duine air a “ghineamhainn” cosail riuthasan? Ma thuit e on chlàr-imeachd a chaidh a shònrachadh da, am bheil e dealaichte an gnè ri brùid, eun, no beathach snàgach?

Tha eun beag ri fhaicinn aig amannan an eilean sònraichte an taobh an iar na Gàidhealtachd. Ma thig an creachadair air a mhuin ’s esan a’ coigleadh* àil, sìnidh e aon le a ghob (le dòchas gum bi am fear-millidh riaraichte), ach gheibh e am bàs a’ sabaid airson na fuighlich.

Cha robh Seumas Camshron thuige seo ach a’ faicinn aon chlàr na duilleige. Chuimhnich e air an taobh eile an tomhas; ach thugadh dhachaigh air meud agus cudrom an dà chlàir an dòigh a dh’fhàg e ag aslachadh airson neart gu labhairt le briathran soilleir, agus an dèidh sin, dubh-dhorchadas!

“Mhòrag, na diùlt dhomh mo sheanchas innseadh. Chan eil mi ag iarraidh nì ach sin, agus neart is treòir o Dhia a chum seasamh aig cathair breitheanais. Tha mi ag ùrnaigh ri Dia mo sgaradh à fianais do shùl!”

“Ò!”

Dh’èirich èigh chruaidh a chriothnaich bòrd an t-seòmair. Ghrad chrom am boireannach a ceann agus phòg i am beul cailceach bha a’ streap da h-ionnsaigh.

“Thoir mathanas dhomh. Tha mi mothachail air slaightearachd. Fhuair mi dà nì a bha mi ag iarraidh ’s a’ roghnachadh.”

Dhrùidh na facail air an dus-aontaichte† mar chuinge an lèigh. Bhrùchd uisge tro dhà shùil, le cabhaig a thug neart da chridhe. Thuit sàmhchair air feadh an t-seòmair cosail ris an t-sìth a bhios air a ro-thaisbeanadh an taigh-cùirte ro òraid a’ bhreitheamh. Chaidh Seumas Camshron seachad air eachdraidh a bheatha, sìos a dh’ionnsaigh na h-uaire sam faca e aghaidh Mòraig aig uaigh Dhòmhnaill Rois. Cha d’ fhàg e nì. Thòisich e aig a’ chiad leann-anachd, agus ciad cuspair a ghràidh.

Bha Alastair fuaighte ris a’ chathair. Bha Mac Grùslaich mar dhùn de leann-tàth a bhiodh mìle bliadhna fon doininn. Ged a bha

---

* Mar timċeall le gràḋ.

† Deònaċ ionairt pir an aċ ḃurlaċ.

Mòrag a' tagradh ri h-athair suidhe sìos an cathair cha tug esan èisteachd dhi. Bha ìomhaigh fliuch le fallas, ach bha neart iongantach air tighinn a dh'ionnsaigh a theangadh.

"Gheibh thu làrach mo dhà ghlùin air an uchdan ud thall. Ciod a thug e dhomh? Do chruth—d' ìomhaigh agus beatha dhòrainneach."

Thuit na facail air cluasan Mòraig le fonn a dhì-làraich na chaidh i fhèin troimhe. Chaidh an co-mhùthadh mar le ealtainn a chum a cridhe, agus bha i air ath-thilleadh gu ciùine is cneadan. An do shònraicheadh do dhuine a bhith air a sgapadh o ghineil? An do shònraicheadh do nighinn a bhith a' ruith a-sìos agus a-suas air feadh an t-saoghail, gun steòrnadh, gun dòigh, gun seòl?

Cha tàinig creutair a chum an t-saoghail ach creutair a bha na ghràdh cuideigin.[*] Chaidh duinealas air seachran air sràidean, agus cùl-shràidean a' bhaile (agus a' chlachain). Thuislich na h-òighean nam mìle milleanan; gidheadh tha an reubalach aig fois 's a' gabhail cofhurtachd an cathair thròcairich, agus a' cur aslachaidh na deagh mhàthar ann am mì-shuim!

An ceann tiota bha Seumas Camshron na shuidhe air cathair, agus Mòrag a' labhairt ris tro neòil uisgeach a cinn.

"Thubhairt sibh rium gun deachaidh mo lorg le Eanraig agus an duine a bha còmhla ris?"

"An dara fear dhiubh!"

"Chaidh urras a thoirt dhomh air an sin an-diugh, agus Alastair na chluas èisteachd."

"Gu latha bhràth chan innseadh esan gun d' fhuaradh thusa air cabhsair. Cha robh nì a dhìth airsan ach gun tiginn-sa chum an taighe, agus aideachadh gu saor, sìmplidh, an dàimh san robh mi dhut; ach cho-èignich mi e gu labhairt do bhrìgh agus gun robh mi airson dearbhaidh a thoirt dhut gun robh mo sgeul fìrinneach."

Dh'èirich sìth shuaimhneach air ciùineas an t-seòmair-fosgarrachd a bha a' slànachadh nan creuchdan a chaidh a chriathradh an amar an aineolais 's na fèinealachd. Cha robh neach air taobh a-staigh nam ballachan cho taingeil ri Eanraig Mac Grùslaich: cha robh aon cho ullamh gu mathanas a thoirt seachad. Ach dh'fhoghlaim sinn bho Chailean an dèidh làimhe nach tugadh e mathanas do eanchainn a chinn gu bràth.

Bha Ùisdean agus Cailean san t-seòmar-dheasachaidh. Chaidh Alastair air an tòir, agus dh'innis Mòrag am beagan fhacal dìomh<u>aireachd Chille</u> Mhoire. Bha Mac Grùslaich air a threòrachadh a

*   Ċan e, "ġràḋ ḋo ċuiḋeigin."

chum an "taighe mhòir," agus mheòraich e le solas ùr air na nithean a thuit air a chluasan air fraigh an taighe.

"Feumaidh tu seachdain a chaitheadh maille riumsa an Uamh nan Ceann," bha e ag ràdh ri Ùisdean. "Cha chuala mi treas cuid na tuasaid a thachair fon chùbaid."

Bhòidich e do Ùisdean mun do dhealaich iad, gum faiceadh e fhèin agus Cailean Deòiridh Rasaigh agus Ùna Dhòmhnallach, mun tigeadh gràinne sìl tro thalamh.

Mìos an dèidh seo bha Mòrag agus Alastair air feadh nan càirdean san Eilean Sgiathanach nan càraid phòsta. Dhealaich Mòrag ri h-athair, ach cha robh an dealachadh gu bhith fada. Thàinig nì-eigin mun cuairt a thug dhasan cothrom agus saorsa a chum am faicinn, agus chrìochnaich e a làithean maille riutha an dùthaich chèin. Bhiodh an seanchas sin a' tagradh sgeul ùr.

An tràth seo tha sinn a' tionndadh on bhòrd-bidhe, agus bhuapasan a bha nan suidhe ma thimcheall le neart inntinn is nuadh-bheatha. Tha sinn cinnteach nuair a rachadh Mac Grùslaich air uilinn an Uamh nan Ceann gum biodh mòran aige ri aithris; agus ciod air bith as cor dhutsa, a leughadair, dh'èisteadh do sheirbheiseach ris cho fhad 's a sheasadh an carragh na dhìdean o onfhadh nan tonn.

Tha mi a' fàgail beannachd leibh le chèile.

A' Crìoch